【臺灣現當代作家
研究資料彙編】82

胡品清

國立台灣文學館
出版

部長序

　　文學是時代和社會的產物，所反映的必然是「那個時代、那個地方、那些人」的面貌；倘若我們想要接近或理解某一特定時空的樣態，那麼誕生於那個現實語境下的作家及其作品往往是最好的媒介之一。認識臺灣文學、建構一部完整的臺灣文學史，意義也就在這裡，而這當然有賴於全面且詳實的作家及作品研究。臺灣現當代文學的誕生及發展，自 1920 年代以降，歷時將近百年；這片富饒繁茂的文學沃土，仰賴眾多文學前輩的細心澆灌、耐心耕耘，滋養出無數質量俱優的作品，成績有目共睹，是以我們更應該珍惜呵護，以維繫其繽紛盎然的榮景。

　　懷抱著這樣的心情，欣見《臺灣現當代作家研究資料彙編》以馬拉松的熱力和動能，將第六階段的編選成果呈現在讀者面前。這個計畫從 2010 年開展，推動至今，邁入第七年，已替 80 位臺灣現當代的重要作家完成研究資料的彙編纂輯。在這份長長的名單上，不乏許多讀者耳熟能詳的文學大家，但更重要也更有意義的地方在於，透過國立臺灣文學館、計畫執行單位以及專業顧問團隊的共同討論商議，將許多留下重要作品卻逐漸為讀者甚至是研究者遺忘的資深作家，再度推向文學舞臺，讓他們有重新被閱讀、被重視、被討論的機會，這或許是我們今日推展臺灣文學、希望讓更多人看見前輩的努力之價值所在。

　　本階段所出版的作家包括楊守愚、胡品清、陳之藩、林鍾隆、馬森、段彩華、李魁賢、鍾鐵民、三毛、李潼共十位，其出生年代從 20 世紀初期

到中葉，文類涵蓋小說、詩、散文、兒童文學、翻譯，具體而微地展現了臺灣文學的豐富樣貌。延續前此數階段專業而詳實的風格，每冊圖書皆蒐集、整理作家的影像、小傳、生平年表、作品評論，並由學有專精的主編學者撰寫研究綜述，為讀者勾勒出一幅詳實精確的作家文學地圖，不僅是文學研究者查找資料的重要依據，同時也能滿足一般讀者的基本需求，是認識臺灣作家與臺灣文學發展的重要讀本。在此鄭重向讀者推介，也請海內外關心及研究臺灣文學之各界方家不吝指正，以匯聚更多參與及持續前行的能量。

文化部部長　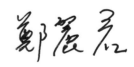

館長序

　　在漫漫的歷史長河中回望，文學作家及其作品總是時代風潮、社會脈動最好的攝影師，透過文字映照社會的面貌、人類靈魂的核心，引領讀者進入真實美善與醜陋墮落並存的世界。認識作家，有助於對其作品的欣賞，從而理解他所置身的時空環境及其作品風貌；這不僅關乎作家自身的創作經歷和文學表現，同時也是探究文學發展脈絡的根基，並據此深化人文思想的厚度。

　　臺灣文學發展至今，歷經千百年的綿延與沉澱，在蓄積豐沛能量的同時，亦呈現盎然的生機與蓬勃的朝氣。若欲以此為基礎，建構一部詳實完整的臺灣文學史，勢必有賴於詳實且審慎的作家和作品研究，故而全面梳理研究資源、提升資料查考與使用的便利性，也就顯得格外重要。國立臺灣文學館於 2010 年啟動《臺灣現當代作家研究資料彙編計畫》，就是以上述觀點為前提，組成精實的編輯與顧問團隊，詳盡蒐集、整理臺灣現當代重要作家的生平、年表與研究資料，選錄具有代表性的評論文章，編列成冊，以完整呈現作家的存在樣貌、歷史地位及影響。至 2016 年底，此一計畫已進入第六階段，總計完成 90 位作家的研究資料彙編。最新出版的十位作家為楊守愚、胡品清、陳之藩、林鍾隆、馬森、段彩華、李魁賢、鍾鐵民、三毛、李潼，兼顧作家的族群、性別、世代以及創作文類的差異，既體現了臺灣文學研究總體成果中最優質精緻的部分，同時也對未來的研究指向與路徑，提出了嶄新而適切的看法，必將有助於臺灣文學學科發展的

擴展與深化。

　　本計畫歷年所完成的出版成果，內容詳實嚴謹，獲得文學界人士和讀者的高度肯定，各界並期許持續推展，以使臺灣作家研究累積更為厚實的基礎。在此也要向承辦單位所組成的編輯團隊，以及長期參與支持本計畫的專家學者致上最深的謝意，也請海內外關心及研究臺灣文學各界方家不吝指正，以匯聚更多向前邁進的能量。

國立臺灣文學館館長　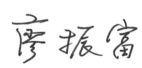

編序

◎封德屏

緣起

　　1995 年 10 月 25 日，在臺灣師範大學教育大樓的 201 室，一場以「面對臺灣文學」為題的座談會，在座諸位學者分別就臺灣文學的定義、發展、研究，以及文學史的寫法等，提出宏文高論，而時任國家圖書館編纂張錦郎的「臺灣文學需要什麼樣的工具書」，輕鬆幽默的言詞，鞭辟入裡的思維，更贏得在座者的共鳴。

　　張先生以一個圖書館工作人員自謙，認真專業地為臺灣這幾十年來究竟出版了多少有關臺灣文學的工具書，做地毯式的調查和多方面的訪問。同時條理分明地針對研究者、學生，列出了十項工具書的類型，哪些是現在亟需的，哪些是現在就可以做的，哪些是未來一步一步累積可以達成的，分別做了專業的建議及討論。

　　當時的文建會二處科長游淑靜，參與了整個座談會，會後她劍及履及的開始了文學工具書的委託工作，從 1996 年的《臺灣文學年鑑》起始，一年一本的編下去，一直到現在，保存延續了臺灣文學發展的基本樣貌。接著是《中華民國作家作品目錄》的新編，《臺灣文壇大事紀要》的續編，補助國家圖書館「當代文學史料影像全文系統」的建置，這些工具書、資料庫的接續完成，至少在當時對臺灣文學的研究，做到一些輔助的功能。

　　2003 年 10 月，籌備多年的「臺灣文學館」正式開幕運轉。同年五月《文訊》改隸「財團法人台灣文學發展基金會」，為了發揮更大的動能，開始更積極、更有效率地將過去累積至今持續在做的文學史料整理出來，讓

豐厚的文藝資源與更多人共享。

於是再次的請教張錦郎先生，張先生認為文學書目、作家作品目錄、文學年鑑、文學辭典皆已完成或正在進行，現在重點應該放在有關「臺灣現當代作家評論資料目錄」的編輯工作上。

很幸運的，這個計畫的發想得到當時臺灣文學館林瑞明館長的支持，於是緊鑼密鼓的展開一切準備工作：籌組編輯團隊、召開顧問會議、擬定工作手冊、撰寫計畫書等等。

張錦郎先生花了許多時間編訂工作手冊，每一位作家的評論資料目錄分為：

（一）生平資料：可分作者自述，旁人論述及訪談，文學獎的紀錄。

（二）作品評論資料：可分作品綜論，單行本作品評論，其他作品（包括單篇作品）評論，與其他作家比較等。

此外，對重要評論加以摘要解說，譬如專書、專輯、學術會議論文集或學位論文等，凡臺灣以外地區之報刊及出版社，於書名或報刊後加註，如中國大陸、香港、新加坡等。此外，資料蒐集範圍除臺灣外，也兼及中國大陸、香港、新加坡、日本、韓國及歐美等地資料，除利用國內蒐集管道外，同時委託當地學者或研究者，擔任資料蒐集工作。

清楚記得，時任顧問的學者專家們，都十分高興這個專案的啟動，但確定收錄哪些作家名單時，也有不同的思考及看法。經過充分的討論後，終於取得基本的共識：除以一般的「文學成就」為觀察及考量作家的標準外，並以研究的迫切性與資料獲得之難易度為綜合考量。譬如說，在第一階段時，作家的選擇除文學成就外，先考量迫切性及研究性，迫切性是指已故又是日治時期臺籍作家為優先，研究性是指作品已出土或已譯成中文為優先。若是作品不少而評論少，或作品評論皆少，可暫時不考慮。此外，還要稍微顧及文類的均衡等等。基本的共識達成後，顧問群共同挑選出 310 位作家，從鄭坤五、賴和、陳虛谷以降，一直到吳錦發、陳黎、蘇偉貞，共分三個階段進行。

　　「臺灣現當代作家評論資料目錄」專案計畫，自 2004 年 4 月開始，至 2009 年 10 月結束，分三個階段歷時五年六個月，共發現、搜尋、記錄了十餘萬筆作家評論資料。共經歷了三位專職研究助理，近三十位兼任研究助理。這些研究助理從開始熟悉體例，到學習如何尋找資料，是一條漫長卻實用的學習過程。

接續

　　「臺灣現當代作家評論資料目錄」的專案完成，當代重要作家的研究，更可以在這個基礎上，開出亮麗的花朵。於是就有了「臺灣現當代作家研究資料彙編暨資料庫建置計畫」的誕生。為了便於查詢與應用，資料庫的完成勢在必行，而除了資料庫的建置外，這個計畫再從 310 位作家中精選 50 位，每人彙編一本研究資料，內容有作家圖片集，包括生平重要影像、文學活動照片、手稿及文物，小傳、作品目錄及提要、文學年表。另外每本書分別聘請一位最適當的學者或研究者負責編選，除了負責撰寫八千至一萬字的作家研究綜述外，再從龐雜的評論資料中挑選具有代表性的評論文章，平均 12～14 萬字，最後再附該作家的評論資料目錄，以期完整呈現該作家的生平、創作、研究概況，其歷史地位與影響。

　　第一部分除資料庫的建置外，50 位作家 50 本資料彙編（平均頁數 400 ～500 頁），分三個階段完成，自 2010 年 3 月開始至 2013 年 12 月，共費時 3 年 9 個月。因為內容充實，體例完整，各界反應俱佳，第二部分的 50 位作家，接著在 2014 年元月展開，第一階段及第二階段共出版了 30 本，此次第三階段計畫出版 10 本，預計在 2016 年 12 月完成。

成果

　　雖然過程是如此艱辛，如此一言難盡，可是終究看到豐美的成果。每位編選者雖然忙碌，但面對自己負責的作家資料彙編，卻是一貫地認真堅持。他們每人必須面對上千或數百筆作家評論資料，挑選重要或關鍵性的

評論文章，全面閱讀，然後依照編選原則，挑選評論文章。助理們此時不僅提供老師們所需要的支援，統計字數，最重要的是得找到各篇選文作者，取得同意轉載的授權。在起初進度流程初估時，我們錯估了此項工作的難度，因為許多評論文章，發表至今已有數十年的光景，部分作者行蹤難查，還得輾轉透過出版社、學校、服務單位，尋得蛛絲馬跡，再鍥而不捨地追蹤。有了前面的血淚教訓，日後關於授權方面，我們更是如臨深淵、如履薄冰，希望不要重蹈覆轍，在面對授權作業時更是戰戰兢兢，不敢懈怠。

除了挑選評論文章煞費苦心外，每個作家生平重要照片，我們也是採高標準的方式去蒐集，過世作家家屬、友人、研究者或是當初出版著作的出版社，都是我們徵詢的對象。認真誠懇而禮貌的態度，讓我們獲得許多從未出土的資料及照片，也贏得了許多珍貴的友誼。許多作家都協助提供照片手稿等相關資料，已不在世的作家，其家屬及友人在編輯過程中，也給予我們許多協助及鼓勵，藉由這個機會，與他們一起回憶、欣賞他們親人或父祖、前輩，可敬可愛的文學人生。此外，還有許多作家及研究者，熱心地幫忙我們尋找難以聯繫的授權者，辨識因年代久遠而難以記錄年代、地點、事件的作家照片，釐清文學年表資料及作家作品的版本問題，我們從他們身上學習到更多史料研究可貴的精神及經驗。

但如何在規定的時間內，完成每個階段資料彙編的編輯出版工作，對工作小組來說，確實是一大考驗。每一冊的主編老師，都是目前國內現當代臺灣文學教學及研究的重要人物，因此都十分忙碌。每一本的責任編輯，必須在這一年多的時間內，與他們所負責資料彙編的主角——傳主及主編老師，共生共榮。從作家作品的收集及整理開始，必須要掌握該作家所有出版的作品，以及盡量收集不同出版社的版本；整理作家年表，除了作家、研究者已撰述好的年表外，也必須再從訪談、自傳、評論目錄，從作品出版等線索，再作比對及增刪。再來就是緊盯每位把「研究綜述」放在所有進度最後一關的主編們，每隔一段時間提醒他們，或順便把新增的

評論目錄寄給他們（每隔一段時間就有新的相關論文或學位論文出現），
讓他們隨時與他們所主編的這本書，產生聯想，希望有助於「研究綜述」
撰寫的進度。

　　在每個艱辛漫長的歲月中，因等待、因其他人力無法抗拒的因素，衍
伸出來的問題，層出不窮，更有許多是始料未及的。此次第二部分第三階
段驟遇陳之藩卷主編陳信元教授溘逝，陳信元教授為兩岸現當代文學研究
及出版之前驅者，精研之廣而深，直至逝世前仍心念其業，令人哀痛！此
計畫專案執行至今，陳信元教授已擔任其中六本主編，對本計畫貢獻良
多。此次他所主編的《臺灣現當代作家研究資料彙編‧陳之藩》一卷亦費
心盡力，然最後之「研究綜述」一文，撰述四千餘字後，因病體虛弱，無
法繼續，幸賴鄭明娳教授慨然應允，接續完成。

　　再者，又如，每本書的選文，主編老師本來已經選好了，也經過授權
了，為了抓緊時間，負責編輯的助理們甚至連順序、頁碼都排好了，就等
主編老師的大作了，這時主編突然發現有新的文章、新的資料產生：再增
加兩三篇選文吧！為了達到更好更完備的目標，工作小組當然全力以赴，
聯絡，授權，打字，校對，重編順序等等工作，再度展開。

　　此次第二部分第三階段共需完成的 10 位作家研究資料彙編，年齡層較
上兩個階段已年輕許多，因此到最後的疑難雜症，還有連主編或研究者都
不太清楚的部分，譬如年表中的某一件事、某一個年代、某一篇文章、某
一個得獎記錄，作家本人及家屬絕對是一個最好的諮詢對象，對解決某些
問題來說，這是一個好的線索，但既然看了，關心了，參與了，就可能有
不同的看法，選文、年表、照片，甚至是我們整本書的體例，於是又是一
場翻天覆地的大更動，對整本書的品質來說，應該是好的，但對經過多次
琢磨、修改已進入完稿階段的編輯團隊來說，這不啻是一大挑戰。

　　1990 年開始，各地縣市文化中心（文化局），對在地作家作品集的整
理出版，以及臺灣文學館成立後對日治時期作家以迄當代重要作家全集的
編纂，對臺灣文學之作家研究，也有了很好的促進作用。如《楊逵全

集》、《林亨泰全集》、《鍾肇政全集》、《張文環全集》、《呂赫若日記》、《張秀亞全集》、《葉石濤全集》、《龍瑛宗全集》、《葉笛全集》、《鍾理和全集》、《錦連全集》、《楊雲萍全集》、《鍾鐵民全集》等，如雨後春筍般持續展開。

　　經過近二十年的努力，臺灣文學的研究與出版，也到了可以驗收或檢討成果的階段。這個說法，當然不是要停下腳步，而是可以從「臺灣現當代作家評論資料目錄」所呈現的 310 位作家、10 萬筆資料中去檢視。檢視的標的，除了從作家作品的質量、時代意義及代表性去衡量外、也可以從作家的世代、性別、文類中，去挖掘有待開墾及努力之處。因此這套「臺灣現當代作家研究資料彙編」，大部分的編選者除了概述作家的研究面向外，均有些觀察與建議。希望就已然的研究成果中，去發現不足與缺憾，研究者可以在這些不足與缺憾之處下功夫，而盡量避免在相同議題上重複。當然這都需要經過一段時間去發現、去彌補、去重建，因此，有關臺灣文學的調查、研究與論述，就格外顯得重要了。

期待

　　感謝臺灣文學館持續推動這兩個專案的進行。「臺灣現當代作家評論資料目錄」的完成，呈現的是臺灣文學研究的總體成果；「臺灣現當代作家研究資料彙編」的出版，則是呈現成果中最精華最優質的一面，同時對未來臺灣文學的研究面向與路徑，作最好的建議。我們可以很清楚的體會，這是一條綿長優美的臺灣文學接力賽，我們十分榮幸能參與其中，更珍惜在傳承接力的過程，與我們相遇的每一個人，每一件讓我們真心感動的事。我們更期待這個接力賽，能有更多人加入。誠如張恆豪所說「從高音獨唱到多元交響」，這是每一個人所期待的。

編輯體例

一、本書編選之目的，為呈現胡品清生平、著作及研究成果，以作為臺灣
文學相關研究、教學之參考資料。

二、全書共五輯，各輯內容及體例說明如下：

    輯一：圖片集。選刊作家各個時期的生活或參與文學活動的照片、著
作書影、手稿（包括創作、日記、書信）、文物。

    輯二：生平及作品，包括三部分：

        1.小傳：主要內容包括作家本名、重要筆名，生卒年月日，籍
貫，及創作風格、文學成就等。

        2.作品目錄及提要：依照作品文類（論述、詩、散文、小說、
劇本、報導文學、傳記、日記、書信、兒童文學、合集）及
出版順序，並撰寫提要。不收錄作家翻譯或編選之作品。

        3.文學年表：考訂作家生平所進行的文學創作、文學活動相關
之記要，依年月順序繫之。

    輯三：研究綜述。綜論作家作品研究的概況，並展現研究成果與價值
的論文。

    輯四：重要文章選刊。選收國內外具代表性的相關研究論文及報導。

    輯五：研究評論資料目錄。收錄至 2016 年 11 月底止，有關研究、論
述臺灣現當代作家生平和作品評論文獻。語文以中文為主，兼
及日文和英文資料。所收文獻資料，以臺灣出版為主，酌收中
國大陸、香港、日本和歐美國家的出版品。內容包含三部分：

        1.「作家生平、作品評論專書與學位論文」下分為專書與學位
論文。

        2.「作家生平資料篇目」下分為「自述」、「他述」、「訪談」、
「年表」、「其他」。

        3.「作品評論篇目」下分為「綜論」、「分論」、「作品評論目
錄、索引」、「其他」。

目次

輯一◎圖片集
影像◎手稿◎文物

1940年代，正值芳年的胡品清。（中國文化大學圖書館提供）

1934年3月29日，時年14歲的胡品清，攝於南京金陵，胡品清並於照片後題註：「這就是我，不美的我」。（中國文化大學圖書館提供）

1950年代，胡品清於泰國湄南河留影，圖中所著衣裝為胡品清一生最鍾愛的旗袍。（中國文化大學圖書館提供）

1960年代，胡品清接受幼獅廣播電臺「美哉中華」節目訪問，會後與林海音（右）、孫如陵（左）合影。（中國文化大學圖書館提供）

1966年，文友雅聚，胡品清與即將赴愛荷華大學「國際寫作計畫」研習的瘂弦（右）合影於臺北西海岸餐廳。（中國文化大學圖書館提供）

1978年1月28日，胡品清應蓉子之邀參加女詩人聚會，與榮之穎（左）合影於燈屋。（中國文化大學圖書館提供）

1970年代晚期，《臺灣新生報》「新副」女作家座談會合影。前排左起：胡宗智、徐蕙藍、羅蘭、胡品清、丹扉、畢璞、趙淑敏、丘秀芷；後排左起：佚名、鄧藹梅、佚名、簡靜惠、季季、佚名、陳美儒、劉靜娟。（文訊文藝資料中心）

1981年7月18日，文友雅集，胡品清與艾雯（左）合影於臺北圓山。（中國文化大學圖書館提供）

1991年11月10日，詩友結伴上陽明山拜訪胡品清，合影於臺北中國文化大學。右起：莫渝、涂靜怡、胡品清、張朗、朵思、文曉村、麥穗。（秋水詩刊社提供）

1994年8月29日，胡品清應邀出席中華民國新詩學會、世界藝術文化學院於臺北環亞大飯店國際會議廳舉辦的「第15屆世界詩人大會」，會中與余光中（左）合影。（中國文化大學圖書館提供）

1998年7月3日，胡品清獲法國文化及通信部（Ministère de la Culture et de la Communication）頒贈一級文藝軍官勳章（Officier Dans L'ordre des Arts et des Lettres），會中與戴固（Jacques Decaux）（右）合影。（中國文化大學圖書館提供）

2000年4月9日，《乾坤》詩刊同仁探望胡品清，合影於陽明山花鐘前。左起：徐世澤、張清香、胡品清、丁文智、談真、藍雲、劉正偉、傅君。（文訊文藝資料中心）

2000年9月16日，胡品清與莫渝（右）合影於「胡品清教授新書發表會」，攝於臺北中國文藝協會。（莫渝提供）

2000年10月，胡品清獲中國詩歌藝術學會頒贈「第五屆詩歌藝術獎貢獻獎」，攝於臺北天成大飯店。（中國文化大學圖書館提供）

2000年冬，慶祝80傘壽的胡品清，攝於臺北。（中國文化大學圖書館提供）

2001年6月10日，胡品清出席「為這一代詩人造像」活動。右起：胡品清、
謝輝煌、周夢蝶、劉廷湘。（中國文化大學圖書館提供／柯錫杰攝影）

2002年11月3日，一信（左）與其四子徐華謙
（中）赴香水樓探望胡品清，攝於陽明山。
（中國文化大學圖書館提供）

2003年11月25日，適逢第23屆世界詩人大
會，眾詩人赴陽明山中國文化大學拜訪胡
品清，攝於香水樓。前排左起：金英、胡
品清、趙化；後排左起：倪雲、涂靜怡、
龍達霈。（秋水詩刊社提供／廖娟娟攝）

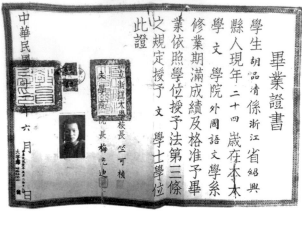

1943年6月，胡品清「浙江大學外國語文學系」畢業證書。（中國文化大學圖書館提供）

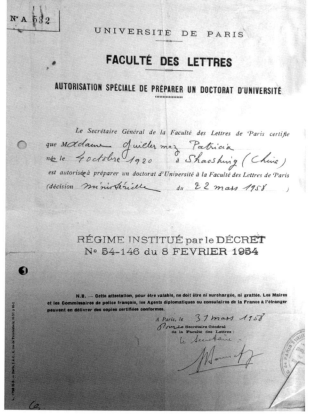

1958年3月31日，胡品清法國Université de Paris Faculté des Lettres博士預修班證書。（中國文化大學圖書館提供）

法國「新」小說中的愛的哲學：

邂逅→誘引→距離→永恆

胡品清

　　愛情是永恆且普遍的小說題材，歷久彌新。因此，我們有且~~~~~~~英國的「羅密歐與茱莉葉」，法國的「蝶法莉夫人」，俄國的「安娜‧卡瑞寧娜」，德國的「少年維特之煩惱」，美國的「紅字」等。

　　在上述的幾本小說中，從愛情的本質上說，除了「羅密歐與茱莉葉」，使得大家同聲一嘆之外，其餘的都或多或少地帶有瑕疵，就審觀因素而言。儘管男女主角之間有過一段可歌可泣的戀情，但皆由於現實生活中的某種障礙，

卻因多未曾「止手輕」，而造成了不使得我們的主題談的悲劇。

　　法國「新」小說家探討愛的主題時，明白了這一點，於是竟不虛修地深入事物之本質：現實是不可能完美的，愛之絕對也短暫。他們既不說愛情的歲寧是婚姻，也不說愛情的墳墓是婚姻，而是宣稱一種永不失去新鮮感的絕對愛。如何才能維持愛之絕對性？就讓我們用菲力普‧索儷斯（Philippe Sollers）的「一種奇異的孤寂感」和瑪格麗特‧莒哈絲（Marguerite Duras）的「如歌的中板」作為實例以資探討。

　　　　　　「一種奇異的孤寂感」—他的行

1983年7月，胡品清發表於《文訊》第1期〈法國「新」小說中的愛的哲學：邂逅→誘引→距離→永恆〉手稿。（文訊文藝資料中心）

1998年7月3日，胡品清獲法國文化及通信部（Ministère de la Culture et de la Communication）頒贈一級文藝軍官勳章（Officier De L'ordre des Arts et des Lettres）及證書。（中國文化大學圖書館提供）

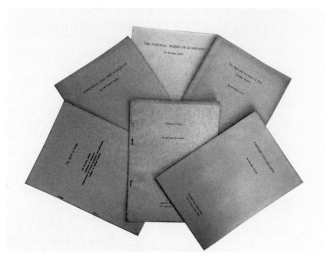

胡品清於中國文化大學法國語文學系上課講義。（中國文化大學圖書館提供）

2000年10月，胡品清獲中國詩歌藝術學會頒贈「第五屆詩歌藝術獎貢獻獎」獎座。（中國文化大學圖書館提供）

胡品清法國國家圖書館（Bibliothèque
nationale de France）學生借書證。
（中國文化大學圖書館提供）

胡品清鍾愛的吉他與犬型玩偶，攝於香水樓。（中國文化大學圖
書館提供）

胡品清與生前鍾愛的貓合影，攝於
臺北中國文化大學。（中國文化大
學圖書館提供）

胡品清與其著作合影，攝於香水樓。（中國文化大學圖書館提供）

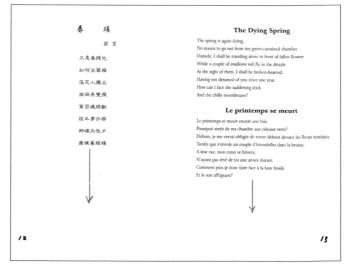

胡品清《唐詩三百首》（*Trois Cents Poèmes des Tang*）校訂稿。（中國文化大學圖書館提供）

石榴果
胡品清

在大陸，年年五月，總有榴花照眼明。花期過後，就結出石榴果，成熟裂開時就露出石榴子，像切過的小塊紅寶。石榴的外壳不甚平滑，有点像蔴布。至於顏彩，並非單色，而是暗紅、草綠、淡黃和黑点的混成。一定是看多了光滑亮麗的蘋果和水蜜桃，石榴的外壳竟顯得興眾不同。

由於氣候和土壤上的差別，寶島只有做盆栽的佛儒榴。至於不結果的榴花，細小得像橘花。藝瓊瓏遊絲花。而日前，我卻在一位法籍友人的花園裏發現了兩株身高約七十公分的灌木型石榴樹，枝繁葉茂，懸結著幾枚真正的石榴果。其中之一遂得裂開了，露出一層層的紅石榴子，可惜已被鳥群啄食。剩下的尚未成熟，外壳是青色和暗紅之交融。看見我依依不捨地望著那些石榴，女主人送了我兩个。

不是為了啖食，而是用來裝飾果盤。

一向，我不愛珠寶。裝說我也有收藏的話，那是畸形的卵石，盤結糾蔓的枯樹根，娉娉裊裊之蘿藤，自養的盆栽，以及乾了就像檀毛的石榴——大自然送給我的珍寶。來自大自然的寶物是永恆的喜悦，且不使我傷心膽。比方說，山中一夜雨，後廊上被洗浄了的苦竹就像廊翡翠，竟麗奪目。但是，那株翡翠卻不因海蜃而喪失枝的原目。我慈養老，更能抽空花山野漫步且採集檀毛的人必定不是利慾薰心，肯定妳慾是萬惡之源。

胡品清〈石榴果〉手稿。（中國文化大學圖書館提供）

華岡之夏的夕陽

胡品清

　　常常，覺得自己不會畫但是大造化。然而，有些東西
是連梵谷也畫不像的，如華岡之夏的夕陽。也許，正因為
大自然是無法模倣的，才有了抽象畫。

　　華岡之夏的落日真是一種奇蹟。顏彩是一般的色譜上
沒有的，亮度之高超過印象派畫家筆下的「光」。也許，
即使畫家把紅色調到和落日一樣一樣，要使他作品放在北
暗室裏，用鐳射去照亮才能傳真於萬一，而落日是免費地
普服供人欣賞的。

　　至於抽象的文學，我更無法描述被落日渲染的西天了
。有時，它像搗碎了的霞衣子，有時像擣碎了的粟薑，有
時像擣碎了的橘紅綾羅，一塊一塊地散落開來。有時呢一
層層色調彩色之漸次交雜，卻沒有分明的界線。

　　年年夏天，黃昏來臨時，必繞著花廊散步，看看是
否會不能描述、只能感覺的奇景也視。若西天彩霞也一片
令人目眩的景象，或就一直憑欄，等那一大片淡青、橙
黃、橘紅的景抹漸漸淡去，淡成灰濛，留下星月升起等的
幽暗。

　　有些景象，一如有些人，是說不出來，畫不出來，寫
不出來，讀不出來的。若要傳喜，只能憑個人的感覚。那
就是憑感覚而泫出來的。因為只有感覚是別人拿不走的東
西。比方說，你的書信固然給以較具體的喜感，否則只免
感知人間有你，也就能泫得既孤歌又美麗。

胡品清〈華岡之夏的夕陽〉手稿。（中國文化大學圖書館提供）

起而效「尤」？

胡品清

　　台灣是經濟起飛但文學落後的地區，這一点王以從營業上的錯字，新聞從業員的錯語中看得出來。

　　自從中東的戰火撲点以來，電視廣播就天天催叫：節約能源，扎吉方面，自然也就包括有車階級扎内。像勸他们別搶購汽油罷，像改用小型轎車罷：

　　一向，他们有邊吃早点邊聽新聞的習慣。今天，用早餐時，恰巧一位國語標準但修辭誤的小姐報告一則有車階級該順聽且有思的新聞。她說：「經濟部長已改乘兩千CC的裕隆，中央銀行總裁也把大型的家等車存入倉庫。為了節省能源，希望國人能起而效「尤」。」

　　儘管我粒以是法文和英文，也用那兩種外文寫作及譯述，但是我十分重愛母語，更協調無法掌握母語的人，一是當把外文學好。那位小姐先是告訴聽家說有兩位大官以身作則，接著諸說以為「希望國人見賢思齊」吧？而她卻用了希望他们「起而效尤」。

　　作謬之下，感覺就嚇了一跳。為了求精確起見，我遂翻閱了一本很權威性的 Mathews' 華英字典。那真是一本淵博的工具書，上自隸經中的字，下至通俗的四字成語，一應俱全。果然，我該有說。那本字典把效尤二字英譯成這樣： to imitate(someone) in his wrong doings. 這樣一來，按照那位小姐的說法，那兩位名人換小型車來開行，清窮是陛裡做效的惡行小。

胡品清〈起而效「尤」？〉手稿。（國立臺灣文學館提供）

停雲　胡品清

故事的結局早已寫好
過程也在水晶球中看準
你是流水
我是水上停雲

細心兩讀緩
那遲些一首首永恆的讚歌
每個字每句也將鏤刻入微
幾然歡聚起自己幻成
神話中那輪明月桂

你語離化成光芒
"我愛"擇了致讀者美的初見初聞
唱些最後一個名字

任流水流去

〈如何寫法式法文〉

目錄

第一部份：寫法式法文之秘訣

1. 多用抽象名詞做主詞，多用分詞做用當詞
2. 反身動詞之種類、功能及實例
3. 副動詞及輔助詞片語，常用以現在分詞
4. 接續定介詞以形容詞 以及因意思不同而接不同的名詞的形容詞和分詞用做形容詞
5. 別永慕用主詞做句首
6. 多變換語式
7. 別永慕做平行排之樣同一主詞做多種動作
8. 法動比較語
9. 各種専用公式（由括表現名詞和不實現名構用的）
10. 主句及輔句中的主詞及動詞之倒裝
11. 辨免唱音 qui 和 que 的方法
12. 辨免各種重複的方法
13. 製造重句的方法
14. 基主句和補語（中可別做無補語的句）
15. 用抽象名詞接句子簡潔
16. 法國人偏愛的語法（雙否定表肯定，敘實定肯定表不實）
17. 代名詞 "en" 之多功能
18. 新詞法

胡品清詩作〈停雲〉手稿。（翻攝自《中華民國新詩學會會員詩選》，廣東出版社）

胡品清〈如何寫法式法文〉手稿，為其生前最後一份文稿。（國立臺灣文學館提供）

輯二◎生平及作品
小傳◎作品◎年表

小傳

胡品清（1920～2006）

　　胡品清，女，筆名念真、綠漪、品清，英文名 Hu Pin-ching、Hu Pinqing，法文名 Patricia、Patricia Hu Pin-ching、Hou P'in-Ts'ing、Patricia Guillermaz，籍貫浙江紹興，1920 年 11 月 14 日（農曆 10 月 4 日）[1]生於浙江寧波，1962 年 10 月自法國來臺定居，2006 年 9 月 30 日辭世，享壽 86 歲。

　　浙江大學外國語文學系畢業、法國巴黎大學現代文學研究所（Université dc Paris Faculté des Lettres）結業。曾任南開中學英語教師、中央通訊社英文編輯、法國駐華大使館新聞處翻譯、香港《星島日報》編輯、伊朗駐中國大使館英文秘書、香港《星島日報》巴黎特派員、中國文化大學法國語文學系教授、研究所所長暨系主任。1962 年 10 月自法國巴黎來臺，除任教政治作戰學校（現國防大學政治作戰學院），至退休前，曾三度擔任中國文化大學法國語文學系研究所所長及系主任。曾獲教育部 76 學年度大學暨獨立學院教學特優教師獎、法國學術界棕櫚葉騎士勳章（Chevalier Ordre des Palmes académiques）、「八十七年全國詩人節慶祝大會」優秀詩人獎、法國一級文藝軍官勳章（Officier De L'ordre des Arts et des Lettres）、中國詩歌藝術學會第五屆詩歌藝術獎貢獻獎。

　　胡品清的創作文類包括論述、詩、散文、小說、詞曲及翻譯等。其

---

[1]編按：關於胡品清生日有四種說法，本書係採中國文化大學法國語文學系所提供之資料著錄。

「以至誠為上」、「把寫作當做一種嚴肅的精神遊戲」、「憑自己真實的經驗寫出自己真實的感受」，語言溫婉、文字清雅，亦能以直筆靜照世態，洞燭幽微。詩作方面創作風格可分作三期：1949 至 1961 年作品多呈現生活拂逆的愁思與孤寂，如〈虞美人〉，流離之情盈蘊詩間；1962 年至 1983 年，對於生命與自我、自然與人世拂梳深入，面向多元，如〈自畫像〉；1984 年，《另一種夏娃》的出版，褪去過往詩集情感纖弱之貌，轉以自我定位鮮明之風格，詩風愈趨達練圓熟，被視為 1980 年代轉折之作，書中可見作者對自我的深刻寫照與思辨。誠如史紫忱言「胡品清的詩有淡泊的恬鬱美，有哲學的玄理美，有具啟發力的誘引美，有外柔型的內剛美，還有詩神在字裡行間起舞的韻影，她的文字用東方精神作骨幹，以西方色彩作枝葉，風格清新，意象獨特，籠罩萬古長空的『無』和一朝風月的『有』，像一杯葡萄酒，既醉人又醒人」。散文方面，遵奉波特萊爾「請永遠做個詩人，即使是寫散文的時候」引以自勉，以詩式布局造就輕緩的文學節奏，深具音樂性與哲理性，如《隱形的港灣》、《藏音屋手記》，文字凝鍊，行筆典麗，融容東西，隱然自具東方文化精神與西方筆式及創作觀，織就獨特的胡氏文學面貌；論述與翻譯方面，1957 年及 1962 年出版《中國古詩選》、《中國新詩選》、《胡品清譯詩及新詩選》，以嚴謹的考據與譯詞，細膩嚴縝的筆法詳介各詩潮之流變與詩人之詩詞；1966 年及 1981 出版《李清照評傳》、《惡之花評析》，以文本剖析詩人文學世界中幽微晦暗之處，融貫學術研究與詩詞翻譯為一體，除此之外，亦大量譯介西方小說、散文、詩作等，對於近代西方世界與東方世界文學認識與交流具有重要引介意義。

　　「用崗位實現莊敬的大我，用詩文詞曲呈現藝術的小我。」以嚴實態度一生致力於教學、創作、翻譯，無懼於現實生活的波瀾，以獨有的生命觀與哲學觀立象於古典與現代之中，舊式才女與西洋仕女各半，在淡淡的墨痕中，胡品清做為繆斯的實踐者，以清遠柔婉的行筆，將世界觀照涵納於個人情懷之中，思想深厚溫醇，弦奏出大時代之下人類流離生命的渴望追求與認同。

作品目錄及提要

【論述】

文星 1964

現代文學散論

傳記文學 1969

現代文學散論

臺北：文星書店
1964 年 7 月，40 開，164 頁
文星叢刊 64

臺北：傳記文學出版社
1969 年 11 月，40 開，164 頁
文史新刊 27

本書集結作者 1962～1964 年發表於報章雜誌之作品譯介或文學評論，以淡白的筆法探析 20 世紀的世界文學概況。全書收錄〈二十世紀法國文學思潮之主流〉、〈沙特與存在主義〉、〈卡繆與現代文學思潮之主流〉等 20 篇。正文前有胡品清〈自序〉。
1969 年傳記文學版：內容與 1964 年文星版相同。

簡明法文文法

臺北：中國文化研究所
1964 年 10 月，32 開，132 頁

本書為法文文法概論。全書收錄〈字母表〉、〈九大名詞〉、〈名詞〉等十章。正文前有胡品清〈寫在前面〉。

中國文化 1965

中國文化 1982

法國文學簡史（La littérature Française）

臺北：中國文化學院法國研究所
1965 年 12 月，24 開，276 頁
法國叢書‧華岡叢書

臺北：中國文化大學出版部
1982 年，25 開，292 頁

本書作者以英文名「Hu Pin-ching」發表，為法國文學綜論，以淺近的法文宏覽歷代法國文壇之諸貌及各學派之演變，內容詳涉歷代名家傳略作品評介、名著分析及名句集錦等。全書計有：1.Origine de la Langue Française；2. Le Moyen Âge；3.La Poésie；4.Le Théâtre；5.La Prose；6.La Renaissance；7.François Rabelais；8. Ronsard et la Pleïade 等 70 章。

1982 年中國文化版：章名與 1965 年中國文化版相同，唯各章內容稍有調整。

西洋文學研究

臺北：臺灣商務印書館
1966 年 8 月，40 開，144 頁
各科研究小叢書

本書為作者綜評西洋文學研究之論述，以西方文學歷史為架構，系統性的剖析自古希臘時代至近代文學的特性與徵象，透過主題書寫方式闡明當代文學研究的新局向。全書分三部分，第一部分「概論」收錄〈希臘神話〉、〈古希臘文學之特徵〉、〈希臘文學之繼承者——拉丁文學〉等九章；第二部分「小史」收錄〈西洋文學的黎明時期——希臘文學〉、〈拉丁文學〉、〈中古時期的西洋文學〉八章；第三部分「研究方法」收錄〈為什麼研究文學？〉、〈如何研究文學？〉二章。

LI CHING-CHAO（李清照評傳）

New York：Twayne Publishers
1966 年，24 開，128 頁
Twayne's World Author Series

本書作者以英文名「Hu Pin-ching」發表，為李清照研究之評析，書中融容學術研究與詩詞翻譯為一體，細就李清照詩詞的生活原型、意境塑造、語言特徵及韻律美學特質佐以歷史資料進行論述，以細膩嚴實的筆法詳敘李清照詩詞之風格，並與美國著名詩人作品列比對照，對於近代西方世界認識中國詞體具有重要的引介意義，為美國目前最具影響力的李清照研究專著。全書收錄"Historic al Background"、"The Life of Li Ch'ing-Chao"、"The Works of Li Ch'ing-Chao"等四章。正文前有 Hu Pin-ching"Preface"、Hu Pin-ching"Chronology"，正文後有 Hu Pin-ching"Selected Bibliography"、"Index"。

Chinese Literature & Language（中國文學及語言）（與 Tr. John C. H. Wu 合著）

Hua Kang, Yang Ming Shan：China Academy
1980 年，24 開，275 頁

本書作者以英文名「Hu Pin-ching」發表，為中國文學之論析，以中國歷史上著名詩詞家為分界，透過哲學、文學、歷史、政治、藝術等面相探討中國文學發展及流變。全書收錄"The Birth and Evolution of New Chinese Poetry "、"The Book of Songs"、"Chinese prose"等 22 卷。正文後有"Index"。

惡之花評析（Les Fleurs Du Mal：Une Autobiographie en Vers）

臺北：中國文化大學出版部
1981 年 12 月，40 開，70 頁

本書作者以法文名「Patricia Pin-ching Hu」發表，為詩集 Les Fleurs Du Mal 賞評，書中以 Charles Baudelaire 其人、思想及其作品主題三面向進行評述，透過作品與文本剖析觀展 Charles Baudelaire 文學世界中幽微晦暗之處。全書收錄"L'homme"、"Une autobiographie en vers"、"L'enchaînement de l'art et des thèmes baudelairiens"共三章。正文前有 Patricia Pin-ching Hu "Avant propos"、Patricia Pin-ching Hu"Introduction"，正文後有 Patricia Pin-ching Hu"Annexe"、〈胡品清的作品〉。

法國文壇之「新」貌

臺北：華欣文化中心
1984 年 11 月，32 開，294 頁

本書為 20 世紀法國文壇思潮流變之評介，以前後期為分界，透過實例敘寫及作品翻譯勾勒各流派之風格，延展出法國 20 世紀思潮轉變下的繼承與創新。全書分二輯，第一輯「廿世紀前期」收錄〈法國廿世紀文學總論〉、〈摩利亞克的愛情悲劇〉、〈葛蕾德夫人——女性心理的描繪者〉等八篇；第二輯「廿世紀後期」收錄〈法國「新」小說淺論〉、〈布朗熱的「新」短篇〉、〈日昂·沙勒的一個「新」短篇〉等九篇。正文前有胡品清〈作者的話〉，正文後有〈胡品清作品年表〉。

Random Talks On Classical Chinese Poetry（漫談中國古典詩詞）

臺北：長松文化公司
1990 年 10 月，25 開，214 頁

本書作者以法文名「Patricia Pin-ching Hu」發表，為中國詩詞導讀，書中以歷史背景為主軸，各派詩詞作家為副線，鏡觀大中國時代的詩詞風格，並於末章對於詩未來的新方向進行剖析。全書收錄"China's Unique Poetry（by way of introduction）"、"Mirror of Chinese Thought"、"The Book of Odes"等 21 章。正文前有"ABOUT THE AUTHOR"。

六弦琴韻

臺中：立誼出版社
1991 年 5 月，25 開，451 頁

本書為民謠搖滾吉他綜合教材。全書分「基本概念」、「基本知識」、「和弦概論」、「和弦之彈奏」、「節奏與指法」、「各調之認識」、「和弦之應用」、「彈唱與定調」八單元，收錄〈吉他的起源〉、〈談熱門音樂〉、〈吉他的分類〉、〈吉他的構造〉等 47 篇。正文前有胡品清〈編者的話〉、〈編者簡介〉，正文後附錄「國語金曲目錄」、「西洋金曲目錄」共 143 首。

中法句型比較研究（鄭靜律等協撰）

臺北：志一出版社
1994 年 9 月，25 開，341 頁

本書為法語句型語法書。全書收錄〈總論〉、〈中、法時態及語氣
對照表及雙語例句〉、〈反身動詞及雙語例句〉等 23 篇。

文學漫步

臺北：中央圖書出版社
1995 年，25 開，214 頁

今查無藏本。

淺近法文——文評範本

臺北：中央圖書出版社
1995 年 3 月，15.2×21.9 公分，146 頁

本書為法國文學評論範本，以作家作品精神及風格為主題，透過
評賞法國文學近代作家作品，內容淺近，為亞洲研究者開展法國
文 學 研 究 新 貌 。 全 書 收 錄 "1.Tradition et Modernité
dans"CREEZY" de Félicien Marceau"、"2.Étude Stylistique et
Structurale de"L'AMANT" de Marguerite Duras "、"Analyse
Stylistique et Thématique de"PREMIER AMOUR"de Marguerite
Duras"等 22 章。正文前有胡品清"AVANT PROPOS"。

文學論文初步

臺北：志一出版社
1996 年 9 月，25 開，174 頁

本書作者以法文名「Patricia Pin-ching Hu」發表，為法國文學論
文概論，起以法國文學概論為始，繫以法國文學各流派之合異
處 ， 透 過 例 證 法 詳 析 論 文 研 究 與 架 構 之 要 。 全 書 分
「 Généralités 」 、「 Sur le théâtre 」 、「 Sur Baudelaire 」 、
「Commentaires composés divers」四部分，收錄"De l'alchimie du
verbe"、"Description dans le roman"、"Véritables différences entre
vers et prose"、 "L'art du plan dans un commentaire composé et
l'apprentissage par l'exemple" 等 30 篇。正文前有〈作者介紹〉、
"AVANT PROPOS"。

中法互譯範本及解析

臺北：志一出版社
1997 年 10 月，25 開，193 頁

本書為中法翻譯範本解析，透過故事與名家集錦範本，將中法翻譯學問融入生活，饒富旨趣。全書分「法譯中」、「中法互譯」、「中法互譯」共三輯，收錄〈兒童〉、〈學生和老師〉、〈動物〉等 22 部分。正文前有〈作者介紹〉、胡品清〈前言〉。

法文書寫雙語範本及解析

臺北：志一出版社
1998 年 2 月，25 開，163 頁

本書為法文詞類解析及範本，以各詞類及運用為主題，並參用簡易例證分門闡識，題旨淺近生動。全書分「第一篇　動詞之選擇」、「第二篇　名詞所扮演之角色」、「第三篇　形容詞接介詞之功能」、「第四篇　非人稱語」、「第五篇　艱難片語及介紹詞」、「第六篇　造句之鑰」、「第七篇　改寫」、「第八篇　中國學生難體會的語法舉隅」、「第九篇　斷詞法」、「第十篇　譯文範本」、「第十一篇　各類書寫範本」等 11 篇。正文前有胡品清〈前言〉。

法國文學賞析

臺北：書林出版公司
1998 年 8 月，25 開，284 頁
文學叢書 15

本書為歷代法國文學之選讀，透過中法雙語敘寫、直譯與意譯交互的方式，以文學批評方法評賞作家其人及其作品，賦予法國文學賞析新象。全書分五輯，第一輯「歷代小詩」收錄〈Pierre de Ronsard 洪薩〉、〈François de Maucroix 牟克瓦〉、〈Jean de Fontaine 拉豐登〉等十篇；第二輯「古典長篇選讀」收錄〈Madame de Lafayette 拉法葉特夫人〉、〈Gustave Flaubert 福婁貝〉共二篇；第三輯「現代短篇小說」收錄〈Gabrielle Colette 葛蕾特〉、〈André de Mandiargues 芒迪亞格〉共二篇；第四輯「『新』小說選讀」收錄〈Marguerite Duras 莒哈絲〉、〈Monique Lange 朗日〉共二篇；第五輯「散文」收錄〈Charles Baudelaire 波特萊爾〉、〈Jules Renard 何拿〉、〈Simone de Beauvoir 波娃〉共三篇。正文前有胡品清〈前言〉。

法語學習

臺北：志一出版社
1999 年 2 月，25 開，277 頁

本書為法語文法與文本之分析書。全書收錄〈定冠詞 le，la，les
的特別用法〉、〈介詞「de」之多功能〉、〈反身動詞之特異性〉等
20 篇。正文前有〈作者介紹〉、胡品清〈代序——驚惶與驚
喜〉、胡品清〈前言〉。

生活法語入門（與楊淑娟合著）

臺北：志一出版社
1999 年 4 月，25 開，278 頁

本書為法語文本及會話範例書。全書分三部分，收錄〈提問題的
多種方式〉、〈如何回答問題〉、〈常用字彙及片語〉等 12 篇。正
文前有胡品清〈前言之一〉、楊淑娟〈前言之二〉，正文後有胡品
清〈後記〉、楊淑娟〈索引〉。

法文常用片語及習慣語

臺北：志一出版社
1999 年 9 月，25 開，355 頁

本書為法文片語、意群及習慣語使用方法範例書。全書分二部
分，「介系詞片語及意群之使用法與功能」收錄「A」、「B」、
「C」等 26 字母群，「形容詞接介系詞」收錄「accessible à」、
「accoutumé à」、「adonné à」、「antérieur à」、「ardent à」等 274
詞群。正文前有胡品清〈前言〉。

天肯文化 2000

上海交通 2004

分類法文會話模式

臺北：天肯文化出版公司
2000 年 3 月，24 開，236 頁

上海：上海交通大學出版社
2004 年 6 月，8.8×12.3 公分，172 頁

本書為法語文法會話書。全書分三部分，第一部分「速成文法」
收錄〈基本疑問詞〉、〈基本時態及語式〉、〈否定詞〉等 12 章；
第二部分「會話句型」收錄〈意欲動詞 vouloir 及 désirer 之用
法〉、〈如何打招呼〉、〈在任何機關辦事的開場白及回答〉、〈表悲
傷的動詞〉、〈表慰問的動詞〉等 91 篇；第三部分「分類法文會
話模式」收錄〈旅館〉、〈在旅館打國際電話〉、〈換旅行支票〉、
〈問如何開活期存款戶頭〉等 49 篇。正文前有胡品清〈前言〉、
〈作者介紹〉。
2004 年上海交通版：內容與 2000 年天肯文化版相同。

迷你法國文學史

臺北：桂冠圖書公司
2000 年 7 月，32 開，289 頁
桂冠叢刊 81

本書為法國文學史之造像，以法國文學史的演變、作品賞析勾勒
法國歷代流派之紛紜，透過雅潔精確的翻譯展陳法國文藝豐實的
面貌。全書分二編，上編「文學史的演變」收錄〈法文之誕
生〉、〈中古時期（十一至十五世紀）〉、〈文藝復興（十六世紀）〉
等七章；下編「作品賞析」收錄〈導言〉、〈霍朗之死〉、〈佳人歐
德之死〉、〈時間〉、〈烏鴉和狐狸〉等 64 篇。正文前有胡品清
〈前言〉，正文後有〈參考書目〉、〈作者介紹〉、〈胡品清作品書
目〉。

法文秘笈（與楊淑娟合著）

臺北：志一出版社

2000 年 9 月，25 開，203 頁

本書為法語學習參考書，透過「正文之結構分析」、「舉一反三」、「情境對話」三主題，將法語學習生活化，極具實用性。全書分「疑問句」、「反身語」、「命令語與懇請語」等九部分，收錄〈你幾點開始工作？〉、〈你需要什麼嗎？〉、〈此物有何用？〉、〈這個手皮包是誰的？〉、〈這東西多少錢？〉365 句子及相關字詞，正文前有胡品清〈前言之一〉、楊淑娟〈前言之二〉。

這句話，法文怎麼說，中文怎麼說

臺北：志一出版社

2000 年 11 月，25 開，342 頁

本書為口語會話書，透過系統性的單元例句歸納實用性的生活情境用語。全書收錄「會」、「有」、「有……有……」、「是」、「是否」等 143 單元。正文前有胡品清〈前言〉。

基礎法文會話句型

臺北：志一出版社

2001 年 8 月，25 開，234 頁

本書為法文會話句型文法書。全書分「qui」、「que」、「où」、「quand」、「comment」、「combien」、「pourquoi」、「quoi」、「quel」、「lequel」、「Y a-t-il…」、「常用疑問句型」、「命令語」、「虛擬式」、「你常用到的一句話」15 章，收錄〈qui＋動詞＋補語〉、〈qui est-ce qui＋動詞＋補語〉、〈pour qui＋動詞＋補語〉、〈de qui＋動詞＋主詞及 de qui 作句尾〉、〈à qui ＋動詞＋主詞〉等 82 篇。正文前有胡品清〈前言〉，正文後有〈學動詞之捷徑〉、〈會話中常用之反身式及否定式〉、〈作者介紹〉、〈胡品清作品書目〉。

一句話，法文怎麼說，怎麼寫

臺北：志一出版社
2002 年 8 月，25 開，216 頁

本書為口語法語與書面法語之對照及書寫秘訣。正文前有胡品清〈序〉。

你臨時需要的一句話

臺北：志一出版社
2003 年 1 月，25 開，217 頁

本書為口語會話書。全書收錄「好久不見……」、「不好意思……」、「沒錯，……」等 12 單元。

四用法文

臺北：志一出版社
2003 年 7 月，25 開，310 頁
歐洲語言叢書 71

本書為法中互譯之文法書，透過解析諺語與成語、單字片語、文法及對白，重新建構中法語翻譯之準則。全書收錄〈一寸光陰一寸金，寸金難買寸光陰〉、〈光陰似箭，日月如梭〉、〈一年之計在於春，一日之計在於晨，一家之計在於和〉、〈一山難容二虎〉、〈今日事，今日畢〉等 633 篇。正文前有胡品清〈前言〉，正文後附錄〈臺灣的婚禮〉、〈臺灣常見的飲食〉、〈臺灣的節日〉、〈索引〉。

法漢慣用語辭典

臺北：志一出版社
2004 年 8 月，32 開，358 頁

本書為辭典工具書。正文前有胡品清〈前言〉，正文後有「索引」。

最新漢法綜合辭典（Monique Li 協撰）

臺北：志一出版社
2007 年 3 月，32 開，1194 頁

本書為辭典工具書。全書以英文 26 字母做為排序檢索。正文前有郭明進〈代序〉，正文後有「漢字拼音索引」。

生活與文化對談（與楊淑娟合著）

臺北：敦煌書局
2008 年 2 月，25 開，248 頁

本書為情境式主題會話書。全書分二篇，第一篇「La vie quotidienne 生活篇」收錄〈Dans l'avion 飛機上〉、〈À la douane 在海關〉、〈À la sortie de l'aéroport 機場出口處〉等 20 篇，第二篇「Autour de la culture 文化篇」收錄〈Première rencontre 初遇〉、〈La vie quotidienne 日常生活〉、〈Travail,récréation, sommeil 工作、娛樂、睡眠〉、〈Chez les Roux 在 Thomaz Roux 家〉、〈Aimez-vous le sport？妳是否愛運動？〉等 65 篇。正文前有法國文化圖輯、胡品清〈作者序一〉、楊淑娟〈作者序二〉，正文後附 CD。

【詩】

湄窗集

香港：中國藝文社
1956 年 9 月，40 開，52 頁

本書為作者首部詩集，以舊體詩形式，展露追尋人生理想飄零無依之情思，語言清麗典雅，被喻為具有李清照風格之作品。全書收錄〈追憶〉、〈如夢令〉、〈謁金門〉、〈菩薩蠻〉、〈虞美人〉等 97 首。正文前有王世昭〈王序〉、胡品清〈自序〉，正文後有胡品清〈虞美人代跋〉。

Arc-en-ciel（彩虹）

Paris：Seghers
1962 年，32 開，93 頁

本書作者以法文名「Hou P'in-Ts'ing」發表，為法文詩集。全書分 "LA POÉSIE"、"LA NUIT, LA PLUIE, L'AUTOMNE"、"PAYSAGES"、"DE LA FLEUR À L'OISEAU"、"INTÉRIEUR"、"L'ENFANCE AU MANÈGE"、"MON VISAGE INSO-MNIE-SOLITUDE"、"ELLE ET LUI"、"LA VIE CHOISIE" 九部分，收錄 "Instant et éternité"、"Création"、"La fleur n'est pas ouverte"、"Jardinage"、"Poète" 等 70 首。

文星 1965　　愛湄 1971

人造花

臺北：文星書店
1965 年 9 月，40 開，157 頁
文星叢刊 177

臺北：愛湄文藝出版社
1971 年 1 月，40 開，157 頁
愛湄文庫 18

本書為作者 1962 年自法國來臺後首部詩集，詩中流露追求理想之情感與寄望。全書分「鮫人之歌」、「黑色的聯想」二輯，收錄〈鮫人之歌〉、〈白楊與倒影〉、〈豐收的季節〉、〈未竟之旅〉等 41 首。正文前有胡品清〈自序〉。
1971 年愛湄版：內容與 1965 年文星版相同。

玻璃人

臺中：學人文化公司
1978 年 9 月，32 開，260 頁
學人叢書 13

本書題「玻璃人」，作者取其透明真誠以自喻，文字溫婉，富含哲理，融容對於生命的體察。全書共分「沈思時刻」、「抒情小唱」、「莊敬篇」、「兒童詩」四輯，收錄〈她的畫像〉、〈昨日今日明日〉、〈兩幀圖像〉、〈雕像〉、〈盲者之春〉等 102 首。正文前有〈史紫忱的話〉、胡品清〈關於「玻璃人的話」〉。

另一種夏娃

臺北：中國文化大學出版部
1984 年 12 月，32 開，253 頁

本書褪去過往詩集情感纖弱之面貌，轉以自我定位性鮮明之風格，被視為 1980 年代轉折之作，書中可見作者對自我的深刻寫照與思辨。全書分「小夜曲」、「零星」二輯，收錄〈歌劇〉、〈感情之舟〉、〈如雪的傳奇〉、〈風景畫〉、〈心網〉等 87 首。正文前有胡品清〈自序〉，正文後附錄胡品清〈關於新詩及詩人〉、文曉村〈讀胡品清教授的《玻璃人》〉、林文義〈美麗的異鄉人〉、〈胡品清作品年表〉。

冷香

臺北：漢藝色研文化公司
1987 年 2 月，25 開，190 頁
詩文之美 3

本書沿襲作者「只為純藝術而寫詩」之風格，將真、善、美、戀之追求託於紙上，筆法巧妙，極富動感。全書分「形上抒情」、「迷你畫」、「沈思時間」、「人像」、「靜物篇」、「植物園」、「動物園」、「夜歌」、「幽默篇」、「零星」十輯，收錄〈冷香〉、〈回答〉、〈畫音〉、〈我們的故事〉、〈零時〉等 112 首。正文前有胡品清〈寫在前面〉、〈作者簡介〉，正文後有〈胡品清寫作年表〉。

薔薇田

臺北：華欣文化中心
1991 年 3 月，新 25 開，173 頁
華欣文庫 8

本書分七輯，第一輯「形上抒情」收錄〈薔薇田〉、〈形上對白〉、〈戀語〉等 25 首；第二輯「沉思時間」收錄〈平面幾何〉、〈寫詩〉、〈我的名字是迴文〉等 19 首；第三輯「植物篇」收錄〈心谷中的薔薇〉、〈睡蓮〉、〈幽蘭〉等八首；第四輯「靜物篇」收錄〈雕塑〉、〈錄影機〉、〈陀螺〉等九首；第五輯「動物篇」收錄〈天鵝〉、〈天鵝之二〉、〈麻雀的話〉等六首；第六輯「人物篇」收錄〈詩人〉、〈素描家〉、〈教師〉等五首；第七輯「莊敬篇」收錄〈變形字〉、〈追思〉、〈六月四日斷腸時〉等五首。正文前有涂靜怡〈形上抒情的女詩人胡品清（代序）〉、〈評論家的話〉，正文後有〈胡品清作品年表〉。

秀威資訊 2002

秀威資訊 2003

最後的愛神木

臺北：秀威資訊科技公司
2002 年 11 月，25 開，229 頁
語言文學 G004

臺北：秀威資訊科技公司
2003 年 2 月，25 開，229 頁
語言文學類 PG001

本書取材生活與心靈世界，情致清遠幽婉，知性與感性相揉詩間，筆運精確浪漫，蘊含詩人對生活與自我的生命觀照。全書分八輯，第一輯「自畫像」收錄〈我的名字是迴文〉、〈自畫像〉、〈另一種夏娃〉等 12 首；第二輯「贈你的詩」收錄〈書簡是藝術〉、〈西班牙城堡〉、〈紙船〉等 29 首；第三輯「沉思時刻」收錄〈書寫前後〉、〈殘花〉、〈高速公路〉、〈類似性〉等 35 首；第四輯「植物篇」收錄〈栽一株非洲鳳仙〉、〈山茶〉、〈幽蘭〉等七首；第五輯「動物篇」收錄〈昆蟲學〉、〈蝶語〉、〈動物園〉等七首；第六輯「懷念篇」收錄〈阿眉廳〉、〈握別〉、〈不題〉等 11 首；第七輯「季節之歌」收錄〈秋思〉、〈山中春雨後〉、〈冬之歌〉等九首；第八輯「什錦篇」收錄〈今日〉、〈登指南宮〉、〈雨雲〉等 14 首。正文前有作者手跡、〈史紫忱的話〉、林峻楓〈唯美主義的空谷幽蘭女詩人胡品清〉、胡品清〈詩話（代序）〉、〈作者介紹〉、〈胡品清作品書目〉。
2003 年秀威版：與 2002 年秀威版內容相同。

【散文】

胡品清散文選

臺北：華岡出版社
1973 年 8 月，32 開，244 頁
新知叢書

本書集結作者 1962 年至 1973 年間作品，時幅範圍大，跳脫舊有
散文結構與句式，以詩式布局造就輕緩的文學節奏，意象獨特，
深具音樂性。全書分「抒情文」、「描寫文」、「敘事文」、「書
簡」、「日記」、「遊記」、「論說」、「專欄」八輯，收錄〈水仙的獨
白〉、〈金色的相思樹〉、〈子夜歌〉、〈猖狂吧，風雨！〉、〈鵁鶄之
歌〉等 65 篇。正文前有胡品清〈自序〉。

水晶球

臺北：水芙蓉出版社
1977 年 12 月，32 開，240 頁
水芙蓉書庫 111

本書集結自《新生報》「水晶球」副刊專欄文章，內容敘寫生活
所見所思，筆觸和暢，情思靈秀真摯。全書收錄〈芭琪的日
記〉、〈讀畫篇〉、〈砍不倒的月桂〉、〈詩歌、畫冊、六弦琴〉、〈夢
景〉等 54 篇。正文前有〈出版弁言〉、〈作者簡介〉、胡品清〈序
幕〉。

讀書集

臺北：大漢出版社
1977 年，25 開，126 頁

今查無藏本。

彩色音符

臺北：九歌出版社
1979 年 7 月，32 開，251 頁
九歌文庫 26

本書題「彩色音符」，作者取其生活多面及散文集主題多元之象
徵，內容誠呈出作者生命感受之多繁性，語言精巧，有詩之韻
味。全書分「抒情小唱」、「沈思之書」、「生活組曲」、「專欄」、
「莊敬篇」共五輯，收錄〈彩色音符〉、〈玻璃世界〉、〈靜物組
曲〉、〈月之絕對〉、〈秋在哪裏？〉等 52 篇。正文前有胡品清
〈自序〉。

不碎的雕像

臺北：九歌出版社
1980 年 7 月，32 開，233 頁
九歌文庫 50

本書為作者生活片斷拾綴，語言穠麗，富有詩性。全書收錄〈玻璃人語〉、〈攝氏九度〉、〈花卉篇〉、〈楓葉之歌〉等 44 篇。正文前有胡品清〈自序〉。

斜陽影裡的獨白

臺北：水芙蓉出版社
1980 年 9 月，32 開，220 頁
水芙蓉書庫 171

本書看似獨立成篇，實則繫於一軸，透過自然和靜物的描寫與聯想，將自我真實凝斂於有限的篇幅中，燭照出作者特有的心境，飽含玄理與詩意。全書收錄〈斜陽影裡的獨白〉、〈玩具狗的獨白〉、〈溪山夜月〉、〈檀香扇〉、〈失約〉等 55 篇。正文前有〈出版弁言〉、〈作者簡介〉、胡品清〈關於《斜陽影裡的獨白》〉。

畫雲的女人

臺北：彩虹出版社
1981 年 10 月，32 開，248 頁
彩虹叢書 179

本書為女性自照之懷想，以隱喻的書寫格調映現幽迴的哲理世界，語詞極富音樂性。全書收錄〈細水之歌〉、〈潘朵拉的盒子〉、〈也是一片水聲〉、〈心曲〉、〈春之晨〉等 72 篇。正文前有胡品清〈自序〉。

采風 1982　　采風 1987

不投郵的書簡

臺北：采風出版社
1982 年 1 月，32 開，267 頁
草原文庫 20

臺北：采風出版社
1987 年 1 月，32 開，248 頁
散文創作 30

本書為作者感時寄情之作，雖為散文形式，然
作者與作品間密度嵌合深，具故事性，有「人
文合一」之象。全書分「最後一幀畫像」、「沉
思時刻」、「不投郵的書簡」、「心字篇」、「花卉
篇」、「樂語」六輯，收錄〈零與無限〉、〈沒有年齡的女人〉、〈寂寞是一種心境〉、
〈第二號太陽〉、〈我的繆思〉等 59 篇。正文前有胡品清〈我的文學世界——代
序〉，正文後有〈作者寫作年表〉。
1987 年采風版：正文刪去〈考生的話〉、〈我譜就第十七首旋律〉、〈歌語〉、〈音
樂〉、〈假如沒有半瓶醋精神〉，正文後刪去〈作者寫作年表〉。

隱形的港灣

臺北：華欣文化中心
1983 年 1 月，32 開，240 頁

本書為作者生活懷想，文思溫雅，言情動人。全書分二輯，「感
性時間」收錄〈不死的淺粉玫瑰〉、〈魚之組曲〉、〈不投郵的書
簡〉等 26 篇；「什錦篇」收錄「象牙塔裏的女人」？？？〉、
〈塞納河畔的垂楊〉、〈蟲魂〉等 28 篇。正文前有胡品清〈詩序
——感情之舟〉，正文後有〈胡品清作品年表〉。

金色浮雕

臺北：中國文化大學出版部
1983 年 5 月，32 開，252 頁
華岡文叢第二輯

本書為作者心靈之寫真，以景物之描寫託喻內心世界，筆路緩
慢，情思真摯。全書分「山水」、「花卉」、「靜物」、「天象」、「心
圖」五輯，收錄〈停雲的山〉、〈假日，藍色的〉、〈福隆組曲〉、
〈天祥組曲〉、〈溪山夜月〉等 63 篇。正文前有胡品清〈序〉，正
文後有〈胡品清作品年表〉。

慕情

臺北：文經出版社
1984 年 12 月，25 開，212 頁
文經文庫 13

本書為作者生活寄語，落筆奔放，思紋純醇。全書收錄〈心語〉、〈受我最後祝福的人〉、〈愛之書〉、〈不完成的事〉等 41篇。正文前有胡品清〈月夜藝語——代序〉，正文後有〈胡品清作品年表〉。

玫瑰雨

臺北：文經出版社
1986 年 7 月，25 開，182 頁
文經文庫 31

本書為敘寫生活所遇之小品，以靜謐的筆調直抒心靈世界，各篇句法疊詠複沓，飽含音樂性。全書收錄〈心靈實驗室〉、〈等待篇〉、〈情智之書〉、〈斷片〉等 43 篇。正文前有胡品清〈自序〉。

藏音屋手記

臺北：合森文化公司
1990 年 1 月，新 25 開，158 頁
散文村 14

全書共分 264 節。本書為生活小品隨筆，各篇並無篇名章節，以詩性筆法而成，弦撥出作者忠於自我的感性心音，蘊含音樂性。正文前有胡品清〈自序：不是夢想而是追尋〉。

群眾 1995

合森 1991

今日情懷
臺北：合森文化公司
1991 年 1 月，新 25 開，222 頁
散文村 24

北京：群眾出版社
1995 年 1 月，13.7x18.3 公分，187 頁
臺灣名家散文叢書第一輯

本書為作者生活小品，文字靜嫻雅淑，內容可見作者童真與穩重之性格。全書分「春是戀的名字」、「刺鳥的神話」、「摘月的貓」、「請投入美與愛」四輯，收錄〈人在虛無縹緲間〉、〈兩地書簡〉、〈夏日短箋〉、〈寫給愛蕾〉、〈短箋〉等 62 篇。正文前有胡品清〈自序〉。
1995 年群眾版：內容與 1991 年合森版相同。

花牆
臺北：漢藝色研文化公司
1991 年 7 月，25 開，187 頁
散文集合 15

本書為作者生活拾萃，筆句洗練，深富作者獨特的哲思。全書分「形上戀文」、「情智之書」、「另一種墨寶」、「葉葉花花」、「生活中求印證」五卷，收錄 55 篇。正文前有〈史紫忱的話〉、胡品清〈藝語（代序）〉，正文後有〈胡品清作品年表〉。

細草
臺北：華欣文化中心
1996 年 4 月，13x21 公分，294 頁

本書為作者寄寓之作，行筆自然，真實質樸。全書分「第一輯　書簡」、「第二輯　花卉」、「第三輯　人物」、「第四輯　靜物」、「第五輯　情智篇」、「第六輯　綠窗瑣語」六輯，收錄〈燈下箋〉、〈落日〉、〈兩地書簡之一〉、〈兩地書簡之二〉、〈兩地書簡之三〉、〈兩地書簡之四〉等 84 篇。正文前有胡品清〈《細草》自序〉，正文後有〈關於作者〉、〈胡品清作品年表〉。

萬花筒

臺北：未來書城公司
2002 年 8 月，25 開，285 頁
文學書 043

本書集結作者個人感懷之文章。全書分「輯一　自畫像」、「輯二
情智篇」、「輯三　讀畫篇」、「輯四　人物篇」、「輯五　大自然
篇」、「輯六　小旅篇」、「輯七　花卉篇」、「輯八　靜物篇」、「輯
九　宗教篇」、「輯十　什錦篇」、「輯十一　讀書雜記」11 輯，
收錄〈我的名字是迴文〉、〈乳白色的粧臺〉、〈「象牙塔裡的女
人」？〉、〈方向盲和駕駛盤〉、〈微語〉等 74 篇。正文前有作家
手跡、〈史紫忱的話〉、胡品清〈代序　藝語〉，正文後附錄〈作
者介紹及其作品書目〉。

砍不倒的月桂

臺北：九歌出版社
2006 年 10 月，25 開，253 頁
典藏散文 NA05

本書為作者歷年作品之散文精選，文款而恬靜，於一貫清雅的筆
調中，展呈出作者的生命哲思。全書分「輯一　那個很波西米亞
的日子」、「輯二　寫給時間」、「輯三　做個孩子，真好！」三
輯，收錄〈彩色音符〉、〈大學生活憶語〉、〈石榴、楓葉、海棠
花〉、〈生活組曲〉43 篇。正文前有〈編輯凡例〉、李瑞騰〈序論
真誠面對自我——小記胡品清老師其人其文〉、胡品清〈代序
我的散文觀〉，正文後附錄張菱舲〈舊式才女與西洋仕女各半—
—胡品清的愛與愁〉、〈胡品清作品書目（摘要）〉。

香水樓手記

臺北：秀威資訊科技公司
2006 年 11 月，25 開，320 頁
語言文學類 PG0003

本書為作者歷年作品之散文精選，文典而質，流露作者寂靜而堅
強的流光實相。全書分「第一輯　我」、「第二輯　受我最後祝福
的人」、「第三輯　沉思時刻」、「第四輯　往事如烟」、「第五輯
什錦篇」、「第六輯　文學花園」六輯，收錄〈清字篇〉、〈沒有年
齡的女人〉、〈玻璃人語〉、〈水仙的獨白〉、〈永恆的夏娃〉等 69
篇。正文前有作家照片、傅達德〈香水樓中憶胡品清〉、蘇登家
〈詩人教授胡品清〉、〈史紫忱的話〉，正文後附錄〈胡品清作品
書目〉。

【翻譯】

Seghers1957

Seghers1960

La Poésie Chinoise-Anthologie des origines à nos jours
Paris : Seghers
1957 年 10 月，24 開，291 頁
collection « Mélior »

Paris：Seghers
1960 年，16 開，253 頁
collection « Mélior »

Paris : Club des librairies de France
1960 年，24 開，289 頁

Verviers：Gérard et cie
1966 年，24 開，248 頁
coll. « Marabout-Université » (n° 118)

臺北：中央圖書出版社
1992 年 11 月，25 開，280 頁

本書作者以法文名「Patricia Guillermaz」發表，為中國古詩譯介，以時繫年，紀遠近中國詩流之演變及差異，內容詳嚴，為 1949 年以來將中國詩作推介至法國文學界之重要書籍之一。全書分「PÉRIODE LÉGENDAIRE——CINQ EMPEREURS DYNASTIE HSIA」、「LES DYNASTIES DES SHANG ET DES CHOU」、「LES ROYAUMES COMBATTANTS Les Poèmes de Ch'u」、「LES TROIS ROYAUMES」、「LA DYNASTIE TSIN ET LES DYNASTIES DU NORD ET DU SUD」、「LA DYNASTIE SUI」、「LA DYNASTIE TANG」、「LES CINQ DYNASTIES」、「LA DYNASTIE SUNG」、「LA DYNASTIE YUAN」、「LA DYNASTIE MING」、「LA DYNASTIE TS'ING」12 章，收錄 "Deux Pluviers se répondent"、"La Jeune Fille sage"、"L'Homme à L'Air simple"、" Le Millet se courbe"、"Prière à Chung Tse"等 258 篇。正文前有 Patricia Guillermaz "TABLEAU SOMMAIRE DES DYNASTIES CHINOISES"、Patricia Guillermaz "INTRODUCTION"。

1960 年 Seghers 版：內容與 1957 年 Seghers 版相同。

1960 年 Club des librairies de France 版：內容與 1957 年 Seghers 版相同。

1966 年 Gérard et Cie 版：更名為 *La Poésie Chinoise-Des Origines à La Révolution*，為口袋書，內容與 1957 年 Seghers 版相同。

Club1960

Gérard1966

中央 1992

1992 年中央圖書版：更名為 *La Poésie Chinoise Ancienne*（中國古詩選），內容與 1957 年 Seghers 版相同。

Collection Mélior La Poésie Chinoise Contemporaine
Paris：Seghers-Marabout
1962 年 10 月，16 開，253 頁
collection « Mélior » (n° 24)

本書作者以法文名「Patricia Guillermaz」發表，另有題名「*La Poésie Chinoise Contemporaine*（中國新詩選）」，為中國詩人及作品譯詩選，詳介 1919 年至 1962 年大中國時代下詩人及其作品，取舉繁眾，譯詞精準細膩，為 1949 年以來將現代詩人推介至法國文學界之重要書籍之一。全書分「DU MOUVEMENT POUR LA RÉFORME DE LA LANGUE A L'AVÈNEMENT DU RÉGIME COMMUNISTE EN CHINE」、「LA RÉPUBLIQUE CHINOISE（1949-1962）」、「QUELQUES TEXTES DE LA POÉSIE SOCIALISTE（1949-1961）」共三部分，收錄詩人 HOU CHEU、PING SIN、LIEOU TA-PAI、K'ANG PAI-T'SING、TSONG PAI-HOUA 等 90 位，詩作"LE SOURIRE"、"A L'OMBRE DES ROSES"、"MULTIPLES ÉTOILES"、"EAUX PRINTANIÈRES" 等 232 首。正文前有 Patricia Guillermaz "NOTE"、Patricia Guillermaz "PRÉFACE"。

中國文化 1962

桂冠圖書 1976

桂冠圖書 2000

胡品清譯詩及新詩選／Charles Baudelaire 等著

臺北：中國文化研究所
1962 年 12 月，25 開，336 頁

臺北：桂冠圖書公司
1976 年 11 月，新 25 開，346 頁
桂冠叢刊 21

臺北：桂冠圖書公司
2000 年 8 月，25 開，262 頁
桂冠世界文學名著

詩選譯集。本書由 Charles Baudelaire 等著，胡品清翻譯，收錄發表於《中國一周》之法國作家評介及譯詩，譯詞工緻，詩文華美。全書分「葛紀葉」、「密勒瓦」、「瑪色琳‧德波赫德－瓦爾摩」等 19 位，收錄〈十四行〉、〈花盆〉、〈中華拾錦〉、〈鬱金香〉、〈葉之墜落〉等 129 首。正文前有張其昀〈張序〉，正文後附錄「譯者詩選」，計有〈鮫人之歌〉、〈致繆思〉、〈祈求〉、〈不題〉等 41 首。

1976 年桂冠版：更名為《法蘭西詩選》，為《胡品清譯詩及新詩選》翻譯部分之再版。正文內容及排序稍有調整，以「波特萊爾」為始，「拉都笛班」為終。正文前刪去張其昀〈張序〉，新增胡品清〈法國詩壇之諸貌——代譯序〉，正文後刪去「譯者詩選」。

2000 年桂冠版：更名為《法蘭西詩選》，為《胡品清譯詩及新詩選》翻譯部份重排及增補版。正文新增詩人「芙杭斯」、「德蒂伯爵夫人」、「歐雷昂」、「維雍」、「馬霍」、「冀葉夫人」、「杜柏雷」、「洪薩」、「拉貝」、「若德勒」、「日阿曼」、「德波特」、「拉豐登」、「費內農」、「儒貝赫」、「拉馬丁」、「內赫瓦」、「繆塞」、「普呂多姆」、「馬拉梅」、「羅特阿孟」、「韓波」、「米壽」等 23 位，新增詩作〈最後的願望〉、〈短歌五章（二首）〉、〈秋之歌〉、〈蒙德維德歐〉、〈讓位〉等 47 首，正文前刪去張其昀〈張序〉，新增法國詩人手稿、吳潛誠〈觀覽寰球文學的七彩光譜〉、胡品清〈法國詩壇之諸貌（代譯序）〉，正文後刪去「譯者詩選」，新增胡品清〈法國詩壇的演變〉、胡品清〈象徵主義與魏爾倫〉、胡品清〈略談超現實主義〉、〈胡品清作品書目〉、莫渝〈編後記〉。

做「人」的慾望／Anne Paton 等著

臺北：文星出版社
1965 年 1 月，40 開，178 頁
文星叢刊 85

短篇小說集。本書由 Anne Paton 等著，胡品清翻譯。全書收錄李
亞當〈做「人」的慾望〉、喬治見那諾斯〈達爾尚夫人〉、佛爾內
勒〈乞丐與豎琴〉、戈勒德夫人〈白日美人〉、約翰諾施艾〈大理
石的人〉、約翰克勒普錫格〈熱帶之夜〉、費爾南多〈恨苗的培
養〉、日厄荷默〈何瓦〉、瑪麗沙英內爾〈他的孩子〉、赫胥黎〈姬
歐貢達式的微笑〉、阿瑪拉斯格依爾〈索瑪〉、瑪菊莉費爾勃〈漂
流物〉、愛倫坡〈紅死病〉、E・M・否斯特〈籬笆之外〉等 14
篇。正文前有胡品清〈譯者序〉，正文後有蕭孟能〈「文星叢刊」
出版緣起〉。

珠江夜月／郭有守著

臺北：中國文化學院
1965 年 2 月，25 開，78 頁

傳記。本書由郭有守著，胡品清翻譯，為郭有守童年生活追
憶。全書分二部，收錄 21 章。正文前有胡品清〈我所知道的郭
有守先生〉、郭有守〈珠江夜月　前言〉。

水牛 1968　　水牛 1986

水牛 1981

世界短篇名著選譯

臺北：水牛出版社
1968 年 9 月，40 開，175 頁
水牛文庫 75

臺北：水牛出版社
1981 年 10 月，40 開，175 頁
水牛文庫 75

臺北：水牛圖書出版公司
1986 年 10 月，32 開，175 頁
名著譯叢 20

短篇小說集。本書由 Guy de Maupassant 等
著，胡品清翻譯。全書收錄莫泊桑〈假珠
寶〉、莫泊桑〈回歸〉、摩姆〈萬事通先
生〉、布儒斯馬爾歇爾〈老水手〉、莫利卡拉
根〈那個愛虛榮的人〉、朵若西派克〈男孩
和女孩〉、佛蘭克歐柯納爾〈奇蹟〉、布魯斯
馬歇爾〈被暴風雨吹打的〉、〈雪車〉、路易
芬伯〈音樂會〉、喀瑟林安波特〈繩子〉、沙
洛揚〈飛揚在鞦韆架上的勇敢青年〉、安納
〈寸草心〉、路易士烏利赫〈一個非戲劇化的
頃刻〉、尤朵拉威爾迪〈麗妃〉、馬多斯〈殘破的唸珠〉等 16 篇。正文前有胡品清
〈自序〉。
1981 年水牛版：內容與 1968 年水牛版相同。
1986 年水牛版：內容與 1968 年水牛版相同。

雄獅文化 1968　　雄獅文化 1969

寂寞的心靈／François Mauriac 著

臺北：雄獅文化公司
1968 年 10 月，32 開，102 頁
幼獅翻譯中心精選世界名著之 3

臺北：雄獅文化公司
1969 年 11 月，32 開，102 頁
幼獅譯叢

長篇小說。本書由 François Mauriac 著，胡品
清翻譯。全書收錄 13 章。正文前有胡品清
〈譯者序〉。本書前言內容錯置，正文有缺。
1969 年幼獅版：內容與 1968 年幼獅版相
同，為 1968 年幼獅版之修正。

水牛 1970　　水牛 1980

克麗西／Félicien Marceau 著

臺北：水牛出版社
1970 年 9 月，32 開，136 頁
水牛文庫 160

臺北：水牛出版社
1980 年 10 月，32 開，136 頁
水牛文庫 160

長篇小說。本書由 Félicien Marceau 著，胡品清翻
譯。全書收錄 19 章。正文前有胡品清〈譯者的
話〉。

1980 年水牛版：更名為《廣告女郎》。內容與
1970 年水牛版相同。

水牛 1986

水牛 1971

水牛 2008

水牛 1972

水牛 1983

秋之奏鳴曲

臺北：水牛出版社
1971 年 11 月，40 開，180 頁
水牛文庫 175

臺北：水牛出版社
1972 年 11 月，32 開，180 頁
水牛文庫 175

臺北：水牛出版社
1983 年 12 月，32 開，180 頁
水牛文庫 175

臺北：水牛出版社
1986 年 10 月，32 開，180 頁
名著譯叢 32

臺北：水牛圖書出版公司
2008 年 5 月，32 開，264 頁
創作選集 10

中篇小說集。本書由 Ramón María del Valle-
Inclán 等著，胡品清翻譯。全書收錄華里・
茵克郎〈秋之奏鳴曲〉、施德番・茨懷格
〈一顆心靈的殞滅〉、露薏絲・德・維穆琳
〈某夫人〉三篇。正文前有胡品清〈譯者
序〉。

1972 年水牛版：內容與 1971 年水牛版相
同。

1983 年水牛版：內容與 1971 年水牛版相
同。

1986 年水牛版：內容與 1971 年水牛版相

同。
2008 年水牛圖書版：正文與 1971 年水牛版
相同，正文後新增〈胡品清教授生平事
紀〉。

水牛 1971

時代文藝 1988

水牛 1988

水牛 2000

中西文化之比較／Bertrand Russell
著
臺北：水牛出版社
1971 年 11 月，40 開，177 頁
水牛羅素叢書 12
羅素選集之五

臺北：水牛出版社
1988 年 2 月，25 開，177 頁
哲學叢書 39

長春：時代文藝出版社
1988 年 4 月，32 開，126 頁

臺北：水牛出版社
2000 年 8 月，25 開，177 頁
哲學叢書 39

本書由 Bertrand Russell 著，胡品清翻譯，
為中西文化之論述集。全書收錄〈東方和
西方有關幸福的理想〉、〈中西文化之比
較〉、〈一個自由人的崇拜〉等十篇。正文
前有胡品清〈譯者序〉。
1988 年水牛版：更名為《羅素論中西文
化》，內容與 1971 年水牛版相同。
1988 年時代文藝版：更名為《一個自由人
的崇拜》，內容與 1971 年水牛版相同。
2000 年水牛版：內容與 1971 年水牛版相
同。

志文 1973　　**志文 2007**

巴黎的憂鬱／Charles Baudelaire 著

臺北：志文出版社
1973 年 4 月，32 開，210 頁
新潮文庫 85

臺北：志文出版社
2007 年 1 月，11.5x18.9 公分，210 頁
新潮文庫 85

散文詩集。本書由 Charles Baudelaire 著，胡品清翻譯。全書收錄〈異鄉人〉、〈老婦之失望〉、〈藝術家的禱文〉、〈取悅於人者〉、〈雙重的房間〉 等 51 首。 正文前有波特萊爾照片、胡品清〈波特萊爾的生涯——代譯序〉、波特萊爾〈給阿色納・吳色葉〉，正文後有波特萊爾〈詩藝〉、波特萊爾〈隱密的日記〉、波特萊爾〈我赤裸的心〉、〈波特萊爾年譜〉。

2007 年志文版：內容與 1973 年志文版相同。

大漢 1975　　**九歌 2000**

大漢 1977　　**九歌 2002**

怯寒的愛神／Françoise Sagan 著

臺北：大漢出版社
1975 年 11 月，32 開，170 頁
大漢叢書 1

臺北：大漢出版社
1977 年 9 月，32 開，170 頁
大漢叢書 1

臺北：九歌出版社
2000 年 3 月，25 開，213 頁
九歌文庫 920

臺北：九歌出版社
2002 年 9 月，25 開，213 頁
九歌文庫 920

長篇小說。本書由 Françoise Sagan 著，胡品清翻譯。全書分「第一部・春」、「第二部・夏」、「第三部・秋」三部，收錄 25 章。正文前有胡品清〈關於莎岡〉、胡品清〈關於《怯寒的愛神》〉。

1977 年大漢版：今查無藏本。
2000 年九歌版：正文與 1975 年大漢版相同，正文前刪去胡品清〈關於莎岡〉，新增胡品清〈譯序〉。
2002 年九歌版：更名為《真愛永不敗北》，正文與 1975 年大漢版相同，正文前刪去胡品清〈關於莎岡〉，新增胡品清〈譯序〉。

她的坎坷／Julien Green 著

臺北：大漢出版社
1976 年 3 月，32 開，285 頁
大漢叢書 5

長篇小說。本書由 Julien Green 著，胡品清翻譯。全書收錄 15
章。正文前有胡品清〈譯者的話〉，正文後有胡品清〈關於雨
連‧格林（Julien Green）和《她的坎坷》（Léviathan)〉。

心靈守護者／Françoise Sagan 著

臺北：志文出版社
1976 年 8 月，32 開，135 頁
新潮文庫 142

臺北：志文出版社
1983 年 12 月，32 開，135 頁
新潮文庫 142

長篇小說。本書由 Françoise Sagan 著，胡品
清翻譯。全書收錄 16 章。正文前有
Françoise Sagan 照片、胡品清〈莎岡與本書／

志文 1976　　　志文 1983

代譯序〉、新潮文庫編輯部〈關於莎岡其人及其作品〉。
1983 年志文版：內容與 1976 年志文版相同。

波法利夫人／Gustave Flaubert 著

臺北：志文出版社
1978 年 3 月，14.4x18 公分，455 頁
新潮文庫 183

臺北：志文出版社
2000 年 7 月，12.3x18.5 公分，455 頁
新潮文庫 183

長篇小說。本書由 Gustave Flaubert 著，胡
品清翻譯。全書共分三部。正文前有
Gustave Flaubert 照片、〈主要人物表〉、胡品
清〈譯序〉、新潮文庫編輯部〈福婁貝的一
生及其作品〉，正文後有〈摩利斯‧巴德施
的評論〉、波特萊爾〈論《波法利夫人》〉、
〈福婁貝年表〉。

志文 1978　　　志文 2000

2000 年志文版：內容與 1978 年志文版相
同。

安妮的戀情／Marguerite Duras 著

臺北：翻譯天地雜誌社
1978 年 10 月，32 開，212 頁

長篇小說。本書為 Marguerite Duras 著，胡品清翻譯。全書收錄〈安妮的戀情〉、〈「變心」中的古典，寫實與現代〉、〈挑戰〉、〈「嫉妒」與何布——格利耶〉四篇。正文前有胡品清〈法國「新」小說淺論——代序〉、胡品清〈細說《安妮的戀情》〉，正文後有胡品清〈後記〉，附錄胡品清〈法國二十世紀文學總論〉。

往事如煙／Katherine Mansfield 著

臺北：水芙蓉出版社
1979 年 1 月，32 開，201 頁
水芙蓉書庫 136

短篇小說集。本書由 Katherine Mansfield 著，胡品清翻譯。全書收錄〈雷吉諾・皮卡克先生的一天〉、〈心理學〉、〈紀念冊之頁〉、〈她的第一次舞會〉、〈卜麗兒小姐〉、〈影片〉、〈梨花樹〉、〈鴿先生與鴿夫人〉、〈金絲雀〉、〈往事如煙〉、〈洋娃娃的屋子〉、〈一杯茶〉、〈時尚婚姻〉、〈遊園會〉、〈兩小無猜〉等 15 篇。正文前有〈出版弁言〉、〈作者簡介〉、胡品清〈紐西蘭文壇上的一顆流星——凱瑟琳・曼絲菲爾德〉。

法國當代短篇小說選／Daniel Boulanger 等著

臺北：中國文化學院出版部
1980 年 3 月，32 開，213 頁
華岡文叢第一輯

短篇小說集。本書由 Daniel Boulanger 等著，胡品清翻譯。全書分「Daniel Boulanger 作品」、「Pierre Gascar 作品」、「Jean Giraudoux 作品」、「Marcel Jouhandeau 作品」、「Jehanne Jean-Charles 作品」、「Philippe Sollers 作品」、「G．Simenon 作品」七部分，收錄〈仲夏〉、〈海〉、〈光〉、〈馬塞勒的肖像〉、〈女友名冊〉、〈畫廊〉、〈哈東先生的最後一次眩昏〉、〈本月十二日華翰〉、〈小方場〉、〈誤會〉、〈匿名信〉、〈她和他〉、〈甘戴綠巾〉、〈不，你永遠不會知道〉、〈孀婦〉、〈水彩畫〉、〈「一杯茶」〉、〈挑戰〉、〈聖費阿克事件〉等 19 篇。正文前有胡品清〈譯者的話〉，正文後附錄「法國文壇之新貌」，收錄〈法國文壇新貌之一——總論〉、〈法國文壇新貌之二——「新」戲劇〉、〈法國文壇新貌之三——「新」小說〉等八篇。

二重奏／Sidonie-Gabrielle Colette 著

臺北：志文出版社
1980 年 12 月，32 開，236 頁
新潮文庫 238

長篇小說。本書由 Sidonie-Gabrielle Colette 著，胡品清翻譯。本書分二部，「第一部　伉儷」收錄 3 章；「第二部　姐妹之家」收錄 2 章。正文前有 Sidonie-Gabrielle Colette 照片、胡品清〈葛蕾德的寫作生涯〉、胡品清〈關於葛蕾德夫人及《二重奏》〉，正文後有〈葛蕾德年譜〉。

阿弗瑞德大帝／L. du Garde Peach 著

臺北：國際文化公司
1980 年 6 月，32 開，51 頁

本書由 L.du Garde Peach 著，胡品清翻譯。全書未分章節，敘述英格蘭王國歷史上第一位國王阿弗瑞德大帝之故事。

孔學今義／張其昀著

臺北：中國文化大學出版部
1982 年 6 月，24 開，450 頁

本書由張其昀著，胡品清翻譯。全書分"Chapitre I CONFUCIUS, ILLUSTRE PERSONNAGE"、"Chapitre II PHILOSOPHIE DE LA VIE"、"Chapitre III PHILOSOPHIE DE L'ÉDUCATION"、"Chapitre IV PHILOSOPHIE POLITIQUE"、"Chapitre V PHILOSOPHIE DU DROIT CIVIL"、"Chapitre VI LA PHILOSOPHIE DE L'ART"、"Chapitre VII LA PHILOSOPHIE DE L'HISTOIRE ET DES MUTATIONS"、"Chapitre VIII LA PHI-

LOSOPHIE MILITAIRE"、"Chapitre IX PHILOSOPHIE DE LA RELIGION"、
"Chapitre X LE CONFUCIANISTE IDÉAL"、"Chapitre XI LES DISCIPLESDE
CONFUCIUS"、"Chapitre XII LA TRADITION INTELLECTUELLE
CONFUCIANISTE"、"Chapitre XIV LES CLASSIQUES ET COMMÉMORATIONS
CONFUCIANISTES"、"Chapitre XIII LES CONTRIBUTIONS DU CONFUCIANISME
AUX PAYS ORIENTAUX"、"Chapitre XV LES CONTRIBUTIONS DE CONFUCIUS
AUX PAYS OCCIDENTAUX"、"Chapitre XVI L'ÈRE DE CONFUCIUS" 16 章，收錄
"Une personnalité hors pair"、"Son humanisme"、"Premier éducateur"、"Philosophe
accompli"、"Fondateur d'une ère nouvelle"等 226 篇。正文前有胡品清"Préface à
L'interprétation moderne du Confucianisme"。

戰國學術／張其昀著
臺北：中國文化大學出版部
1983 年 10 月，24 開，566 頁

本書由張其昀著，胡品清翻譯。全書分"Chapitre I Ciel étoilé"、
"Chapitre II Le sens profond du Tchong Jong et du Ta Sué"、
"ChapitreI II Mencius, maître de la démocratie"、"Chapitre IV
Siun tze, maître du rituel"、"Chapitre V L'école moïste,son amour
universel et son anti-attaque"、"Chapitre VI Les taoïstes non
agissants"、"Chapitre VII Les légalistes enrichissant et renforcant -
le pays"、"Chapitre VIII Les logiciens"、"Chapitre IX L'école de *yin* et de *yang*"、
"Chapitre X Partisans des alliances Horizontales et Verticales"、"Chapitre XI Écoles
des agronomes, des synthétisants et des romanciers"、"Chapitre XII L'École de l'art
militaire"、"Chapitre XIV Tsiu Yuenn, poète patriote"、"Chapitre XIII La pensée
scientifique à l'époque des Royaumes Combattants"、"Chapitre XV Les arts à l'époque
des Royaumes Combattants"、"Chapitre XVI Siècle de Mencius et de Siun Tze
（conclusion）"16 章，收錄 "L'âge d'or de l'histoire de la pensée"、"Les cent écoles
philosophiques"、"Les trois centres culturels à l'époque des Royaumes Combattants"、
"Le confucianisme, pensée orthodoxe à l'époque des Royaumes Combattants"、"Les
deux maîtres:Mencius et Siun Tze"等 289 篇。正文前有胡品清"Préface"。

邂逅／Louise de Vilmorin 著

臺北：黎明文化公司
1984 年 1 月，32 開，382 頁
名著譯叢

長篇小說。本書由 Louise de Vilmorin 著，胡品清翻譯。全書收錄 26 章。正文後有胡品清〈譯者的話〉、〈胡品清作品年表〉。

丁香花──近代法國名家「新」小說選

臺北：楓葉出版社
1985 年 2 月，32 開，168 頁

短篇小說集。本書由 Albert Camus 等著，胡品清翻譯。全書收錄摩瑞爾〈丁香花〉、多日勒斯〈夜行人〉、卡繆〈不忠的妻子〉、霍布－格利耶〈密室〉、莒哈絲〈工地〉、薩荷德〈等待〉、葛蕾德夫人〈摩利斯先生〉、霍布－格利耶〈舞臺〉、布朗熱〈靜物〉、色荷〈頃刻〉、葛蕾德夫人〈小偷〉、霍布－格利耶〈錯誤的方向〉、布朗熱〈牌局〉、葛蕾德大人〈死巷〉、薩荷德〈她們〉、色荷〈老伴〉、葛蕾德夫人〈前妻〉、芒迪亞格〈冥府旅社〉、色荷〈女老人院〉、尤絲娜〈最後戀情〉等 20 篇。正文前有胡品清〈譯者的話〉，正文後有〈譯者簡介〉、〈胡品清作品年表〉、胡晶玲〈編後〉。

情人／Marguerite Duras 著

臺北：文經出版社
1985 年 2 月，25 開，166 頁
文經文庫 15

臺北：中法公司出版部
1994 年 6 月，11.1x17.8 公分，282 頁

文經 1985　中法 1994

長篇小說。本書由 Marguerite Duras 著，胡品清翻譯，內容講述作者於越南與富有華僑男子的初戀故事，被視為作者自傳小說的代表作。正文前有 Marguerite Duras 照片、胡品清〈瑪格麗特・莒哈絲的世界（代序）〉、富杭斯瓦・奴利謝〈為什麼襲固爾獎的得主是莒哈絲？〉，正文後附錄比耶・畢亞〈莒哈絲海洋〉、〈莒哈絲寫作年表〉。
1994 年中法版：正文句式及內容稍有調整。正文前刪去 Marguerite Duras 照片。

遠古史／張其昀著

臺北：中國文化大學出版部
1986 年 7 月，32 開，465 頁

本書由張其昀著，胡品清翻譯。全書分 "Chapitre I Fu Hsi
（dompteur de boeuf）- chapitre premier de l'histoire chinoise"、
"Chapitre II Shen Nung（Cultivateur Divin, Fondateur de la
Chine comme Pays Agricole"、 "Chapitre III Huang Ti
（l'Empereur Jaune）: le plus grand inventeur dans la Chine
Ancienne"、 "Chapitre IV La guerre de Chuolu- Le Lever de ride-
au de la guerre défensive nationale"、 "Chapitre V Ts'ang Chieh,C-
réateur de la Langue"、 "Chapitre VI Les trois Rois et les cinq
Empereurs: les premiers descendants de Huang Ti"、 "Chapitre
VII L'empereur Yao, l'initiateur de l'héritage spirituel national"、
"ChapitreV III L'empereur Shun, l'introducteur du titre national de
la Chine: Chung Hua"、 "Chapitre IX L'empereur Yü, l'initiateur
des travaux hydrauliques chinois"、 "Chapitre X La dynastie Hsia,
période formatrice de l'Éthique Chinoise"、 "Chapitre XI Shao
K'ang et sa réhabilitation nationale"、 "Chapitre XII Ch'eng T'ang:
la révolution comforme aux souhaits du ciel et de l'homme"、
"Chapitre XIII Yi Yin, grand homme d'état d'origine humble"、
"Chapitre XIV La période Yin-Shang, l'âge du bronze la plus
splendide dans l'histoire chinoise"、 "Chapitre XV Les inscriptions
sur les os oraculaires-récits historiques immortels de la dynastie
Shang"、 "Chapitre XVI Géographie, homme, idées-Conclusion
de l'Histoire des Temps Anciens" 16 章，收錄 "L'aube de la
civilisation"、 "La naissance de la culture chinoise sur la Rivière
Huai"、 "Les rivières Ju et Ying: Lieu de naissance de la civilisation
chinoise ancienne"、 "Le phénix chantant au-dessus de la haute
montagne, la tribu est formée"、 "Le Dragon volant au ciel, Le roi
est né" 等 241 篇。正文前有 "Note sur la transcription des noms
chinois"、 胡品清 "Avant-propos"、 "Autobiographie de l'Auteur"
正文後有 "Index"。

兩億五千萬童子軍／László Nagy 著

臺北：幼獅文化公司
1986 年 10 月，25 開，252 頁

本書由 László Nagy 著，胡品清翻譯，為童子軍運動之學術專
題研究。全書分「第一部　大歷險的前奏」、「第二部　童子軍運
動」、「第三部　大躍進」、「第四部　貝登堡去世後的童子軍運
動」、「第五部　面目一新的童子軍運動」、「第六部　成功的解
剖」、「結論　孤兒與單身漢」七部，收錄〈十九世紀的一個構
想〉、〈偶然的軍人〉、〈軍用童子警探〉等 19 篇。正文前有李煥
〈李序〉、高銘輝〈高序〉、拉斯洛・那吉〈代序〉，正文後有〈世界童子軍運動組
織及結構〉、〈童子軍運動名詞彙編〉、〈世界童子軍運動組織的會員國〉等 13 篇。

法國歷代小詩精選／Marie de France 等著

臺北：中央圖書出版社
1987 年 6 月，24 開，127 頁

詩選集。本書由 Marie de France 等著，胡品清編譯。全書收錄
詩人 Marie de France、Charles, Duke of Orléans、Pierre de
Ronsard、Jean de La Fontaine 等 43 位，詩作"Lai breton"、
"Rondeau"、"À sa maîtresse"、"Le chêne et le roseau"、"Le paon
se plaignant à Junon"等 66 首。正文前有胡品清"Préface"。

漢藝色研 1987

漢藝色研 1992

愛的變奏曲

臺北：漢藝色研文化公司
1987 年 9 月，32 開，126 頁
詩文之美 7

臺北：漢藝色研文化公司
1992 年 8 月，19x13 公分，143 頁
書話筆記 11

詩選集。本書為 Charles Pierre Baudelaire
等著，胡品清翻譯。全書分「中古時期」、
「文藝復興時期」、「古典時期」、「浪漫時
期」、「巴拿斯派」、「象徵派」、「超現實派」、「當代篇」八輯，收錄瑪莉・德・傅
杭絲〈抒情小唱〉、克雷蒙・馬霍〈不再是從前的我〉、無名氏〈歌〉、洪薩〈戀
歌〉等 46 首。正文前有胡品清〈譯者的話〉，並有李蕭錕插畫。
1992 年漢藝色研版：此版為筆記本。

帶著我最美的回憶／Françoise Sagan 著

臺北：合森文化公司
1989 年 5 月，新 25 開，131 頁
散文村 4

本書由 Françoise Sagan 著，胡品清翻譯，為作者唯一的散文
集，記敘其自《日安憂鬱》成名後人世經歷之回憶。全書收錄
〈讀物〉、〈車速〉、〈給沙特的情書〉等十篇。正文前有〈散文
村散步〉、胡品清〈譯序　在火山上跳舞的作家〉，正文後附錄
〈關於《帶著我最美的回憶》〉、〈「日安，憂鬱」到「調色
盤」〉。

我的小托／André Lichtenberger 著

臺北：漢藝色研文化公司
1989 年 7 月，25 開，181 頁
少年知心文苑 1

長篇小說。本書由 André Lichtenberger 著，胡品清翻譯。全書
收錄〈小托的耶誕〉、〈英籍女家庭教師〉、〈小托在客廳裡〉、
〈阿洪先生的善事〉、〈德黑絲的故事〉、〈小托、貓咪、貴賓犬
吉普〉、〈媽媽的女友們〉、〈窮小孩〉、〈蝸牛〉、〈小托做訪
客〉、〈狂歡節的最後一天〉、〈小托病了〉、〈小托在康復中〉、
〈爸爸回來了〉、〈小托的使命〉等 15 篇。正文前有胡品清
〈關於《我的小托》的作者〉，正文後有〈胡品清小傳〉。

一兩個夢／Paul Valéry 等著

臺北：漢藝色研文化公司
1991 年 10 月，25 開，160 頁
詩文手札 31
情人筆記 6

詩選集。本書由 Paul Valéry 等著，胡品清翻譯。全書收錄迪莒
勒〈無題〉、梅雷阿格〈愛之夢〉、阿兒賽〈給薩佛的詩〉、卡
法非斯〈蠟炬〉、無名氏〈心病〉等 80 首。

星期三的紫羅蘭／André Maurois 等著

臺北：漢藝色研文化公司
1991 年 12 月，25 開，163 頁
小說集合 06

短篇小說集。本書由 André Maurois 等著，胡品清翻譯。全書
收錄莫華〈亢儷〉、貝海墨〈小房間〉、莫華〈信〉、蕾德謝
〈小旅〉、莫華〈迂迴〉、富赫德利克‧卜德〈邂逅〉、莫華
〈白屋〉、莫華〈綠腰帶〉、無名氏〈死巷〉、莫華〈黃金禍〉、
費德利克‧布得〈成功與幸福〉、莫華〈遺囑〉、莫華〈股市危
機〉、安德赫‧莫華〈星期三的紫羅蘭〉、華素蘭〈巴佛斯島的鵜
鶘〉、莫華〈季節花〉芒迪亞格、〈美女和毒芹〉、米歇爾‧杜涅〈繪畫的傳說〉、
米歇爾‧杜涅〈音樂與舞蹈的傳說〉等 19 篇。正文前有胡品清〈譯序〉。

水牛 1978

萬象 1996

水牛 1991　水牛 2002

萬象 1992

夜間飛行／Antoine de Saint-Exupéry 著

臺北：水牛出版社
1978 年 11 月，7.5x12 公分，142 頁
水牛文庫 154

臺北：水牛出版社
1991 年 7 月，32 開，142 頁
名著譯叢 30

臺北：萬象圖書公司
1992 年 6 月，42 開，136 頁
萬象文庫 6

臺北：萬象圖書公司
1996 年 11 月，11x17 公分，144 頁

臺北：水牛圖書出版公司
2002 年 7 月，11.5x17.5 公分，165 頁

長篇小說。本書由 Antoine de Saint-Exupéry
著，胡品清翻譯。全書共 23 章。正文前有
胡品清〈《夜間飛行》作者　聖‧艾克徐貝
利簡介〉。
1991 年水牛版：正文與 1978 年水牛版相
同。正文前胡品清〈《夜間飛行》作者
聖‧艾克徐貝利簡介〉更名為胡品清〈《夜
間飛行》作者　安瑞‧德‧聖德修佰里簡
介〉。
1992 年萬象版：正文與 1978 年水牛版相同。

正文前胡品清〈《夜間飛行》作者　聖‧艾克徐貝利簡介〉內容稍有調整，更名為〈作者簡介〉。

1996 年萬象版：正文除句式安排，字詞稍有調整。正文前刪去胡品清〈《夜間飛行》作者　聖‧艾克徐貝利簡介〉，新增〈關於安東尼‧聖艾修伯里〉、安德烈‧紀德〈序〉。

2002 年水牛版：正文除句式安排，字詞稍有調整，排版上另新增各章章名。正文前刪去胡品清〈《夜間飛行》作者　聖‧艾克徐貝利簡介〉，新增〈關於安東尼‧聖艾修伯里〉。

兄與弟／Guy de Maupassant 著

臺北：天肯文化出版公司
1998 年 12 月，新 25 開，321 頁

短篇小說。本書由 Guy de Maupassant 著，胡品清翻譯。全書分三部分。正文前有〈譯者介紹〉、胡品清〈譯序〉、〈作者介紹〉、格依‧德‧莫泊桑〈論小說〉，正文後有〈譯註〉。

戀曲及其他──美國女詩人 Sara Teasdale 的小詩

臺北：未來書城公司
2003 年 4 月，25 開，183 頁
文學書 B113

詩選集。本書由 Sara Teasdale 著，胡品清編譯。全書分「愛情　Love」、「風景　Scenery」、「智慧　Wisdom」、「創作　Creation」、「晚景　Old Age」、「什錦　Miscellanies」六輯，收錄〈THE NET 網〉、〈COME 來〉、〈DOORYARD ROSES 庭中的玫瑰〉、〈I WOULD LIVE IN YOUR LOVE 我願住在你之愛中〉、〈TO-NOGHT 今夜〉等 81 首。正文前有胡品清〈代譯序細緻、透明、慵倦的玫瑰詩人〉。

洛華 2005

駱珞 2015

落花　三語唐詩

臺中：洛華國際文教中心
2005 年 12 月，15x26.5 公分，138 頁

臺中：駱珞
2015 年 3 月，25 開，95 頁

本書首創英法中三語寫作。全書收錄〈山中問答〉、〈贈遠〉、〈閨情〉、〈長相思〉等 36 首。正文前有胡品清〈美麗的暑期作業〉、姜捷〈悠游於中法文學花園的親善大使——胡品清〉、Jiang Jye〈Professor Hu Pin-ching, Patricia, an ambassador of good will wandering in the garden of Chinese and French literature〉，正文後有胡品清〈中國的古詩與新詩〉、Patricia, Pin-ching Hu〈Chinese Poetry, Classical and Modern〉、駱珞〈花落蓮成〉、〈譯者生平著作簡介〉、〈周之林簡介〉、〈唐健風簡介〉。

2015 年駱珞版：更名為《唐詩古韻　河洛漢語中、英、法三語唐詩》，由吳耀贇附加河洛漢語拼音，正文內容相同，正文前刪去胡品清〈美麗的暑期作業〉、姜捷〈悠游於中法文學花園的親善大使——胡品清〉、Jiang Jye〈Professor Hu Pin-ching, Patricia, an ambassador of good will wandering in the garden of Chinese and French literature〉，新增〈河洛漢語作者——吳耀贇〉、吳耀贇〈河洛漢語基礎教材〉，正文後刪去胡品清〈中國的古詩與新詩〉、Patricia, Pin-ching Hu〈Chinese Poetry, Classical and Modern〉、駱珞〈花落蓮成〉、〈譯者生平著作簡介〉、〈周之林簡介〉、〈唐健風簡介〉，新增〈胡品清教授〉、姜捷〈Professor Hu Pin-ching, Patricia, an ambassador of good will wandering in the garden of Chinese and French literature〉（魏徹德譯）、Lorrie Lo Wagamon〈Publisher's Note〉、駱珞〈笑談三語唐詩〉、〈畫作集錦〉、〈葉君萍簡歷〉。

唐詩三百首（Trois Cents Poèmes des Tang）

北京：北京大學出版社
2006 年 8 月，18 開，365 頁

本書為唐詩三百首之中法對照本。全書收錄詩人虞世南、孔紹安、王績、寒山、上官儀等 99 位，詩作〈蟬〉、〈詠螢〉、〈落葉〉、〈過酒家〉、〈野望〉等 301 首。正文前有胡品清〈序〉。

法蘭西詩選／Charles Baudelaire 等著

上海：三聯書店
2014 年 6 月，32 開，483 頁

本書以 2000 年桂冠圖書公司《法蘭西詩選》為底本，並參校
《迷你法國文學史》，各篇篇目重新編排。全書分「瑪麗‧
德‧法蘭西」、「德‧迪伯爵夫人」、「查理‧德‧奧爾良」、「皮
埃爾‧德‧龍沙」等 40 位詩人，收錄〈忍冬花（節譯）〉、〈深
沉的痛楚降臨於我〉、〈春天〉、〈海倫之樹〉、〈麗人〉等 162
首。正文前有〈出版前言〉、〈譯者小傳〉、胡品清〈譯序　法
國詩壇之諸貌〉，正文後有胡品清〈法國詩壇的演變〉、胡品清
〈象徵主義魏爾倫〉、胡品清〈略談超現實主義〉、莫渝〈編後
記〉。

【合集】

夢的船

臺北：皇冠出版社
1967 年 1 月，32 開，226 頁
皇冠叢書第 116 種

散文、小說、詩合集。全書分三輯，「第一輯　散文」收錄
〈我藏書的小樓〉、〈秋節〉、〈華岡的黃昏〉、〈花和我〉等 43
篇；「第二輯　小說」收錄〈四個凌亂的夢〉、〈晚餐〉、〈夢的
船〉等九篇；「第三輯　新詩」收錄〈無聲的曲子〉、〈暮歌〉、
〈花間路〉等 15 首。

水牛 1967

水牛 1977

水牛 1987

水牛 2008

夢幻組曲

臺北：水牛出版社
1967 年 9 月，40 開，242 頁
水牛文庫 14

臺北：水牛出版社
1977 年 7 月，32 開，242 頁
水牛文庫 14

臺北：水牛出版社
1987 年 12 月，32 開，242 頁
創作選集 48

臺北：水牛圖書出版公司
2008 年 5 月，32 開，305 頁
創作選集 11

散文、小說、詩、論述合集。全書分四輯，「第一輯　小品」
收錄〈褪了色的花瓣〉、〈日記一則〉、〈我在陽明山〉等 27
篇；「第二輯　小說」收錄〈阿菊的男朋友〉、〈地球的兩半〉、
〈三色堇〉等四篇；「第三輯　詩」收錄〈大榕樹〉、〈月夜的
聯想〉、〈粧鏡之歌〉等六首；「第四輯　文學評論」收錄〈論李
後主的詞〉、〈論李清照的詞〉、〈象徵主義與魏爾倫〉等七篇。
正文前有胡品清〈序〉。
1977 年水牛版：內容與 1967 年水牛版相同。
1987 年水牛版：內容與 1967 年水牛版相同。
2008 年水牛版：正文與 1967 年水牛版相同，正文前胡品清
〈序〉更為胡品清〈自序〉，正文後新增〈胡品清教授生平事
紀〉。

水牛 1967

水牛 1977

水牛 1988

水牛 2008

晚開的歐薄荷

臺北：水牛出版社
1968 年 5 月，40 開，203 頁
水牛文庫 45

臺北：水牛出版社
1977 年 7 月，32 開，203 頁
水牛文庫 45

臺北：水牛出版社
1988 年 10 月，32 開，203 頁
創作選集 40

臺北：水牛圖書出版公司
2008 年 5 月，32 開，262 頁
創作選集 9

散文、書簡、詩、翻譯合集。全書分四輯，「第一輯　小品」
收錄〈斷片〉、〈憶〉、〈四人行〉等 16 篇；「第二輯　書簡」收
錄〈深山書簡〉、〈不屬於我的晴天〉、〈一封無法投遞的信〉等
四篇；「第三輯　詩」收錄〈補償〉、〈呼喚〉、〈七月詩箋〉等
12 首；「第四輯　翻譯小說」收錄〈霧角〉、〈醃蒔蘿〉、〈蜘蛛
蜘蛛〉等六篇。正文前有胡品清〈自序〉。
1977 年水牛版：內容與 1968 年水牛版相同。
1988 年水牛版：內容與 1968 年水牛版相同。
2008 年水牛版：正文與 1968 年水牛版相同，正文後新增〈胡
品清教授生平事紀〉。

水牛 1968

水牛 1981

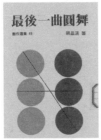

水牛 1988

水牛 2008

最後一曲圓舞

臺北：水牛出版社
1968 年 3 月，40 開，208 頁
水牛文庫 30

臺北：水牛出版社
1981 年 12 月，32 開，208 頁
水牛文庫 30

臺北：水牛出版社
1988 年 8 月，32 開，208 頁
創作選集 49

臺北：水牛圖書出版公司
2008 年 5 月，32 開，268 頁
創作選集 8

書簡、散文、詩、論述、翻譯合集。全書分五輯，「第一輯
簡書」收錄〈深山書簡（一～十一）〉、〈給七個乖巧的女
孩〉、〈妳是第八個〉等 11 篇；「第二輯　小品」收錄〈窗外
的色納河〉、〈童話〉、〈一個未知論者的禱文〉等 12 篇；「第
三輯　詩」收錄〈最後一曲圓舞〉、〈也是三月〉、〈春〉等八
篇；「第四輯　文藝評論」收錄〈我對寫作的看法〉、〈我對翻
譯的看法〉、〈李爾王在藝術館〉等六篇；「第五輯　翻譯小
說」收錄〈幸福〉、〈被遺棄的魏特歐老奶奶〉、〈親愛的〉等
四篇。正文前有胡品清〈淡淡的墨痕中──代序〉。
1981 年水牛版：內容與 1968 年水牛版相同。
1988 年水牛版：內容與 1968 年水牛版相同。
2008 年水牛版：正文與 1968 年水牛版相同，正文後新增〈胡
品清教授生平事紀〉。

水牛 1969

水牛 1979

水牛 2008

芒花球

臺北：水牛出版社
1969 年 5 月，40 開，300 頁
水牛文庫 115

臺北：水牛出版社
1979 年 6 月，32 開，300 頁
水牛文庫 115

臺北：水牛圖書出版公司
2008 年 5 月，25 開，200 頁
創作選集 12

散文、書簡、詩、論述合集。全書分四部分，「小品」收錄
〈十四枚亮麗的貝殼〉、〈走在濛濛的霧裏〉、〈被扼殺的元
旦〉等 27 篇；「書簡」收錄〈深山書簡八則〉、〈給那個耳聾
的女孩〉、〈凌晨書簡〉等九篇；「詩」收錄〈如虹的相思
色〉、〈童話〉、〈感恩節〉等 16 首；「藝文片談」收錄〈保羅
克洛德爾誕辰三週年紀念〉、〈法國劇壇的演變〉、〈凱薩大帝
在中國文化學院〉等六篇。正文前有胡品清〈自序〉，正文後
附錄張菱舲〈山居者〉、孔瑤〈給詩人〉、華子〈雨夜書簡〉、
藍明〈給胡品清〉、朱秉義〈《寂寞的心靈》讀後感〉。
1979 年水牛版：內容與 1969 年水牛版相同。
2008 年水牛版：正文與 1969 年水牛版相同，正文後刪去張菱
舲〈山居者〉、孔瑤〈給詩人〉、華子〈雨夜書簡〉、藍明〈給
胡品清〉、朱秉義〈《寂寞的心靈》讀後感〉，新增〈胡品清教
授生平事紀〉。

仙人掌

臺北：三民書局
1970 年 11 月，40 開，276 頁
三民文庫 113

散文、書簡、論述、翻譯合集。全書分四輯，「第一輯　小品」
收錄〈春之組曲〉、〈紫菀〉、〈靜物〉等 37 篇；「第二輯　書簡」
收錄〈深山書簡十六則〉；「第三輯　關於新詩」收錄〈關於新詩
及詩人〉、〈一首詩的誕生〉、〈論新詩的語言之一〉等 12 篇；「第
四輯　譯介」收錄〈二十世紀的法國文藝思潮〉、〈法國心理小說
大師普胡斯特〉、〈關於羅曼羅蘭〉等五篇。正文前有三民書局編
輯委員會〈三民文庫編刊序言〉、胡品清〈自序〉。

水仙的獨白

臺北：三民書局
1972 年 9 月，40 開，267 頁
三民文庫 161

散文、書簡、翻譯合集。全書分三輯，「第一輯　小品」收錄〈鶼
鶼之歌〉、〈紗帽山前〉、〈子夜歌〉等 28 篇；「第二輯　書簡」收
錄〈深山書簡十八則〉、〈高山詩簡六則〉二篇；「第三輯　譯介」
收錄〈波德萊爾與惡之花〉、〈我讀朱志泰的〈中英詩歌之比
較〉〉、〈貝恩詩選〉等五篇。正文前有三民書局編輯委員會〈三民
文庫編刊序言〉、胡品清〈自序〉，正文後有胡品清〈代跋──心靈
的婚禮〉、周伯乃〈永恆的異鄉人〉。

芭琪的雕像

臺北：三民書局
1974 年 3 月，40 開，172 頁
三民文庫 187

小說、散文、書簡、日記、詩合集。全書分五輯，「第一輯　短篇
小說」收錄〈芭琪的雕像〉、〈斗室終的拂逆〉、〈遺像〉三篇；「第
二輯　小品」收錄〈中學生活憶語〉、〈童話〉、〈夢幻湖〉等 18
篇；「第三輯　書簡」收錄〈深山書簡十一則〉、〈病房書札〉、〈高
山詩簡〉三篇；「第四輯　日記」收錄〈歐菲麗亞的日記四則〉；
「第五輯　詩」收錄〈當蟬聲初唱〉、〈廢墟〉、〈白日之死亡〉三首
。正文前有三民書局編輯委員會〈三民文庫編刊序言〉、胡品清〈自序〉，正文後
有附錄蘇登家〈詩人教授胡品清〉、文文〈讀《水仙的獨白》〉。

水牛 1979　　　　水牛 2011

胡品清自選集

臺北：黎明文化公司
1975 年 1 月，32 開，228 頁
中國新文學叢刊 21

臺北：黎明文化公司
2011 年 4 月，25 開，240 頁
中國新文學叢刊 21

小說、散文、書簡、日記合集。全書收錄
〈童話〉、〈覆盆子酒〉、〈香檳泉〉等 26
篇。正文前有作家照片及手跡、〈小傳〉、胡
品清〈自序〉，正文後有周伯乃〈永恆的異鄉人〉、張菱舲〈山居者〉、〈作品書
目〉。
2011 年黎明版：電子書形式，內容與 1975 年黎明版相同。

歐菲麗亞的日記

臺北：水芙蓉出版社
1975 年 3 月，32 開，216 頁
水芙蓉書庫 30

散文、詩、翻譯合集。全書分三輯，「第一輯　小品」收錄
〈歐菲麗亞的日記〉、〈深山書簡〉、〈香檳泉的呢喃〉等 22
篇；「第二輯　詩」收錄〈江流〉、〈長廊的憂鬱〉、〈塚草芊
芊〉等四篇；「第三輯　西洋文學譯介」收錄〈關於 Wolfgang
Borchert〉、〈翻譯小說四篇〉、〈法蘭西古詩一束〉三篇。正文
前有水芙蓉出版社編輯部〈出版弁言〉、胡品清〈自序〉、蘇登
家〈詩人教授──胡品清〉。

水芙蓉 1975

水芙蓉 1975

夢之花

臺北：水芙蓉出版社
1975 年 10 月，32 開，210 頁
水芙蓉書庫 52

臺北：水芙蓉出版社
1980 年 11 月，32 開，214 頁
水芙蓉書庫 52

小說、散文、詩合集。全書分四輯，「第一輯　小說」收錄
〈眼睛〉、〈幻術的禮物〉、〈蠟像〉等五篇；「第二輯　小品」
收錄〈夢之花〉、〈海岸〉、〈雷雨交響曲〉等 26 篇；「第三輯
專欄」收錄〈夢谷呢喃（七則)〉；「第四輯　詩」收錄〈如許
的夢〉、〈夸父〉、〈驚惶〉等 16 首。正文前有水芙蓉出版社編
輯部〈出版弁言〉、〈作者簡介〉、胡品清〈最後一曲夜歌──
代序〉。
1980 年水芙蓉版：正文與 1975 年水芙蓉版相同，正文後新增
于還素〈《夢之花》評介〉。

寂寞的港灣

臺北：水牛圖書出版公司
2008 年 5 月，32 開，180 頁
創作選集 13

散文、書簡、詩合集。本書為《芒球花》中部分章節。全書
分三輯，「小品」收錄〈我是誰？〉、〈心語〉、〈向空虛沉落〉
等 16 篇；「書簡」收錄〈紅葉詩箋〉、〈歲暮詩箋〉、〈給我你
的名字〉等五篇；「詩」收錄〈我的窄門〉、〈秋葉〉、〈寂寞的
港灣〉等八篇。正文前有胡品清〈自序〉，正文後有張菱舲
〈山居者〉、孔瑤〈給詩人〉、華子〈雨夜書簡——給山岡上瘦
瘦的女詩人〉、藍明〈給胡品清〉、朱秉義〈《寂寞的心靈》讀
後感〉、〈胡品清教授生平事紀〉。

文學年表

1920 年	11 月	14 日（農曆 10 月 4 日），籍貫浙江紹興，生於浙江寧波。父胡一東，母黎慧珍，排行長女，下有二妹。
1926 年	本年	父病逝於國民革命軍北伐戰場，隨祖母長居江西南昌鄉間別墅，受祖母影響，自四歲開始背誦四書五經，打下堅實文學基礎，亦造就多愁善感的詩心及個性。
1932 年	本年	至 1938 年夏，於贛江之濱葆靈女中念中學。
1938 年	9 月	以第一名成績考入浙江省杭州市浙江大學文學院外國語文學系。
1942 年	6 月	自浙江大學文學院外國語文學系畢業。
	本年	任重慶沙坪壩南開中學英文老師。
1944 年	本年	辭去南開中學英文老師教職，任中央通訊社英文編輯、法國駐華大使館新聞處翻譯。
1945 年	本年	任香港《星島日報》編輯。
1946 年	4 月	11 日，〈法國著名女飛行員，瑪麗絲依斯失事殉職，她保有高空飛行紀錄〉發表於《中央日報》5 版。
		17 日，翻譯〈國際機構與法國光輝〉於《中央日報》5 版。
	本年	任伊朗駐中國大使館英文秘書。
1949 年	本年	與法國駐華武官亞歷山大紀業馬將軍（Jacques Guillermaz）結婚。
1950 年	本年	任香港《星島日報》巴黎特派員。
1951 年	本年	隨亞歷山大紀業馬將軍派駐泰國曼谷。

1956 年	5 月	〈水調歌頭──題黃劍珠女士遺集〉發表於《文學世界》復刊號。
	9 月	詩集《湄窗集》由香港中國藝文社出版。
	10 月	就讀法國 Université de Paris Faculté des Lettres。
1957 年	10 月	翻譯 *La Poésie Chinoise-Anthologie des origines à nos jours*，由 Paris Seghers 出版。
	本年	與亞歷山大紀業馬將軍返法國巴黎。
		論文計畫以〈法國自由詩對中國新詩之影響〉為題通過法國教育部博士候選人資格檢定考。
1958 年	1 月	"Caractères de la poésie chinoise" 以法文名「Patricia Guillermaz」發表於 *France-Asie* 第 14 卷第 140 期。
	6 月	自法國 Université de Paris Faculté des Lettres 結業。
1960 年	本年	翻譯 *La Poésie Chinoise-Anthologie des origines à nos jours* 由 Paris Seghers、Paris Club des librairies de France 出版。
1961 年	4 月	以法文名「Patricia Guillermaz」翻譯 *Chanson de quatre saisons : pour chant et piano*，由 Marcel Quinet 作曲，Yao Hsin Hsien 作詩，由 Brussels CeBeDeM 出版。
	6 月	翻譯 Amavis〈今日法國詩壇之面貌〉於《藍星季刊》第 1 期。
	9 月	7～11 日，應邀出席比利時詩人報（Le Journal des Poètes）、比利時教育部於比利時 Knokke-le-Zoute Albert Plage 舉辦的「比利時國際詩人二年會」（Biennale Internationale de Poésie à Belgique）。
	12 月	10 日，詩作〈拾薪人〉發表於《藍星詩頁》第 37 期。
		以「花房五題」為題，集結詩作〈有詢〉、〈松枝〉、〈天秤〉、〈夜〉、〈不題〉，以「伊凡戈爾詩選」為題，翻譯 Yvan Goll 詩作〈芭爾默妮亞〉、〈法蘭西之大難〉、〈無地約翰之身

份〉、〈浪子無地之約翰〉、〈若布〉、〈頭顱〉、〈恐怖〉、〈夕暮之歌〉、〈馬來亞之歌〉，並有〈法國現代詩人伊凡・戈爾〉、〈國際詩人二年會之活動與概況〉發表於《藍星季刊》第 2 期。

1962 年　1 月　1 日，〈中國文物詩畫在巴黎〉發表於《中國一周》第 610 期。

15 日，〈就古今碑錄略談法國詩人謝閣蘭與中國〉發表於《中國一周》第 612 期。

29 日、2 月 12、19 日，翻譯〈古今碑錄選譯〉於《中國一周》第 614、616、617 期。

2 月　5 日，〈略談法國詩人葛紀葉〉發表於《中國一周》第 615 期。

26 日，〈法蘭西學院〉、〈法國象徵派大師魏爾倫上〉發表於《中國一周》第 618 期。

3 月　5 日，〈法國象徵派大師魏爾倫中〉發表於《中國一周》第 619 期。

12 日，〈法國象徵派大師魏爾倫下〉發表於《中國一周》第 620 期。

19、26 日，〈新詩一束〉連載於《中國一周》第 621、622 期。

翻譯 Louise Labé 詩作〈十四行三題〉於《詩・散文・木刻》第 3 期。

4 月　2 日，〈我所知道的德波萊爾〉發表於《中國一周》第 623 期。

9 日，〈法國詩人徐貝維爾〉發表於《中國一周》第 624 期。

16 日，〈比國象徵派詩人魏爾哈恩〉發表於《中國一周》第

625 期。

23 日，〈略談法國詩人保羅克洛德爾〉發表於《中國一周》第 626 期。

30 日，〈略談法國女詩人諾阿依伯爵夫人〉發表於《中國一周》第 627 期。

5月　7 日，〈新詩一束〉發表於《中國一周》第 628 期。

14 日，〈新詩一束〉發表於《中國一周》第 629 期。

21 日，〈新詩一束〉發表於《中國一周》第 630 期。

28 日，〈新詩一束〉發表於《中國一周》第 631 期。

以「巴黎詩抄」為題，集結詩作〈艾菲鐵塔〉、〈鄉愁〉，以「儒勒日勒詩選」為題，翻譯 Jules Gille 詩作〈一筐蘋果〉、〈枯葉之火〉，並有〈法國超現派詩人羅勃德斯諾斯〉發表於《藍星季刊》第 3 期。

6月　4、11 日，翻譯〈《惡之花》選譯〉於《中國一周》第 632、633 期。

18、25 日，〈略談田園詩人法蘭西斯詹姆士〉連載於《中國一周》第 634、635 期。

7月　2 日，〈鄉愁〉發表於《中國一周》第 636 期。

9 日，〈漫談法國詩人高克多〉發表於《中國一周》第 637 期。

16 日，〈法國浪漫派詩人密勒瓦〉發表於《中國一周》第 638 期。

30 日，〈略談法國詩人聖約翰波斯〉發表於《中國一周》第 640 期。

8月　以「聖約翰波斯詩抄」為題，翻譯 Saint-John Perse 詩作〈頌歌之五〉、〈頌歌（節錄）〉、〈頌歌之十八〉、〈歌曲〉、〈遠征內陸之七〉、〈流亡之一〉、〈風〉，以「法國現代女詩

人克萊爾戈爾詩抄」為題，翻譯 Claire Goll 詩作〈未題〉、〈圍巾〉、〈追悔〉、〈不再〉，並有〈我所知道的聖約翰波斯〉發表於《創世紀》第 17 期。

9 月　以「愛情二重奏選譯」為題，翻譯詩作〈伊凡致克萊爾〉、〈一個良好的戀人〉、〈馬來亞之歌〉、〈克萊爾致伊凡〉於《文壇》第 27 期。

10 月　翻譯 Paul Verlaine 詩作〈良善之歌（一）〉、〈良善之歌（二）〉、〈月光〉、〈牧羊人的時辰〉、〈感情的對白〉、〈三年之後〉、〈哲慧之歌〉、〈巴黎速寫〉，並有〈法國象徵派大師魏爾倫（Paul Verlaine）譯介〉發表於《葡萄園》第 2 期。

結束婚姻後自法國巴黎來臺，受中國文化大學創辦人張其昀先生之邀，於法國語文學系任教。

以「魏爾倫詩三首」為題，翻譯 Paul Verlaine 詩作〈致 S 夫人——並寄贈一朵黑蝴蝶花〉、〈水彩〉、〈曼陀鈴〉於《詩・散文・木刻》第 4 期。

翻譯 Collection Mélior La Poésie Chinoise Contemporaine，由 Paris Seghers-Marabout 出版。

11 月　5 日，〈繆塞與威尼斯〉發表於《中國一周》第 654 期。

12 日，〈法國歷代的文化沙龍〉發表於《中國一周》第 655 期。

19 日，〈法國文化沙龍及法蘭西學院之成立〉發表於《中國一周》第 656 期。

26 日，〈法國歷代的文化沙龍（十八世紀）〉發表於《中國一周》第 657 期。

詩作〈謝幕者〉、〈白楊與倒影〉發表於《亞洲文學》第 32 期。

以「藍波詩選」為題，翻譯 Arthur Rimbaud 詩作〈地獄中之

一季〉、〈文字煉金術〉、〈母音〉、〈驪歌〉、〈守夜〉、〈感覺〉、〈戀之沙漠〉、〈黎明〉、〈生活〉，並有詩作〈鮫人之歌〉（二首），〈略談法國名詩人藍波〉、〈遙寄祖國的詩友們——寫於法譯《中國新詩選》問世的前夕〉發表於《藍星季刊》第 4 期。

12 月　3 日，〈法國歷代的文化沙龍(十九世紀)〉發表於《中國一周》第 658 期。

10 日，〈現代詩人的王國——比利時〉發表於《中國一周》第 659 期。

17 日，〈法語之演變與特徵〉發表於《中國一周》第 660 期。

〈今日法國小說諸貌（I）〉發表於《文壇》第 30 期。

詩集 *Arc-en-ciel*（彩虹）由 Paris Seghers 出版。

翻譯《胡品清譯詩及新詩選》，由臺北中國文化研究所出版。

1963 年　1 月　翻譯 Paul Adam 短篇小說〈做「人」的慾望〉於《文壇》第 31 期。

翻譯 Charles Baudelaire 詩作〈陶醉你自己〉、〈海港〉於《葡萄園》第 3 期。

2 月　翻譯 Georges Bernanos 短篇小說〈達爾尚夫人〉於《文壇》第 32 期。

4 月　1 日，〈大成館〉發表於《中國一周》第 675 期。

29 日，〈女神之再誕〉發表於《中國一周》第 679 期。

詩作〈清冷的六月〉發表於《野風》第 173 期。

翻譯 Marie de France 詩作〈抒情小唱〉、La Comtesse De Die 詩作〈歌曲〉，並有〈法國詩選譯介〉發表於《葡萄園》第 4 期。

5 月　13 日,〈五月的追踪〉發表於《中國一周》第 681 期。

27 日,詞〈春遊〉發表於《中國一周》第 683 期。

翻譯 Alain-Fournier 短篇小說〈乞丐與豎琴〉於《文壇》第 35 期。

6 月　10 日,翻譯 René Char 詩作〈恐怖爆炸靜寂〉、〈給 A〉於《藍星詩頁》第 55 期。

詩作〈黑色的聯想〉發表於《文星》第 68 期。

翻譯 Sidonie-Gabrielle Colette 短篇小說〈白日美人〉於《作品》第 4 卷第 6 期。

7 月　8 日,〈波希米亞女郎〉發表於《中國一周》第 689 期。

22 日,詞〈五月山花〉發表於《中國一周》第 691 期。

29 日,〈代郵〉發表於《中國一周》第 692 期。

〈關於卡謬〉發表於《文壇》第 37 期。

翻譯 Charles d'Orléans 詩作〈二韻詩〉,Clément Marot 詩作〈不再是從前的我〉,Pernette du Guillet 詩作〈小詩〉,Pierre de Ronsard 詩作〈給戀人的歌〉、〈給戀人〉,並有詩作〈月夜幻想曲〉發表於《葡萄園》第 5 期。

8 月　5 日,〈野柳行〉發表於《中國一周》第 693 期。

9 月　詩作〈崖上〉發表於《文壇》第 39 期。

10 月　翻譯 François Villon 詩作〈被縊死者之歌〉、Joachim Du Bellay 詩作〈鄉愁〉於《葡萄園》第 6 期。

12 月　16 日,翻譯〈評胡品清法文詩集《彩虹》〉於《中國一周》第 712 期。

1964 年　1 月　6 日,〈作為詩人的哲人尼采〉發表於《中國一周》第 715 期。

13 日,〈論新舊詩之分野與創作〉發表於《中國一周》第 716 期。

20 日，〈卡繆與現代文學思潮之主流〉發表於《中國一周》第 717 期。

27 日，〈春到華崗〉發表於《中國一周》第 718 期。

詩作〈雨天書之一〉發表於《文壇》第 43 期。

翻譯 Louise Labé 詩作〈十四行〉、Étienne Jodelle 詩作〈十四行〉於《葡萄園》第 7 期。

翻譯覃子豪詩作〈Tournesol〉於《創世紀》第 19 期。

2 月 3 日，〈略談中國文學裡的象徵及西洋文學中的象徵主義〉發表於《中國一周》第 719 期。

24 日，〈沙赫特與存在主義〉發表於《中國一周》第 722 期。

詩作〈登指南宮〉發表於《文星》第 76 期。

翻譯約漢諾施艾短篇小說〈大理石的人〉於《文壇》第 44 期。

3 月 1 日，〈《珠江夜月》的作者——我所知道的郭有守先生〉發表於《聯合報》7 版。

2 日，翻譯郭有守長篇小說〈珠江夜月〉，連載於《聯合報》7 版，至同年 3 月 25 日止。

2 日，〈英國籍的美國現代詩人艾利阿特〉發表於《中國一周》第 723 期。

9 日，〈心理學與文學〉發表於《中國一周》第 724 期。

16 日，翻譯〈與畢加索一席談〉於《中國一周》第 725 期。

23 日，翻譯〈作曲家及其音訊〉於《中國一周》第 726 期。

30 日，翻譯 Ellen Kennedy〈詩與力〉於《中國一周》第 727 期。

〈面具〉、〈我生之旅〉發表於《文壇》第 45 期。

以「徐貝維厄爾（Jules Supervielle）」為題，翻譯 Jules Supervielle 詩作〈蒙德維德歐〉、〈讓位〉、〈魚群〉、〈回憶〉、〈太陽和雪花微語〉、〈贈給死後的我〉於《現代文學》第 20 期。

4 月　6 日，〈論現代羅馬尼亞劇作家伊歐內斯科〉發表於《中國一周》第 728 期。

20 日，〈德國哲學家亞斯培論歷史之意義〉發表於《中國一周》第 730 期。

27 日，翻譯 Edgar Allan Poe〈紅死病〉於《中國一周》第 731 期。

詩作〈人造花〉發表於《文星》第 78 期。

翻譯 John Klepzig 短篇小說〈熱帶之夜〉於《文壇》第 46 期。

以「法國詩譯介」為題，翻譯 Amadis Jamyn 詩作〈死者之出靈〉、Philippe Desportes 詩作〈山泉〉、Jean de La Fontaine 詩作〈鷺鷥〉、Fénelon 詩作〈狼和小羊〉，並有詩作〈小夜曲之一〉、〈靈智之源〉發表於《葡萄園》第 8 期。

〈二十世紀法國文學思潮之主流〉發表於《中華雜誌》第 2 卷第 4 期。

5 月　11 日，〈詩與存在〉發表於《中國一周》第 733 期。

詩作〈華美的夜〉發表於《文星》第 79 期。

翻譯 Aldous Huxley 短篇小說〈姬歐貢達式的微笑〉於《文壇》第 47 期。

6 月　8 日，翻譯 Foster, E. M.〈籬笆之外〉於《中國一周》第 737 期。

翻譯瑪菊莉費爾勃短篇小說〈漂流物〉於《文壇》第 48

期。

翻譯 Henri Michaux 詩作〈回憶〉、〈書簡〉,並以「華岡組曲」為題,詩作〈夕照〉、〈星月夜〉、〈雲霧季〉、〈風雨季〉發表於《藍星年刊》1964。

7月　〈《現代文學散論》自序〉發表於《文星》第81期。

翻譯安尼巴都短篇小說〈為何〉於《文壇》第49期。

書信〈致敏華小姐的信〉發表於《葡萄園》第9期。

《現代文學散論》由臺北文星書店出版。

應聘擔任中國文化大學法國語文學系系主任,至 1970 年 6 月止。

8月　詩作〈深淵‧莽林〉發表於《文星》第82期。

9月　28日,〈石門水庫之旅〉發表於《中國一周》第753期。

10月　26日,〈白蓮〉發表於《中國一周》第757期。

〈法國現代小說家——霍布格利葉論新小說〉發表於《文星》第84期。

以「法國詩譯介」為題,翻譯 Joubert 詩作〈關於詩〉,並有詩作〈我們的節日〉發表於《葡萄園》第10期。

以「波德萊爾散文詩二首」為題,翻譯 Charles Baudelaire 詩作〈陶醉你自己〉、〈海港〉於《中國詩友》復刊第2期。

《簡明法文文法》由臺北中國文化研究所出版。

12月　27 日,應邀出席於臺北舉辦的「創世紀」十週年慶祝大會,與會者有洛夫、瘂弦、張默、羊令野、紀弦、許世旭、管管、周夢蝶、白萩、鄭愁予、辛鬱、陳映真等。

〈象徵主義與魏爾倫〉發表於《文星》第86期。

以法文名「Patricia Guillermaz」翻譯《白萩詩五首》,由許常惠譜成清唱曲,高賀演唱,曲譜由臺北製樂小集出版。

1965年　1月　〈《做「人」的慾望》譯序〉發表於《文星》第87期。

以「法國詩譯介」為題，翻譯 Théophile Gautier 詩作〈花盆〉、〈最後的願望〉、〈盧森堡公園小徑〉，並有詩作〈花間路〉發表於《葡萄園》第 11 期。

翻譯 Anne Paton 等著短篇小說集《做「人」的慾望》，由臺北文星出版社出版。

2 月　16 日，〈華岡之風〉發表於《聯合報》7 版。

翻譯郭有守傳記《珠江夜月》，由臺北中國文化學院出版。

3 月　10 日，〈藍星〉發表於《藍星詩頁》，「藍星詩社 11 週年紀念特刊」。

24 日，〈春，也屬於我〉發表於《聯合報》7 版。

詩作〈花間路〉發表於《文星》第 89 期。

4 月　5 日，〈星子〉發表於《徵信新聞報・人間》7 版。

13 日，〈踏青，至北投〉發表於《徵信新聞報・人間》7 版。

24 日，〈女王的寶座〉發表於《聯合報》7 版。

詩作〈室內〉發表於《文星》第 90 期。

以「法國詩譯介」為題，翻譯 Alphonse de Lamartine 詩作〈蝴蝶〉、〈寫在紀念冊上〉，並有詩作〈粧鏡之歌〉發表於《葡萄園》第 12 期。

5 月　11 日，〈夢的船〉發表於《徵信新聞報・人間》7 版。

17 日，〈看董敏先生彩色電影放映會〉發表於《中國一周》第 786 期。

〈存在主義的接力者〉發表於《文星》第 91 期。

6 月　以「近作二題」為題，〈憧憬〉、〈廊間樹〉發表於《高青文萃》第 2 卷第 4 期。

7 月　〈咖啡店裡的拂逆〉發表於《現代文學》第 25 期。

8 月　5 日，〈斷片〉（三則）發表於《徵信新聞報・人間》9 版。

16 日，〈談新詩的創作〉發表於《中國一周》第 799 期。

27 日，〈我藏書的小樓〉發表於《聯合報》7 版。

30 日，〈南行一日〉發表於《中國一周》第 801 期。

9 月　4 日，〈斷片〉（四則）發表於《徵信新聞報・人間》7 版。

13 日，〈自由的聖殿──金門憶描〉發表於《中國一周》第 803 期。

20 日，〈鱗爪〉（五則）發表於《徵信新聞報・人間》7 版。

〈《人造花》自序〉發表於《文星》第 95 期。

詩集《人造花》由臺北文星書店出版。

10 月　2 日，〈花和我〉發表於《徵信新聞報・人間》7 版。

3 日，詩作〈永遠不說永遠〉發表於《新生晚報・新趣》5 版。

8 日，〈鱗爪〉（三則）發表於《徵信新聞報・人間》7 版。

14 日，〈假日，藍色的〉發表於《聯合報》7 版。

18 日，〈華岡之秋〉發表於《中國一周》第 808 期。

24 日，〈四個凌亂的夢〉發表於《徵信新聞報・人間》7 版。

詩作〈暮歌〉發表於《葡萄園》第 14 期。

11 月　3 日，〈晚餐〉發表於《聯合報》7 版。

8 日，〈銀桂和杜鵑〉發表於《中國一周》第 811 期。

〈華岡之晨〉發表於《文壇》第 65 期。

〈荒謬・反叛・存在〉發表於《蕉風》第 157 期。

12 月　11 日，〈遷居〉發表於《徵信新聞報・人間》7 版。

《法國文學簡史》（*La Littérature Française*）由臺北中國文化學院法國研究所出版。

1966 年　2 月　2 日，〈關於農曆新年〉發表於《徵信新聞報・人間》7 版。

8 日，〈斷片〉（五則）發表於《聯合報》7 版。

16 日，〈鱗爪〉（三則）發表於《聯合報》7 版。

3 月　2 日，〈鱗爪〉（五則）發表於《聯合報》7 版。

13 日，〈地球的兩半〉發表於《聯合報》7 版。

19 日，〈泡沫〉發表於《聯合報》7 版。

21 日，〈三棵聖誕樹〉發表於《聯合報》7 版。

30 日，〈斷片〉（四則）發表於《聯合報》7 版。

4 月　8 日，〈日記一則〉發表於《聯合報》7 版。

15 日，〈峯頂〉發表於《聯合報》7 版。

18 日，〈斷片〉（二則）發表於《聯合報》7 版。

27 日，〈風夜〉發表於《聯合報》7 版。

〈論李後主的詞〉發表於《文壇》第 70 期。

詩作〈春〉發表於《幼獅文藝》第 148 期。

翻譯 Stéphane Mallarmé 詩作〈海風〉、〈顯現〉於《創世紀》第 24 期。

5 月　19 日，〈拾得滿筐歡笑，在雨中。〉發表於《聯合報》7 版。

30～31 日，〈褪了色的花瓣〉連載於《聯合報》7 版。

6 月　19 日，〈阿菊的男友〉發表於《聯合報》7 版。

詩作〈夢幻組曲〉發表於《幼獅文藝》第 150 期。

〈林間路〉發表於《現代》第 2 期。

7 月　22 日，〈不朽的書簡〉發表於《聯合報》7 版。

8 月　7 日，〈給 P・C・〉發表於《聯合報》9 版。

30 日，〈鈴鐺似的笑聲〉發表於《徵信新聞報・人間》6 版。

《西洋文學研究》由臺北臺灣商務印書館出版。

10 月　1 日，〈這高崗上的風〉發表於《聯合報》7 版。

〈近二十年來法國文壇之諸貌〉發表於《現代》第 6 期。

〈談現代文學〉發表於《幼獅文藝》第 154 期。

12 月　4 日,〈尋尋覓覓〉發表於《聯合報》7 版。

12 日,〈詩意的空間〉發表於《聯合報》9 版。

17 日,〈依然希望〉發表於《徵信新聞報‧人間》6 版。

23 日,〈憶〉發表於《徵信新聞報‧人間》9 版。

〈一個豐美的夜間〉發表於《華岡學報》第 3 期。

〈略談《阿爾伐城》〉發表於香港《劇場》第 7、8 期合刊。

本年　*LI CHING-CHAO* 由 New York Twayne Publishers 出版。

翻譯 *La Poésie Chinoise-Anthologie des origines à nos jours*,
由 Verviers, Gérard & Cie 出版。

1967 年　1 月　合集《夢的船》由臺北皇冠出版社出版。

2 月　〈深山書簡〉發表於《幼獅文藝》第 158 期。

翻譯 Simone de Beauvoir 短篇小說〈伊莉莎白之死〉於《純
文學》第 2 期。

〈半個被扼殺的日子〉發表於《現代》第 10 期。

3 月　4 日,〈冬天也來得太快嗎?〉發表於《聯合報》7 版。

20 日,〈給小小的翠華〉發表於《聯合報‧家庭》5 版。

以「克萊兒‧高爾詩五題」為題,翻譯 Claire Goll 詩作〈淚
之化石〉、〈追悼〉、〈圍巾〉、〈不再〉、〈五月〉於《南北笛》
第 1 期。

4 月　19 日,〈虹〉發表於《聯合報》9 版。

5 月　8 日,〈四人行〉發表於《聯合報》9 版。

12 日,〈煙雨霏霏的海上〉發表於《聯合報》9 版。

15 日,詩詞〈斷片〉發表於《中國一周》第 890 期。

〈偶語〉以筆名「綠漪」發表於《華風》第 2 期。

6 月　1 日,〈李爾王在藝術館——為紀念文化學院戲劇系公演而
作〉發表於《聯合報》9 版。

12 日，〈給七個乖巧的小女孩〉發表於《聯合報》9 版。

2 日，〈谷底，湖上〉發表於《聯合報》9 版。

〈論李清照的詞〉發表於《中國文選》第 2 期。

7 月　4 日，〈妳是第八個〉發表於《聯合報》9 版。

11 日，〈沉思花〉發表於《聯合報》9 版。

15 日，〈窗外的色納河〉發表於《聯合報》9 版。

17 日，〈兩種翩翩〉，詩詞〈華年〉發表於《中國一周》第 899 期。

24 日，〈寂寞〉發表於《中國一周》第 900 期。

29 日，〈一個未知論者的禱文〉發表於《聯合報》9 版。

8 月　1 日，〈斷片三則〉發表於《聯合報》9 版。

7 日，詩詞〈彩葉草〉發表於《中國一周》第 902 期。

8 日，以「斷片二則」為題，〈給雲〉、〈那甜甜的黃瓜瓢〉發表於《聯合報》9 版。

24 日，〈童話〉發表於《聯合報》9 版。

28 日，〈最後一支圓舞〉發表於《中國一周》第 905 期。

詩作〈我是豪華的〉發表於《幼獅文藝》第 164 期。

〈這兒的一切〉、〈死亡〉發表於《文壇》第 86 期。

9 月　4 日，〈我是〉發表於《中國一周》第 906 期。

6 日，〈海樹及貝殼〉發表於《聯合報》9 版。

13 日，〈那一抹淺淺的綠和深深的藍〉發表於《聯合報》9 版。

17 日，〈金山組曲〉（11 篇）發表於《聯合報》9 版。

27 日，〈病中書〉發表於《聯合報》9 版。

詩作〈獨語〉發表於《文壇》第 87 期。

合集《夢幻組曲》由臺北水牛出版社出版。

10 月　8 日，應邀出席幼獅文藝於臺北美而廉舉辦的「談翻譯問題

座談會」，與會者有余光中、劉慕沙、何欣、朱西甯、姚一葦等。會後紀錄刊載於同年 11 月《幼獅文藝》第 167 期。

21 日，〈凌晨書簡〉發表於《聯合報》9 版。

30 日，〈霧角〉發表於《聯合報》9 版。

〈從法國文學中探索法國文化〉發表於《東西文化》第 4 期。

11 月　9 日，〈地震的日子〉發表於《聯合報》9 版。

16～17 日，翻譯 Katherine Anne Poter 短篇小說〈被遺棄的魏特歐老奶奶〉，連載於《聯合報》9 版。

20～22 日，翻譯谷德羅短篇小說〈恐懼幽閉症〉，連載於《徵信新聞報・人間》9 版。

23 日，〈就這樣被虹迷住〉發表於《聯合報》9 版。

25～26 日，翻譯 Catherine Manthfield 短篇小說〈幸福〉，連載於《聯合報》9 版。

12 月　12 日，〈晨安！Y・J・〉發表於《聯合報》9 版。

1968 年　1 月　5 日，〈一封無法投遞的信〉發表於《聯合報》9 版。

12 日，〈不屬於我的晴天〉發表於《聯合報》9 版。

20 日，〈歐薄荷香皂〉發表於《徵信新聞報・人間》9 版；〈一串串的心語〉發表於《聯合報》9 版。

24～25 日，翻譯 Conrad Aiken 短篇小說〈蜘蛛蜘蛛〉，連載於《徵信新聞報・人間》9 版。

25 日，〈那個有陽光也有陰影的週末〉發表於《聯合報》9 版。

詩作〈呼喚〉發表於《文壇》第 91 期。

2 月　4 日，〈睡在一潭陽光裡〉發表於《徵信新聞報・人間》9 版。

5 日，〈那一地的月光〉發表於《聯合報》9 版。

10 日，〈冬之組曲〉發表於《聯合報》9 版。

29 日，〈告別讀者〉發表於《聯合報》9 版。

詩作〈冬日詩箋〉發表於《文壇》第 92 期。

3 月　15 日，〈歐爾菲麗亞的日記〉連載於《聯合報》9 版，1972 年 4 月 27 日改為〈歐菲麗亞的日記〉，至 1973 年 1 月 30 日止。

18 日，〈中國文化學院校慶速寫〉發表於《中國一周》第 934 期。

25 日，〈《李爾王》在藝術館〉發表於《中國一周》第 935 期；〈那個很波希米亞的日子〉發表於《聯合報》9 版。

合集《最後一曲圓舞》由臺北水牛出版社出版。

4 月　8 日，〈《凱撒大帝》在中國文話學院〉發表於《中國一周》第 937 期。

13 日，〈給我妳的名字！〉發表於《聯合報》9 版。

16 日，〈被扼殺的太陽〉發表於《聯合報》9 版。

19 日，〈走在濛濛的霧裡〉發表於《徵信新聞報·人間》10 版。

30 日，〈火柴盒子〉發表於《聯合報》9 版。

翻譯 Henri René Albert Guy de Maupassant 短篇小說〈回歸〉於《文壇》第 94 期。

詩作〈速寫〉發表於《葡萄園》第 23、24 期。

詩作〈禁錮〉發表於《中國新詩》第 10 期。

5 月　9 日，〈金色的相思樹〉發表於《聯合報》9 版。

31 日，〈我是誰〉發表於《聯合報》9 版。

合集《晚開的歐薄荷》由臺北水牛出版社出版。

6 月　9 日，〈心語〉發表於《聯合報》9 版。

19 日，〈向空虛沉落〉發表於《聯合報》9 版。

25～26 日，〈高山書簡〉連載於《聯合報》9 版。

〈保羅‧克洛德爾誕生百週年紀念〉發表於《現代學苑》第 51 期。

詩作〈書信〉、〈定於一〉發表於《文壇》第 96 期。

7 月　3 日，〈斷片數則〉發表於《徵信新聞報‧人間》10 版。

4 日，〈凌晨書簡〉發表於《聯合報》9 版。

9、11 日，〈斷片〉連載於《聯合報》9 版。

17 日，〈假如沒有燈〉發表於《聯合報》9 版。

詩作〈寂寞的港灣〉發表於《文壇》第 97 期。

詩作〈感恩節〉發表於《新文藝》第 148 期。

8 月　3 日，〈颱風過境的日子〉發表於《聯合報》12 版。

6～7 日，翻譯〈麗妃〉，連載於《聯合報》12 版。

22 日，〈斷片〉（二則）發表於《聯合報》12 版。

29 日，〈胸針〉發表於《聯合報》9 版。

30 日，〈福隆組曲〉發表於《聯合報》9 版。

詩作〈童話〉發表於《幼獅文藝》第 176 期。

詩作〈扼殺〉發表於《文壇》第 281 期。

9 月　19 日，〈給那個殘廢的小女孩〉發表於《聯合報》9 版。

22 日，〈徵求玩偶〉發表於《聯合報》9 版。

詩作〈落英〉發表於《葡萄園》第 25 期。

翻譯 Guy de Maupassant 等著短篇小說集《世界短篇名著選譯》，由臺北水牛出版社出版。

10 月　13 日，〈一朵「假」毋忘儂〉發表於《聯合報》9 版。

14 日，〈猖狂吧，風雨！〉發表於《聯合報》9 版。

21 日，〈十四枚亮麗的貝殼〉發表於《中國一周》第 965 期。

詩作〈自撰墓誌銘〉發表於《新文藝》第 151 期。

翻譯 François Mauriac 長篇小說《寂寞的心靈》，由臺北雄獅
文化公司出版。

11 月　7 日，〈高山書簡〉發表於《中國時報‧人間》10 版。

15 日，〈紅葉詩箋〉發表於《聯合報》9 版。

詩作〈如虹的相思色〉發表於《中國新詩》第 11 期。

12 月　2 日，〈秋之組曲〉發表於《聯合報》9 版。

詩作〈大榕樹〉發表於《中央月刊》第 1 卷第 2 期。

1969 年　2 月　3 日，〈早萎的冬青樹〉發表於《中國一周》第 980 期。

16 日，〈歲暮詩箋〉發表於《中國時報‧人間》10 版。

4 月　25 日，〈音樂粉盒〉發表於《聯合報》9 版。

5 月　15 日，〈白蘭花和毋忘我〉發表於《聯合報》9 版。

詩作〈幻〉發表於《作品》第 2 卷第 2 期。

合集《芒花球》由臺北水牛出版社出版。

6 月　詩作〈木瓜樹〉發表於《中央月刊》第 1 卷第 8 期。

8 月　11 日，〈三朵小白花〉發表於《聯合報》10 版。

18 日，〈白蘭〉發表於《中國一周》第 1008 期。

25 日，〈寂寞莫大於〉發表於《中國一周》第 1009 期。

翻譯 Stefan Zweig 短篇小說〈一顆心靈的殞滅〉於《文藝》
月刊第 2 期。

赴美國 Thiel College 講授中國文學與文化。

9 月　6、同年 9 月 15 日，〈金山組曲〉連載於《聯合報》9 版。

24 日，〈紫苑〉發表於《聯合報》9 版。

詩作〈梔子花〉發表於《文壇》第 111 期。

10 月　1、31 日，翻譯 Ramón María del Valle-Inclán 短篇小說〈秋
之奏鳴曲〉，連載於《文藝》月刊第 4～5 期。

11 日，〈謝謝妳的金花〉發表於《聯合報》9 版。

19～20 日，〈雨天書〉連載於《聯合報》9 版。

11 月　13 日，〈一串串的心語〉發表於《聯合報》9 版。

〈關於羅曼羅蘭〉發表於《新夏月刊》第 5 期。

《現代文學散論》由臺北傳記文學出版社出版。

翻譯 François Mauriac 長篇小說《寂寞的心靈》，由臺北雄獅
文化公司修正出版。

12 月　3 日，〈我看《春暉普照》〉發表於《聯合報》5 版。

19 日，〈瀑布秋葉幽谷小橋〉發表於《聯合報》9 版。

24 日，〈耶誕詩箋〉發表於《聯合報》9 版。

1970 年　1 月　6 日，〈病中書〉發表於《聯合報》9 版。

〈關於戈勒德夫人（Madame Colette）〉發表於《文藝復興》
月刊第 1 期。

詩作〈雨天書〉發表於《文壇》第 298 期。

2 月　〈關於摩利亞克〉發表於《新夏月刊》第 8 期。

3 月　10 日，〈努力與幸運〉發表於《聯合報》9 版，「成功的鑰
匙」專欄。

17 日，〈斷片〉（三則）發表於《聯合報》9 版。

27 日，應邀出席中華民國新詩學會為其舉行的茶會。

4 月　7 日，〈疏影暗香話梅花〉（九則）發表於《聯合報》9 版，
「靜物」專欄。。

30 日，〈春之組曲〉（六則）發表於《聯合報》9 版。

〈法國心理小說大師普胡斯特〉發表於《文藝》月刊第 10
期。

與 Werner Banck 合譯 Gottfried Benn 詩作〈貝恩的詩〉於
《純文學》第 37 期。

6 月　16～22 日，應邀出席中華民國筆會在臺北召開的第三屆亞
洲作家會議，與會者有川端康成、林語堂、林海音、殷張蘭
熙、彭歌、蓉子、瘂弦等。

22 日，〈夜的變奏〉發表於《聯合報》9 版。

詩作〈復興崗組曲〉發表於《中央月刊》第 2 卷第 8 期。

7 月　〈二十世紀法國的文藝思潮〉發表於《東方雜誌》復刊第 4 卷第 1 期。

詩作〈葡萄園——他們是一群小小的謙虛的拓荒者〉發表於《葡萄園》第 33 期。

自美國 Thiel College 返臺。

8 月　26 日，〈驪歌〉發表於《聯合報》9 版。

6 日，〈斷片〉（三則）發表於《聯合報》9 版。

9 月　翻譯 Félicien Marceau 長篇小說《克麗西》，由臺北水牛出版社出版。

10 月　1、31 日，翻譯 Louise de Vilmorin 中篇小說〈某夫人〉，連載於《文藝》月刊第 16～17 期。

13 日，〈紗帽山前〉發表於《聯合報》10 版。

〈魏爾倫與象徵主義〉以筆名「品清」發表於《文壇》第 124 期。

11 月　合集《仙人掌》由臺北三民書局出版。

12 月　26 日，〈我讀朱志泰的〈中英詩歌之比較〉〉發表於《創新周刊》第 7 期。

31 日，〈歲暮之歌〉發表於《聯合報》9 版。

"Flower rangement"發表於 *Chinese Culture Quarterly* 第 11 卷第 4 期。

1971 年　1 月　詩集《人造花》由臺北愛湄文藝出版社出版。

2 月　22 日，〈雨天書〉發表於《聯合報》9 版。

26 日，〈雨天書〉發表於《聯合報》9 版。

3 月　"Confucius and the Analects"發表於 *Chinese Culture Quarterly* 第 12 卷第 1 期。

4 月　12 日,〈春之組曲〉（八則）發表於《聯合報》9 版。

〈片斷〉發表於香港《文藝世界》第 4 期。

5 月　〈拂逆〉發表於香港《文藝世界》第 5 期。

6 月　23～24 日,〈夏之鳴奏曲〉連載於《聯合報》9 版。

詩作〈木瓜樹〉發表於《青年雜誌》第 28 期。

7 月　12～13 日,〈火鳥之歌〉連載於《聯合報》9 版。

9 月　"Henry W. Wells"發表於 Chinese Culture Quarterly 第 12 卷第 3 期。

10 月　1 日,翻譯 Wolfgang Borchert 短篇小說〈厨下之鐘〉於《文藝》月刊第 28 期。

4 日,翻譯 Wolsgang Brocher 短篇小說〈麵包〉於《聯合報》9 版。

19 日,〈雨天的話〉發表於《聯合報》9 版。

31 日,〈高山詩簡〉發表於《文藝》月刊第 29 期。

11 月　23 日,〈向日葵〉發表於《聯合報》9 版。

詩作〈復興崗組曲〉（四首）發表於《青年雜誌》第 33 期。

翻譯 Ramón María del Valle-Inclán 等著中篇小說集《秋之奏鳴曲》,由臺北水牛出版社出版。

翻譯 Bertrand Russell《中西文化之比較》,由臺北水牛出版社出版。

12 月　30 日,〈銀樹之歌〉發表於《聯合報》9 版。

〈高山詩簡〉發表於《文藝》月刊第 30 期。

1972 年　1 月　6 日,〈感情的休止符〉發表於《聯合報》9 版。

24 日,〈斷・片〉發表於《聯合報》10 版。

翻譯 Else Lasker-Schüler 詩作〈青春〉、〈餘痛〉、〈一首情歌〉,並有〈關於德國表現主義女詩人——拉絲嘉徐助〉發表於《文壇》第 139 期。

2 月　12 日,〈迎春詩簡〉發表於《聯合報》9 版。

　　　17 日,〈童話時期的春節〉發表於《中國時報·人間》4 版。

　　　以「Lasker-Schüler 詩抄」為題,翻譯 Else Lasker-Schüler 詩作〈夕暮之歌〉、〈禱文〉、〈在你眸中〉於《文壇》第 140 期。

　　　〈高山詩簡〉發表於《文藝》月刊第 32 期。

3 月　16～17 日,〈課室內外〉連載於《聯合報》9 版,「各說各話」專欄。

　　　"The Poetical Works of Li Hou-chu"發表於 Chinese Culture Quarterly 第 13 卷第 1 期。

　　　〈高山詩簡〉發表於《文藝》月刊第 33 期。

4 月　4 日,〈水仙的獨白〉發表於《聯合報》9 版。

　　　12 日,〈劫後書〉發表於《聯合報》9 版。

　　　〈高山詩簡〉發表於《文藝》月刊第 34 期。

5 月　6 日,〈病房書札〉發表於《聯合報》9 版。

　　　28 日,〈童話〉發表於《聯合報》9 版。

　　　〈關於 Wolfgang Borchert 的作品〉發表於《天聲雜誌》第 1 卷第 6 期。

　　　〈高山詩簡〉發表於《文藝》月刊第 35 期。

6 月　6～7 日,〈昆虫篇〉連載於《聯合報》9 版。

　　　27 日,〈病房書札〉發表於《聯合報》9 版。

　　　〈夢幻湖〉發表於《中外文學》第 1 卷第 1 期。

7 月　3 日,〈芭琪的雕像〉發表於《聯合報》10 版。

　　　14 日,〈碎片〉發表於《中國時報·人間》12 版。

　　　18 日,〈齒科醫院的上午〉發表於《聯合報》9 版。

　　　〈白色卡片——致飛白兄在天之靈〉發表於《傳記文學》第

21 卷第 1 期。

8 月　22 日，〈鱗甲篇〉發表於《聯合報》12 版。

〈遺像〉發表於《幼獅文藝》第 224 期。

9 月　"Appeciation of Li Hou-Chu's Poems, Later Period" 發表於
Chinese Culture Quarterly 第 13 卷第 3 期。

合集《水仙的獨白》由臺北三民書局出版。

10 月　4 日，〈天象篇〉發表於《中國時報・人間》9 版。

9～10 日，〈高樓組曲〉連載於《聯合報》9、18 版。

27 日，〈翎毛篇〉發表於《聯合報》9 版。

〈海的禮讚〉發表於《文壇》第 148 期。

11 月　翻譯 Ramón María del Valle-Inclán 等著中篇小說集《秋之奏
鳴曲》，由臺北水牛出版社出版。

12 月　19～20 日，〈廊廡之歌〉連載於《聯合報》12 版。

1973 年　1 月　〈英譯《中國現代詩選》（榮之穎編譯）〉發表於《書評書
目》第 43 期。

2 月　14 日，〈大維德你在那裡？〉發表於《聯合報》13 版，「記
憶深處」專欄。

3 月　30 日，〈靜物篇〉發表於《聯合報》14 版。

4 月　翻譯 Charles Baudelaire 散文詩集《巴黎的憂鬱》，由臺北志
文出版社出版。

7 月　3～4 日，〈香精集〉連載於《聯合報》14 版。

詩作〈白日之死亡〉發表於《葡萄園》第 45 期。

8 月　2～3 日，〈香精組曲〉連載於《聯合報》14 版。

擔任政治作戰學校（現國防大學政治作戰學院）教授，教授
英文與法文。

《胡品清散文選》由臺北華岡出版社出版。

9 月　18 日，〈偶然的偶然〉發表於《聯合報》12 版。

10 月　詩作〈長廊的憂鬱〉發表於《文壇》第 160 期。

11 月　3 日，〈覆盆子酒〉發表於《聯合報》14 版。

　　　17 日，〈二岡之間〉發表於《聯合報》14 版。

　　　23～24 日，〈夕陽中的紅帆〉連載於《聯合報》14 版。

12 月　24～25 日，〈香檳泉〉連載於《聯合報》12、14 版。

1974 年　1 月　28 日，〈電話機中的元旦〉發表於《聯合報》12 版。

　　　詩作〈塚草芊芊〉發表於《葡萄園》第 47 期。

3 月　23 日，〈項鍊〉發表於《聯合報》12 版。

　　　合集《芭琪的雕像》由臺北三民書局出版。

4 月　18 日，〈晨安，美麗的四月〉發表於《聯合報》12 版。

　　　〈天上人間〉發表於《文壇》第 166 期。

5 月　18 日，〈踏青的日子〉發表於《聯合報》12 版。

6 月　11 日，〈夕陽山外山〉發表於《聯合報》12 版。

　　　翻譯 Françoise Sagan 長篇小說〈怯寒的愛神〉於《幼獅文藝》第 246～250、252、254、256～257 期，至 1975 年 5 月止。

7 月　詩作〈然後〉發表於《葡萄園》第 49 期。

8 月　14 日，〈明月入高樓〉發表於《聯合報》12 版。

　　　26 日，〈蠟像〉發表於《聯合報》12 版。

　　　〈第七天的手袋花〉發表於《文壇》第 170 期。

9 月　〈曇花綻放的夕暮〉發表於《文壇》第 171 期。

10 月　2 日，〈相思樹上的落日〉發表於《聯合報》12 版。

　　　29 日，〈芭琪的〈夢非夢〉〉發表於《聯合報》12 版。

　　　〈尋覓〉發表於《文壇》第 172 期。

　　　詩作〈你所在的南方〉發表於《葡萄園》第 50 期。

11 月　〈我的綠衣使者〉發表於《文壇》第 173 期。

12 月　21 日，詩作〈不碎瓶〉發表於《中國時報・人間》12 版。

詩作〈給 JOE〉、〈驚惶〉發表於《文壇》第 174 期。

1975 年　1 月　詩作〈會診大樓的上午〉發表於《文壇》第 175 期。

合集《胡品清自選集》由臺北黎明文化公司出版。

3 月　8 日,〈心境〉發表於《聯合報》12 版。

詩作〈最後一曲夜歌〉發表於《文壇》第 177 期。

翻譯 Alain Bosquet 詩作〈我們將出征〉,並有詩作〈火山〉發表於《藍星季刊》新 2 號。

合集《歐菲麗亞的日記》由臺北水芙蓉出版社出版。

5 月　5 日,〈遲來的白菊──追悼一枚巨星之隕落〉發表於《聯合報》12 版。

6 月　詩作〈有雙重影子的人〉發表於《文壇》第 180 期。

〈夢窗微語〉發表於《文藝》月刊第 72 期。

7 月　詩作〈幸福〉發表於《文壇》第 181 期。

翻譯 Amy Lowell 詩作〈預期〉,並有詩作〈不朽〉發表於《葡萄園》第 53 期。

8 月　詩作〈風景〉發表於《文壇》第 182 期。

詩作〈畫面〉發表於《中華文藝》第 54 期。

9 月　9～10 日,〈「盧山」行〉連載於《聯合報》12 版。

詩作〈金色地氈〉發表於《文藝》月刊第 76 期。

翻譯 Maurice Maeterlinck 詩作〈歌〉於《藍星季刊》新 4 號。

10 月　合集《夢之花》由臺北水芙蓉出版社出版。

11 月　翻譯詩作〈桃源夜〉,並有詩作〈鸚鵡〉發表於《葡萄園》第 54 期。

〈旅遊之歌〉發表於《皇冠》第 42 期。

翻譯 Françoise Sagan 長篇小說《怯寒的愛神》,由臺北大漢出版社出版。

12 月　21～22 日，〈獨自喜凭欄〉連載於《聯合報》12 版。

詩作〈禮品〉發表於《藍星季刊》新 5 號。

1976 年　1 月　〈大學生活憶語〉發表於《中華文藝》第 59 期。

2 月　翻譯 Phillippe Sollers 短篇小說〈挑戰〉於《文壇》第 188 期。

詩作《《夢之花》跋〉發表於《葡萄園》第 55 期。

〈點點滴滴〉發表於《皇冠》第 45 期。

3 月　"Chinese Poetry, Chassical and Modern"發表於 Chinese Culture Quarterly 第 17 卷第 1 期。

翻譯 Julien Green 長篇小說《她的坎坷》，由臺北大漢出版社出版。

4 月　20 日，〈紐西蘭文壇上的一顆流星——凱瑟琳・曼絲菲爾德〉發表於《聯合報》12 版。

6 月　以「三重唱」為題，詩作〈對白〉、〈黑色的預言〉、〈最後〉發表於《藍星季刊》新 6 號。

7 月　24～26 日，應邀出席大漢出版社於臺南北門高中舉辦「南瀛新文藝研討會」，與會者有張默、司馬中原、瘂弦、郭楓、趙滋蕃、吳濁流、楊逵、羊令野等。

8 月　詩作〈不題〉發表於《葡萄園》第 57 期。

翻譯 Françoise Sagan 長篇小說《心靈守護者》，由臺北志文出版社出版。

9 月　25 日，〈法國詩壇之諸貌〉發表於《中國時報・人間》12 版。

〈大溪之歌〉發表於《皇冠》第 52 期。

11 月　24 日，以「贈給 JOE 的譯詩」為題，翻譯 Sara Teasdale 詩作〈印度碼頭〉於《中華日報》11 版。

〈《青春的行列》（魏偉琦著）讀後感〉發表於《華學月刊》

第 13 期。

〈讀詩雜記〉發表於《皇冠》第 54 期。

翻譯《胡品清譯詩及新詩選》，更名為《法蘭西詩選》，由臺
北桂冠圖書公司出版。

12 月　〈小樓書札〉發表於《七藝》第 2 期。

1977 年　1 月　13 日，〈夢的五季〉發表於《中華日報》11 版。

16 日，〈國畫大師曾后希在巴黎〉發表於《春秋》第 469
期。

2 月　詩作〈寐〉發表於《葡萄園》第 59 期。

〈夢景〉發表於《七藝》第 4 期。

3 月　27 日，〈情思之書〉發表於《中華日報》10 版。

"Frankel, Hans H.：The Flowering Plum and the Palace Lady"
發表於 Chinese Culture Quarterly 第 18 卷第 1 期。

4 月　詩作〈病中的聯想〉發表於《中華文藝》第 74 期。

6 月　〈太陽・浪花・我〉發表於《皇冠》第 61 期。

7 月　合集《夢幻組曲》由臺北水牛出版社出版。

合集《晚開的歐薄荷》由臺北水牛出版社出版。

8 月　〈阿姆坪的落日〉發表於《皇冠》第 63 期。

9 月　詩作〈山水篇〉發表於《皇冠》第 64 期。

翻譯 Françoise Sagan 長篇小說《怯寒的愛神》，由臺北大漢
出版社出版。

10 月　詩作〈心路與旅程〉發表於《皇冠》第 65 期。

11 月　〈李佩徵的世界——《小船之歌》序〉發表於《葡萄園》第
62 期。

12 月　〈評《中國詩選譯》(傅漢斯著)〉發表於《出版與研究》第
12 期。

《水晶球》由臺北水芙蓉出版社出版。

本年　《讀書集》由臺北大漢出版社出版。

1978 年　1 月　28 日，應蓉子之邀，赴燈屋參加女詩人聚會。與會者有沉思、夐虹、陳秀喜、涂靜怡、雪柔、方娥貞、榮之穎等。

3 月　10 日，〈小野花的責任〉發表於《聯合報》12 版，「『寫在春天』小品展」專欄。

〈零星〉發表於《文壇》第 214 期。

詩作〈秋日詩箋〉發表於《皇冠》第 70 期。

4 月　詩作〈笑珠〉發表於《秋水》第 18 期。

5 月　21 日，翻譯 Stéphane Mallarmé〈詩人和盲者（馬拉美回憶錄片段）〉於《聯合報》12 版。

6 月　9 日，翻譯 Victor, Marie Hugo〈海人〉於《聯合報》12 版。

7 月　以「法蘭西小品二帖」為題，翻譯 Henri René Albert Guy de Maupassant〈賭國的囚人〉、Georges Sand〈他和她〉於《幼獅文藝》第 295 期。

以「近作二題」為題，詩作〈水雲〉、〈絕對〉發表於《文壇》第 217 期。

詩作〈水雲〉發表於《皇冠》第 74 期。

詩作〈病中思〉發表於《秋水》第 19 期。

8 月　23 日，〈林文義的《承恩門》〉發表於《臺灣新生報》12 版。

29 日，〈永不退色的記憶〉發表於《臺灣新生報》8 版。

詩作〈玻璃人〉發表於《中華文藝》第 90 期。

9 月　6～7 日，〈法國文壇上的一顆流星──聖艾克徐貝利〉連載於《中央日報》10 版。

翻譯 Katherine Mansfield 短篇小說〈邂逅〉於《幼獅文藝》第 297 期。

以「詩二首」為題，詩作〈相對論〉、〈播種者〉發表於《文

壇》第 219 期。

詩作〈碎瓶〉、〈謀殺記憶的日子〉發表於《葡萄園》第 64
期。

詩集《玻璃人》由臺中學人文化公司出版。

10 月　翻譯 Marguerite Duras 長篇小說《安妮的戀情》，由臺北翻譯
天地雜誌社出版。

11 月　詩作〈早餐〉發表於《幼獅文藝》第 299 期。

翻譯 Antoine de Saint-Exupéry 長篇小說《夜間飛行》，由臺
北水牛出版社出版。

12 月　25 日，詩作〈愛國牆〉發表於《臺灣新聞報・西子灣副
刊》。

詩作〈水雕〉發表於《中華文藝》第 94 期。

1979 年　1 月　翻譯 Katherine Mansfield 短篇小說集《往事如煙》，由臺北
水芙蓉出版社出版。

3 月　12 日，〈寫給大自然〉發表於《臺灣新聞報・西子灣副
刊》。

6 月　合集《芒花球》由臺北水牛出版社出版。

7 月　翻譯〈水彩畫〉於《文壇》第 229 期。

詩作〈塑〉發表於《秋水》第 23 期。

《彩色音符》由臺北九歌出版社出版。

9 月　翻譯 Daniel Boulanger 短篇小說〈畫廊〉於《文壇》第 231
期。

翻譯 Jehanne Jean-Charles 短篇小說〈孀婦〉於《中華文藝》
第 103 期。

10 月　26 日，〈王昭琳的抽象世界〉發表於《臺灣新生報》12 版，
「水晶球」專欄。

詩作〈第二號太陽〉發表於《文壇》第 232 期。

詩作〈停雲之歌〉發表於《秋水》第 24 期。

11 月　　12 日，〈也湊一次熱鬧〉發表於《中華日報》10 版。

翻譯 Jehanne Jean-Charles 短篇小說〈不，你永遠不會知道〉
於《中華文藝》第 105 期。

12 月　　10 日，詩作〈語言〉發表於《聯合報》8 版。

16 日，〈堅毅樸實是我們的驕傲〉發表於《中華日報》10
版。

1980 年　1 月　　翻譯 Daniel Boulanger〈藝人之死〉於《文壇》第 235 期。

詩作〈遺譜〉發表於《秋水》第 25 期。

3 月　　詩作〈短歌〉發表於《文壇》第 237 期。

翻譯 Daniel Boulanger 等著短篇小說集《法國當代短篇小說
選》，由臺北中國文化學院出版部出版。

4 月　　詩作〈風景〉發表於《秋水》第 26 期。

5 月　　詩作〈旅人〉發表於《文壇》第 239 期。

詩作〈海螺〉發表於《葡萄園》第 70 期。

6 月　　翻譯 L. du Garde Peach《阿弗瑞德大帝》，由臺北國際文化
公司出版。

7 月　　詩作〈夏晨〉發表於《秋水》第 27 期。

《不碎的雕像》由臺北九歌出版社出版。

9 月　　《斜陽影裡的獨白》由臺北水芙蓉出版社出版。

10 月　　翻譯 Félicien Marceau《克麗西》，更名為《廣告女郎》，由
臺北水牛出版社出版。

11 月　　24 日，翻譯 Sidonie-Gabrielle Colette 短篇小說〈水湄別墅〉
於《臺灣新聞報・西子灣副刊》12 版。

詩作〈天星〉發表於《文學時代叢刊》第 1 期。

合集《夢之花》由臺北水芙蓉出版社出版。

12 月　　〈寄給徐訏先生在天之靈〉發表於《中華文藝》第 118 期，

「徐訏逝世紀念特輯」。1981 年 9 月發表於《文學思潮》第
9 期。

翻譯 Sidonie-Gabrielle Colette 長篇小說《二重奏》，由臺北
志文出版社出版。

本年　與 Tr.John C.H.Wu 合著 *Chinese Literature & Language*（中
國文學及語言），由 Hua Kang, Yang Ming Shan China
Academy 出版。

1981 年　1 月　20 日，〈作家座右銘〉發表於《中國時報》8 版。

23 日，〈星上樹梢頭〉發表於《聯合報》8 版，「掌上小品」
專欄。

2 月　詩作〈寄往天堂〉發表於《秋水》第 29 期。

4 月　1 日，詩作〈兩隻相愛的蝸牛〉發表於《大拇指》第 134
期，8 版。

5 月　將所作 20 餘首小品詩予歌手常葳葳譜曲成歌。

6 月　14 日，〈心網〉發表於《自由日報》10 版。

16 日，〈不投郵的書簡之三〉發表於《自由日報》10 版。

7 月　3 日，〈不投郵的書簡之四〉發表於《自由日報》10 版。

14 日，〈不投郵的書簡之五〉發表於《自由日報》10 版。

詩作〈蒙第卡羅〉發表於《秋水》第 31 期。

9 月　〈夏日音符〉發表於《中華文藝》第 127 期。

10 月　25 日，譯述 Claude Bonnefoy〈我為何如此荒謬──伊奧涅
斯柯的心旅〉於《聯合報》8 版。

翻譯陳克環詩作〈珍珠〉於《秋水》第 32 期。

《畫雲的女人》由臺北彩虹出版社出版。

翻譯 Guy de Maupassant 等著短篇小說集《世界短篇名著選
譯》，由臺北水牛出版社出版。

11 月　9 日，翻譯 Daniel Boulanger〈靈感〉於《聯合報》8 版，

「極短篇」專欄。

15 日，翻譯 Claude Simon〈一匹馬之死〉，並有〈法國的「新」小說和葛婁德‧西蒙〉發表於《聯合報》8 版。

12 月　詩作〈初聞〉發表於《葡萄園》第 76 期。

《惡之花評析》（*Les Fleurs Du Mal：Une Autobiographie en Vers*）由臺北中國文化大學出版部出版。

合集《最後一曲圓舞》由臺北水牛出版社出版。

本年　與 Marie Thérèse Lambert、Pierre Seghers 合著 *Sagesse et Poésie Chinoises （Chinese Wisdom and Poetry）（Miroir du monde）*，由 Paris Robert Laffont 出版。

1982 年　1 月　翻譯向明詩作〈菩提樹〉於《秋水》第 33 期。

《不投郵的書簡》由臺北采風出版社出版。

2 月　21 日，翻譯 Daniel Boulanger〈客棧〉於《聯合報》8 版。

3 月　9 日，〈留住你名字〉發表於《聯合報》8 版。

25 日，〈尤乃斯柯的第一本小說：《孤獨客》〉發表於《聯合報》8 版。

26 日，應邀擔任由中國時報副刊於臺北耕莘文教院舉辦的「Eugène Ionesco 人間文化講座：文化與政治」翻譯，同年 3 月 27～28 日以〈文化與政治〉、〈沒有答案的問題——尤涅斯可答客問〉為題發表於《中國時報‧人間》8 版。

〈「象牙塔裏的女人」？？？〉發表於《文學時代雙月叢刊》第 6 期。

4 月　翻譯麥穗詩作〈難以接受的詩——紀念古丁逝世一週年〉，並有詩作〈昨日的照片〉發表於《秋水》第 34 期。

6 月　8 日，〈法國最美麗的聲音——歡迎法國民歌手色日‧葛瓦勒〉發表於《聯合報》8 版。

翻譯 Marguerite Duras 短篇小說〈大西洋人〉於《中外文

學》第 11 卷第 1 期。

翻譯張其昀《孔學今義》（ *L'interprétation moderne du Confucianisme* ），由臺北中國文化大學出版部出版。

7 月　23 日，詩作〈夏之歌〉發表於《聯合報》8 版。

8 月　翻譯 Alain Robbe-Grillet〈嫉妒〉，並有〈Alain Robbe-Grillet 和他的「新」小說〈妒嫉〉〉發表於《中外文學》第 11 卷第 3 期。

〈寄給園丁〉發表於《葡萄園》第 79、80 期。

詩作〈歌者的讀書報告〉發表於《中華文藝》第 138 期。

10 月　3 日，詩作〈心境〉發表於《中央日報‧晨鐘》10 版。

翻譯涂靜怡詩作〈逆境——給自己〉，並有詩作〈無線電城的夕暮〉發表於《秋水》第 36 期。

11 月　1 日，詩作〈飛揚的國旗〉發表於《中央日報‧晨鐘》10 版。

7 日，〈溯源和移植間之平衡〉發表於《青年戰士報》副刊。

20 日，應邀出席中國時報與中華民國新詩學會於臺北中國時報行政大樓舉辦的「詩歌座談會」，並於會中發表「中庸性的創新」。與會者有上官予、羅門、蓉子、向明、辛鬱、張默、洛夫、白萩、李敏勇、陳千武、陳明台、陳秀喜、趙天儀、梅新、商禽、蕭蕭等，由楊乃藩、左曙萍主持。

26 日，詩作〈讚美詩〉發表於《中國時報‧人間》8 版。

30 日，〈《皮影子戲》中的一章〉發表於《中央日報‧晨鐘》10 版。

詩作〈詼諧曲〉、〈心潭〉發表於《葡萄園》第 81 期。

以「近作二題」為題，詩作〈秋〉、〈歌〉發表於《文學時代雙月叢刊》第 10 期。

　　　　　　　　翻譯 Marguerite Duras 短篇小說〈工地〉於《中外文學》第
　　　　　　　　11 卷第 6 期。

　　　　12 月　詩作〈另一種夏娃〉發表於《中華文藝》第 142 期。

1983 年　1 月　詩作〈感情之舟——詩序《隱形的港灣》〉發表於《中華文
　　　　　　　　藝》第 143 期。

　　　　　　　　翻譯心笛詩作〈廚景〉於《秋水》第 37 期。

　　　　　　　　翻譯 Saint-Pol-Roux〈為詩人的葬禮而寫〉於《創世紀》第
　　　　　　　　60 期。

　　　　　　　　《隱形的港灣》由臺北華欣文化中心出版。

　　　　2 月　10 日，詩作〈一瓶永恆〉發表於《藍星詩頁》第 66 期。

　　　　　　　　11 日，詩作〈心境〉發表於《聯合報》8 版。

　　　　　　　　24 日，以「懷鄉二題——一位中法混血女郎的心聲」為
　　　　　　　　題，翻譯崔嘉明詩作〈長城影下〉、〈飛舞吧，龍鳳〉於《中
　　　　　　　　央日報‧晨鐘》10 版。

　　　　3 月　〈《紫枕詩集》之諸貌〉發表於《文學時代雙月叢刊》第 12
　　　　　　　　期。

　　　　　　　　〈發明一種生活〉發表於《中外文學》第 11 卷第 10 期。

　　　　4 月　26 日，翻譯戴文治（Michel Deverge）〈獅頭山的孩子〉於
　　　　　　　　《中央日報‧晨鐘》10 版。

　　　　5 月　25 日，〈法籍反共詩人巴色羅〉發表於《中央日報‧晨鐘》
　　　　　　　　10 版。

　　　　　　　　詩作〈寫給萬年青〉發表於《中央月刊》第 15 卷第 7 期。

　　　　　　　　詩作〈迷你畫〉發表於《秋水》第 38 期。

　　　　　　　　《金色浮雕》由臺北中國文化大學出版部出版。

　　　　6 月　翻譯 Alain Robbe-Grillet 短篇小說〈舞臺〉於《中華文藝》
　　　　　　　　第 148 期。

　　　　　　　　以「胡品清作品」為題，詩作〈詩人〉、〈靈感〉發表於《臺

灣詩季刊》第 1 期。

7 月　6 日，翻譯巴塞洛〈真正的巨人是國民黨的中國〉於《中央日報・晨鐘》10 版。

9 日，〈最後的訊息——法國作家馬塞爾・儒昂多的「日記」〉發表於《自立晚報》10 版。

18 日，翻譯巴塞洛〈北平的暴君害怕國民黨中國的成就〉於《中央日報・晨鐘》10 版。

〈法國「新」小說中的愛的哲學：邂逅→誘引→距離→永恆〉發表於《文訊》第 1 期。

8 月　9 日，詩作〈生活的天平〉發表於《中央日報・晨鐘》10 版。

20 日，〈超現實之家〉發表於《聯合報》8 版。

20 日，〈瑪格麗特・莒哈絲的小說世界〉連載於《中華日報》副刊。

翻譯 André Pieyre de Mandiargues 短篇小說〈冥府旅社〉於《中外文學》第 12 卷第 3 期。

翻譯向明詩作〈萊茵河〉，涂靜怡詩作〈陌生人〉、〈兩片雲〉於《秋水》第 39 期。

9 月　詩作〈詩〉，〈不愛永作男人狀〉發表於《葡萄園》第 84 期。

詩作〈不休止的音符〉發表於《臺灣詩季刊》第 2 期。

10 月　23 日，翻譯 Nathalie Sarraute〈她們〉於《聯合報》8 版，「法國小品」專欄。

24 日，詩作〈秋思〉發表於《中央日報・晨鐘》10 版。

30 日，〈生日獻禮〉發表於《中央日報・晨鐘》10 版。

以「法國詩人裴維作品」為題，翻譯 Jacques Prévert 詩作〈參加葬禮的蝸牛之歌〉、〈阿力坎特省的葡萄酒〉於《創世

紀》第 62 期。

翻譯張其昀《戰國學術》(*La Vie intellectuelle à L'époque des Royaumes Combattants*),由臺北中國文化大學出版部。

11 月　21 日,〈一位法國畫家對孔子的獻禮〉發表於《中央日報·晨鐘》10 版。

〈香精組曲〉發表於《中央月刊》第 16 卷第 1 期。

12 月　詩作〈夢非夢〉發表於《臺灣詩季刊》第 3 期。

翻譯 Ramón María del Valle-Inclán 等著中篇小說集《秋之奏鳴曲》,由臺北水牛出版社出版。

翻譯 Françoise Sagan 長篇小說《心靈守護者》,由臺北志文出版社出版。

1984 年　1 月　2 日,詩作〈路〉發表於《中央日報·晨鐘》10 版。

20 日,〈曇花之終〉發表於《聯合報》8 版,「散文果盤」專欄。

翻譯〈捲土重來的威尼斯嘉年華會〉於《世界地理雜誌》第 3 卷第 5 期。

〈水靈〉發表於《秋水》第 41 期。

翻譯 Louise de Vilmorin 長篇小說《邂逅》,由臺北黎明文化公司出版。

3 月　8 日,〈能做禮品的書〉發表於《中央日報·晨鐘》10 版。

詩作〈靈戀〉發表於《葡萄園》第 86 期。

詩作〈另一種愛的故事〉發表於《臺灣詩季刊》第 4 期。

4 月　17 日,〈雅賊非賊〉發表於《聯合報》8 版,「公開」專欄。

22 日,應邀出席文訊雜誌社於臺北耕莘文教院舉辦的「中國現代詩談話會」,與會者有張法鶴、上官予、白萩、林亨泰、邱燮友、張健、張默、張漢良、瘂弦、羅門等。會後紀錄刊載於同年 6 月《文訊》第 12 期。

翻譯涂靜怡詩作〈深情〉，並有詩作〈春殘〉發表於《秋水》第 42 期。

6 月　4 日，〈譯介屈原的日子〉發表於《中央日報・晨鐘》10 版。

12 日，〈午夜呢喃〉發表於《中央日報》12 版。

7 月　11 日，〈聾女的聯想〉發表於《中央日報》12 版。

27 日，〈沙漏的聯想〉發表於《聯合報》8 版。

翻譯涂靜怡詩作〈雨傘下〉，並有〈秋水書簡〉、詩作〈心靈城堡〉發表於《秋水》第 43 期。

8 月　11 日，〈中英對照的菜根譚〉發表於《中央日報》12 版。

9 月　19 日，詩作〈晴夜速寫〉發表於《中央日報》12 版。

26 日，翻譯 René Tavernier〈自由值得我們關心〉於《中央日報》12 版。

10 月　16 日，〈秋天的請帖〉發表於《中央日報》12 版。

11 月　27 日，詩作〈秋〉發表於《中央日報》12 版。

詩作〈慕情〉發表於《葡萄園》第 88、89 期。

《法國文壇之「新」貌》由臺北華欣文化中心出版。

12 月　13 日，〈藝語〉發表於《聯合報》8 版。

14 日，〈伊甸之夜〉發表於《中央日報》12 版。

26 日，以「小樓書訊」為題，〈第一條魚：《邂逅》〉、〈第二條魚：《慕情》〉、〈第三條魚：《法國文壇之新貌》〉、〈第四條魚：《丁香花》〉、〈第五條魚：《另一種夏娃》〉、〈尾聲〉發表於《中央日報》12 版。

詩集《另一種夏娃》由臺北中國文化大學出版部出版。

《慕情》由臺北文經出版社出版。

1985 年　1 月　15 日，詩作〈時間〉發表於《中央日報》12 版。

29 日，〈上課才好玩！〉發表於《中央日報》12 版。

　　翻譯涂靜怡詩作〈星夜〉、〈心靈的小屋〉，並有詩作〈玫瑰雨〉、〈聖誕花依然綠的〉發表於《秋水》第 45 期。

2 月　14 日，〈壓歲錢〉發表於《聯合報》8 版，「生活造句」專欄。

　　18 日，詩作〈立春〉發表於《中央日報》11 版。

　　28 日，翻譯 Marguerite Duras〈情人〉，連載於《聯合報》8 版，「世界名著選粹」，至同年 3 月 3 日止。

　　翻譯 Albert Camus 等著短篇小說集《丁香花——近代法國名家「新」小說選》，由臺北楓葉出版社出版。

　　翻譯 Marguerite Duras 長篇小說《情人》，由臺北文經出版社出版。

3 月　24～25 日，單句發表於《聯合報》8 版，「『小語庫』名家邀請展」專欄。

4 月　8 日，〈草地上那隻貓〉發表於《中央日報》11 版。

　　24 日，詩作〈鋼琴的話〉發表於《中央日報》12 版。

　　〈又見莎岡——介紹《我最美好的回憶》〉發表於《文訊》第 17 期。

　　詩作〈禿楓的聯想〉、〈白色的夜〉發表於《藍星詩刊》第 3 號。

5 月　8 日，〈改讀書報告的日子〉發表於《中央日報》12 版。

　　31 日，〈藍色杯墊〉發表於《聯合報》8 版。

7 月　2 日，〈我是抗戰女學生〉發表於《聯合報》8 版，「『抗戰與我』徵文入選作品」。

　　22 日，〈那幀奇景〉發表於《中央日報》11 版。

　　應聘擔任中國文化大學法國語文學系系主任，至 1994 年 6 月止。

8 月　19 日，翻譯 René Tavernier 詩作〈禪寺〉於《中央日報》11

版。

27 日，翻譯 René Tavernier 詩作〈旅次〉於《中央日報》12 版。

翻譯 Daniel Boulanger 短篇小說〈賢妻之死〉，並有〈達涅兒・布朗熱簡介〉發表於《聯合文學》第 10 期。

9 月　8～9 日，翻譯 René Tavernier〈里昂・筆會・我〉，連載於《中央日報》12、11 版。

10 月　18 日，翻譯 Claude Simon〈一匹馬之死〉，並有〈克勞岱・西蒙的創作技巧〉發表於《聯合報》8 版，「諾貝爾文學獎獎牌：絕對的現代──法國新小說的宗師克勞岱・西蒙」特輯。

27 日，〈形上抒情〉發表於《聯合報》8 版。

11 月　8 日，〈盆栽〉發表於《中央日報》12 版。

12～13 日，單句發表於《聯合報》8 版，「『小語庫』名家邀請展」專欄。

14 日，〈解剖學〉發表於《中央日報》12 版。

與無名氏等合著《情緣》，由臺北星光出版社出版。

12 月　17 日，〈迷你植物園〉發表於《中央日報》11 版。

〈法國的「新小說」和葛婁德・西蒙〉發表於《文訊》第 21 期。

〈心靈事件〉發表於《幼獅文藝》第 384 期。

詞曲〈塔裡塔外〉發表於《女性》第 229 期，「弦歌小語」專欄。

1986 年　1 月　1 日，翻譯〈卜尤爾史托姆訪問記〉於《中央日報》12 版。

6 日，以「描寫文三則」為題，翻譯 Claude Simon〈大蜘蛛〉、〈敵機〉、〈行軍〉於《聯合報》8 版。

2 月　22 日，詩作〈蕭邦之夜〉發表於《中央日報》12 版。

3 月　4 日，〈兩種榕樹〉發表於《中央日報》12 版。

18 日，翻譯 René Tavernier 詩作〈人人啟程〉於《中央日報》11 版。

24 日，〈柏香滿室〉發表於《中央日報》11 版。

〈法國新女性的書寫〉發表於《聯合文學》第 17 期。

〈另一種窄門〉發表於《文學家》第 5 期。

4 月　18 日，詩作〈寫在心谷中〉發表於《中央日報》12 版。

5 月　9 日，〈等待〉發表於《中央日報》11 版。

7 月　22 日，〈病中思絮〉發表於《聯合報》8 版。

23 日，〈梨山去來〉發表於《中央日報》11 版。

〈仲夏夜之歌〉發表於《幼獅文藝》第 391 期。

《玫瑰雨》由臺北文經出版社出版。

翻譯張其昀《遠古史》（*L'Histoire de L'antiquité chinoise*），由臺北中國文化大學出版部出版。

8 月　18 日，以「絕句四帖」為題，詩作〈粧鏡〉、〈另一種讚美詩〉、〈作品〉、〈一天〉發表於《中央日報》11 版。

〈法國文學中的幽默〉發表於《聯合文學》第 22 期。

9 月　4 日，詩作〈感嘆語〉發表於《中央日報》12 版。

16 日，〈山居偶感〉發表於《聯合報》8 版，「人生金言〈四家〉」。

19 日，翻譯 Knut Hamsun 短篇小說〈女奴〉於《中央日報》12 版。

22 日，應邀出席由聯合文學副刊舉辦的「法國現代文學座談會」，與會者有 René Tavernier、陳玉慧、黃美惠、劉光能、胡耀恆等，由張寶琴、瘂弦主持，趙衛民紀錄。會後紀錄刊載於同年 10 月 5 日《聯合報》8 版，「法蘭西的天空」特輯。

詩作〈平衡〉發表於《文星》第 99 期。

詞曲〈平原與花樹〉發表於《女性》第 238 期,「弦歌小語」專欄。

10 月　5 日,翻譯 René Tavernier〈宣告廿一世紀來臨時〉於《聯合報》8 版,「法蘭西的天空」特輯。

6 日,翻譯 René Tavernier 詩作〈詩二帖〉於《聯合報》8 版,「法蘭西的天空」特輯。

11 日,詩作〈悟〉發表於《中央日報》12 版。

14 日,詩作〈再誕〉發表於《中央日報》12 版。

19 日,〈《兩代之間》讀後〉發表於《民生報・文化新聞》9 版。

23 日,〈再論李金髮的卅首詩──《李金髮評傳》讀後〉發表於《臺灣新聞報・西子灣副刊》8 版。

翻譯 Guy de Maupassant 等著短篇小說集《世界短篇名著選譯》,由臺北水牛出版社出版。

翻譯 Ramón María del Valle-Inclán 等著中篇小說集《秋之奏鳴曲》,由臺北水牛出版社出版。

翻譯 László Nagy《兩億五千萬童子軍》,由臺北幼獅文化公司出版。

11 月　14 日,以「小樓書訊」為題,〈《玫瑰雨》〉、〈《冷香》〉、〈結語〉發表於《中央日報》10 版。

詞曲〈小詩〉發表於《女性》第 240 期,「弦歌小語」專欄。

12 月　9 日,詩作〈三種翅翼〉發表於《中央日報》10 版。

20 日,翻譯費德利克・布得短篇小說〈成功與幸福〉於《中央日報》10 版。

詩作〈詩學〉發表於《文星》第 102 期。

　　　　　　　　　　詞曲〈耶誕之歌〉發表於《女性》第 241 期,「弦歌小語」
　　　　　　　　　　專欄。

1987 年　　1 月　　5 日,詩作〈粧鏡〉發表於《中央日報》10 版。

　　　　　　　　　　13 日,〈抒情日記〉發表於《聯合報》8 版。

　　　　　　　　　　22 日,〈藝術日記〉發表於《中央日報》10 版。

　　　　　　　　　　詞曲〈抽象畫〉發表於《女性》第 242 期,「弦歌小語」專
　　　　　　　　　　欄。

　　　　　　　　　　《不投郵的書簡》由臺北采風出版社出版。

　　　　　　2 月　　詞曲〈天象〉發表於《女性》第 243 期,「弦歌小語」專
　　　　　　　　　　欄。

　　　　　　　　　　詩集《冷香》由臺北漢藝色研文化公司出版。

　　　　　　4 月　　12 日,詩作〈超現實宅園〉發表於《中央日報》10 版。

　　　　　　5 月　　12 日,詩作〈詩人〉發表於《聯合報》8 版。

　　　　　　6 月　　14 日,〈心境〉發表於《中央日報》10 版。

　　　　　　　　　　翻譯 Marie de France 等著詩集《法國歷代小詩精選》,由臺
　　　　　　　　　　北中央圖書出版社出版。

　　　　　　7 月　　詩作〈冒險〉發表於《秋水》第 55 期。

　　　　　　8 月　　22 日,詩作〈薔薇田〉發表於《聯合報》8 版。

　　　　　　9 月　　23 日,〈天鵝〉發表於《聯合報》8 版。

　　　　　　　　　　詩作〈天鵝之二〉發表於《文星》第 111 期。

　　　　　　　　　　翻譯 Charles Baudelaire 詩集《愛的變奏曲》,由臺北漢藝色
　　　　　　　　　　研文化公司。

　　　　　　10 月　詩作〈夏涼〉發表於《幼獅文藝》第 406 期。

　　　　　　　　　　以「法國歷代情詩精選欣賞」為題,翻譯詩作〈小詩〉、〈不
　　　　　　　　　　再是從前的我〉、〈給戀人〉於《秋水》第 56 期。

　　　　　　11 月　〈睡蓮〉發表於《幼獅文藝》第 407 期。

　　　　　　12 月　12 日,〈藏音屋手記〉發表於《聯合報》8 版,「手記文學

展」。

20 日，〈春風楊柳全是詩——鄉情、愛情、親情濃鬱的臺灣
抒情詩 105 家——不休止的音符〉發表於《文學世界》創刊
號。

合集《夢幻組曲》由臺北水牛出版社出版。

1988 年	1 月	詩作〈假想的最後〉發表於《幼獅文藝》第 409 期。

〈藏音屋手記〉發表於《聯合文學》第 39 期。

以「法國歷代情詩精選欣賞」為題，翻譯詩作〈貝殼〉、〈給
年邁的女友〉、〈四行〉、〈巴黎之夜〉於《秋水》第 57 期。

2 月　25 日，〈刺鳥的神話〉發表於《聯合報》23 版。

翻譯 Bertrand Russell《中西文化之比較》，更名為《羅素論
中西文化》，由臺北水牛出版社出版。

3 月　11 日，〈不是夢想而是追尋〉發表於《民生報・社會關懷》
18 版。

20 日，〈在火山上跳舞的作家——法國女作家莎岡真的販毒
嗎？〉發表於《中國時報・人間》18 版。

詩作〈感嘆語〉發表於《文星》第 117 期。

4 月　30 日，翻譯 Françoise Sagan〈車速〉於《聯合報》23 版，
「莎岡的生命裡沒有計程表！」。

以「法國歷代情詩精選欣賞」為題，翻譯詩作〈我心你心〉
於《秋水》第 58 期。

翻譯 Bertrand Russell《中西文化之比較》，更名為《一個自
由人的崇拜》，由長春時代文藝出版社出版。

5 月　1 日，應聯合報「聯副之聲」之邀，以「談莎岡、波特萊爾
的寫作與吸毒」為題，擔任「螢光夜語」節目來賓，由劉小
梅主持。

6 月　15 日，領取教育部「76 學年度大學暨獨立學院教學特優教

師」獎，獲獎狀一紙，獎金 12 萬元。

22～23 日，翻譯 Françoise Sagan〈我看紐瑞耶夫〉，連載於《聯合報・繽紛》16 版。

翻譯 Françoise Sagan〈田納西・威廉姆斯〉於《幼獅文藝》第 414 期。

7 月　〈莒哈絲的小說世界（《如歌的中板》第七章之分析）〉發表於《聯合文學》第 45 期。

以「法國歷代情詩精選欣賞」為題，翻譯詩作〈憂悒〉、〈情歌〉，並有詩作〈鬥魚〉發表於《秋水》第 59 期。

8 月　14 日，〈請箋〉發表於《聯合報》21 版。

29 日，以「玫瑰的秘密——朗貝赫（J. C. Lambert）情詩選」為題，翻譯 J. C. Lambert 詩作〈神話之一〉、〈神話之二〉、〈經由〉、〈一些所有格形容詞〉、〈獻詞〉於《聯合報》21 版。

詩作〈有一種孤獨〉發表於《幼獅文藝》第 416 期。

翻譯 Françoise Sagan〈聖託貝斯海港〉於《中外文學》第 17 卷第 3 期。

合集《最後一曲圓舞》由臺北水牛出版。

9 月　6 日，與劉克端、陳澄、聯合文學共同執筆〈國際筆會訪華團作家群像〉，發表於《聯合報》21 版，「世界文學週：地球因文學而變小——迎國際筆會訪華團特輯」。

8 日，翻譯 Solange Fasquelle〈巴佛斯島的鵜鶘〉於《聯合報》21 版，「世界文學週・3：國際筆會訪華團作家作品展」。

10 月　翻譯 Françoise Sagan〈給沙特的情書〉於《聯合文學》第 48 期。

合集《晚開的歐薄荷》由臺北水牛出版社出版。

11 月　　3 日，翻譯 Françoise Sagan〈電影大師〉於《聯合報》21
版。

12 月　　25 日，〈藏音屋手記〉發表於《聯合報》21 版。

1989 年　1 月　詩作〈恭賀秋水六十期〉發表於《秋水》第 60 期。

2 月　　19 日，〈憂鬱〉發表於《聯合報》27 版，「兩地書簡」專
欄。

4 月　　〈兩地書簡〉連載於《幼獅文藝》第 424、432 期，至同年
12 月止。

詩作〈百合語〉發表於《秋水》第 61 期。

5 月　　詩作〈另一種聖事〉、〈忍冬花的藤蔓〉發表於《聯合文學》
第 55 期。

翻譯 Françoise Sagan《帶著我最美的回憶》，由臺北合森文
化公司出版。

7 月　　25 日，〈藏音屋手記〉發表於《聯合報》27 版。

詩作〈松鼠〉發表於《葡萄園》第 105 期。

詩作〈六月四日斷腸時〉發表於《秋水》第 62 期。

翻譯 André Lichtenberger 長篇小說《我的小托》，由臺北漢
藝色研文化公司。

9 月　　4 日，〈未曾收到冷金箋〉發表於《中央日報》16 版，「大家
小品」專欄。

22 日，〈窗眉上的綠色流蘇〉發表於《聯合報》25 版，「四
塊玉」專欄。

〈蠱萋〉發表於《幼獅文藝》第 429 期。

10 月　6 日，〈洗〉發表於《聯合報》25 版，「四塊玉」專欄。

12 日，〈文學的冠冕——談幾個諾貝爾文學獎得主〉發表於
《聯合報》29 版。

16 日，〈秋海棠〉發表於《聯合報》29 版，「四塊玉」專

欄。

29 日,〈夜〉發表於《聯合報》29 版,「四塊玉」專欄。

11 月　29 日,〈喜貓〉發表於《聯合報》29 版,「四塊玉」專欄。

12 月　14 日,〈詩箋〉發表於《聯合報》29 版,「四塊玉」專欄。

23 日,〈校園的傷心話〉發表於《聯合報》29 版,「四塊玉」專欄。

1990 年　1 月　7 日,〈讀物〉發表於《聯合報》29 版,「四塊玉」專欄。

19 日,〈另一種減肥〉發表於《聯合報》29 版,「四塊玉」專欄。

詩作〈愛神木花〉發表於《幼獅文藝》第 433 期。

《藏音屋手記》由臺北合森文化公司出版。

2 月　26 日,〈詩人的神話〉發表於《聯合報》29 版,「小品文春展」。

3 月　18 日,〈深海詩篇〉發表於《聯合報》29 版。

〈黑色像框〉發表於《幼獅文藝》第 435 期。

4 月　23 日,〈清歡〉發表於《聯合報》29 版,「晚春小品〈續篇〉」。

29 日,〈寫給青蚨〉發表於《聯合報》29 版。

7 月　詩作〈寄往威州〉發表於《秋水》第 66 期。

8 月　詩作〈數學〉、〈握別〉發表於《葡萄園》第 108 期。

10 月　*Random Talks On Classical Chinese Poetry*（漫談中國古典詩詞）由臺北長松文化公司出版。

1991 年　1 月　《今日情懷》由臺北合森文化公司出版。

2 月　4 日,〈大漠烽煙如霧〉發表於《聯合報》25 版,「中東戰火回想」。

3 月　8 日,〈認真〉發表於《聯合報》25 版。

詩集《薔薇田》由臺北華欣文化中心出版。

4 月　翻譯〈繪畫的傳說〉、〈音樂與舞蹈的傳說〉，並有〈法國作家杜涅的另一面：兒童文學〉發表於《幼獅文藝》第 448 期。

詩作〈冬〉發表於《秋水》第 69 期。

5 月　《六弦琴韻》由臺中立誼出版社出版。

《花牆》由臺北漢藝色研文化公司出版。

7 月　翻譯 Antoine de Saint-Exupéry 長篇小說《夜間飛行》，由臺北水牛出版社出版。

8 月　17 日，〈他慶幸自己不是一棵樹〉發表於《中央日報》16 版。

24 日，〈抽象無方向〉發表於《聯合報‧繽紛》24 版，「洋人洋相」專欄。

29 日，〈買畫循環〉發表於《聯合報‧繽紛》24 版，「洋人洋相」專欄。

9 月　3 日，〈拍到馬腿〉發表於《聯合報‧繽紛》24 版，「洋人洋相」專欄。

10 日，〈就等這一滴〉發表於《聯合報‧繽紛》24 版，「洋人洋相」專欄。

10 月　16 日，〈淺論莒哈絲的 《如歌的中板》——「新小說」中的 包法利夫人〉發表於《中國時報‧人間》27 版。

詩作〈月〉發表於《秋水》第 71 期。

翻譯 Paul Valéry 詩集《一兩個夢》，由臺北漢藝色研文化公司。

11 月　詩作〈秋〉發表於《葡萄園》第 112 期。

12 月　翻譯 André Maurois 等著短篇小說集《星期三的紫羅蘭》，臺北漢藝色研文化公司出版。

1992 年　1 月　以「兩種路」為題，詩作〈山徑〉、〈高速公路〉發表於《秋

水》第 72 期。

3 月　4 日，翻譯 Daniel Boulanger 短篇小說〈《鏡裡鏡外》〉，並有
〈關於達涅勒‧布朗熱及《鏡裡鏡外》〉發表於《中國時
報‧人間》31 版。

6 月　翻譯 Antoine de Saint-Exupéry 長篇小說《夜間飛行》，由臺
北萬象圖書公司出版。

7 月　〈文學是靈糧〉發表於《幼獅文藝》第 463 期。

8 月　翻譯 Charles Baudelaire 詩集《愛的變奏曲》，由臺北漢藝色
研文化公司以筆記本版本出版。

10 月　詩作〈校園小旅〉、〈殘花〉發表於《秋水》第 75 期。

11 月　翻譯 *La Poésie Chinoise-Anthologie des origines à nos jours* 更
名為「*La Poésie Chinoise Ancienne*（中國古詩選）」，由臺北
中央圖書出版社出版。

1993 年　1 月　詩作〈秋之歌〉發表於《秋水》第 76 期。

4 月　接受安克強訪問。訪問文章〈二分法‧三聲道‧一生執著
——專訪胡品清女士〉發表於《文訊》第 90 期。
詩作〈冬之歌〉發表於《秋水》第 77 期。

10 月　詩作〈斜雁〉發表於《中國詩刊》第 3 期。

12 月　與王尚義、思果、朱自清、李寧、楊耐冬、古錚、杜蘅之合
著《故鄉的秋天》，由臺北水牛圖書出版公司出版。

1994 年　1 月　27 日，詩作〈蝶語〉發表於《中國時報‧人間》39 版。
詩作〈鑰匙〉發表於《秋水》第 81 期。

5 月　"Tradition et Modernité dans "Creezy" de Félicien Marceau"發
表於《華岡外語學報》第 1 期。

6 月　翻譯 Marguerite Duras 長篇小說《情人》，由臺北中法公司出
版部出版。

7 月　詩作〈病中箋〉發表於《中國詩刊》第 4 期。

8 月　27～31 日，應邀出席中華民國新詩學會、世界藝術文化學院於臺北環亞大飯店國際會議廳舉辦的「第 15 屆世界詩人大會」，會中演講「中國古典詩之法譯」，與會者有羊令野、余光中、向明、涂靜怡、一信等。

9 月　《中法句型比較研究》由臺北志一出版社出版。

10 月　詩作〈小木房〉發表於《秋水》第 83 期。

1995 年　1 月　《今日情懷》由北京群眾出版社出版。

3 月　《淺近法文──文評範本》由臺北中央圖書出版社出版。

7 月　應聘擔任中國文化大學法國語文學系系主任，至 1996 年 6 月止。

8 月　〈等待〉發表於中國《新青年》1995 年第 8 期。

本年　《文學漫步》由臺北中央圖書出版社出版。

1996 年　4 月　詩作〈冬之歌〉發表於《秋水》第 89 期。

《細草》由臺北華欣文化中心出版。

5 月　翻譯 Sidonie-Gabrielle Colette〈風景畫〉，並有〈導讀〈風景畫〉〉發表於《幼獅文藝》第 509 期。

8 月　22 日，〈驚惶與驚喜〉發表於《聯合報》37 版，「我這一招」。

30 日，〈蝴蝶花廊〉發表於《聯合報》37 版，「自然歌詠」。

9 月　《文學論文初步》由臺北志一出版社出版。

10 月　22 日，〈小旅〉發表於《聯合報》37 版，「旅遊小品」。

詩作〈香精組曲之一〉發表於《秋水》第 91 期。

11 月　詩作〈香精組曲之二〉發表於《葡萄園》第 132 期。

翻譯 Antoine de Saint-Exupéry 長篇小說《夜間飛行》，由臺北萬象圖書公司出版。

12 月　12 日，詩作〈鏡〉發表於《中華日報》14 版。

詩作〈空房子〉發表於《臺灣詩學季刊》第 17 期。

1997 年　1 月　詩作〈香精組曲之三〉發表於《乾坤詩刊》第 1 期。

3 月　"Deux Notes de Lecture: 1.Analyse Stylistique et Idéologique du Texte Suivant Tiré du «Deuxième Sexe» de Simone de Beauvoir(1908-1986), Écrivain Féministe 2. Étude Stylistique sur «Les Cabines de Bain» de Monique Lange"發表於《華岡外語學報》第 4 期。

4 月　30 日，獲法國政府頒贈學術界棕櫚葉騎士勳章（Chevalier Ordre des Palmes académiques）。

詩作〈香精組曲之四〉發表於《秋水》第 93 期。

詩作〈短詩〉發表於《乾坤詩刊》第 2 期。

6 月　自中國文化大學退休。

9 月　6 日，〈嶺上多白雲〉發表於《聯合報》41 版。

10 月　23 日，翻譯 Alain Robbe-Grillet 短篇小說〈密室〉，並有〈霍布–格里耶的「新」短篇〈密室〉〉發表於《聯合報》41 版，「迎法國小說大師霍布–格里耶來臺訪問」。

〈班婕妤怨歌行中的扇子和普呂多姆的裂瓶中的扇子之比較〉發表於《乾坤詩刊》第 4 期。

〈析賞法國象徵派詩人魏赫倫的〈三年之後〉〉發表於《秋水》第 95 期。

《中法互譯範本及解析》由臺北志一出版社出版。

1998 年　2 月　12 日，〈關於「歷歷」之詞性〉發表於《中央日報・生活消費》20 版，「迴響」專欄。

《法文書寫雙語範本及解析》由臺北志一出版社出版。

4 月　5 日，詩作〈靈河〉發表於《中央日報》18 版。

詩作〈冬之夕暮〉發表於《秋水》第 97 期。

5 月　30 日，應邀出席由中華民國詩經研究會於臺北中山堂主辦的「八十七年全國詩人節慶祝大會」，並獲頒優秀詩人獎，

與會者有李登輝、駱建人、陳慶煌、胡順隆等。

7月　3 日，獲法國文化及通信部（Ministère de la Culture et de la Communication）頒贈一級文藝軍官勳章（Officier De L'ordre des Arts et des Lettres），與會者有史鼎、黃光男、蘇美玉、黃才郎等。

8月　《法國文學賞析》由臺北書林出版公司出版。

翻譯 Guy de Maupassant 短篇小說《兄與弟》，由臺北天肯文化出版公司出版。

10月　詩作〈春之頌〉發表於《乾坤詩刊》第 8 期。

1999 年　1 月　詩作〈人造風景〉發表於《秋水》第 100 期。

2月　《法語學習》由臺北志一出版社出版。

4月　詩作〈春之書〉發表於《乾坤詩刊》第 10 期。

與楊淑娟合著《生活法語入門》，由臺北志一出版社出版。

7月　1 日，〈我的天才弟子〉發表於《中華日報》16 版。

29 日，翻譯 François Mauriac〈分手〉於《中華日報》16 版。

9月　《法文常用片語及習慣語》由臺北志一出版社出版。

10月　詩作〈無眠〉、〈風景〉發表於《乾坤詩刊》第 12 期。

本年　出車禍。

2000 年　1 月　詩作〈千禧迎春〉發表於《秋水》第 104 期。

3月　29 日，〈讀畫〉發表於《聯合報》37 版。

接受周昭翡訪問。訪問文章〈反叛的靈魂——胡品清談波特萊爾（Charles Baudelaire）〉發表於《聯合文學》第 185 期。

〈波特萊爾年譜〉發表於《聯合文學》第 185 期。

《分類法文會話模式》由臺北天肯文化出版公司出版。

翻譯 Françoise Sagan 長篇小說《怯寒的愛神》，由臺北九歌出版社出版。

7 月　〈論拉馬丁所著〈紀念冊上的詩〉之形式及內容〉發表於
《乾坤詩刊》第 15 期。

《迷你法國文學史》由臺北桂冠圖書公司出版。

翻譯《法蘭西詩選》，由臺北桂冠圖書公司出版。

8 月　翻譯 Bertrand Russell《中西文化之比較》，由臺北水牛出版
社出版。

9 月　16 日，出席桂冠圖書公司為《迷你法國文學史》、《法蘭西
詩選》舉辦的「胡品清教授新書發表會」，為其在臺唯一一
場新書發表會，與會者有莫渝、段彩華、一信、綠蒂、魏子
雲等。並於當日接受蘇惠昭訪問，同年 10 月 5 日訪問文章
〈胡品清——引介法國文學的老園丁〉發表於《中國時報》
42 版。

30 日，〈樹與影的對話〉發表於《聯合報》37 版，「讀畫」。

與楊淑娟合著《法文秘笈》，由臺北志一出版社出版。

10 月　7 日，〈阿波里奈爾和他窗外的巴黎〉發表於《聯合報》37
版，「文學花圃」專欄。

詩作〈侏儒盆景〉發表於《乾坤詩刊》第 16 期。

詩作〈類似性〉發表於《秋水》第 107 期。

獲中國詩歌藝術學會頒贈「第五屆詩歌藝術獎貢獻獎」，其
他得獎者有羅門等。

11 月　18 日，〈雨果所畫愛女之遺像〉發表於《聯合報》37 版，
「文學花圃」專欄。

《這句話，法文怎麼說，中文怎麼說》由臺北志一出版社出
版。

詩作〈窗裡窗外〉發表於《葡萄園》第 148 期。

2001 年　2 月　14 日，〈世紀情侶——沙特與波娃〉發表於《聯合報》37
版。

16 日，〈波特萊爾所作情婦之畫像〉發表於《聯合報》37版。

24 日，〈雨果自我放逐於諾曼第海島上〉發表於《聯合報》37 版。

3 月　8 日，應邀擔任淡江大學中國文學系與淡江大學中國女性文學研究室於國家圖書館主辦的「百年臺灣女性文學版圖研討會——跨越文類與文化鴻溝」座談人，與會者有黃有德、袁瓊瓊等，由簡瑛瑛主持、張小虹引言、潘弘輝記錄，會後紀錄刊載於同年 3 月 24 日《自由時報》39 版、2011 年 11 月《中國女性文學研究室學刊》第 3 期。

19 日，〈永遠的畫像〉發表於《聯合報》37 版。

4 月　11 日，詩作〈憂憂鹿鳴〉發表於《聯合報》37 版。

詩作〈金魚〉發表於《秋水》第 109 期。

詩作〈野趣〉發表於《乾坤詩刊》第 18 期。

5 月　詩作〈山山樹樹〉發表於《葡萄園》第 150 期。

6 月　10 日，應邀出席「為這一代詩人造像」活動，與會者有巫永福、鍾鼎文、周夢蝶、林亨泰、余光中、向明、管管、張默、瘂弦、趙天儀、葉笛等，由柯錫杰攝影，會後於臺北五顆星 PUB 用餐。

7 月　23 日，〈波特萊爾夕暮之和諧中的聯覺與對應〉發表於《聯合報》37 版。

8 月　《基礎法文會話句型》由臺北志一出版社出版。

11 月　應邀出席「跨越文類與文化鴻溝」座談會，與會者有張小虹、黃有德、袁瓊瓊等。會後紀錄刊載於 2001 年 11 月《中國女性文學研究室學刊》第 3 期。

詩作〈香精頌〉發表於《葡萄園》第 152 期。

12 月　翻譯勒貝赫詩作〈未簽字的合約〉於《創世紀》第 129 期。

2002 年	1 月	翻譯涂靜怡詩作〈詩緣〉，並有詩作〈秋思〉發表於《秋水》第 112 期。

2002 年　1 月　翻譯涂靜怡詩作〈詩緣〉，並有詩作〈秋思〉發表於《秋水》第 112 期。

詩作〈有香精名「戀情」〉發表於《乾坤詩刊》第 21 期。

2 月　2 日,〈吉祥物〉發表於《中華日報》19 版。

11 日,詩作〈書簡是藝術〉發表於《中央日報》18 版,「和資深作家一起過年」特輯。

3 月　3 日,〈Lady──cat〉發表於《聯合報》37 版。

23 日,詩作〈戀文〉發表於《中華日報》19 版。

詩作〈書寫前後〉發表於《創世紀》第 130 期。

詩作〈西班牙城堡〉發表於《藍星詩學》第 13 號。同年 4 月 2 日發表於《中華日報》19 版。

4 月　8 日,詩作〈山茶〉發表於《中央日報》18 版。

29 日,〈心中有路〉發表於《中央日報》18 版。

詩作〈謝卡〉發表於《乾坤詩刊》第 22 期。

以「小詩一束」為題,詩作〈我心我心〉、〈標本〉、〈問答〉發表於《秋水》第 113 期。

5 月　13 日,〈驚喜〉發表於《中央日報》14 版。

24 日,詩作〈詼諧曲〉發表於《聯合報》39 版。

31 日,〈心靈日記〉發表於《中華日報》19 版。

6 月　19 日,〈窗外的送子鳥〉發表於《中華日報》19 版。

20 日,詩作〈短暫與悠久〉發表於《中央日報》14 版。

詩作〈心旅〉發表於《創世紀》第 131 期。

詩作〈故事新編〉、〈栽一株非洲鳳仙〉發表於《藍星詩學》第 14 號。

7 月　15 日,詩作〈紙船〉發表於《中華日報》19 版。

詩作〈生之頌〉、〈月落〉發表於《乾坤詩刊》第 23 期。

詩作〈萬花筒〉、〈供詞〉發表於《秋水》第 114 期。

翻譯 Antoine de Saint-Exupéry 長篇小說《夜間飛行》，由臺北水牛圖書出版公司出版。

8 月　5 日，〈日記一則〉發表於《中央日報》14 版。

《一句話，法文怎麼說，怎麼寫》由臺北志一出版社出版。

《萬花筒》由臺北未來書城公司出版。

9 月　16 日，詩作〈秋歌二帖〉發表於《中央日報》14 版。

詩作〈兩地書〉、〈年輪〉發表於《藍星詩學》第 15 號。

翻譯 Françoise Sagan 長篇小說《怯寒的愛神》，更名為《真愛永不敗北》，由臺北九歌出版社出版。

10 月　9 日，〈香水樓手記〉發表於《聯合報》39 版。

10 日，詩作〈肥皂泡〉發表於《中央日報》14 版。

24 日，〈盧梭和《新愛洛伊絲》〉發表於《聯合報》37 版。

詩作〈舉杯〉發表於《乾坤詩刊》第 24 期。

詩作〈光源〉發表於《秋水》第 115 期。

11 月　18 日，詩作〈你是唯一的知音〉發表於《中央日報》16 版。

26 日，詩作〈綠窗〉發表於《中華日報》19 版。

詩集《最後的愛神木》由臺北秀威資訊科技公司出版。

12 月　詩作〈十九世紀之再誕〉、〈聯想〉發表於《藍星詩學》第 16 號。

2003 年　1 月　2 日，〈兩地書簡〉發表於《中央日報》16 版。

詩作〈不題〉發表於《秋水》第 116 期。

詩作〈小黃貓〉發表於《乾坤詩刊》第 25 期。

《你臨時需要的一句話》由臺北志一出版社出版。

2 月　6 日，〈無菁季節〉發表於《中華日報》19 版。

18 日，詩作〈寫在明信片上〉發表於《中央日報》17 版。

詩集《最後的愛神木》由臺北秀威資訊科技公司出版。

3 月　詩作〈只要少許文物就足夠〉發表於《藍星詩學》第 17 號。

4 月　9 日,〈詩箋上的壓花〉發表於《中華日報》19 版。

15 日,〈一盂華美〉發表於《中央日報》17 版。

29 日,〈香水樓手記〉發表於《中華日報》19 版。

詩作〈心旅〉發表於《秋水》第 117 期。

翻譯 Sara Teasdale 詩集《戀曲及其他——美國女詩人 Sara Teasdale 的小詩》,由臺北未來書城公司。

5 月　詩作〈文字緣〉發表於《葡萄園》第 158 期。

6 月　19 日,〈鈴蘭書簡〉發表於《聯合報》E7 版。

以「擬物二題」為題,詩作〈問〉、〈含羞草之舞〉發表於《藍星詩學》第 18 號。

7 月　1 日,〈香水樓手記〉發表於《中央日報》17 版。

30 日,〈另類文物〉發表於《中華日報》19 版。

詩作〈受我最後祝福的人〉發表於《乾坤詩刊》第 27 期。

詩作〈一盂華美〉發表於《秋水》第 118 期。

《四用法文》由臺北志一出版社出版。

8 月　22 日,詩作〈獨語〉發表於《中央日報》17 版。

9 月　12 日,詩作〈最後的綠葉〉發表於《中央日報》17 版。

20 日,〈美麗的暑假作業〉發表於《中華日報》23 版。

詩作〈即景〉、〈紙戀〉發表於《藍星詩學》第 19 號。

10 月　23 日,詩作〈化外風景〉發表於《中央日報》17 版。

詩作〈答〉發表於《秋水》第 119 期。

11 月　27 日,〈錦書、玩具貓、台塑小牛排〉發表於《中華日報》23 版。

12 月　15 日,〈雙語唐詩壁畫〉發表於《中央日報》17 版。

詩作〈迷你詩〉發表於《藍星詩學》第 20 號。

2004 年　　1 月　　〈寫於秋水三十華誕〉發表於《秋水》第 120 期。

　　　　　　　　　　13 日，詩作〈嚴冬〉發表於《中央日報》17 版。

　　　　　　　　　　14 日，詩作〈歲暮詩箋——致法文系所學生〉發表於《中華日報》19 版。

　　　　　　　　　　21 日，〈橘紅貓咪〉發表於《中華日報》19 版。

　　　　　　　　　　詩作〈三種頌歌〉發表於《葡萄園》第 161 期。

　　　　　　2 月　　3 日，〈雨地書〉發表於《中華日報》19 版。

　　　　　　　　　　9 日，詩作〈讀信〉發表於《中央日報》17 版。

　　　　　　　　　　29 日，〈絕對〉發表於《中華日報》19 版。

　　　　　　3 月　　1 日，詩作〈寫給小野花〉發表於《中央日報》17 版。

　　　　　　　　　　詩作〈紫牽牛之禱文〉發表於《藍星詩學》第 21 號。

　　　　　　4 月　　8 日，詩作〈向日葵語〉發表於《中央日報》17 版。

　　　　　　　　　　詩作〈日記〉發表於《乾坤詩刊》第 30 期。

　　　　　　　　　　詩作〈收信人語〉發表於《秋水》第 121 期。

　　　　　　5 月　　28 日，〈松柏與玫瑰之對談〉發表於《中央日報》17 版。

　　　　　　　　　　詩作〈信〉發表於《葡萄園》第 162 期。

　　　　　　6 月　　《分類法文會話模式》由上海上海交通大學出版社出版。

　　　　　　7 月　　14 日，〈媚力居〉發表於《中央日報》17 版。

　　　　　　　　　　詩作〈字魂〉發表於《秋水》第 122 期。

　　　　　　　　　　詩作〈紙戀〉發表於《乾坤詩刊》第 31 期。

　　　　　　8 月　　《法漢慣用語辭典》由臺北志一出版社出版。

　　　　　　9 月　　15 日，〈香水樓手記〉發表於《中央日報》17 版。

　　　　　　10 月　　4 日，詩作〈信尾語〉發表於《中央日報》17 版。

　　　　　　12 月　　10 日，〈解剖學〉發表於《中央日報》17 版。

　　　　　　　　　　詩作〈心樹〉發表於《秋水》第 123 期。

　　　　　　　　　　12 日，詩作〈字群〉發表於《中華日報》23 版。

2005 年　　1 月　　27 日，詩作〈承諾〉發表於《世界論壇報》7 版。

詩作〈心樹〉、〈驚喜〉發表於《乾坤詩刊》第 33 期。

2 月　28 日，詩作〈聖心堂〉發表於《中央日報》17 版。

詩作〈浩劫〉發表於《葡萄園》第 165 期。

3 月　4 日，〈乍暖還寒時候〉發表於《中央日報》17 版。

4 月　27 日，〈法國文學采風〉發表於《聯合報》E7 版。

28 日，〈《新愛洛薏絲》中的沙摩尼克司山谷〉發表於《聯合報》E7 版，「法國文學采風」專欄。

5 月　3 日，〈馬拉美和傳統的莎樂美之舞〉發表於《聯合報》E7 版，「法國文學采風」專欄。

6 日，〈盧梭在湖畔採集標本〉發表於《聯合報》E7 版，「法國文學采風」專欄。

16 日，詩作〈摔傷二題〉發表於《中央日報》17 版。

22 日，〈《保羅和薇吉妮》──兩代悲劇〉發表於《聯合報》E7 版，「法國文學采風」專欄。

24 日，〈沙多布利昂及女友黑卡米葉夫人〉發表於《聯合報》E7 版，「法國文學采風」專欄。

25 日，詩作〈那夜，月亮是一朵無莖太陽花〉發表於《中華日報》23 版。

6 月　5 日，〈熱情的喬治桑〉發表於《聯合報》E7 版，「法國文學采風」專欄。

21 日，〈書簡家色維涅夫人〉、〈咖啡座上的「同志」詩人魏爾倫和韓波〉發表於《聯合報》E7 版，「法國文學采風」專欄。

7 月　11 日，〈病中收到花卡〉發表於《中央日報》17 版。

31 日，〈穿長統靴的貓〉發表於《聯合報》E7 版，「法國文學采風」專欄。

詩作〈摔傷之三〉發表於《秋水》第 126 期。

8 月　3 日，〈風格家畢豐在家中〉發表於《聯合報》E7 版，「法國文學采風」專欄。

14 日，〈病中書〉發表於《聯合報》E7 版。

詩作〈病中書〉發表於《葡萄園》第 167 期。

9 月　5 日，〈都德的磨房〉發表於《聯合報》E7 版，「法國文學采風」專欄。

11 日，詩作〈一枝獨秀〉發表於《中華日報》23 版。

12 日，〈詩神的名字〉發表於《中央日報》17 版。

24 日，詩作〈山〉發表於《中央日報》17 版。

10 月　11 日，〈夢中旅遊〉發表於《聯合報》E7 版，「法國文學采風」專欄。

16 日，〈一盆驚喜〉發表於《中央日報》17 版。

17 日，〈繆塞的〈十月之夜〉及〈十二月之夜〉〉發表於《聯合報》E7 版，「法國文學采風」專欄。

詩作〈土地〉發表於《乾坤詩刊》第 36 期。

11 月　3 日，〈鄰貓二題〉發表於《中央日報》17 版。

12 月　1 日，詩作〈病中詩〉發表於《中央日報》17 版。

19 日，詩作〈紙戀〉發表於《自由時報》E7 版。

20 日，〈我最美麗的書〉發表於《中央日報》17 版。

詩作〈紙上花叢〉發表於《藍星詩學》第 22 號。

翻譯《落花　三語唐詩》，由臺中洛華國際文教中心出版。

2006 年　1 月　16 日，詩作〈詩影〉、〈夢非夢〉發表於《中央日報》17 版。

20 日，〈葛蕾特和貓〉發表於《聯合報》E7 版，「法國文學采風」專欄。

25 日，〈維尼自比摩西〉發表於《聯合報》E7 版，「法國文學采風」專欄。

詩作〈美〉、〈蜂〉發表於《秋水》第 128 期。

2 月　3 日,〈拉馬丁在山谷中〉發表於《聯合報》E7 版,「法國文學采風」專欄。

4 日,〈雨莉之花環〉發表於《聯合報》E7 版,「法國文學采風」專欄。

7 日,〈玉搔頭〉發表於《自由時報》E7 版。

23 日,以「詩兩首」為題,詩作〈花語〉、〈創作源自模仿〉發表於《中央日報》17 版。

3 月　4 日,〈真假經典〉發表於《中央日報》17 版。

20 日,〈綠菇草之隱喻〉發表於《自由時報》E6 版。

30 日,詩作〈你是唯一的知音〉發表於《世界論壇報》7 版;詩作〈天象〉發表於《中華日報》19 版。

4 月　8 日,〈一杯洋蔥〉發表於《中央日報》17 版。

5 月　8 日,詩作〈蝶語〉發表於《中央日報》17 版。

17 日,〈不題〉發表於《聯合報》E7 版。

6 月　14 日,詩作〈對比〉發表於《自由時報》E7 版。

詩作〈心境〉發表於《笠》第 253 期。

7 月　詩作〈創作誕生於模倣〉發表於《秋水》第 130 期。

8 月　9 日,〈痼疾與痊癒之夾縫中〉發表於《自由時報》E6 版。

翻譯《唐詩三百首》(*Trois Cents Poèmes des Tang*),由北京大學出版社出版。

9 月　5 日,〈多病故人疏〉發表於《自由時報》E7 版。

詩作〈病中詩〉發表於《藍星詩學》第 23 號。

30 日,逝世,享壽 86 歲。

10 月　4 日,〈香水樓手記〉,詩作〈大地〉發表於《自由時報》E7 版。

19 日,〈最後的心路——香水樓手記〉發表於《中華日報》

19 版。

21 日，於臺北第二殯儀館舉行公祭。

23 日，葬於金山平安園

詩作〈病中詩〉發表於《秋水》第 131 期。

《砍不倒的月桂》由臺北九歌出版社出版。

11 月　《文訊》製作「胡品清紀念專輯」，李瑞騰〈真誠面對自我——小記胡品清老師及其散文〉、林文義〈離開，歐菲麗亞〉、文曉村〈形上抒情唯為美——敬悼詩人胡品清〉、編輯部〈胡品清作品目錄〉、編輯部〈胡品清評論資料目錄〉發表於《文訊》第 253 期。

《香水樓手記》由臺北秀威資訊科技公司出版。

12 月　《創世紀》製作「女詩人胡品清紀念小集」，編輯部〈胡品清小傳〉、編輯部〈胡品清詩選四首〉、辛鬱〈及人與及物的浪漫——敬悼詩人胡品清教授〉、碧果〈化嵐之風——焚寄敬愛的胡教授品清大姐〉、張默〈眾木已槁，我是唯一的青松——敬悼女詩人胡品清教授〉、編輯部〈《創世紀》刊登胡品清創作、譯述篇目〉、〈胡品清手稿〉發表於《創世紀》第 149 期。

2007 年　1 月　《秋水》製作「胡品清教授追思專輯」，〈胡品清教授生平行誼〉、琹涵〈秋天的告別〉、藍雲〈永恆旅程的開始——為悼念胡品清教授而作〉、文曉村〈決心征服時間的詩人——敬悼抒情大師胡品清教授〉、莫渝〈廣寒宮的 Aphrodite——追懷胡品清教授〉、麥穗〈冰化雪融詩留人間——敬悼詩人胡品清教授〉、倪雲〈追憶品清教授〉、金英〈妳的儷影與彩雲一同飛翔〉、龍達霈〈追憶‧感思——悼念敬愛的胡品清教授〉、涂靜怡〈詩緣深深——追憶胡品清教授〉發表於《秋水》第 132 期。

翻譯 Charles Baudelaire 散文詩集《巴黎的憂鬱》，由臺北志文出版社出版。

2月　26～3月26日，適逢中國文化大學45周年校慶，舉辦「胡品清教授著作展」，共計101冊著作展出，包括文物及往來書信，是臺灣首次大規模的胡品清教授特展。

3月　《最新漢法綜合辭典》由臺北志一出版社出版。

9月　28日，中國文化大學舉辦「故胡品清教授文物捐贈典禮」，除將法國頒贈的勳章一面及學術研究等手稿捐贈國立臺灣文學館，其餘由中國文化大學曉峰紀念館典藏，與會者有李天任、張鏡湖、姚崇昆、黃馨逸、梁恆正等。

2008年　2月　與楊淑娟合著《生活與文化對談》，由臺北敦煌書局出版。

5月　翻譯 Ramón María del Valle-Inclán 等著中篇小說集《秋之奏鳴曲》，由水牛出版社出版。

合集《夢幻組曲》、《晚開的歐薄荷》、《最後一曲》、《芒花球》、《寂寞的港灣》由臺北水牛圖書出版公司出版。

本年　法國在臺協會為紀念胡品清有生之年不遺餘力在臺灣推廣法國作家的作品，以其名創立臺法出版補助計畫、版權補助計畫，以補助臺灣出版社之版權購買及翻譯後之出版補助。

2009年　10月　中國文化大學法國語文學系依胡品清遺囑成立「胡品清教授紀念基金」，於每年頒發「胡品清教授紀念獎學金」，並舉辦「品清藝文講座」、「品清戲劇之夜」等以紀念其對於中國文化大學法國語文學系之貢獻。

2011年　4月　合集《胡品清自選集》由臺北黎明文化公司出版。

本年　法國在臺協會建立「胡品清法國圖書在臺灣資料庫」，以紀念其對臺法藝術、文化及翻譯之貢獻。

2014年　6月　翻譯 Charles Baudelaire 等著《法蘭西詩選》，由上海三聯書店出版。

8月　　1～31 日，臺大出版中心於誠品臺大店主辦「思想的裙角：臺灣現代女性詩學評析系列講座」暨「八位臺灣女詩人經典作品展」，由洪淑苓、陳義芝、蓉子、朵思主講，封德屏主持，會中展出胡品清與林泠、朵思、敻虹、蓉子、陳秀喜、杜潘芳格、羅英之作品。

2015 年　3月　翻譯《唐詩古韻　河洛漢語中、英、法三語唐詩》，由臺中駱珞出版。

參考資料：

· 電子資料庫：報紙標題索引資料庫。

· 電子資料庫：臺灣文學期刊目錄資料庫。

· 文訊文藝資料中心。

輯三◎
研究綜述

胡品清研究綜述

◎洪淑苓

一、前言

　　胡品清（1920～2006），浙江紹興人，浙江大學外國語文學系畢業，曾在法國巴黎大學研究現代文學。1962 年自法國到臺灣定居，此後任教於中國文化學院（今中國文化大學）法國語文學系直到退休，三度擔任系主任兼法國文學研究所所長。胡品清致力於法語教學和中法文學、文化交流，曾榮獲法國文化部頒贈學術騎士勳章及一級文藝勳章。她可以用中、英、法、德四種文字閱讀，擅長中、英、法三種文字寫作，並精通翻譯，為臺灣 1960 至 1970 年代重要的詩人、散文家與翻譯家。1962 年 12 月，文化大學中國文化研究所為她出版《胡品清譯詩及新詩選》，是她回臺灣後第一本譯著暨著作。1965 年，文星書店出版她的第一本詩集《人造花》，此後無論是創作或翻譯，都廣受歡迎。她的詩文字優美，思想敏銳，散文亦如詩，深具美文風格。她翻譯的《法蘭西詩選》、莎岡小說《日安·憂鬱》、波特萊爾散文詩《巴黎的憂鬱》，莒哈絲小說《情人》等，也成為翻譯經典與暢銷書。2006 年，胡品清因病逝世，累積詩、散文、短篇小說創作、文學評論以及各類翻譯著作，凡六十多種。

　　胡品清為人與為文都崇尚唯美浪漫。她喜歡打扮，年輕時時常圍披肩、穿迷你裙，喜愛音樂，蒐集香水瓶，把在文化大學華岡的住處命名為「香水樓」。她自稱「另一種夏娃」，不避談自己對愛情的嚮往……這些特質，使得旁人對她充滿好奇，有崇拜者也有議論者。但她依然堅持兩個

「自我」——在工作上表現嚴肅的「大我」，在創作上表現真實的「小我」。她以身為女性為樂，自稱不符合新女性的思維，但最終她給人的印象，正是懂得「做自己」的新時代女性形象。

　　胡品清堪稱 1960 年代的風雲人物，她的作品在報章雜誌刊出，讀者爭相拜讀，待結集出版，更是風靡一時。有關她的作品研究，自序與相關文章是她表露寫作觀念的重要依據，而他人的研究方面，名家作序、撰寫書評者較多，也有不少訪談、記述其人其事的文章，但長篇、深入的研究論文則較少。直到 2000 年以後，在博、碩士學位論文才看到較多的探討。以下分項述評。

二、傳記研究：自序、他人記述中的胡品清

　　胡品清對寫作十分有自覺，她自始至終知道自己要的是什麼，不管他人的眼光，也不屈服於社會的標準。她在法國、泰國期間，曾出版李清照式的舊詩集《湄窗集》與一本法文詩選《彩虹》[1]，但此二書未在臺灣出版。她到臺灣後出版第一本中文詩集《人造花》，在〈自序〉中她說明為何以「人造花」當書名：

> 而我竟用了人造花做一本詩集的名字，我有一個通常的理由：這本集子裡有一首是人造花，雖然那並不是我最喜愛的一首。我還有一個理由：我認為詩很像花，不像上帝創造的，雨露滋潤的，長於大自然的鮮花，而是詩人創造的，孕育於心靈中，生長於筆底的人造花，我更有第三個理由：鮮花固然美麗芬芳，畢竟是短暫的，易萎的，未若人造花那麼四季麗都，冬夏長青，一如詩之永恆存在。假如上述諸理由都不夠充分的話，我更有一個特殊的理由：那株人造花是一份珍貴的禮品，他象徵著真的永恆，善的永恆，美的永恆，愛的永恆。[2]

---

[1] 張菱舲，〈山居者〉，收入胡品清，《芒花球》（臺北：水牛出版社，1969 年），頁 282。
[2] 胡品清，〈「人造花」自序〉，《文星》第 95 期（1965 年 9 月），頁 67。收入其《人造花》（臺北：

　　這代表胡品清認為創作是一種藝術，來自於詩人的用心雕塑，是永恆的象徵，囊括真、善、美與愛。1960 年代的臺灣詩壇，瀰漫主知、理性的現代主義思潮，胡品清也試圖表現自己對現代詩的看法：

> 假如有人強調現代詩人的聲音必須是冷酷的，悽厲的，枯寂的，晦澀的，何如有人肯定地說現代詩不是抒情的，只能是主智的，或是說現代詩所表現的只是被現代被物質文明分割後所感受的痛苦；那麼這本集子顯然沒有資格被稱為現代詩。可是我認為重要的是我這些作品正像我那株人造花，他們代表真的永恆，善的永恆，美的永恆，愛的永恆。
>
> ……我雖然活在二十世紀，但我的寓居卻遠離著工廠林立、煙塵瀰漫的都市。觸目處，群山合璧，望中是一片清蔭，我實在不必無病呻吟地高唱心靈被物質文明分割後的痛苦。此外，我認為情感是永恆的東西，是屬於古今中外的。現代人和古人同樣地有情感，為什麼現代人寫抒情詩便有落伍之譏呢？
>
> 那是不容否認的，最適合於表現情感的是詩，假如我們要暢談形而上學，闊論智性問題，研討太空原子，有的是哲學和散文，實在不必由詩去越俎代庖。[3]

　　面對現代主義的浪潮，胡品清堅持自己抒情的筆調。她真誠面對自我，也勇敢質疑當時文壇的聲音。在往後幾本書的自序中，胡品清一再回應這樣的創作問題，也提出「多樣」的寫作風貌之說，在〈我的文學世界〉有言：

文星書店，1965 年）。
[3]胡品清，〈「人造花」自序〉，《文星》第 95 期，頁 67。收入其《人造花》（臺北：文星書店，1965 年），頁 3。

我只是一個生活得很藝術的女人，一個感性很濃的女人，一個心靈很細緻的女人，一個感情很綿密的女人，如此而已。假如能用一個數學公式代表我的作品，那就是真加美等於善。

……

這個世界好大，人也好多，為了構成一個多采多姿的世界，形形色色的人都是必需，同樣地，文藝的園地也該繁複，該讓群芳競艷。我們不能一味地貶損玫瑰，推崇鐵樹。假如一座花園中只有鐵樹，那個園子會是多麼貧乏，多麼黯淡。[4]

可見胡品清認為文藝的園地，應該百花齊放，各自展現自我的特色。這不僅針對現代主義的風潮，也可說是對 1950 年代以降，戒嚴社會戰鬥文藝政策的委婉反應，因其文底下又說：

最近，我有一本書當選為最佳讀物，題目是《彩色音符》。在我四十多種藝術及創作中，只有《彩色音符》被列入最佳讀物。那是我自軍中歸來的訪問記，卻是寓戰鬥於「藝術」之作品。我很自傲地說，我的載道文學也很「藝術」，也很多面，那才是最重要的，革命文學最忌「八股」，最忌「口號」。[5]

《彩色音符》為胡品清在 1979 年出版的散文集[6]，當時尚未解嚴，但胡品清仍然率直地說出她對戰鬥文藝的看法，並且自認為以藝術手法處理了這方面的題材。

胡品清一直努力捍衛她所宣稱的保持自我、真誠、具女人特質的創作觀，她所抵抗的，不只是現代主義的潮流、戰鬥文藝的餘緒，也包括對

---

[4]胡品清，〈我的文學世界〉，《不投郵的書簡》（臺北：采風出版社，1982 年），頁 8～9。
[5]胡品清，〈我的文學世界〉，見其《不投郵的書簡》，頁 9～10。
[6]胡品清，《彩色音符》（臺北：九歌出版社，1979 年）。

「大男人」思維的反動。她曾經把文大創辦人張其昀的著作翻譯為法文，在〈關於新詩及詩人〉一文中，她標出「不愛永做男人狀」的小標題，說明此事：

> 近三年來，我在文化大學法文系停止了授課，原因是文大創辦人張曉峰先生的「中華五千年史」中的三冊──《上古史》、《戰國學術》和《孔學今義》──需要譯成法文。這項「大任」原該降在大男人肩上才對（因為他們廣博），可惜的是，也遺憾的是，文大法文系教授群中居然沒有一個大男人既通國學又通法文，於是校長只好把那項重任放在我這個「沒有出息」的女人身上。我把「沒有出息」那四個字打上引號，並非親耳聽見有人如是說，但是確知有人做如是想。因此，我索興如此自封，免得他人浪費唇舌。
>
> ……
>
> 我忽然覺得，古人說過「君君臣臣父父子子」之外還該加上女女男男才對。想想看吧，若女人不像女人，這個世界會是多麼荒涼！不管他人如何嘲諷，我永遠有一分執著，認為女人該是愛與美的化身……我是女人，也只想把詩文寫得像女人，因為只有女人才能把愛的音符譜得優雅，因為愛情是她們生活的全部（否則便是拜倫說錯了話）。[7]

　　胡品清對翻譯、教學的態度是認真嚴謹的，她的學生、朋友都非常肯定她這一點。

　　就像她把自我分為「大我」與「小我」，在《胡品清自選集》的〈自序〉說：

> 本來嘛！人原是多面的……至於我，我尤其喜歡在自己身上使用二分

---

[7]胡品清，《另一種夏娃》（臺北：中國文化大學出版部，1984 年），頁 221～222。

法：莊嚴的大我，纖麗的小我。在我的世界裡，有纏綿悱惻也有慷慨激昂。[8]

前引〈我的文學世界〉也提到：

每個人都有大我與小我的兩面，只有聖人才是例外。我用崗位實現莊敬的大我，用詩詞曲呈現藝術的小我。這種涇渭分明是解決心靈世界之矛盾的唯一方法，至少我如此認為。[9]

胡品清的文字被認為是唯美風格，她不否認，但更強調：

其實，美只是一種境界，可以華麗。可以樸實，可以淒楚，可以激昂，可以古典。可以現代。不過，最重要的是，美的後面必須有點思想上的發明。因此，我想試圖很主觀地為詩下個定義：詩是體積小，密度濃，語言新奇，境界高遠而且在思想上有所發明的文學形式。[10]

似此觀念，美和哲思的結合，使胡品清的作品超越形式上的唯美浪漫，而在內涵上也具有思想的深度。詩的語言，是胡品清相當信奉的寫作方針，她在〈我的散文觀〉說：

波特萊爾說過，「請永遠做個詩人，即使是寫散文的時候。」
我相信我所有的散文，不論是莊敬的或美麗的，不論是主情的或主智的，都是按照那些法國名詩人的那句話寫成的。
……

---

[8]胡品清，《胡品清自選集》（臺北：黎明文化公司，1975 年），頁 5～6。
[9]胡品清，〈我的文學世界〉，《不投郵的書簡》，頁 11。
[10]胡品清，〈關於「玻璃人的話」〉，見其《玻璃人》（臺中：學人文化公司，1978 年），頁 4。

若此，散文便能具有詩的特性：精緻的語言、獨特的意象、音樂的和諧、高遠的境界。[11]

秉持這樣的信念，無論是寫詩或是散文，甚至是翻譯著作，在遣詞造句上，胡品清都精心修飾，務必做到如詩的境界。

然而胡品清優異的學歷，短暫的異國婚姻，嗜好香水喜歡打扮、與眾不同的作風，以及在詩文中表露對愛情的嚮往、對年輕男性的愛慕等，都成為眾人好奇與仰慕的因素，因此專訪、訪談、記述其人其事的文章也特別多。這一方面提供了「傳記式」研究的參考資料，另方面也顯現文學不脫離「人」的本身，是這樣的作者引發讀者的窺探慾望，尤其是女作家，她的一言一行，彷彿都成為眾人關注的焦點，無可遁逃。所幸，胡品清待人親切誠懇，因此也有親近的友人、學生與年輕作家對她有較為深入的了解，突破世俗的眼光，刻畫胡品清的幾個面向，給人真實、和善的感覺。

同樣被歸為 1960 年代知名散文作家的張菱舲[12]，曾撰寫〈山居者〉描繪胡品清的山居生活與心靈世界。這篇文章受到胡品清重視，因此多次收錄在胡品清的作品集裡[13]，成為了解胡品清生平的第一篇且重要的參考資料。文章從胡品清桌上一張 19 歲的相片寫起，代她述說傳奇的一生，包括胡品清的幼年生活，父親病逝於戰場、祖母督促學習四書五經，而後寫到中學、大學生活，再來是嫁給法國駐華武官，隨夫調任泰國。在泰國期間，曾出版舊詩集《湄窓集》。而後回到巴黎，也出版了一本法文詩選《彩虹》、編譯一本《中國古詩選》和一本《中國新詩選》。但這段婚異國婚姻

---

[11] 胡品清，〈代序——我的散文觀〉，見其《砍不倒的月桂》（臺北：九歌出版社，2006 年），頁 16。
[12] 張菱舲（1936～2003），曾出版《紫浪》、《聽，聽，那寂靜》、《琴夜》、《外太空的狩獵》四本書。張瑞芬說她：「在 1960 年代現代主義時期的女性散文家，張菱舲可稱最浪漫的一段傳奇。揉合現代詩的超現實感，迴旋曲般的音樂性，她的散文將文字的彈性、密度發揮到極致。」，文見張瑞芬，〈現代主義與 1960 年代的臺灣女性散文〉，《逢甲大學人文社會學報》第 13 期（2006 年 12 月），頁 21。
[13] 張菱舲〈山居者〉一文收入胡品清的《芒花球》（臺北：水牛出版社，1969 年及 1979 年版），後又收入《胡品清自選集》（臺北：黎明文化公司，1975 年及 2011 年版）、《寂寞的港灣》（臺北：水牛出版社，2008 年）。

最後以離婚收場，胡品清於 1962 年來到臺灣。之後，胡品清在中國文化大學教書、寫作，著作叢出，生活忙碌，心靈卻很空虛寂寞。張菱舲稱胡品清為胡姐姐，對她這種落寞的心情，似懂非懂，只能從旁勸慰，並以一種理解的眼光，為胡品清詮釋為何感到失落的原因：

> 如果她仍是像框中俏麗的十九歲，如果她是十九歲，再加上她現在的安靜，加一點點落寞味的所謂氣質，她一定會得到大量的注意，然後，各種各類的「獎」又會得到她。

> 如果我們的胡姐姐仍然是像框中俏麗的十九歲，那麼，她那些風風雨雨、花花草草、落落寞寞的文體，就不會被人諷笑，反而會引起大批同情（同一情感的同情），會請她上電視亮相，會請到什麼文藝性會裡去點綴了。

> 然而，「青春是不經洗的料子」。胡姐姐已不再年輕，不再俏麗，不再是舞會中，那個旋轉如一襲飄渺的少女了。

> 她的悲劇於是成為女人的悲劇。而更無奈的，是她的心情卻又沒有與年齡成正比。她仍然在模糊的追求著什麼，渴望著什麼，而最令她無法超脫的，就是啃噬她比死亡更深的寂寞。[14]

這幾段話在文章末尾又反覆出現，除了展現文章迴旋的結構外，也是張菱舲內心深處的感觸。1960 年代的臺灣社會、臺灣文壇，對女性與女性作家，其實還隱藏著偏見，以男性的附屬品、裝飾品來看待，因此張菱舲才有此感慨。張菱舲此文也屬有深度的美文，但所顯露的女性看女性的視角，是貼切而敏銳的。

　　胡品清在讀者眼中一直是個傳奇人物，但許多採訪者卻都有意揭開這

---

[14]張菱舲，〈山居者〉，見胡品清，《芒花球》，頁 276～277。

層神祕面紗，讓讀者接觸更真實的胡品清。夏祖麗〈胡品清有堅強的一面〉特別用「堅強」來塑造胡品清的形象，採訪稿的引言：「她住在臺北市郊的山上，孤獨寂寞全然活在自己的夢裡。但她也有堅強的一面，因此她總是屹立在崗位上。」因此本文除了簡要敘述胡品清的人生經歷外，也側重胡品清在教學崗位上認真盡責的態度。文中敘述她每天清晨五點就起床了，散步、早餐之後，就展開她的教書生活：

> 平時她不擅言辭。聽過她的課的人卻都會被她的精彩講解吸引住。平時她總是憂憂戚戚的，在課堂上卻是相當嚴厲。她從不把自己的憂慮帶到課堂上去。她說：「空虛和幻滅只是適用在我個人身上。」
> 「有許多年輕人寫信給我……我一點也不懂他們的痛苦何來？因為他們根本還沒有生活過。只有真正生活過的人，對生活徹底失望了的人，才會有真正的痛苦。」[15]

可見唯美浪漫只是胡品清的文學形象，在真實生活中，尤其是面對青年學子，她是嚴謹的、踏實的。在這篇文章中，夏祖麗肯定胡品清：

> 詩和文章的文筆美，感情豐富，又含有深奧的道理。最難得的是她到現在仍然保有一份少女情懷，這和她的年齡簡直不成正比。在她的周圍很少有和她同年紀的朋友，都是一群比她年輕很多的人，他們崇拜她，嚮往她筆下的那種淒清的境界。[16]

這些崇拜她的讀者，還包括當年知名的歌星趙曉君。而詩人涂靜怡、學者李瑞騰、作家林文義等，也都是胡品清的忠實讀者，和她有著或淺或

---

[15] 夏祖麗，〈胡品清有堅強的一面〉，見其《她們的世界》（臺北：純文學出版社，1973 年），頁 103。

[16] 夏祖麗，〈胡品清有堅強的一面〉，《她們的世界》，頁 103～104。

深的交情,因此在他們,也都曾記述他們所了解的胡品清。直到 1980、1990 年代,胡品清仍然受到關注,陳玲珍、姚敏儀、林峻楓都有專訪稿。至胡品清去世後,更有張曉風、鄭明娳、辛鬱、麥穗等作家撰文悼念[17]。以下引介幾篇文章。

涂靜怡曾任秋水詩社社長,主編《秋水詩刊》,她在〈形上抒情的女詩人胡品清〉一文中盛讚胡品清是寫作上的「全才」,她忠於承諾,每次答應供稿,一定兌現,而且動作之快,「也是我所認識的女詩人中所僅見的」。此文還分析了胡品清的兩首詩〈瓷像〉與〈畫音〉,稱讚其具有形而上、至情至美的抒情手法。[18]

李瑞騰因為就讀文化大學,和史紫忱教授熟稔而結識胡品清。有一次,他還帶領一個仰慕胡品清的陌生女孩去拜訪胡品清,可見胡品清受到年輕讀者的喜愛並非虛傳。李瑞騰此文記述胡品清待人親切,但對於校對、教學卻很嚴謹,可說是「標準的嚴師」。文中,還引述張瑞芬對胡品清散文的定位——「單音獨白」。由於此文係為胡品清的散文選集所作的序,因此李瑞騰希望不只是散文,還有更多胡品清的著作需要重新整理出版。[19]

林文義和胡品清有深厚的文學因緣。林文義稱胡品清是他的「文學母親」,不僅教導他閱讀西洋文學,也影響了他的寫作風格,追隨胡品清的抒情美文。林文義最先讀過胡品清的《夢幻組曲》、《晚開的歐薄荷》等書,也緊追著捧讀胡品清「水晶球」專欄的文章,又曾撰寫〈美麗的異鄉人——閱讀胡品清的詩集《玻璃人》〉[20]。胡品清去世時,林文義以〈離開,歐菲麗亞〉來悼念胡品清[21]。近期,則撰有〈酒箱〉,懷念兩人的交誼[22]。

---

[17]以上各篇著作資料,參見本書輯五。

[18]涂靜怡,〈形上抒情的女詩人胡品清〉,《秋水》第 62 期(1989 年 7 月),頁 105～109。

[19]李瑞騰,〈真誠面對自我——小記胡品清老師其人其文〉,胡品清,《砍不倒的月桂》,頁 11～14。《砍不倒的月桂》尚未出版上市,胡品清驟然謝世,於是《文訊》有「胡品清紀念專輯」,本文見刊於《文訊》第 253 期(2006 年 11 月),頁 33～34。

[20]林文義,〈美麗的異鄉人——閱讀胡品清的詩集《玻璃人》〉,《臺灣新生報》,1987 年 12 月 25 日,12 版。

[21]林文義,〈離開,歐菲麗亞〉,《文訊》第 253 期,頁 35～36。

[22]林文義,〈酒箱〉,《聯合文學》第 373 期(2015 年 11 月),頁 98～101。

綜合這三篇文章來看，林文義自述 17 歲時第一次寫信給胡品清，彼時他正當升學的關口，想要讀藝術系，卻遭雙親強烈反對，唯有「胡阿姨」鼓勵他，給他溫暖。初次見面時，胡品清送給他文星版的《人造花》，此後兩人偶爾見面、通信，但胡品清絕口不談自己的作品，只是指引他接觸西洋文學和現代文學，從吳爾芙、史坦貝克、梅維爾到沈從文，也要他去讀波特萊爾的《惡之華》，讀黎烈文翻譯的《冰島漁夫》……凡此，都是對他最好的引導，充實他的文學養分。林文義也嘗試為胡品清寫書評，在〈美麗的異鄉人──閱讀胡品清的詩集《玻璃人》〉中，他認為胡品清兼擅詩、文，但「她的本質是屬於詩的」，她用簡潔的文字，「卻能表達出比散文更儡人心思的效果」。林文義分析《玻璃人》其中的詩〈她的畫像〉，極力讚賞胡品清寫詩的深刻功力，但也不忘醒讀者胡品清在現實生活中是堅強盡責的：

> 外貌似乎冷靜的詩句裡，竟包含著作者內裡深切的淒楚，不被諒解且被謬誤，但她也不求他人諒解的；作者幽幽地告訴我們，一個身在異鄉伶仃的女人的淡淡憂情。可是，胡品清也是有她堅強的一面，自始，她十多年來，站在工作的崗位上，作育無數英才，該可告慰自己才是。
> ……
> 胡品清，一個從不渴求諒解，獨自守在一方心靈淨土的女人，她的散文，她的詩，她像個毫無隱藏的玻璃人，向我們幽幽傾訴。多美麗的，一個來自異鄉的女人。[23]

於此，林文義不僅是胡品清的崇拜者、追隨者，也可說是胡品清的知音。這一份文學因緣深深牽繫著林文義，因此胡品清逝世後的 9 年，林文義再次以〈酒箱〉來悼念胡品清。這起因於他 18 歲時第一次喝法國白酒，

---

[23]林文義，〈美麗的異鄉人──閱讀胡品清的詩集《玻璃人》〉，《臺灣新生報》，1987 年 12 月 25 日，12 版。

正是這位「文學母親」帶他到臺北市中山北路上的法國餐廳品嘗,而此刻他扛著兩隻紅木酒箱回家充當書櫃,想起自己的創作之路,想起胡品清稱他為「沒有血緣的侄兒」,想起胡品清對他的鼓勵,想起兩人多年往來討論文學與人生……不禁感慨萬千。他發現書架上獨獨缺少胡品清翻譯的莒哈絲小說《情人》,他希望:

> 那麼,何不容許今夜夢再進來,啟蒙我的文學母親胡品清入我夜夢,微笑的形容我「酷似書中的越南華人男主角」,可見我終究不是個好情人。……[24]

　　從張菱舲、涂靜怡、李瑞騰到林文義的記述文章,可以略窺胡品清的生平與交遊,雖然這些文章大多以散文筆法來寫,評論較少,但仍可作為傳記研究的參考。特別是胡品清與師友、文人、年輕讀者的交遊互動,都是可以再為廣闊、深入去探究的地方。

三、從書評到女性批評視野:研究者筆下的胡品清及其作品

　　針對胡品清作品的研究,有短篇的書評、主題論文,以及長篇的學術論文。胡品清在臺灣出版第一本著作《胡品清譯詩及新詩選》不久,彭邦楨即在《中國一周》發表書評〈論《胡品清譯詩及新詩選》〉[25]。此文花很大篇幅介紹胡品清書中所譯介的法國詩人的作品,並以葛紀葉(Thophile Gautier, 1811-1872)、波特萊爾(Charles Baudelaire, 1821-1867)、魏爾崙(Paul Verlaine, 1844-1896)、梵樂希(Paul Val'ery, 1871-1945)四個詩人為例,談他們的作品特色。在分析時,彭邦楨必引胡品清對詩人的簡介,而且肯定胡品清的譯注,質與量均佳,可謂名作名譯,「令人心嚮往之」。而本書的另一部分收錄胡品清的詩作 41 首,胡邦楨以「追求謬斯的女詩人」

---

[24]林文義,〈酒箱〉,《聯合文學》第 373 期,頁 98～101。
[25]彭邦楨,〈論《胡品清譯詩及新詩選》〉,《中國一周》第 686 期(1963 年 6 月),頁 12～15。

稱胡品清。他認為這些詩作都是情感之作，所訴說的對象只有一個：

> 可說這就是一種專一，一種完美，一種令人驚異的情操。也可說這種情
> 操只有像胡品清女士這位追求謬斯的女詩人才有。就以胡品清女士所選
> 譯的法國詩人的作品來看，也可知她的傾向。這種情感是異常珍貴的，
> 就像一個綺夢裡住一個人生。不過這種人生可能有歡笑的一面，也可能
> 有辛辣的一面，但我想這種夢還是應該作作的。[26]

整體來看，彭邦楨關注的重點是胡品清譯詩的成果與貢獻，他簡單評點胡
品清的 41 首詩，肯定她以抒情為主調，容易喚起讀者夢幻式的想像，而她
的用語鮮活，也是值得稱許的地方。

　　胡品清出版第一本詩集《人造花》，柳文哲（趙天儀）隨即在《笠》詩
刊上的專欄「詩壇散步」發表書評〈評《人造花》〉[27]。此文首先肯定胡品
清是當代詩壇最需要的人才，因為她「有精湛的外文修養，又有相當的創
作經驗，這種人才是傳播詩的使者」。對於胡品清在〈自序〉中提出的有關
現代詩要寫什麼的意見，也十分贊同。但此文採取指瑕式的評論方式，所
以也毫不客套的說出他認為胡品清詩的三個缺點，一是題目不夠新鮮，有
與時人同題的缺陷；二是無法完全擺脫前人意象的影響；三是套用前人句
法而無法完全擺脫影響；他並且列舉向明、敻虹、方思、季紅等人的詩
題、詩句為對照。案，胡品清在 1962 年 12 月到臺灣，《人造花》於 1965
年 9 月出版，這段期間，上引諸詩人確實已開始發表作品，而且受到肯
定。然而，胡品清是否受到這些詩人影響？或者只是偶然同題，意象與句
法雷同，都有待進一步考證。不過，柳文哲最後還是肯定胡品清說真話，
寫出自己內心真實的情感，比起「冒牌的現代詩人」強多了。

---

[26] 彭邦楨，〈論《胡品清譯詩及新詩選》〉，《中國一周》第 686 期，頁 15。
[27] 原文無題目，直接標註《人造花》的作者、出版資料，故本文姑且名之為〈評《人造花》〉，見
　　《笠詩刊》第 10 期（1965 年 12 月），頁 56～59。

　　胡品清夢幻式的情感，華麗細緻的修辭用語，對每一代年輕讀者永遠
充滿吸引力，她的每一本書，也常有人為她撰寫短篇書評或隨筆式的感
想。周伯乃〈永恆的異鄉人〉則是一篇主題式的評論[28]，不限於某一本詩
集，而是挑選胡品清的三首詩〈涉江〉、〈水上的悲劇〉和〈夢季〉，以
「夢」的心理、表現手法來剖析胡品清詩中的意境。此文挖掘胡品清詩的
感知模式、情感脈絡，都和李清照有極為相似之處：

> 李清照的詞是一連串的愛的呢喃，情的獨白；而胡品清女士的詩與散
> 文，也正是她一連串的愛的呢喃與情的獨白。[29]

　　此外，周伯乃又說，胡品清「把人生視作一首情詩，一個華麗的夢。
於是，詩和夢交織了她的人生，而她的人生也實踐了她的詩和夢，這就是
典型的胡品清。」

　　最後，周伯乃總結：

> 從胡品清女士的整個作品來看，她是一個純情主義者，她的一切都是以
> 自我為中心，她歌頌愛情，但歌頌的是她一己的情愛；她企圖自現實中
> 脫出，走入屬於自己的世界，那個夢樣的世界。
>
> 她的作品細膩、精緻、雋永，帶著淡淡的哀愁和憂鬱，有夢幻的現實，
> 也有現實中的夢。她好像永遠向人訴說著她的孤獨和寂寞，但她不是在
> 伸手向人乞討憐憫，她所要的是人世間的真愛──愛人也同時能被人所

---

[28]此篇題為「永恆的異鄉人」，但文中並未點出「異鄉人」的典故或來源，經本書助理編輯呂欣茹
電話請教周伯乃，周先生表示，「異鄉人」一詞除參用胡品清詩作內容外，主要是因當初與之來
往，感受到胡品清心境上之寂寞，故而用「異鄉人」為題。筆者推測，也可能是得自《胡品清譯
詩及新詩選》中，〈鄉愁〉：「而我踟躕永恆的異鄉人」、〈日曜日〉：「我是永恆的異鄉人」的印
象。

[29]周伯乃，〈永恆的異鄉人〉，《自由青年》第478期（1969年6月），頁96。

愛。[30]

周伯乃確實掌握了胡品清內在心靈與詩的特質。

　　胡品清第二本詩集《玻璃人》於 1978 年 9 月出版，她邀請同在文化大學任教的史紫忱教授作序。〈史紫忱的話〉前半先論「零」的哲學意義，「零是萬象主宰，奧祕中充滿神性」，而世界文化史發萌於零，詩的聲音就是文化史的最零成分。接著，即以這樣的理念肯定胡品清是當代最富「零」義的偉大詩人：

　　　　當代詩人胡品清女士的創作，籠罩萬古長空的無，也穿透一朝風月的有；它集合時空之間的原，更扣緊靜動之間的數；以詩情畫意雕塑散文，又以玉瑣錦絮編織詩篇；因而她成為當代最富零義的大詩人。

　　　　胡品清的詩作中有淡泊風的抑鬱美，有哲學味的玄理美，有具啟發力的誘引美，有外柔型的內剛美；還有詩神在字裡行間翩然起舞的韻影。

　　　　胡品清的詩用東方精神作骨幹，以西方色彩作枝葉，尤能出入於東西文化的真善美之零園，風格清新，像一杯葡萄酒，既醉人又醒人。[31]

　　史紫忱此番讚辭，深得胡品清之心，也成為出版者眼中的加分金牌，因此之後出版書籍，大都會摘錄、修改其言附在書前。這些評語，也經常被後人引述，作為胡品清作品的總評。[32]

[30]周伯乃，〈永恆的異鄉人〉，《自由青年》第 478 期，頁 98。

[31]〈史紫忱的話〉，《玻璃人》，頁 2。文中提到胡品清的詩「意象獨特，籠罩萬古長空的『無』和一朝風月的『有』，像一杯葡萄酒，既醉人又醒人」。

[32]顯然史紫忱的「零」義，略有費解，所以之後的書摘錄這幾段讚辭，都修改為：名評論家史紫忱教授說：胡品清的詩有淡泊的抑鬱美，有哲學的玄理美，有具啟發力的誘引美，有外柔型的內剛美，還有詩神在字裡行間翩然起舞的韻影；她的文字用東方精神作骨幹，以西方色彩作枝葉，風格清新，意象獨特，籠罩萬古長空的「無」和一朝風月的「有」，像一杯葡萄酒，既醉人又醒人。見胡品清，《薔薇田》（臺北：華欣文化中心，1991 年），頁 17。《花牆》、《萬花筒》、《最後的愛神木》、《香水樓手記》也都收錄這段讚辭。

　　此外，葡萄園詩社創辦人之一的文曉村也為胡品清《玻璃人》寫了長達四、五千字的書評〈最堪醉人葡萄酒──讀胡品清教授的《玻璃人》〉，「最堪醉人葡萄酒」的標題即是轉化史紫忱對胡品清的評語。[33]文曉村說胡品清是很受歡迎的作家，因為她的作品只要一達到可出書的量，不管是散文、詩還是翻譯，出版商都爭相邀請出書。而這也是造成胡品清很多書都是綜合性選集的原因。但《玻璃人》卻是一部詩的選集，共收入新詩 96首，外加兒童詩 6 首，共 102 首。在這篇書評中，文曉村指出胡品清詩歌語言的特質，也就是充滿思念、渴望，只能藉文字抒發苦悶；在題材上多描寫回憶與夢幻，愛情更是她唯一關心的主題。這些分析，大致上都不脫為人熟知的胡品清。

　　文曉村還特別指出，此集中，有關「死亡」的作品不少，有的用比較含蓄、象徵的表現手法，有的卻是相當坦率，甚至泰然自若。他列舉了胡品清〈絕對〉的最後一節：「暝色漸濃／請為我脫下芒鞋／白日在死亡中／我心亦然」等作品，是相當不錯的例證，也擴張了胡品清詩作的面貌，讓讀者認識愛情詩以外的胡品清。

　　對胡品清作品的評論，很少能夠跳脫空靈、夢幻、感傷……這些纖細敏感的詞彙，這固然是胡品清的寫作風格始終如一，但也未嘗不是評論者的局限，因為很難擺脫對閨秀派、女作家的刻板印象，找不到更新穎的形容詞、不一樣的角度來看胡品清。然而 1980 年代起，女性主義思潮在臺灣學界興起，運用女性視角來批評胡品清的作品，卻有創新的進展。

　　首先是對女詩人的研究，拉高了讀者看胡品清的制高點，不再聚焦於她挫敗的異國婚姻、永遠戀慕愛情的少女心態，而能重新發現她作品中的獨特思想與藝術成就。鍾玲在《現代中國繆司──臺灣女詩人作品析論》中指出，胡品清的新詩有兩個特色：

---

[33]文曉村，〈最堪醉人葡萄酒──讀胡品清教授的《玻璃人》〉，《臺灣新聞報》，1978 年 10 月 1 日，12 版。

一為對永恆的愛與美之嚮往；另一特色是富幽默與機智的筆調。她的抒情詩〈如虹的相思色〉便歌頌愛情為至高的情操，呼應她散文作品的主要主題：（引詩，略）。

她在〈瓷像〉中描繪的景德鎮出品之瓷佛像，即象徵為人瞻仰、供奉的完美，高高在上，不可觸及。但胡品清又非是個徹底的浪漫理想者，她詩中經常出現的幽默與機智證明她有相當的智性與心理距離。例如在〈自畫像〉中就不時幽自己一默：（引詩，略）。

她常以鮮明的意象呈現機智的思緒，如在〈自畫像〉中，把自己比為「颱風夜的待月草」。又如在〈白色的夜〉中，她以鮮明的明喻，機智地描寫半夜失眠，構思創作的情形：（引詩，略）。[34]

　　鍾玲對胡品清的評論，可謂慧眼獨具，點出她的機智與幽默，使讀者可以按下那些悲傷、憂鬱的眼神，對胡品清另眼相看。

　　接續鍾玲之後，李元貞《女性詩學——臺灣女詩人集體研究 1951——2000》更是注重女詩人在創作上以及在詩壇的獨特、非一、多樣化的表現。她對胡品清的批評，出現三處：一是正視她詩文中擁抱愛情的主題，並且認為：

但她大方地追逐愛情的危險音色，表現了女性耽溺愛情、迷信年輕即是美的心理，倒也十分真實坦率，甚至有情慾奔放的自由感。[35]

　　二是認為胡品清和多數女詩人一樣，運用簡明婉約的抒情語言，但在〈自畫像〉中，她卻勾勒出一個「零時」般存在的夏娃，這個夏娃是：

---

[34] 鍾玲，《現代中國繆司——臺灣女詩人作品析論》（臺北：聯經出版公司，1989 年），頁 277～278。

[35] 李元貞，《女性詩學——臺灣女詩人集體研究1951——2000》（臺北：女書文化公司，2000 年），頁9。

不屬於……流走……／也不屬於……開始……」的一種永恆的存在。所
以她是「不屬於少小／不屬於日正當中／不屬於蒼老」，她的面孔與心靈
亦因此不受時間干擾，她是跳脫現象界的另類存在。……此詩以簡明的
語言，「零時」的意象，抒情地跳脫規範女人的邊界。[36]

　　在此，李元貞把胡品清筆下的夏娃，賦予積極的動能，可以跳脫傳統
對女人的規範，而不是斥責夏娃愛美、追求青春與愛的盲點。

　　三，李元貞對於女詩人的獨特性、顛覆性特別重視，因此她明白指出
「的確有些女詩人，不滿身處的主流詩壇」，她列舉蓉子、林泠對現代主義
的質疑，而她對胡品清的觀察是：

胡品清在 1965 年出版第一本詩集《人造花》自序中說：「假如有人強調
現代詩人的聲音必須是冷酷的、悽屬的、枯寂的、晦澀的……（略）」以
相當自信的口吻，與當時現代主義對抗。[37]

　　從這三點意見看，李元貞對胡品清詩作的詮釋，具有開創性，並且賦
予它更為鮮明、進取的意義，大大突破以往評論家對胡品清的批評與定
見。

　　由上述鍾、李兩位的研究成果看，女性學者採取女性觀點研究胡品
清，都掘發了胡品清作品的嶄新意義和價值。其後，洪淑苓的長篇論文
〈另一種夏娃——論胡品清詩中的自我形象〉對胡品清詩作的研究，更有
許多突破之處。

　　洪淑苓〈另一種夏娃——論胡品清詩中的自我形象〉首先整理胡品清
的詩與散文作品，從中耙梳胡品清的自我觀與女性觀[38]。她以詩、文來印證

---

[36]李元貞，《女性詩學——臺灣女詩人集體研究 1951——2000》，頁 288。
[37]李元貞，《女性詩學——臺灣女詩人集體研究 1951——2000》，頁 383。
[38]洪淑苓，〈另一種夏娃——論胡品清詩中的自我形象〉，《國文學報》第 32 期（2002 年 12 月），頁
　　157～181。後收入其《思想的裙角——臺灣現代女詩人的自我銘刻與時空寫》，第一章，（臺北：

胡品清的人生經歷，明確注出事件來源，使得讀者對胡品清的認識更為具
體。接著，集中探討胡品清詩中的自我形象：

> 胡品清詩中的自我形象可分為四類：鏡中水仙——代表她自戀而哀傷的情
> 感；童話公主——代表她對美麗夢幻的追求；植物意象與象徵——以向光
> 柔韌芳潔的花草自比；特殊女性人物典型——以女妖、女神、瘋女與波希
> 米亞女郎代表對叛逆與自由的嚮往，以「另一種夏娃」塑造她永恆的自
> 我。[39]

洪淑苓對這四個形象是肯定的，因為這些都代表胡品清對自我的審
視，而從這些女性人物、植物意象中，尋找到支撐自己存在的力量。論文
第三節，繼續探討胡品清的寫作是否有所演進，以及針對世人對胡品清的
負面議論，加以評議。洪淑苓認為胡品清 1984 年出版的《另一種夏娃》具
有寫作上轉折點的標記：

> 因為就女性人物典型的取譬而言，胡品清更集中以夏娃為主角，而她也
> 很少再寫童話公主，轉而以「沒有年齡的女人」自喻。這顯示她已經擺
> 脫等待命名的心理，而能夠以「夏娃」自我命名，更有自信的活著，而
> 為了躲避年紀日漸老大的事實，以「沒有年齡的女人」自比，以加強
> 「夏娃」的永恆性。[40]

至於少數人對胡品清的窺伺好奇，甚至對她唯美浪漫的作品與作風表
示輕蔑，洪淑苓認為這是世人對於女性情慾的偷窺與禁錮，特別是對一位
離婚的婦人尤為嚴苛。所以「胡品清大量、持續寫作情詩，甚至表明所愛

臺大出版中心，2014 年）。
[39]洪淑苓，〈另一種夏娃——論胡品清詩中的自我形象〉摘要。
[40]洪淑苓，〈另一種夏娃——論胡品清詩中的自我形象〉，《國文學報》第 32 期，頁 175。

慕的對象，將作品獻給『你』，在在都挑戰了世俗，刺激了父權文化的女性情慾觀。」[41]洪淑苓在結語中強調，仍然應該回到作品本身，從作品去評斷胡品清的文學成就。

有關胡品清的散文，評論者大多注意其主題與風格，當然往往也坐實在「唯美浪漫、感傷纖細」這樣的成見當中，以至於喜愛者雖眾，但研究者卻少。張瑞芬〈鞦韆外的天空──學院閨秀散文的特質與演變〉對女性散文研究有開端的作用，她將胡品清歸入早期的閨秀散文家，視為和冰心、蘇雪林、艾雯、琦君、張秀亞一脈相承[42]；而後在〈詩與夢的水湄──論胡品清散文〉有較為詳細的論述，並指出胡品清的散文寫法，具有「單音獨白」的特色：

> 胡品清的散文，時代分期並不明顯，她的抒情完全是個人主義的、唯情至上的，如同一個內向聚光的水晶球，和懷鄉、憶舊，甚至宗教觀、人生情感等時代議題，都沒有太大關聯（1970 年代數篇軍校側記，僅為罕見的變奏）。反而是形式上偏重書簡、手記、組曲，內容上同一主題不斷衍生複誦，這在一般散文書寫上，顯得十分特別。以女性文學的特質來看，這種充滿流動、瑣碎和獨白、細節的演繹，其實是有著「鏡像反射」的意涵的。表面上是針對某個特定對象而發的情語，事實上是向內做自我心靈的獨白。[43]

張瑞芬還提到「一般人看胡品清，多半只看到她的詩與夢，不曉得『真誠』才是她散文最根本的特質」，最後也確定胡品清的書簡體散文，具有承上啟下的意義：

---

[41]洪淑苓，〈另一種夏娃──論胡品清詩中的自我形象〉，《國文學報》第 32 期，頁 178。

[42]張瑞芬，〈鞦韆外的天空──學院閨秀散文的特質與演變〉，《逢甲人文社會學報》第 2 期（2001年 5 月），頁 73～96。

[43]張瑞芬，〈詩與夢的水湄──論胡品清散文〉，收入其《五十年來臺灣女性散文‧評論篇》（臺北：麥田出版社，2006 年），頁 97～103，引文見頁 100。

> 胡品清的書簡散文，上承冰心《遺書》、廬隱《或人的悲哀》，與蘇雪林
> 〈鴿兒的通信〉，和艾雯〈漁港書簡〉、心岱《致伊書簡》互為前後，下
> 啟李黎《服飾書簡》、李昂《一封未寄的情書》、戴文采〈相思書簡〉。[44]

　　似此，構成女性散文的系譜，在「書簡」、「單音獨白」的類型與手法
上，看到了胡品清的成就與歷史地位。

　　由於女性文學研究日益興盛，也因為學者的投入，有關胡品清的研
究，在 2000 年以後，就有三本相關的碩士論文：陳素靜、馮祺雅和卓芸
真，都是以「胡品清散文研究」為題目，完成時間接近，前一本在 2009 年
12 月，後兩本分別是 2010 年 1 月與 12 月。[45]碩士論文可容納較多篇幅，
因此這三本論文都在 150 頁以上，除生平研究外，對胡品清散文的類型、
主題、寫作技巧、風格、價值等，都可以詳細探討，從作品舉例，配合散
文藝術的研究，更全面地研究胡品清散文。

四、胡品清譯著及其相關研究

　　胡品清的著作中，翻譯也占了不少，無論是從外文翻譯為中文，或是
把中文譯介為外文，胡品清都有傑出經典的著作。在這些譯書的前言、譯
序中，胡品清在〈我對於翻譯的看法〉曾說過她選擇作品和翻譯的理念。
她並不想翻譯作家全集，她只翻譯詩和小說；而她做翻譯工作時，通常是
做三次，也就是信、達、雅：

> 第一次是直譯，甚至句子的結構和秩序都是西洋式的，以求其信，然
> 後，我把太歐化的句子重新修改一次，讓不懂外文的中國人可以看懂，
> 以求其達；最後我才斟酌辭句，使通順的變為美麗，平淡的變為奇特，

[44]張瑞芬，〈詩與夢的水湄──論胡品清散文〉，《五十年來臺灣女性散文‧評論篇》，頁 102。
[45]陳素靜，〈胡品清散文研究〉（臺北：銘傳大學應用中文系在職專班碩士論文，2009 年）；馮祺
　雅，〈胡品清散文研究〉（臺北：臺北市立教育大學中國語文學系碩士論文，2010 年）；卓芸真，
　〈胡品清散文研究〉（嘉義：嘉義大學中國文學系碩士論文，2010 年）。

以求其雅。自然，最後一步工作不是一次就能完成的，因為你永遠能找到更美好的字句。[46]

　　但信、達、雅三步驟是否一定可以順利達成翻譯的最完美境界呢？胡品清很幽默地引述了一句法國俗話：「『翻譯像女人，假如她是美麗就不忠實，假如她是忠實就不美麗。』足見信雅是很難兩全的。」[47]

　　胡子丹曾經就翻譯問題訪問胡品清。在訪問稿〈獨自喜凭欄──訪胡品清談翻譯〉中，胡品清仍強調她喜歡翻譯詩和短篇小說。但她也希望所有的翻譯都是直接從原文翻譯過來，不要經過第二手。胡子丹問如何指導學生翻譯，胡品清說翻譯要精通兩種語言，而且要注意兩種語言在文法、句型上的差異，才能精確傳達出原意。她舉例：「最好翻譯時句子不要太長，因為中文缺少關係代名詞，一有關係代名詞，最好把它分成幾句，在英文裡有關係代名詞，在中文裡就要把它切斷。」她也強調只有詩人才能譯詩，「這是因為詩人才能有詩人的語彙」。[48]

　　透過胡品清在譯書裡的譯序、導言，也可發現胡品清在選材上的觀念。她除了喜譯詩和小說外，也常編選、翻譯詩選集和小說集，譬如《法蘭西詩選》、《做「人」的慾望》，而她總是抱著介紹較多作家給中文界的讀者認識，達到文學多樣化、「聽一聽各種不同民族的靈魂之音」。[49]而除了譯序外，往往也需要簡介書的內容，或是介紹作者的創作特色。這類似導讀或評介的文字，往往也成為讀者認識法國文學或其他外國文學的窗口，評論者也可以據此分析作品優缺點（如前引彭邦楨寫的書評）。甚至，胡品清在做介紹時，也就下了很多工夫，她的譯序、介紹，幾乎就是一篇非常中

---

[46]胡品清，〈我對於翻譯的看法〉，《最後一曲圓舞》（臺北：水牛出版社，1981 年），頁 134～137，引文見頁 136。

[47]胡品清，〈我對於翻譯的看法〉，《最後一曲圓舞》，頁 137。

[48]胡子丹，〈獨自喜凭欄──訪胡品清談翻譯〉，收入喬志高、胡子丹，《翻譯因緣》（臺北：翻譯天地雜誌社，1979 年），頁 23～33。

[49]參見胡品清，〈譯者序〉，Anne Paton 等著；胡品清譯，《做「人」的慾望》（臺北：文星出版社，1965 年），頁 2。

肯的評論。譬如她翻譯了莒哈絲的小說《情人》，在〈瑪格麗特・莒哈絲的世界（代序）〉中，她不只是介紹故事與作者生平，她在文章前半先介紹莒哈絲的寫作技巧，擅用對話、空白技巧、以物為視角等，都是莒哈絲在法國「新」小說方面的勝場。而《情人》這部小說，表面上看來是符合古典的「三一律」，但實際上卻以反傳統的手法來寫故事，譬如故事並非以直線進行，而是時空交錯，主從不分。書中的人物都沒有姓名，只以陰性和陽性名詞出現，造成閱讀上的混淆。故意模糊文法的規則，有時用第一人稱，有時用第三人稱。又如，把直接語法和間接語法攪在一起而不加引號，也都造成閱讀上的障礙。這些現象固然是小說家的試驗手法，使故事更有新意，但卻是翻譯者的極大挑戰，胡品清花了更多的時間在翻譯上。[50]

　　胡品清對翻譯傾注全力，也有許多譯著，照理說讀者眾多，也應有不少的回應和評論。但除了彭邦楨〈論《胡品清譯詩及新詩選》〉借用她的譯詩賞析法國詩人作品外，甚少人特地提到閱讀胡品清譯著的心得。在這樣的情況下，王文興〈波特萊爾禮讚〉就極具參考價值。王文興盛讚胡品清的翻譯，認為「卅年來，我讀過的臺灣出版書籍中，印象最深的一本書，應該是胡品清翻譯波特萊爾散文詩《巴黎的憂鬱》。」王文興透過胡品清的翻譯，受到前所未有震撼。他說「固然我個人的收穫是來自於波特萊爾，但也確實感謝胡品清女士的翻譯，她的翻譯信實而優雅。」在文章的後半，王文興又指出胡品清的譯筆特別注重詩的節奏，鑄字也精美，因此才能翻出散文詩的味道。[51]

　　另一位關注胡品清譯著的，是莫渝。莫渝初初接觸文學時，即零星閱讀胡品清的譯詩，稍後，也有機會閱讀胡品清的《胡品清譯詩及新詩選》，再來因為學習法文，所以收集了所有胡教授的譯筆。1976 年桂冠出版胡品清翻譯的《法蘭西詩選》，莫渝更是一再研讀，並且希望有朝一日可以為此書增訂資料，成為更完整、更多樣的法文詩選。1999 年，莫渝進入桂冠出

---

[50]莒哈絲著；胡品清譯，《情人》（臺北：文經出版社，1985 年），頁 5～17。
[51]王文興，〈波德萊爾禮讚〉，《中國時報》，1996 年 8 月 12 日，19 版。

版社工作，於是主編胡品清的兩本書《法蘭西詩選》和《迷你法國文學史》。經胡品清同意，將《法蘭西詩選》增補，成為增訂版。[52]莫渝在閱讀1976 年的版本時，已寫了〈精緻的演出──胡品清譯《法蘭西詩選》讀後〉。此文和彭邦楨的寫法差不多，都是藉由胡品清的翻譯、各家簡介，對一些作品加以賞析，並不時引用「胡品清在簡介上說」來當輔證，以加強其可信度。

　　胡品清這些譯著應該有全面性的整理，也應該有人從翻譯的角度來檢視她的得失，或是討論這些翻譯對中文界的影響。就哈佛大學圖書館期刊研究收錄資料所見，*"The Journal of Asian Studies"*、*"Books Abroad"*、*"Baudelaire in China: a study in literary reception"*、 *"Harvard Journal of Asiatic Studies"* 、 *"Philosophy East and West"* 、 *"Chicago Review"* 、 *"France-Asie"* 等學術期刊、專業書評等，在 1950、1960 年代都有文章研究、評介胡品清的翻譯著作，由此可見胡品清在中國文學與西方文學的翻譯與推廣上，著實具有不少貢獻。

　　此外，胡品清致力於法文教學與翻譯，曾出版《中法句型比較》等學習語言的工具書[53]，也都是可作為外語教學的範本，其優缺點，也有待專家投入比較和研究。

五、結語

　　「一半中國才女一半西洋仕女」、「永遠的異鄉人」、「另一個夏娃」，這都是胡品清，她的一生傳奇，也隱含爭議性。她的詩文作品，自始都被視為唯美浪漫，感傷纖細，但人們對她本人的好奇大過對作品的了解。這有大部分的責任要歸咎於社會對女性、女性作家的特殊眼光，以為每一位女作家都要入「閨秀派」，只表現溫柔賢淑、倚賴男性、追慕愛情。但當女作家真的如此表現，社會便又覺得其格局狹隘，不足以稱大家。在這樣的文

---

[52]莫渝，〈編後記〉，胡品清譯，《法蘭西詩選》（臺北：桂冠出版社，2000 年），頁 261～262。
[53]胡品清主撰，《中法句型比較》（臺北：志一出版社，1994 年）。

壇氛圍下，胡品清獨樹一格，而且堅持自我。更可貴的是，她完全了解自己在寫作上感傷、作夢，只是緣於寫作之故，是要滿足於「小我」這樣的角色。而在現實生活中，她努力扮演好嚴謹端正的「大我」，是法文名師也是嚴師。

　　像胡品清這麼有自覺的作家，應該有更多人關注她的創作。當年胡品清的著作在年輕人之間風靡不已，可是早期的評論文章卻不多，大多是短文，或是著重於其人其事的描寫。直到 1980 年代以後，女性文學受到重視，胡品清的新詩、散文才又重新引起研究者的興趣，並且肯定她在女性詩學、散文的「美文」脈絡上的貢獻。然而尚可注意的是，從臺灣文學研究的角度，胡品清在 1962 年來到臺灣，她和所謂戰後初期女作家、戰後外省人作家對臺灣文學史的意義，其實也有若干差異。胡品清的詩文呈現有別於戰鬥文藝的異質風景，她的「異鄉人」意識可能與當時外省籍作家的漂流意識類似，但其中更強烈的恐怕還是女性意識的覺醒。而她精通西方文學與文化，寫作的養分來源具有國際特色，她帶給臺灣文學的刺激，既有女性書寫的獨特性，也有國際經驗的特殊性與開創性。

　　因此，若我們把她放入現代主義文學的脈絡來探討，相信可以挖掘更多的精采之處。譬如，她對於存在主義的理解與含融，她對於法國文學的吸收與轉化等等，這些內在精神的蘊藏，都是可以深入探討的。

　　其次，不能忽視的是，胡品清在戰後離開中國大陸，先後輾轉香港及中國，因婚姻而旅居泰國、法國，爾後再到臺灣。以當時的時代氛圍，胡品清可能接觸的，包含國民黨、中共以及各國人士，在左翼、右派的思想以及中西文化的衝擊下，胡品清的人生經驗與寫作脈絡是十分複雜而豐富的，這使我們不得不從亞洲、世界文學的視角重新考慮胡品清的位置與貢獻。

　　是故，讓我們重新評估胡品清：一個女性作家與翻譯家，在 1950～1960 年代不僅是一則傳奇，也是一位先鋒者。她家學淵源，又有西方文學的素養，在她身上呈現女性特質與博學之士的巧妙融合。她為中國現代文

學帶來法國以及西方文學的思想、藝術，也使她的創作綻放七彩的花朵。她的翻譯專業與國際經驗，為臺灣乃至華文世界帶來深刻的啟發，使臺灣文學、華文文學與世界文學可以相互接軌，在彼此的異地裡產生連結與共鳴。創作、翻譯、外語教學、推動學術與文化交流，詩人、散文家、翻譯家暨學者胡品清教授，她的一生確實擁有非凡的成就。

輯四◎
重要評論文章選刊

《人造花》自序

◎胡品清

　　本裝潢藝術中，我最憎惡的莫過於人造花，那是最缺乏詩意最沒有靈魂的東西，徒具花之形而無花之質。他不像野百合的清新淡雅，激起渥藍華絲的遐想，也不像紅梅的疎新暗香，在李清照筆下是：「當庭際，玉人浴出新粧洗。」更不像亭亭玉立的荷花或綽約多姿的睡蓮引起最多美好的聯想如：「荷風送香氣」，「蓮葉何田田」，「翠貼蓮蓬小，金銷藕葉稀」等等。至於人造花，他只能喚起最平凡的形象：如顏彩繽紛的紙張，五光十色的蠟片，最華美的也不過是水晶燈下麗人，襟上的絲絨玫瑰，而我竟用了人造花做一本詩集的名字，我有一個通常的理由：這本集子中所收的詩篇裡有一首是〈人造花〉，雖然那並不是為最喜愛的一首。我還有一個理由：我認為詩很像花，不像上帝創造的，雨露滋潤的，生長於大自然中的鮮花，而是詩人創造的，心血滋潤的，孕育於心靈中，生長於筆底的人造花，我更有第三個理由：鮮花固然美麗芬芳，但究竟是短暫的，易萎的，未若人造花那麼四季麗都，冬夏長青，一如詩的永恆之存在。假如上述諸理由都不夠充分的話，我更有一個特殊的理由：那株人造花是一份珍貴的禮品，他象徵著真的永恆，善的永恆，美的永恆，愛的永恆。

　　最後，用以結束我這篇短短的序文，我想略微觸及現代詩這一微妙問題。假如有人強調現代詩人的聲音必需是冷酷的，悽厲的，枯寂的，晦澀的，何如有人肯定地說現代詩不能是抒情的，只能是主智的，或是說現代詩所表現的只是現代被物質文明分割後所感受的痛苦；那麼這本集子顯然沒有資格被稱為現代詩。可是我認為更重要的是我這些作品正像我那株人

造花，他們代表真的永恆，善的永恆，美的永恆，愛的永恆。

　　我雖然活在 20 世紀，我的寓居卻遠離著工廠林立，煙塵瀰漫的都市，我藏書的小樓面向群山，望中是一片清蔭，我實在不必無病呻吟地高唱心靈在被物質文明分割到深沉的痛苦。此外，我認為情感是永恆的，是屬於古今中外的現代人和古人同樣地有情感，為什麼現代人寫抒情詩反有落伍之訊呢？

　　那是不容否認的，最適合於表現情感的是詩。假如我們要暢談哲學，闊論原子太空，有的是哲學和散文，實在不必由詩去越俎代庖。

　　如此說來，我這本集子算什麼呢？自然我不敢有那麼一個奢望把他稱為現代詩。我只敢謙虛地說：我曾試圖以不陳腐的語言表現自己的感覺和永恆的情愫。所以他是真實的心聲。

　　　　　　　　　　　　　　——選自《文星》第 95 期，1965 年 9 月

《胡品清自選集》自序

◎胡品清

　　有人向我說：「妳文筆美、哲理深，但是妳的作品全像綜合性的雜誌，那麼缺乏統一性。」

　　是的，十年來，我除了出版過一本詩集《人造花》和兩本文學評論以外，其他的集子確然編得很亂，其中同時收集著散文、詩篇、書簡、日記、短篇小說和文學評論。我歡喜那樣，因為我自己就歡喜窺見旁的作家之諸貌。

　　本來嘛！人原是多面性的，何況不同的時空和遭遇也給人不同的感受。正因為這樣，貝多芬才能同時寫出溫婉玲瓏的〈給愛麗絲〉和雄渾悲壯的《命運》。至於我，我尤其歡喜在自己身上使用二分法：莊嚴的大我，纖麗的小我。換句話說，在我的世界裡，有纏綿悱惻也有慷慨激昂。然而，不論是描畫大我或是塑造小我，我都不忘記法國 19 世紀名詩人波特萊爾的一句話：「請永遠做個詩人，即使是寫散文的時候」。因此，我的愛國詩文不會流於宣傳八股，連我的文學評論也經過美化詩化。

　　有人曾經問我：「妳為什麼不寫長篇小說？許多資料都被妳在短篇中輕描淡寫地浪費掉了。」我的回答該是這樣：「我無法把長篇小說寫得像詩，因為長篇需要太多不同典型的人物和對話，而並非所有的主角或配角都可以是詩樣的人。」

　　我的寫作歷史很短，算虛歲也只有髫齡十一。而且，我從來不曾自命為作家，我只把寫作當做一種嚴肅的精神遊戲。因此，我不像職業作家強迫自己每天規定作息時間。我只憑自己真實的經驗寫出自己真實的感受。

我不說自己的文章好，但是我說自己的文章是百分之百的真實，其中沒有一點贗品。

最後，我謝謝黎明文化事業有限公司給我這個機會，這個讓我的短篇以完整的面貌出現的機會。

——選自胡品清《胡品清自選集》

臺北：黎明文化公司，1975 年 1 月

關於「玻璃人的話」

◎胡品清

　　首先，讓我如此肯定：詩該是絕對的存在，而非附庸。

　　自從《人造花》以後，我不曾出版過整本的詩集，只讓疏疏落落的詩篇散見於綜合性的作品中，原因是我喜歡讀者認識我的多面。

　　這次學人文化事業公司袁董事長北上，說要為我出版一本詩集，我居然因「命名」而感到困擾，因為任何一首詩題都似乎不完全適合。正在猶疑不決之頃，我想起了尚未發表的一首〈玻璃人〉。我覺得這個題目比較貼切，因為我一向主張人如其詩，詩如其人。

　　我總是矛盾的，既憂鬱也歡暢，既溫婉也豪放，既脆弱也堅強，最重要的，我能情智分明。我也相信，人全是矛盾的組合，只是或多或少。

　　一向，我有個很主觀的看法，認為詩人的話語是百分之百地真誠，一如他的為人。因此，我的詩，我的散文，甚至我的短篇小說都是親身的體驗和真實的感受。換言之，我非常透明，像一個玻璃人，苟有瑕疵，也如白珪之玷，人皆見之。

　　如許年來，隨著歲月之流轉，對人生的體驗也更多了，對人的認識也更深了，換言之，對任何事物也更能深入其本質。一旦深入了事物之本質而又實話實說的時候，為人處世的態度必然趨向於清明。因此，我的詩即使是抒情的，也具有哲學的一面。法國 19 世紀名女作家絲妲兒夫人也曾說過，詩必然是憂鬱的，由於它的哲學性。不過，憂鬱依然是建設性的，只要不妨礙我們扮演的角色，在人生的舞台上，在工作的崗位上，在心靈的園地上。

　　至於風格，許多人都說我唯美。我不否認，只要是美，我皆唯之，因為美中必然有善，但願沒有人誤會唯美的同義字是詞藻的堆砌和推敲。其實，美只是一種境界，可以華麗，可以樸實，可以淒楚，可以激昂，可以古典，可以現代。不過，最重要的是，美的後面必須有點思想上的發明。因此，我想試圖很主觀地為詩下個定義：詩是體積小，密度濃，語言新奇，境界高遠而且在思想上有所發明的文學形式。

　　畢竟，天才是很少的，古今中外的大詩人的作品也不可能首首成功。法國有些詩人是因「一」首詩而成名，英美的大詩人的作品中常常也是同樣的幾首詩一再出現在詩選中。假如這本集子裡有若干首距離上述的定義不太遠的話，我也就聊以自慰了。

　　這本集子裡收入的詩共計 102 首，依照內容的性質被分成四輯：「沈思時刻」、「抒情小唱」、「莊敬篇」、「兒童詩」。其中最大部份是我近兩年來的作品，只有若干首是分別選自《夢幻組曲》、《芒花球》、《最後一曲圓舞》、《晚開的歐薄荷》，以及《夢之花》。謹在此向水牛出版社及水芙蓉出版社致深深的謝意。

　　最後，我大聲說，在「現實」的今天依然有學人文化事業公司願意出版詩集，有名畫家陳其茂先生設計封面，我倒真是欲「謝」已忘言。

——選自胡品清《玻璃人》

臺北：學人文化公司，1978 年 9 月

我的文學世界

◎胡品清

並非孔雀石的雕像

且透明如水晶

只是一個永恆的夏娃

從無壯志

知道一些經史子集

被祖母的嚴厲逼出來的

通曉一些英文

自平克勞斯貝的歌詞中悟出來的

掌握一些巴黎語

由於七年的觀望

在「利希利爾講壇」內

在色納河畔的垂柳之間

但有一些不渝的嚮往

室內：無瑕的情思

人間：無私的天秤

以及各種美麗

　　有形或無形

　　有聲或否

而經驗說

颱風夜的待月草是妳的名字

——〈自畫像〉

　　我有一個長處（或是短處）：不屑於偽善。無論是做人或是行文，都以至誠為上。從〈自畫像〉那首詩裡，你們就能看出我的形象：既非天才，也不是孜孜於學的女人，只憑一點小聰明用文字記載我的真實生活，美感經驗，再加上一點獨特的哲學，構成一個情智分明的世界。這就是我的風格。我不因讚譽而沾沾自喜，因為自知不是天才；也不以別人斷章取義的曲解為忤，因為我的遭遇和感受，別人不知道。今年夏天，就像每年夏天，太陽是無邊的火傘，蟬聲是沒有休止符的樂章。抄稿的時候，腕上的汗水黏著稿紙，使人慵於執筆。加之，《孔學今義》的法譯本正在定稿中，使我碌碌終朝。原以為定稿日會給我帶來一份成就感，從而令我欣喜雀躍，然而，唯一的感覺是履行了一項任務，甚至可以說是一項「大任」，因為孔子是我們的瑰寶，而我以經紀人之姿將國寶輸出，該算是一份大任。而我居然沒有一點成就感，這就足以證明我是一個沒有出息的大女人。不過，只要能把自己剖成兩半，使大我變得有用，使小我創造藝術，即使有褒貶，也只該是毀譽參半而非罪大惡極吧？

　　由於「八」月流火，我只能在入夜以後的微涼中完成法譯本《孔學今義》的定稿工作。猝然，電話鈴響了，是《中央時報》「晨鐘」副刊主編邀請我為「我的筆耕」專欄寫幾句話。筆耕二字我擔當不起，因為在文學園地上，我沒有付出老農老圃的辛勞。我只是一個生活得很藝術的女人，一個感性很濃的女人，一個心靈很細緻的女人，一個感情很綿密的女人，如此而已。假如能用一個數學公式代表我的作品，那就是真加美等於善。

　　「晨鐘」主編也曾問及我寫作的甘苦，我該說二者兼而有之。當我把任何一種主題處理成一種藝術品的時候，我就樂以忘憂。苦的是，完成感帶來的「甘」並不持續，接著又必須斟酌入微的去創造另一種藝術品。有時，我能一氣呵成一篇詩文，那種敏捷給我一種不勞而獲的欣喜。

　　這個世界好大，人也好多，為了構成一個多彩多姿的世界，形形色色的人都是必需。同樣地，文藝的園地也該繁複，該讓群芳競艷。我們不能一味地貶損玫瑰，推崇鐵樹。假如一座花園中只有鐵樹，那個園子會是多麼貧乏，多麼暗淡。因此，我最怕被邀請出席文藝座談會，因為我的真理是藝術不做附庸。因此，假如我說真心話，就會顯得離經叛道。而我唯一的缺點（或是長處），就是不會說謊。既不願說謊話，又不敢說真話，就只能在座談會上做啞巴。假如以啞巴之姿出席座談會，豈非多此一舉？

　　最近，我有一本書當選為最佳讀物，題目是《彩色音符》。在我四十多種譯述及創作之中，只有《彩色音符》被列入最佳讀物。主要的原因是「大我抒情」的文字占了全書的三分之一。那是我自軍中歸來的訪問記，卻是寓戰鬥於「藝術」之作品。我很自傲地說，我的載道文學也很「藝術」，也很多面，那才是重要的。革命文學最忌「八股」，最忌「口號」。我把那兩個名詞打上引號，因為我曾在一次文藝座談會上發表那種意見。當場就有一位文友說我們最好不要使用那兩個名詞，似乎我造反了。而我是膽怯型的女人，既使有理也不好意思和對方據理力爭。不過，從那一次起，我就發誓不再參加任何文藝座談會，因為不願把自己變成一隻鸚鵡，人云亦云。

　　既然，我說話的時候不願人云亦云，寫文章的時候也就有專屬於自己的思想和字彙。最近，國際文藝營邀請了一位法國文學批評家來臺。我以翻譯者的身份出席了一次座談會。當座談會主持人問他文學批評的標準是什麼的時候，他說他只有唯一的標準：PERSONAL（有主觀的個性）。我很贊同他的看法，因為作者之可貴在與眾不同。

　　被判定了住在深山裡的我，生活層面比較狹小，我的文學世界也就不甚遼闊。只要我能在小千世界裡創造一點既藝術也不乏深度，既感性也智性的小品，也就仰不愧於天，俯不怍於人了。何況，從相對論的觀點來說，草叢中的「毋忘我」也是一種必需，否則喬木何以顯得它的強勁與崇高，是不是？

　　最後，我也不忘記說，我從來不以「作家」自居，因為我對作家所具備的條件十分苛求，一位真正的，能負偉大使命的作家如果不能像雨果那麼十項全能，至少也該會寫有份量的長篇小說。因此，我只是五十本書的作者和譯者，如此而已。至於主題，也多半限於言志。那個志並不大，甚至可以說是狹窄。不過，因為我不偽善，所以勇於承認自己的缺點（假如真實和言志就是缺點）。我寧可狹窄而文如其人，而不屑於「文」行不一。每人都有大我與小我的兩面，只有聖人才是例外。我用崗位實現莊敬的大我，用詩文詞曲呈現藝術的小我。這種涇渭分明是解決心靈世界之矛盾的唯一方法，至少我如此認為。

——選自胡品清《不投郵的書簡》

臺北：采風出版社，1982 年 1 月

關於新詩及詩人

◎胡品清

（一）新詩的定義

新詩是體積小、密度濃、語言新、境界高的文學形式。

（二）新詩的語言

新詩的語言不是全然的口語，否則就平淡無奇，所以詩人必須求助於意象、隱喻、暗示、聯想、省文法、裝飾語以及倒裝句。

（三）新詩的格式

新詩的格式是自由的，因內容而千變萬化的，但必須具有構成一首詩的基本要素：新詩必須分節，每節必須分行。每節的行數可多可少，每行的字數可多可少，但是一首完整的詩最好應有三節，否則便不能成為一個不可動搖的存在。

（四）新詩是綜合的藝術

由於描畫的精確和細緻，意象的運用，新詩具有繪畫和雕塑美；由於內在的、繁複的節奏，新詩具有奏鳴曲的美；由於細節的優美和整體之不可動搖，新詩具有建築美；由於現代詩之主智，新詩具有抽象畫的美。

（五）詩本質是抒情的

不論是古典的或現代的，詩本質上全是抒情的。自然，情的定義不是褊狹的愛情，它意味一切六根七情。即使是一首主智的現代詩，它本質上仍然是抒情的，不過它抒發的不是愛情，表現的方式也有別於浪漫主義的奔放和主觀。現代詩人常常為不可解決的形式問題所困擾，為本能生活及精神生活間之衝突所困擾，為物質文明及精神文明之對立所困擾，那種困

擾也是情感，所以我說詩本質上就是抒情的，雖然不一定是抒發愛情。

（六）詩本質上也是哲學的

詩本質上也是哲學的，因為詩的主題是人生和人。即使是一首傷感的純情之作，它也最與哲學符合。憂鬱能使人洞察人的性格與命運，所以傷懷情詩也是哲學的。

（七）詩的題材

詩需要想像，但現實才能提供詩意的題材。一個能在平凡的事物上發現令人感興趣的東西的詩人才是天才詩人。現實是詩的動機、起點、核心，詩人的任務是把美和生命賦予現實。

（八）詩人之任務

詩人捕捉專屬於自己的東西，然後使之普遍化。對於那種專屬於他自身之情況的感受及表現乃是詩人的任務。

一首詩的誕生

假如說詩人有異於常人的話，那就是說他特別敏感，他能看見常人忽視的，他能感受常人無法感受的。他看見了且需要大家看見；他聽見了且需要大家聽見；他感受了且需要大家感受，總之他要把外界給予他的印象和他內心的感受傳達給大家，這種需要便是一首詩之誕生。

詩是語言藝術，而且是最高形式的語言藝術，所以詩的語言是濃縮的、獨特的、清新的、象徵的、意象化的、有音樂性的。

詩人的語言該是濃縮的，要以最少的字數表現最多的意思，也就是說要運用暗示和聯想，用跳躍的方式表達。詩人的語言該是獨特的，但獨特不是故作晦澀、故弄玄虛，而是要發明一種專屬於詩人自己的美麗的、新奇的任何有傳遞性的說法。詩人的語言該是清新的，也就是說千萬要避免陳腐，逃避成語。一首詩不該是開門見山或平鋪直敘的，所以要運用象徵的手法。詩該是一件最最美麗的藝術品，所以它必須借助於意象，但是寫新詩必須避免陳腐的意象而要創造原版的意象。假如我們今天還用秋水代

表女孩的眼睛，那就一無是處了。詩該是有音樂性的，而新詩的音樂性不再是嚴謹的格律和韻腳的鏗鏘，而是一種內在的節奏。相反的，假如我們把新詩寫得太整齊而且運用韻腳，那就只能像一首高級的流行歌曲而不能成為新詩了。

最後，一首詩必須有境界。境界是一個很抽象的名詞，只能意會，難以言傳。假如一定要加以界說的話，我們可以說那是一種氣氛、一種情調、一種韻味，總之是一首詩的靈魂。假如一個詩人能把一首詩中的語言鍛鍊得爐火純青，假如他的意象獨特新奇，假如他的聯想豐富，假如他的比喻恰當，假如他的音樂和要表現的內容相和諧，那麼他就創造了高遠的境界。

所以我說，境界是構成一首真正的詩的各種成分的總和。缺少其中任何之一，詩就沒有完美的境界而且也不可能成為一種不可動搖的存在。

論新詩的語言之一

法國十八世紀的人生哲學家儒貝爾（Joseph Joubert）說：「詩是什麼？我無法加以界說，但是我認為一個純詩人的語言對於眼睛來說該是燐光，對於味覺來說該是瓊漿、是仙丹，那不寓於任何其他的語言中的。」

從上面那段話裡，我們可以看出語言對於詩是多麼重要。詩人的語言不像小說家的語言可以那麼通俗，那麼平鋪直敘，詩人必須借助於隱喻、象徵及意象以避免語言的平淡無奇。而且即使一個詩人運用最樸實的語言的時候，他的樸實也與眾不同。

在下面我要舉一個具體的例子說明，也許比抽象的解釋更容易使讀者明瞭。

補償

生之夕陽已漸西落

而餘暉永不褪盡

永遠找不出鵝掌紋

在心靈的滑面上

我是命定了要活在童話裏的人

你為我編排的主題永遠不能成為被遺忘的故事

書窗下

情思的園地裏

你仍灑落靈感的種子

如串串明珠

你就是令時序易位的人

我的綠色年代始於後半個世紀

啊！為什麼急於變老？

在此之前我原不曾真個擁抱過春天

　　在第一節裡，假如我們用普通的語言來說明的話就是這樣：已經步入中年但仍保有青年人的心情。

　　在第二節裡，詩人說她的靈感來自一個人，一個她永遠不能忘記的人──她的詩神。

　　在第三節裡，詩人說她在年輕的時候不曾真正的愛過，所以她在生之春日並不曾擁有過真正的春天。然後，她遇見那個給他靈感的人，那個她能愛的人，於是她顛倒時序地生活，以年輕人的熱情強烈地生活，為了得到遲來的補償。

　　下一次我要舉另一個例子，一首全然沒有意象的詩，但仍具有專屬於詩的語言的自然和清新。

論新詩的語言之二

　　上一回，我曾說過新詩的語言可分兩種，一種是較為雕琢的，必須借

助於比喻及意象；一種是較為樸實無華的，有如口語，但必須具有專屬於詩的自然、暗示和清新。下面一個例子是比國詩人麥德琳克（Marguerite Yourcenar）的「詩」，茲翻譯如下：

「假如一旦他再回來，應該向他說什麼？」
「說我曾經守候，直到死去……」

「假如他再問我，且不曾認出我？」
「像姊妹一般和他說話，也許他痛苦。」

「假如他問妳何在。該回答他什麼？」
「給他我的金質指環，什麼也不必回答。」

「假如他想知道廳堂為何空寂？」
「讓他看滅了的燈和敞開的門……」

「假如他向我問及那最後的時辰？」
「告訴他我曾微笑，為了怕他哭泣。」

上面這一首詩那麼樸實，樸實得幾乎像一首歌謠，但是由於一些暗示，那首詩便顯得婉約而不雕琢，樸實而不粗俗。簡潔中有高雅，自然中有清新。這種淺近的手法的美好效果全然來自「金質指環」、「滅了的燈」、「敞開的門」，以及「那最後的時辰」。

最後，我也不忘記說，由於這首詩是以對話的方式寫出，使得它更富於生命和戲劇性的美。是的，那是一幕最簡短的詩劇，一幕男主角不出場的戲劇。

關於意象

（一）

又一度，我必須高聲強調新詩或白話文不僅僅是口語。口語沒有美感，沒有韻味，令讀者感到味同嚼蠟。為了美化詩的語言，為了使散文不顯得平淡無奇，我們必求助於意象。唯有意象能把美感和韻味賦予詩及散文，換句話說，意象是語言的靈魂。

意象之定義

意象是什麼？簡潔地，概括地說，意象就是比喻或象徵。在這一篇短文裡我暫時不把意象分門別類。這一項工作我將在另一篇裡作成。

意象之構成

構成意象之要素有三：（一）被說及的東西，（二）類似性，（三）被視為那類似性之典型的另一東西。現在讓我來舉兩個具體的例子。

在〈長恨歌〉裡，白居易用芙蓉比喻楊貴妃的面容，用楊柳比喻她的眉毛。為什麼？因為少婦的面容的色澤是淡紅的、美麗的，像芙蓉；而眉毛是彎彎的、細長的，像垂柳之枝；所以詩人說：「芙蓉如面柳如眉」。同樣地，李白在〈清平調〉裡也說「雲想衣裳花想容」，因為飄飄的雲層像翩翩的裙裾；綽約的花朵像姣好的面容。在上面所舉的兩個例子裡，我們可以看出構成意象的三個要素：（一）被說及的東西：面容、衣裳、眉毛；（二）共同的品質或與另一物之類似性：美麗、淡紅的色澤、細長及彎曲，（三）作為該類似性之典型之另一物：芙蓉或一般紅顏色的花、雲彩、楊柳枝。

現在我們既然知道了意象的定義，構成意象之要素的重要性，我們必須進一步研究意象之塑造。

（二）

意象的種類繁多，有直喻，有隱喻；有具體名詞及具體名詞間的類似性；有具體名詞與抽象名詞之類似性；也有具體名詞和「抽象名詞加具體

名詞」間的類似性。此外，塑造意象的方法也紛紜不一，我們不僅可以用「如」、「像」、「同」等字樣，也可以借助於許多其他的修辭學中的形式。但是不論意象是屬於哪一種，不論我們用哪種形式塑造意象，我們必須執著於兩點：精確和新奇。譬如說，把人面比花是精確的，因為它們之間有酷似性，假如我們把狗面比花就不精確了。另一方面，把人面比花雖然精確，但是在今天已經不再新奇，因為古今中外已經有許多作家用過。假如我們今天再說什麼豔如桃李、冷若冰霜就顯得陳腐了，因為那只是複述而非創造。

　　首先，讓我把意象分門別類。有的意象是直喻且是直線形的，如下例：

　　我的心如一座傾頹之塔
　　我的青春只是一場暴雨

——波特萊爾

　　有的意象是繁複的、曲線形的，如下例：

　　你的名，如大樹之蔭；
　　在路上，我向在沙塵中行走的人說及你的名，
　　他們遂感到清涼。

——聖約翰波斯

　　有的意象是以整體比喻整體，如把太陽稱為阿波羅的金車。有的意象是以部分代表整體，如「年度和時辰之轍痕」。在這裡，聖約翰波斯（Saint-John Perse）不把時間比喻車輛而只取車轍代表車輛。

　　有的意象是直喻的，當我們用「如」、「宛若」、「像」等字的時候，像「手如柔荑，齒若瓠犀」。有的只是象徵或暗示，不必加以「如」、「同」等

字樣，像高蒂葉（Theophile Gautier）說的：「塋墓上的白丁香，已在我鬢邊繁開。」他沒有用「像」字，只用塋墓上的白丁香暗示白髮或象徵白髮。

在這裡，我只限於把意象分門別類，下一次我要舉例說明意象之塑造。

（三）

意象之種類是繁複的，所以塑造意象的方法也是多變化的。在下面，我要舉一連串的實例表明塑造意象之不同和眾多。

一、最通常、最簡單也最直接的方法是用一個副詞或動詞把兩個有類似性的具體名詞連接起來，如下例：

　　①月華如練（冰心）

　　②我的心將是一個冰塊（波特萊爾）

二、用一個副詞或動詞連接一個具體名詞和一個抽象名詞，如下例：

　　①你的面容宛若謎語和奧秘（波特萊爾）

　　②你的靈魂是一列風景（魏爾倫）

三、用比較級形容詞或副詞連接兩個名詞加形容詞，如下例：

　　①你比迷途了的貓更消瘦（貝爾拿諾斯）

　　②你的天空宛若詩意的憤怒（聖約翰波斯）

四、生物與無生物間之類似性，如下例：

　　①那村莊躺臥在那裏，像一頭困獸（貝爾拿諾斯）

　　②夢在我心深處，完整的，像一個太陽（貝爾拿諾斯）

五、用動詞暗示意象，換句話說，不直接運用意象而用動詞代表意象，如：一園明月「浸」梨花（意思是月明如水，但我們不用水字，只用浸字）。

六、兩個動作間之類似性，如：我追隨她，忠實地，像一隻狗追隨主人。（貝爾拿諾斯）

七、用同位字，如：你是否認識煩倦，那痲瘋症？（貝爾拿諾斯）

八、用受詞，如：他那麼矮小，你從而會說他是侏儒。（貝爾拿諾斯）

九、用介系詞片語，如：我鍾愛你，以牧師崇拜偶像之虔誠。（波特萊爾）

十、用副詞連接一個完整的句子和一個子句，如：地球帶著有翅翼的種子環遊，如發言的詩人。（聖約翰波斯）

十一、用所有格，如下例：

　①思維之秋

　②眼之燈

　③生之夕暮

　④讓我靜坐於「雙膝之友誼」中。（聖約翰波斯）

　⑤他沮喪地坐著，頭垂在雙臂的括弧之間。（貝爾拿諾斯）

十二、用部分暗示整體，如下：我已經脫下道袍（意思是還俗了，離開了整個的宗教圈子）。

最後，我以至誠期望有志於新詩及散文的小讀者們能知道如何捕捉意象，在我冗長地作了一番闡明之後。

（四）

在前三篇專欄裡，我曾詳細地論及意象在詩歌中的的重要性。此刻，我要提供一首全然由意象構成的詩「回憶」，它的作者是法國當代最出名的詩人之一的亨利米壽（Henri Michaux）。

回憶

　有如自然，有如自然，有如自然，

　如自然，如自然，如自然，

　有如初生的羽毛，

　如思維，

　亦略如地球，

有如錯誤，有如溫柔，有如殘忍，

有如那不真實的，那不停止的，如一枚被釘入的釘頭，

有如你忙著別的事情時來侵襲你的睡眠，

有如一首外國語文寫成的歌曲，

有如一顆發痛且常警覺的牙，

有如在天井裏張開枝條、形成和聲而不計較亦不作藝術批評的南洋松，

有如夏日之塵埃，有如一個顫抖的病人，

有如以失去的一滴淚水沐浴的眼睛，

有如堆集的雲，它們使地平線縮小但令人想及天空，

有如夜間火車站上的微光，人們到了但不知道是否仍有火車，

有如印度二字，對於那個從未去過滿街都有這種字的地方的人，

有如關於死亡的述說，

有如太平洋上的一片帆，

有如一個雨天午後在一片蕉葉下的母雞。

　　這是一首很獨特的詩，全由意象構成，但不顯得單調，那是因為作者是一個極富於聯想的人，他能使完全不類似的字句或意象加以組合而不令人感到違反邏輯，或感到風馬牛不相及，而且從而創造一個奇特的、富於吸引力的境界。

（五）

　　上一次，我曾經翻譯一首全然由意象構成的詩，題目是〈回憶〉。回憶具有眾多的性質，所以作者用了許多的東西比喻它。在這裡，我要試圖詮釋那首詩，也就是說指出那些類似性。我的詮釋可能是主觀的，但是也不該被視為絕對的錯誤，因為梵樂希說過：「我的詩具有讀者賦予它的意義。」

　　回憶是無所不在的，因此詩人說「有如自然」，因為大自然也是那樣。

　　回憶有時是溫軟的，所以像初生之羽。

回憶常常占據我們的腦子，所以作者說「如思維」。

地球是支持我們的東西，回憶有時亦復如是，所以作者說「亦略如地球」。

在回憶的時候，有時我們會覺得過去是錯誤的，或溫柔的，或殘酷的，所以作者說「有如錯誤，有如溫柔，有如殘忍」。

回憶是不容捕捉的，經常糾纏著我們的，而且很牢固的東西，所以作者說「有如那不真實的，那不停止的，如一枚被釘入的釘頭」。

回憶有時像個不受歡迎的闖入者，所以作者說「有如你忙著別的事情時來侵襲你的睡眠」。

逝去了的一切被追憶時像是變得陌生而不可了解，所以作者說「有如一首外國語文寫成的歌曲」。

回憶有時令人楚痛而且我們常常害怕回憶，所以作者說「有如一顆發痛且常警覺的牙」。

回憶本身是一種中性的東西，它的令人痛苦或令人快樂全然取決於我們的主觀，所以詩人說「有如在天井裏張開枝條、形成和聲而不計較亦不作藝術批評的南洋松」。

回憶是紛簇的，有時是令人痛苦的，所以作者說「有如夏日之塵埃，有如一個顫抖的病人」。

回憶有時令人哭泣，所以作者說「有如以失去之一滴淚水沐浴的眼睛」。

回憶是紛繁的，它把我們局限在一個小天地裡，但是是美好的，所以詩人說「有如堆集的雲，它們使地平線縮小但令人想及天空」。

回憶像是一種安慰，但不確然，所以作者說「有如夜間火車站上的微光，人們到了但不知道是否仍有火車」。

並不是每個人都自耽於回憶的。對於不沉入回憶中的人來說，回憶陌生得像從未去過印度的人看見印度兩個字一樣，所以詩人說「有如印度二字，對於那個從未去過滿街都有這種字的地方的人」。

回憶給我們的是逝去了的東西，所以詩人說「有如關於死亡的述說」。

回憶帶回的是遙遠的事物，所以說「有如太平洋上的一片帆」。

回憶也是一種避蔭，令我們感到慰藉，所以作者說「有如一個雨天午後在蕉葉下的母雞」。

（六）

法國現代心理小說大家普胡斯特（Marcel Proust）說：

風格之永恆來自於意象。

由於他這一句話，我們知道意象是多麼重要，不論是在散文裡、小說裡或詩篇裡。而且我必須強調，假如小說或散文可以不借助於意象，詩篇若不具有意象就會顯得平淡無奇。關於意象，我想從兩方面論述：意象的定義和意象的功能。

意象是什麼？我們可以簡潔地說：意象是比喻，但是在詩篇裡我們最好避免「好像」、「如同」等字樣。在下面，我要翻譯一首法國巴拿斯派詩人 Theophile Gautier 的一首詩，作為具體的例子，那樣比用抽象的解釋更能令讀者易於明瞭。

最後的願望

久久地，我愛戀著你，

供認吧！於今已是十八年。

妳有紅顏，我有蒼白，

我有冬日，妳有春天。

塋墓上的白丁香

已在我鬢邊繁開，

不久會有整整一束

　　將我枯萎的頭額覆蓋。

　　我的沈落的蒼白的太陽
　　即將在地平線上消逝，
　　在喪殯的小丘上
　　我看見了我最後的家室。

　　啊！但願自妳脣邊落下，
　　一個遲來的吻，在我脣上；
　　為了使我在塋墓中安息，
　　寧靜地。

　　上面那首詩風格明朗，語言簡潔，但是富於意象。在第一節第四行裡，「冬日」和「春天」便是意象，冬日象徵生之夕暮，春天代表青春。

　　在第二節第一行裡，白丁香代表白色的頭髮。

　　在第三節第一行裡，沈落的蒼白的太陽也是象徵晚年，喪殯的小丘是墳地，最後的家室便是塋墓。

（七）

　　今天，我要說及意象的功能。據我看來，意象至少有五種功能：一、提供美感，二、樹立個人的風格，三、表現獨創性，四、表現個性，五、表現人生觀。

　　一首詩不能像口語，不能像山歌，而必須具有美感。而把美賦予詩篇的就是意象。

　　一首詩必須有美好的風格和境界，而構成美好的風格及境界的便是意象。

　　一篇高水準的文學作品必須有獨特性，一個夠水準的作家必須言古人之所未言，言他人之所未言。而一般的語言都是傳統的、陳腐的、定型的，只有在塑造意象時，作者有無限量的自由。如果一個作家想讓他的作

品奇特新穎，他必須致力於意象之發明和塑造。

一篇文學作品除了表現美以外還必須表現真。所以法國十八世紀的作家 Georges-Louis Leclerc de Buffon 說風格即是人。換句話說，作者必須把真正的面目表現在作品裡，而表現真正的個性的工具卻是意象。

最後，意象也最能表現作者的人生觀。譬如說，在〈最後的願望〉裡我們便能從那一連串的意象裡看出詩人對「時間」的重量的壓力之感受。

既然意象幾乎可說是一首詩的靈魂，但願有志於新詩的讀者們多多學習意象之塑造。

論新詩的長短

有這麼一個古老的神話：

「妒嫉」在阿波羅耳邊輕輕地說：「假如一首詩不是浩瀚如海洋，我就不喜歡它的作者。」阿波羅聽了就用腳踢開他說：「阿西里江也是遼闊的，但是它的波浪中含了許多不潔的沙泥。」

從上面那個故事裡我們可以誘導出一個結論：一首新詩不該太長，也不該太短，而要合乎中庸之道。

一首詩不該太長，長到令讀者不再能集中精力的地步。詩的語言應該簡潔含蓄，密度則該濃厚。寫詩之目的原是要以最少的字表現最多的意義。若此，詩才能具有散文不能具有的韻味和境界，才有弦外之音。自然，詩的種類不同，假如是一首史詩，敘述就無法簡短，風格也必須浩蕩。荷馬（Homer）的史詩是長的，白居易的敘事詩也是長的。當我論新詩之短長時，不是指例外。

一首詩也不能太短，短到三四行的地步。太短的新詩會傾向於像格言，像警語，因為三四行不包藏足夠的意象和隱喻，也不能創造一個完整的境界。

下面一首 Gottfried Benn 的詩是我和一位德國友人合譯的，我認為它的長度最是適當。

白頭花

搖撼者──白頭花

大地冰涼，空無，

你的冠冕就喃喃說出

一個信仰的字，一個光輝的字。

向沒有仁慈的大地──

那只能產生強權的，

你輕柔的花冠被播種了，

如此默默地。

搖撼者──白頭花，

你帶著信仰、光華，

那信仰是將被夏日

用碩大的花作為冠冕編織而成。

　　在短短的十二行裡，詩人用意象、隱喻為我們創造了濃縮的美，也批判了人的面貌。難怪 Abu Tammam 說沒有詩的榮耀等同荒原。

　　在德國，白頭花是春天開得最早的花，因此詩人把那種花喻為搖撼者，因為在冬天的時候，大地空無冰冷，一切都熟睡著。然後，春天第一朵花開了，像是把地上的一切搖醒，喃喃地說出信仰和光華等字。

　　在第二節裡，詩人說大地是沒有仁慈的，只能產生暴力與強權。可是沒有仁慈的大地上卻有白頭花，就像只能產生強權的大地上卻有詩人。所以，白頭花也就象徵詩人。詩人用自己的方式批判暴力，用詩的語言使人醒覺，為他們帶來信念和光輝，摒拒疑惑和幽暗。

　　在最後一節裡，詩人暗示信念和光輝是會得勝的，就像夏天裡繁開的、碩大的、如冠冕的花朵。

靈感之源

　　常常，有許多小讀者來信說：我們也想寫作，但是頭腦空空的，請問你怎麼有許多靈感之源。

　　假如我要避重就輕地回答這個問題，我可以引用許多大文豪的話語。歌德（Johann Wolfgang von Goethe）說：世界這麼遼闊，生活如此豐盈，寫作的題材，俯拾即是。亨利米壽（Henri Michaux）說：只要你有一種情感，你就能把那種情感作為基礎，建築許多世界於其上。這種例子不勝枚舉，但是我要敘述一件事。

　　有一天，妹妹說：我在一本英文科學雜誌裡讀到這樣一句話：「假如你希望植趕快開花，你只要每天和它說話。」

　　我不知道那本雜誌是否有科學的解釋或根據。假如沒有，我會覺得那是迷信。但是那一句話卻能代我回答一個問題：什麼是靈感之源？

　　假如世界廣大，生活豐盈就足以提供靈感之源的話，那麼每人都該能成為作家，因為大家都活在同一個世界裡，面對各種人生。假如一種情感就能構成靈感之源的話，那麼大家也都能成為作家，因為凡人都有情感，不論是憎或是愛，是惡或是善。

　　我認為靈感之源是「強烈地生活」。假如你歡喜一種花，你真要天天看它，時時看它，把它視為一個有靈魂的東西，能和你交談的東西。你要朝朝護惜，暮暮灌溉；你要仔細地觀察它如何綻蕾，如何開放，如何凋零。枯萎之後，你就必須靜靜地等待，等待明年春天。若此，當你要以那種花為寫作題材的時，你才能把它畫得細緻，寫得傳神；它才能激起你許多的聯想，使你的詩文具有生命和獨特性。

　　詩文不僅是許多通順的、美麗的句子積聚或許多事物的敘述，詩文的後面該有哲理的深度，問題是如何把哲理寓於文學，以免枯燥，以免冷肅。假如你能強烈地把自身投入一種生活、一種情感、一片景色、一種觀念，全心全力地去體驗它們、感受它們、思索它們，那麼當你想把它們當

做寫作題材的時候，它們就自自然然地成了你的靈感之源。

我堅持詩文必須空靈，但是它也必須有所依附，假如詩文後面沒有生活，沒有思想，它們就只是一種虛無飄渺之堆砌。

主義與主題

有如一座碩大的花圃，心靈的園地上也該有眾花以芬芳來，眾色以繽紛來。想想看吧！一個只有一種花朵，一種顏色的花園該是多麼單調。因此，我不堅持只有某「一」種主義是美好的，只有某「一」種主題是正確的。否則就等於說園子裡只該有某「一」種花，春天裡只該有某「一」種色。我主張眾花繁開，諸家齊鳴，我更堅持一首詩表現的該是真善美。

不必顧影自憐地慨嘆現代人的悲哀，說什麼物質文明碾碎了精神價值。住在深山裡的現代人大可不必謾罵工廠裡的煙囪，否則他就失落了真誠。對於冰箱、電燈、電鍋、煤氣我始終懷著一分感恩節的心情，因為它們為我節省下來的時間可以用來做更有意義的事情。我也常看電影，但是那並不妨礙我閱讀文學作品，相反地，每逢我看過一部文藝片之後，我更想讀一讀原著加以比較。甚至原子彈也不是一種威脅，因為原子彈自己並不會爆炸。只要瘋狂的政治家不走上「權」令智昏的地步，那種武器就無用武之地了。物質和機械都是我們的奴隸，只要我們不役於物且執著於我們的人性。

不必堅持文以載道的口號。假如一首詩表現的是真善美，它就自然而然地載道了。此外，道的種類很多，我們不該把道字看得太褊狹，否則又是青一色的花園或春天了。

但是我強調一首詩該表現真善美。換句話說，靈感的後面該是生活經驗或真實的感受，我們而且要以美的方式把它們表現出來。你生活在憂鬱中的時候就不必在詩篇裡強顏歡笑；你泅泳在幸福的時候就不該為賦新詩強說愁；你被愛國情操所激勵的時候就該在詩裡表現激昂慷慨；你隱居在山林裡的時候就該在詩篇裡表現飄逸清新。

為此，我不標榜某「一」種主義，因為那不僅太單調，而且一首美好

的詩很可能是集古典、浪漫、寫實、現代之大成，我們無法畫一條清明的界線。我不喊主題正確的口號，因為真善美便包括了一切正確的主題。

我記得波特萊爾（Charles Pierre Baudelaire）如此說過：詩本身就具有最高的功能。在監獄裡，它是叛徒；在病院裡，它是藥劑；在陋室裡，它是裝飾；它否定一切不公平的事物，不論何時何地。若此，一首好詩有內在的美德，它緩和我們的痛苦，激勵我們的勇氣，淨化我們的思想，提昇我們的靈魂。假如一首詩是表現真善美的話，它就是超時超空超人的，也就是永恆和大同。

現代詩人的抒情

浪漫時期過去了，詩人不再以自己為中心抒發情感，不再以唏噓哭泣，傷春悲秋的方式追悼年華的流逝。巴拿斯派不再流行了。詩人不再以細緻的筆觸刻意雕琢畫面。他只用簡單而新穎的意象，冰涼而冷靜的筆觸去表現對逝去的青春之惋惜和即將來到的死亡之預期。下面一首詩是Gottfried Benn 寫的，也許可以說是典型的現代抒情詩。

於是

當一個面容，你在少年所認識
且曾吻去其光彩和眼淚的，
呈現了第一個衰老的跡象，
活著時就已失落了早先的魅力。

往昔之弓曾射出無的不中之箭，
飾以紫羽之矢在青空中停駐。
鐃鈸也曾唱出每一隻歌：
「閃光的盤」，——「灰色的黃昏中之草原」——。

第二個跡象已緊隨著第一個，
哎，它已在額上窺伺——

那寂寞的，最後的時辰

於是那全然被愛的面容乃沈入黑夜。

現在，讓我們分析那首詩的全貌。首先，我們會感覺到題目的現代性，因為它是抽象而且跳躍式的。「於是」代表結果，早前一定發生過許多事情。

在第一節裡，詩人不說當我的面容，而說當一個面容以避免浪漫派的顧影自憐。誰的面容呢？一個你在少年時認識的且曾在它快樂時或悲哀時吻過的面容。自然那個你可能是詩人自己，也可能是任何人。當那個面容呈現一個衰老的跡象時（如皺紋或漸轉暗淡的目光），那面容就失落了吸引人的地方，即使依然活著。那早先的魅力是什麼呢？我們在第二節裡可見分曉。

在第二節裡，詩人追憶逝去了的年華。他不再用盛開玫瑰代表紅顏，不再用綠樹象徵青春，卻說往昔之弓曾射出無的不中之箭，他用無的不中之箭代表一切屬於青年人的勝利，愛情的或事業的。他又用無歌不唱的鐃鈸代表青年人的無憂，他們能唱歡樂的或悽涼的曲子而不為悲哀的氣氛所左右。閃光的盤象徵荳蔻年華，因為閃光是幽暗的反面，盤是凹形的，能接納一切。灰色的黃昏中的草原可能象徵遲暮，但是當青年人唱那種歌的時候卻是在強說愁而已。

在第三節裡，詩人寫時光是迅速無情的。第二個衰老的跡象已緊隨著第一個，而且那寂寞的、最後的時辰已經在額上窺伺。寂寞的、最後的時辰就是死亡的時辰，因為人總是沒有人伴隨你死去，如施多姆（Theodor Storm）在《茵夢湖》中所說的：

當死亡呼召我的時候，

我必須獨自死去。

　　當第二個衰老的跡象緊隨著第一個的時候，死亡的時辰已在額上窺伺。於是那被愛的面容就沈入永恆的黑夜——死亡。

不愛永作男人狀

　　近三年來，我在文化大學法文系停止了授課，原因是文大創辦人張曉峰先生的「中華五千年史」中的三冊——「上古史」、「戰國學術」和「孔學今義」——需要譯成法文。這項「大任」原該降在大男人肩上才對（因為他們廣博），可惜的是，也遺憾的是，文大法文系教授群中居然沒有一個大男人既通國學又通法文，於是校長只好把那項重任放在我這個「沒有出息」的女人身上。我把「沒有出息」那四個字打上引號，並非親耳聽見有人如是說，但是確知有人作如是想。因此，我索興如此自封，免得他人浪費唇舌。

　　《孔學今義》之法譯本已經出版了，「戰國學術」正接近尾聲。接到《葡萄園》邀請我寫幾句話時，我忽然覺得，古人說過「君君臣臣父父子子」之外還該加上女女男男才對。想想看吧，若女人而不像女人，這個世界會是多麼荒涼！不管他人如何嘲諷，我永遠有一份執著，認為女人該是愛與美的化身，不論是在言談方面、氣質方面、服飾方面、興趣方面、生活安排方面或寫作方面。我是女人，也只想把詩文寫得像女人，因為只有女人才能把愛的音符譜得優雅，因為愛情是她們生活的全部（否則便是拜倫說錯了話）。

　　我是學洋文的，但是很少說外國月亮分外明。不過，在評詩論文方面，外國人決不繞著「主題」轉圈子，而是評論表達的手法。同時，也不會因「一」首詩而對一個出版過五十四本創作及譯述的作者斷章取義。

　　最後，讓我言歸正傳。我認為誰能把什麼樣的主題寫得最好就多什麼，因為十項全能的天才畢竟寥若晨星。這麼一來萬紫千紅盡態極妍，「新」詩的盛唐指日可得。

——選自胡品清《另一種夏娃》

臺北：中國文化大學出版部，1984 年 12 月

我的散文觀

◎胡品清

之一

我是一個只會說「真」話的作家，多麼大的長處，也多麼大的缺點！長處，因為我覺得假如身為一個作家而缺少真誠的話，或是並非人如其文的話，那麼不論筆觸多美，哲理多深，情感多豐富都一無是處；缺點，當真實的故事寫完了的時候，當真理全被洞悉了的時候，當真實的情感被客觀因素弄得變了質的時候，便只好封筆吧，既然我不會編假假的故事？

所幸，一個人只要感情與智性俱備，大我與小我兼顧；只要他對生活有一份熱衷，對社會有一份濃重的責任感，對祖國及人類有一份本能的愛；只要他的智慧一天不停頓；只要他永遠有一份嚮往，一種尋求，他便永遠能在生活中發現繁複的題材，也永遠有新穎的感受。

之二

波特萊爾說過：「請永遠做個詩人，即使是寫散文的時候。」

我相信，我所有的散文，不論是莊敬的或美麗的，不論是主情的或主智的，都是按照那位法國名詩人的那句話寫成的。換言之，不論內容是感懷的、敘事的、寫景的或沉思的，我都致力於達成同一目標：使散文不枯燥、不平淡、不陳腐，而且富於意象和節奏。

嚴格地說，我不是真正的作家，只是一個真實的記載者，記載真實的生活和感受。不過，既然出書，我就有一個希望，希望讀者能在書裡證明

一個事實：不論散文的主題是什麼，都可以用寫詩的手法去表達。

　　若此，散文便能具有詩的特性：精緻的語言、獨特的意象、音樂的和諧、高遠的境界。

──選自胡品清《砍不倒的月桂》

臺北：九歌出版社，2006 年 10 月

山居者

◎張菱舲[*]

　　我們並不瞭解她，但常常會不放心的突然跑上山去看她；好像是我們把她扔在山上，又冷落了她似的。

　　她總是落寞，而我們又不懂得她的落寞。因為誰也不會有時間真的能扔掉嘻嘻哈哈，讓別種情緒進來。也許，這就是她那麼有學問，有深度，而我們總是淺淺的原因。

　　我們之中對她的看法也不一樣：有的叫她胡姐姐，像我。有的叫她Aunt，或甚至她的英文名字。

　　有一天，我居然知道她會唱歌。哼一首極可愛的英文歌，韻腳叮噹如一節喜劇裡的小詩。這樣，我才想像出她書架上那張曾經俏麗的 19 歲的像框。想到她年輕時的生命，她的愛情，她異國的羅曼蒂克的日子以及「真真」，曾給她如許靈感的真真。

　　不用想像，你一定不會愛她。她看來木木訥訥的，很少大笑，很少肯把說話的句子拉長些，又不會說故事。可是，我們卻很愛她。這就很怪了，是不？而且，我們愛她全不是用想像才愛她的，也不是為了對她的落寞同情，自然就更不是為了分擔她什麼。我們都那麼自私，才不會為別人負擔什麼哪！因此，我們只是愛她，所以關心她。甚至，我們從來不去探求她過去的神祕，現在的傳奇。這好像是本能一樣，好像商量過約好的一樣。我們會常常去挖那些神父的根，可是我不去煩我們的胡姐姐（或

*張菱舲（1936～2003），另有筆名鄰鄰、圈圈、珞沁、菱子等，雲南昆明人。詩人、詩情散文家、小說家。發表文章時為《中華日報》藝術文教記者兼副刊編輯。

Aunt，或法文裡一朵隨便什麼花的名字）。我們總怕碰傷她，我們似乎總要保護她，像對待一棵暖房裡比較嬌嫩的植物。

可是，誰想得到呢？我們的胡姐姐是會說故事的，就像她是會唱歌一樣，一首很可愛的小小的英文歌。

她童年的故事，少女的故事，異國的故事，以及包含著許多悽楚的傳奇。

如果她仍是像框中俏麗的十九歲，如果她是十九歲，再加上她現在的安靜，加一點點落寞味的所謂氣質，她一定會得到大量的注意，然後，各種各類的「獎」又會得到她。

如果我們的胡姐姐仍然是像框中俏麗的十九歲，那麼，她那些風風雨雨、花花草草、落落寞寞的文體，就不會被人諷笑，反而會引來大批同情（同一情感的同情），會請她上電視亮相，會請到什麼文藝性會裡去點綴了。

然而，「青春是不經洗的料子」。胡姐姐已不再年輕，不再俏麗，不再是舞會中，那個旋轉如一襲飄紗的少女了。

她的悲劇於是成為女人的悲劇。而更無奈的，是她的心情卻又沒有與年齡成正比。她仍然在模糊的追求著什麼，渴望著什麼，而最令她無法超脫的，就是啃噬她比死亡更深的寂寞。

她常常會向一些年輕的女孩寫信。因為人們都那樣遠遠離著她，她的朋友中，最知己的倒是我們了。有時候，她會突然說，「我就會死掉，我一個星期都吃不下飯了！」她那樣嚇唬我們，使我們失措，就向她提了一大張菜單，結果，這張菜單自然對她毫無用處，而只是我們安慰了自己，好像已經幫助她渡過了一些困難。

有許多人會以自己能安於孤獨，安於寂寞而自豪，大藝術家不都孤獨而寂寞得要死嗎？可是，胡姐姐從來沒有掩飾過她恐懼寂寞的心情，她從未掩飾過她無法超越這注定似的寂寞的惶恐。她怕寂寞，怕得吃不下飯，睡不著覺，幾乎每一刻都成為一種惶惑的高潮。

任何人都一眼就會看出，胡姐姐所以六神無主的惶惑，是因為她終於沒有找到：她活著究竟是為了什麼！

她有時候會悲哀的說：我就一天到晚到時間去上課，到時間去寫文章，到時間去廚房弄點食物，然後坐下，對它們望著，到時間上床，兩眼卻望著天花板。

我不知道該怎麼辦，就只好學老太婆口吻說：人就是這樣嘛，妳還要什麼呢？像我如果能有妳那麼有學問，又經歷過許多國家，經歷過許多甘甘苦苦的日子，到現在，活得這麼有尊嚴，不會擔心在人事上或工作上一出錯就會被人踢出大門去餓飯。如果我是妳，我會活得好自在，好得意，好快活了！

胡姐姐就立刻透露了她那種根本無法超越的悲哀。她說：我現在唯一剩下的，就是有吃有住不會挨凍受餓。

在這些時候，我所說的話自然是跟我們向她提供的菜單一樣，成為不瞭解她又一無用處的東西！

不過，她仍然很感激那份菜單，那些安慰她的話。她的學生之中，有好幾個也是多愁善感的女孩，這就合了她的胃口了，她們一天到晚是人生活著為什麼呀？這一類的感受。不像我們只要不被踢出生存的立足點去餓飯，就會整天嘻嘻哈哈無緣無故的快活！

她自然也不會瞭解我們的快活，正如我們無法去想像她的悲哀一樣！我們寂寞的時候，就去找朋友聊天，買一大包零食猛吃一頓，或者，回家悶頭大睡，睡飽了就起來吃飯，吃飽飯就看電視裡的電影，然後又睡。對於我們，如果吃得飽穿得暖，還有什麼不好過的日子呢？這是我們對於生命，對於生活基本上的不同！

也許，胡姐姐就天生的是所謂「悲劇性格」，她注定要受苦。她一無所愛的時候，自然是受苦，她有所愛的時候，也還是受苦。總之，她不是「入而能出」的人，而是「經而不返」的典型！

像我們，如果一不高興的話，就恣意把所有的人都得罪光。而胡姐

姐，她那麼拘謹，那麼小心，她從不想去碰傷別人，只是躲著一些，以免別人魯莽的碰傷了她。她這樣，反而會得不到朋友，只得到一群小伙子小丫頭，真叫人不平哪！

不過，這是對她會有好處的一件事，年輕人容易對人推心置腹，即使不懂得她的悲哀，也至少在形式上安慰了她的悲哀。

這一來，就發生了一次下午喝茶的事。我和胡姐姐坐在一家咖啡店裡，聽她說故事，她說得並不好，沒有她的文章有結構有主題而且流利，她只有匆匆再度行過她早已行過了的行程，不願稍有停留，不願稍有感受。可是，即使這樣，她那個下午所流露的神情，也足以令我動容了。

胡品清的父親，浙江紹興人。畢業於保定軍校，後來就在黃埔軍校做教官。北伐開始，這位革命軍人投身於這次歷史性的戰爭，在民國 15 年，就病逝於戰爭之中，留下了三個小女孩，胡品清是第一個女孩。

這是寂寞的開始，也是欠缺的開始。在胡品清的生命中，「完整」總似乎是可望而不可即的。

父親在世的時候，他並不常在女兒的身邊，但是，對於那個敏感的小女孩，感覺到一個父親的存在，是有依恃的完整。而父親突然在異鄉死去，就此消失，那種感覺，一定是可怕的。蠶食著她不成熟的心靈。也許造成一種對死亡的病態看法。

有很長一段童年時期，那個小女孩企圖反抗她的寂寞，反抗她無法承受的孤獨。她當然還不知道，人的寂寞與與孤獨，是完全無法超脫去的。

那時，她在江西唸小學。每年夏天放假的日子，這個小女孩就住到祖母家去了。祖母，和祖母的家，是一種改變的嚮往。那幢鄉下別墅式的大宅第，環繞著花園。樹木、花草，與從山頂上望出去的一大片景色，都能把這個憂傷的小女孩溶解。她面上的陰影會柔和一些，紅潤一些。

可是，最迷人的時光，仍然是隨著祖母朗讀詩詞的時候。祖母是一個多麼豐富但嚴肅的老太太，和她在一起的日子，快樂也摻和著痛苦，因為，祖母也同時是一位嚴厲的老太太。

　　羞怯的小女孩，在這種嚴苛的管教下，就變得更沉默，更膽怯了。

　　可是，那時的胡品清忍受了這一切，因為有一個地方，可以馳騁她早已迸發的浪漫的情懷。那就是詩詞的書卷之中。她不對著花園或花園以外的山下景色發呆的時候，就會完全避入祖母的藏書之中。這個小女孩就這樣孤寂的打發著她童年的時光。一年又一年的過去了。

　　後來，那種孤寂成為一種迷人的或者說是迷惑人的感覺。

　　一直到上中學，才離開了那山莊。胡品清當時是在江西一個貴族式的教會學校，校名叫葆靈女中。她開始涉及更多西洋文學的範圍。

　　然後有一天，她在江西的文廟內參加浙江大學的入學考，考取之後，戰爭爆發，學校搬到廣西的宜山，一年級就在廣西美麗而奇異的山水之間唸的。二年級學校又搬到貴州遵義，一直唸到畢業，這是流浪的開始。

　　大學一畢業，胡品清到了重慶，在南開中學教了兩年英文，然後到中央通訊社當過英文編輯。最後進入法國駐華大使館的新聞處做翻譯人員。

　　她感情生活於是轉變。在法國大使館裡，有一個年輕的、英俊的、魁梧的、愛情小說中男主角式的法國官員，突然被當時秀麗、羞怯、沉默的這個中國少女吸引了。他們感情上的發展與經過，完全是一幕動人的、戲劇性的愛情小說中，我們慣常所知的情節。

　　後來，這個法國軍官就攜著他的中國小新娘去法國了。

　　在巴黎一年，塞納河的流水，聖母院的鐘樓都深深的撩起了這個異國新娘的鄉愁。她開始寫詩，以一個中國女子自古以來典型的情懷，在生活的愁悶中，寫了許多感懷的詩。感傷、多愁的吟詠。是一種童年時注入的舊詩詞才女式，與西方浪漫式的混合。

　　第一首是抒情調的〈花房五題〉，登在國內的《藍星詩刊》上。那是民國 50 年。

　　巴黎的一年，她寫了不少現代形式的詩。後來就去了泰國。在泰國一住四年，在情感上已開始從最初隱約不穩定的癥兆，變成很明顯的爭執了。那位愛情小說中英俊的男主角不耐的說：「妳做一個男人的妻子，而結

果只知道一天到晚寫詩、寫詩，寫詩。一天到晚把自己關在一個小天地裏，那麼不切實際……。」

胡品清在泰國的四年中，出版了一本李清照式的舊詩集，題名《湄窗集》。

湄南河的流水，一如塞納河的流水，已逐漸流去了她的年華。再回巴黎，她沒有想到竟會一住六年。

她出版了一本法文詩選。編譯了一本《中國古詩選》，後來又編譯了一本《中國新詩選》。就在編這本《新詩選》的時候，胡品清認識了覃子豪。他們是由在巴黎開一家畫廊的周麟介紹通信的。

民國 51 年，她終於下決心整理了她的情感，獨自到了臺灣。那是 10 月，深秋的陽光在她疲倦的眼簾上閃爍。

當時，她曾寫信給剛創辦中國文化學院的張其昀。張先生在胡品清唸浙江大學的時候任地理系系主任。他立即回信給遠在巴黎的這個學生。

胡品清歸來，就這樣住到了山上。

她在文化學院研究所裡教法文。後來做了法文系系主任。她教書，寫詩，在山上「修行」。

在自己的國家中，一住又是七年，對於流浪了半生的她，這七年該是一段安定的日子，她出版了一大堆作品：英文本的《李清照評傳》、《胡品清譯詩及新詩選》、《人造花》詩集、《西洋文學研究》、《現代文學散論》、《夢的船》（包括散文、詩、小說，和評論）、《夢幻組曲》、《最後一曲圓舞》、《晚開的歐薄荷》、《芒花球》、法文的《法國文學簡史》（一本教材）。

胡品清顯然寫得非常勤快。她有時也向我們抱怨：我不得不寫，不然我做什麼呢？

許久以前，她還翻譯過一本法國的童話《小王子》，是一本現在很著名的很動人的童話。可惜沒有出版。

到八月九月，或者，教了六年書的胡姐姐，即將有一次假期，她或者就要再去一趟歐洲，可惜沒有拿到出境證。

我在咖啡中攪動著，被她的旅行引起的羨慕與激動，脹紅了臉。我向她說：如果我是妳，我會怎樣的快活呵！這樣無拘無束，這樣多的旅行。

胡姐姐笑了。

她說到一本用法文寫的詩，叫《彩虹》。那時，她在巴黎和一些法國詩人在一起，在咖啡店作那種 18 世紀以來沙龍式的聚會。

在她《最後一曲圓舞》中，有一段是：其實，我並不蓄意追求一份悲劇美，我嚮往的始終是該屬於女孩子的平凡的幸福……所以幸福不可能是平凡的，只可能是詩意的。我選擇的是詩，而我能享有的卻是悲劇，所以我總是無助和無奈的。因為幸福一直遠離著我。而且我正在變老，時間不讓我等待潘朵拉盒子裡最後飛出來的東西。

這差不多就是現在的胡姐姐了。她突然大量的寫散文，而很少寫詩。胡姐姐說：我覺得用詩的語言不能盡訴情懷，所以改以散文體，現在，我幾乎以寫散文為主了。

在外表上，她似乎也改變得很多。我們總希望她能夠跑到陽光下曬一曬，不要老是侷在屋子裡。她穿得比較考究了，細心了。常常純白或翠綠。這樣喜愛綠色的心靈，怎麼會讓位給蒼白、青灰的呢？

有一陣子，我們常常會在音樂會裡遇見她，在畫廊裡也偶爾瞥見她一晃而過。她似乎又尋得了可以交換的心靈，在她自己那個單純的自我的小世界中，除了一種心的溶合之外，沒有任何別的東西可以打擾。在別人看來，也許不可思議，也許很奇怪，也許會招致輕蔑，但是，她是不會理會這些的，其實，她又何必理會呢？

另外又有人覺得奇怪，為什麼胡姐姐永遠仍停留在一種少女式的情懷，一種感傷的，永遠是小小的自我的抒情，一半舊式才女一半西洋的混合。不過，如果你知道她如何不關心人家的觀感，甚至不關心拋開她自我以外的世界，我們如果知道這些，就不會感到奇怪了。

所謂幸福，真是一種曖昧的東西。有時候幸福會以憂傷的形式出現。有時候，我們也會有點懷疑胡姐姐，她是不是自己陷進那個泥沼呢？她究

竟是聰明的還是愚笨的呢？她那樣不會安排自己，處置自己。她知道她要的是什麼，可是，她又不肯丟掉一些別的去獲得。

當然，我們並不瞭解她，只是常常會不放心的突然跑上山去看她；好像是我們把她扔在山上，又冷落了她似的。

總之，如果我們的胡姐姐仍然是像框中俏麗的十九歲，那麼，她那些風風雨雨、花花草草、落落寞寞的文章，就不會被人諷笑，反而會引來大批同情（同一情感的同情），會請她上電視亮相，會請到什麼文藝性會裡去點綴了。

然而，「青春是不經洗的料子」。胡姐姐已不再年輕，不再俏麗，不再是舞會中那個旋轉如一襲飄紗的少女了。

她無法超脫的，只是啃噬她比死亡更深的寂寞。

——選自胡品清《芒花球》

臺北：水牛出版社，1969 年 5 月

永恆的異鄉人
胡品清

◎周伯乃[*]

　　倘若我能大膽地援用佛洛伊德的心理分析，來肯定詩人胡品清女士的愛夢的心境，我想她可能是由於有許多願望無法在現實裡實現，而導致她在夢境裡去尋求這些願望的滿足。她自己也說：「一般人都把夢字誤解了，以為那是一個詩意的字，所以在寫文章的時候處處用上，結果夢字變得那麼陳腐，那麼令人反感，原因是不該寫夢而寫夢的人太多了。我非常非常同意不該無病呻吟，但是一個真正失落了健康的人除了呻吟以外還能說什麼呢？而我是一個只能享有夢的人，除了寫夢還能寫什麼呢？」無論就散文或詩，胡品清女士都會不自禁地把自己沉醉在那花樣的夢境中，但她並不是完全在做夢而忽視現實的人，誠如她說的：「我並不是一味浸沉在夢裏而忘卻現實加於我的職責的人。」她教學、她寫作、她翻譯，都有她嚴肅的一面。

　　胡品清女士早年留學法國，在巴黎大學專攻文學，獲文學士學位，民國 55 年間應邀返國講學，執教於中國文化學院。除了教學以外，大部份時間是沉醉在寫詩和散文，偶或也寫些文藝論評和小說，或者翻譯一些外國的短篇，著有《胡品清譯詩及新詩選》、《人造花》、《現代文學散論》、《做「人」的欲望》、《夢的船》、《夢幻組曲》、《最後一曲圓舞》、《晚開的歐薄荷》、《世界短篇名著選譯》、《芒花球》等。遠在法國留學期間，曾迻譯《中國新詩選》，以及其法文詩集《彩虹》等。而這些書中，除了《人造

*作家、評論家，發表文章時為香港亞洲出版社駐臺執行編輯。

花》是純粹的詩創作外,其他都編得很亂,例如《夢幻組曲》、《最後一曲圓舞》都是概括了詩、散文、小說、文藝評論等等。

　　她常常說,她是屬於靈秀型的女子,她溫柔、敦厚、說話總是帶有我國古典美人型的那種特有的磁性,而她的作品也正是如此細緻、摯忱純情,令人讀起來有一種特有的韻味,像詩,也像夢。現在我先來介紹一首她早期的作品〈涉江〉:

　　　　聽說這無垠之河的彼岸

　　　　芙蓉依然姣好

　　　　我佇立水湄

　　　　欲涉過這浩蕩的江面

　　　　而舟楫缺如

　　　　面對唯一的竹筏

　　　　我躊躇了

　　　　綠色的季節短暫

　　　　花木的枯槁迅速

　　　　也許當我遲遲地越過那寬廣的水面之頃

　　　　眾香已經凋謝

　　　　霜風搖落百草

　　　　於是我更畏縮了

　　　　面向未知

　　　　面向無定

　　　　溫煦的日子已過

　　　　最後的蘋果正成熟於枝頭

　　　　別再幻畫春夏永駐江南

　　　　只酌飲秋的悽愴,冬的凜冽

　　我們原是異體同生的，悲愁與我

　　且亦互利

　　胡品清早年的詩有一個最大特色，就是用字簡潔，文句精短，不鋪張意象，不故弄晦澀；讀她的詩，就如見其人，清新、優美、帶著淡淡的悒鬱和哀愁。

　　〈涉江〉所要表現的也正是她那特有的悒鬱的情懷。她暗示著人生旅途的廣漠與寬闊，而自己是那樣孤獨與無助，如何去渡過那漫長的歲月呢，她躊躇了。

　　第一段寫作者面對廣漠無垠的江面，比喻她面對茫茫的前途，第二行「芙蓉依然姣好」，是比喻她的青春年華，或者是對未知的生命的想像，這是很朦朧的境界，作者沒有明確展示，但讀者一定可以得知詩人所謂的「彼岸」，正是她面向自己生命的茫漠之境。

　　「我佇立水湄」。我站在水草交織的地方，欲涉過這浩蕩的江面，可是沒有船隻，只有一隻竹筏，我躊躇了。

　　第二段的悒鬱更濃了，作者不但對未來的生命感到茫然，甚至感到畏縮了。「綠色的季節短暫」，綠色象徵美好，那美好的日子很短暫，花木的凋謝很快，當她遲遲渡過那寬廣的水面時，那兒的花恐怕早已凋謝了。

　　「面向未知，面向無定」。這是一個人對生命感到最大的茫然，有一種面向虛無之概。

　　最後一段寫出她的無可奈何的慨嘆，慨嘆於那些溫煦的日子已不再，慨嘆那些美好的江南景物，不再是永綠的春夏季節，如今只能飲下秋天的悽愴和冬的凜冽，這種悽楚和哀怨，真令人有泫然淚下，哀從中來之感。

　　我常常說：「詩是成於剖心之痛，淚滴之瞬間。」我讀胡品清女士的詩，就更有這種感覺，每當我讀她的一首詩或一篇散文，我都好像睇視著她滿面淚痕，顏容憔悴地向我們訴說著那永遠也訴說不完的悽楚和哀怨。

　　現在我們再來看看她的〈水上的悲劇〉：

偶然地

一朵純白的行雲

投影波心

遂有一幕悲劇展開

於清且漣兮的水面：

眷戀你

而不能羈留你

因你來自水而不願歸於水

想擁抱你

而你是太流動太飄忽太高揚了

你在高高的天上呈現你惑人的面容

我在卑微的地上捕捉你的影子

我不能怨懟你的浮遊

因你和流星是孿生兄弟

你也無須驚訝

我不再為你吟唱

憂傷已令我歌不成聲

有如一具絃索摧折了的豎琴

但你的影子我將留下

唯有他能證實我之存在

　　這首詩的浮面意義，是寫雲與水之間的種種情愫，而實質上是表現男女之間的愛戀。

　　這是一首形象非常美的抒情詩，例如「眷戀你，而不能羈留你，因你來自水而不願歸於水」。如果我們先照她的字義來解釋，是寫雲投影在水

上，所以說它來自水，而不願歸於水。雲如果沒有水，它就無從投影，也無法形成水中的面貌。但我們如果以男女間的愛戀來看，這就是一種愛的昇華。她寫出自我承受愛的折磨，甘心背負愛的十字架。

「你在高高的天上呈現你惑人的面容，我在卑微的地上捕捉你的影子。我不能怨懟你的浮遊，因你和流星是孿生兄弟。」這正說出她對愛的渴求，但又不敢攀越的那種怯懦心理。

最後一段用一具折斷的絃索來比喻她歌不成聲的悲切，和「但你的影子我將留下，唯有他能證實我之存在」，都是極鮮活的形象，而且詩的情趣亦足。走筆至此，驟然使我想起一代女詞人李清照的〈點絳唇・閨思〉中的「寂寞深閨，柔腸一寸愁千縷。惜青春去，幾點催花雨。倚遍欄干，只是無情緒！人何處？連天衰草，望斷歸來路」的情景。

胡品清女士特別喜愛李清照和李煜的詞，所以多少是受了一點他們的影響，尤其那詩中的悒鬱情懷，和亡國後的李煜及新寡的李清照，都有極多相似之處。李清照的詞是一連串的愛的呢喃，情的獨白；而胡品清女士的詩和散文，也正是她一連串的愛的呢喃和情的獨白。她自己也說：「最適合於表現情感的是詩。」她認為情感是永恆的，無論是古今中外，只要是人，他都同樣具有情感，所以她主張詩是抒洩情感的，她說：「假如我們要暢談哲學，闊論原子太空，有的是哲學和散文，實在不必由詩去越俎代庖。」

她把人生視作一首情詩，一個華麗的夢。於是，詩和夢交織了她的人生，而她的人生也實踐了她的詩和夢，這就是典型的胡品清。

現在我再來介紹一首她的近期作品——〈夢季〉：

又一個此山中春寒的日子　冷且濕
天很低　雲也灰濛濛
斜風交融著微雨
洒下一窗幽暗　滿院凄迷

獨立廊前

看落葉的身影

看面目憔悴的雨中花

聖誕紅洗去了胭脂

纖麗的石竹花揉皺了多彩的裙裾

一些傲岸的橘黃和青翠也都容顏寂寞淚闌干

面對一園姣好的凋零

猝然驚悟

我的夢季原也有著敗葉殘花之意境

很豪華又很悽愴

像風中葉　雨中花

預知自己是命定了委泥塵的

然後無可奈何地等待辭別枝頭

在確知不容再留戀的時候

　　奧國精神病學家佛蘭克爾（Viktor Emil Frankl）說：「一個人一旦發覺受苦是他的命運，他便會去接受他的苦痛了，宛如是他的工作，他的唯一的工作一般；他便會理會這件事實：就算是受苦，他也是在世上單獨而唯一的一人。」胡品清女士就是如此，她把一切都認命了，她忍受著孤獨和寂寞，也承受了人世的愴涼和悲哀。她把一切現實不能實現的，都寄託在夢幻中，如果說她的人生是夢，倒不如說夢是她的人生。

琉璃夢如此豪華

溫柔在左　美景在右

我在其間

——〈蝴蝶〉

〈夢季〉的第一段是寫她夢般的情景，是一個春寒料峭的日子，天上下著綿綿的細雨，雲層很低，罩著滿室的幽暗，滿院的淒迷。

第二段寫她獨立廊前，看見落葉的身影，看那些憔悴的雨中花，聖誕紅已褪去紅艷，而纖麗的石竹花，也揉皺了多彩的裙裾，連那些傲岸的橘黃和青翠，也顯得淚容滿面。這些情景都是似夢似真的存在著，詩人把自己的情感揉在其中，令人倍覺悽哀。

第三段是詩人把現實和理想揉在夢中，她凝視著現實的凋零，想起自己的夢中的敗葉殘花。她認為這樣也是很豪華又很悽愴的，像風中葉、雨中花，對自己的命運早已預知會萎謝於泥塵一樣。「很豪華又很悽愴」，這是多悲壯的生命！

胡品清女士是個織夢的詩人，她似乎一直是活在她的夢幻中，她的詩也就像她的夢，帶給人飄逸、精緻、細膩、雋永，令人有一種纏綿哀切的感覺。誠如她在一篇散文裡說的：「夢是我唯一的悅樂，是我的靈智之源。」夢使她的人生美化，夢使她逃脫了許多現實的厄運。她又說：「我活在一個美好的夢中，我多麼害怕夜間的鴟鴞和晨間的老鴉把那個好夢驚破，於是我常常立下這個願望：永遠不要醒來。」

從胡品清女士的整個作品來看，她是一個純情主義者，她的一切都是以自我為中心，她歌頌愛情，但歌頌的是她一己的情愛；她企圖自現實中脫出，走入屬於她自己的世界，那個夢樣的世界。

她的作品細膩、精緻、雋永，帶著淡淡的哀愁和憂鬱，有夢幻的現實，也有現實中的夢。她好像永遠向人訴說著她的孤獨和寂寞，但她不是在伸手向人乞討憐憫，她所要的是人世間的真愛——愛人也同時能被人所愛。

——選自《自由青年》第 478 期，1969 年 6 月

波德萊爾禮讚

◎王文興*

　　卅年來，我讀過的臺灣出版書籍中，印象最深的一本書，應該是胡品清翻譯的波德萊爾散文詩《巴黎的憂鬱》。

　　舉世的人都知道：波德萊爾寫了一本名詩，叫《惡之華》。可是真讀得來原文《惡之華》的讀者，除了法語語系的人民，恐怕為數不多。若是讀譯文，英譯也好，中譯也好，相信都讀不出所以然來，詩原即不能翻譯的讀品。所以，《惡之華》對各國的讀者來說，尤其對中國的讀者，等於不存在。不諳法文的讀者，想要了解波德萊爾，恐怕只有依靠《巴黎的憂鬱》，他的散文作品，另一部同等重要的名著。就因不是音律詩，《巴黎的憂鬱》是可譯的，透過胡品清女士的中譯，我拜識了波德萊爾，在閱讀的經驗中，也受到前所未有的震撼，這樣的震撼，和我初讀勞倫斯、杜斯托也夫斯基沒有不同，固然我個人的收穫來自於波德萊爾本人，但也確實感謝胡品清女士的翻譯，她的翻譯信實而優雅，下面將特別談及。

　　《巴黎的憂鬱》一書，包含 50 篇短文，這 50 篇固然稱為散文詩，但其中不乏短篇小說。散文詩的篇章，像〈凌晨一時〉、〈孤獨〉、〈人間外的任何地方〉……，都寫得很好，可是這本書的真正價值應在短篇小說上。波德萊爾的短篇小說確實與眾不同，他跟著名的短篇小說家，如莫泊桑、契可夫、曼斯斐爾德、漢明威，的確完全不一樣，他們的取向皆為寫實主義，波德萊爾則為浪漫主義，甚而為極端的浪漫主義。波德萊爾極端的浪漫主義使他的想像更豐富，使他對人物的挖掘更深入，〈英勇的死亡〉這一

*作家、臺灣大學外國語文學系退休教授，發表文章時為臺灣大學外國語文學系教授。

篇，想像光怪陸離，句意豐富得教人目不暇給，宮廷的小丑，一流的喜劇演員，原為國王的寵幸，竟然叛反，參加貴族的革命，……這篇可以推為浪漫主義小說的代表作，極似普希金的浪漫傑作《黑桃皇后》。《巴黎的憂鬱》書內極成功的另一小說是〈壞玻璃匠〉，這篇寫一個普通的人，早起，覺得心情略微不快，就幹下了一件駭人魂魄，殘酷無道的惡行。我未讀過那一篇小說對人性的挖掘比這一篇更深，〈壞玻璃匠〉的極端，確為浪漫主義的極端，但波德萊爾對人性的挖掘，對心理的研究，對罪惡的詳察，已經躍入現代主義，甚至進入存在主義，故，〈壞玻璃匠〉不單純是浪漫主義的傑作，它應是浪漫主義兼現代主義的巨作，這種浪漫主義和現代主義的綜合，更是波德萊爾個人的創闢，沒有第二人寫過這樣的浪漫主義加現代主義。

中譯的《巴黎的憂鬱》就翻譯的譯筆來看，也確為與原文相得益彰的嘉譯。我個人不懂法語，但不久前，我尋到一部英譯，中英對照閱讀，乃知中文的翻譯字字忠實，跟英文的一字不差，故，至少在可信度上，這一本中譯是絕對沒有問題的。信實的可信，令人感動，因為今天的臺灣，多少英譯文學是可信的？少之又少。遇難譯的文詞，費解的文句，或跳譯，或改寫，即使譯者力非不及，也因趕工，跳譯改譯不斷。這還是說的文學英譯，非文學的英譯，更不知從何說起。

講到翻譯，順便再談信實的另一話題，信實度固應避免跳譯，改譯，最好也能堅守直譯。也就是說，硬譯無妨。原文詞句的排列，雖受該文文法的令諭，但一樣也是作者創造的成果，詞字的安排，簡直就是文作的生命，譯者似宜盡量保持原序始可。譯者應該既保留原序，又不失清通，這才是「信實」的翻譯，真正「信實」的翻譯。筆者一向佩服大學時的老師，法國文學翻譯家黎烈文教授，他就是這麼一位，堅持硬譯，又復自然的翻譯家。黎烈文教授硬譯於前，胡品清教授硬譯於後，亦復又信實，又自然，誠為卅年臺灣譯壇的懿事。如果只說胡品清教授只重信實，只求硬譯，是不確的，前面提到，她的譯文既信實，又優美，《巴黎的憂鬱》譯筆

重視詩的節奏，凡願意慢慢閱讀的讀者，都能體味這是詩的文體，眼文出現的果為散文詩，並非一般的散文，胡品清教授在詞彙的選擇上，亦刻求完美，關於她節奏的動聽，和鑄字的精美，可從〈美麗的朵荷德〉找到佐證。〈美麗的朵荷德〉通篇譯文的節奏都好，例如，請看這一句：「她茂密的，幾乎是藍色的髮絲的重量把她精巧的頭向後拉，給她一種勝利且慵懶的樣子。沉重的耳墜隱約地在她嬌小的耳邊鳴響。」其中「茂密的」、「精巧的」、「嬌小的」，更是完美精確的詞彙。翻對英譯，好像這一句的效果遠不及中譯，英譯「精巧的」，譯為「delicate」似乎不如「精巧的」那樣傳神。類此的佳句（優異的原文加出類的翻譯）在〈美麗的朵荷德〉中特別多，〈美麗的朵荷德〉不是短篇小說，但確實是一篇優卓的散文，不，散文詩。

我讀過《巴黎的憂鬱》中譯之後，有些後悔不通法文，當年只修過一年，學的一點，也都還給黎老師了。要是我能閱讀法文，那我就可以閱讀——《惡之華》了。

　　　　　　　　　　　　——選自《中國時報》，1996 年 8 月 12 日，19 版

胡品清有堅強的一面

◎夏祖麗[*]

> 她住在臺北市郊的山上，孤獨、寂寞，全然生活在自己的夢裡。但她也
> 有堅強的一面，因此她總是屹立在崗位上。

第一次看到胡品清是在一個古典音樂欣賞會上。那是一個深秋的晚上，她戴著一副黑眼鏡，穿著一件嫩黃色的連身毛線衣裙，靜靜地坐在那裡，看起來有點纖弱。

後來又在一些作家、詩人和藝術家的聚會中看到她。她總是穿著淺色的衣服，戴著黑眼鏡。在人多的場合裡她是不太說話的，表情總是淡淡的，卻留給人深刻鮮明的印象。

那天到陽明山中國文化學院的教授宿舍去看她的時候，她又是戴著一副黑眼鏡，穿一身粉紅色的毛線衣裙。她輕輕地說：「我很怕冷，一到冬天就穿上毛線衣裙，再也脫不下來了。我比較偏愛淡的顏色，所以我的衣服大半是淺色的。我最討厭黑色，我從不穿黑鞋的。」

她為什麼長年都要戴黑眼鏡？她有點煩惱的說，常有人誤解以為她是故意戴著黑眼鏡來表示與眾不同。其實是她的眼睛不好，怕光，常常睜不開，有時一整天大都閉著眼睛做事。

看胡品清的作品會感到她不是一個快樂的人，為什麼呢？這主要是她的先天性格和後天環境的影響。從小，她隨著祖母住在深山裡，隨著祖母朗讀詩詞，嚴厲的家規塑成了她膽怯又容易受驚的性格，直到現在她仍然

---

*作家。發表文章時為《婦女雜誌》編輯。

不善於用語言來表達奔放的愛情和強烈的感受。

　　到了十四、五歲時，她到江西的一個貴族式的教會中學唸書，才脫離了那種孤寂嚴苛的日子，開始淡獵西洋文學。後來她考上了浙江大學英文系，開始接觸到浪漫文學。

　　在大學畢業後幾年，她進入法國駐華大使館新聞處當翻譯。在那裡，認得了一位法國軍官，他們結了婚，一同到了巴黎，住在巴黎郊外的高級住宅區裡，巴黎的郊外很綠，那段日子也很美。他們有一群詩人朋友，白天他們常去看畫展、坐露天咖啡座；晚上去聽音樂會、看歌劇。那段時期她寫了不少現代詩。

　　後來她又隨著丈夫到泰國。在泰國的四年，夫婦的情感開始不穩定起來。他開始對她一天到晚寫詩感到不耐煩了。但是她在那段期間還是出版了一本詩集，那是《湄窓集》。

　　四年後，他們又回到了巴黎。胡品清進入了巴黎大學研究現代文學，夫婦間的不調和也越來越大。她說：「也許他是一個很好的人，他對別人都很好，慷慨大方。我和他卻無法在一起生活。因為他總是使我不愉快。」胡品清又是一個需要大量溫柔支持著，自己卻是不善於接納溫柔或賦給溫柔的人，這也就是造成了他們之間的裂痕的原因之一。

　　正好那時她的老師張其昀創辦了中國文化學院，要她回來擔任法文系系主任。她就在十一年前回到了臺灣，也結束了她那一段異國的婚姻生活。

　　就這樣她在環境幽美的陽明山上住了下來了。她的大部分的寫作也在這時開始的，這些年來，她已出版了二十幾本書。

　　山上的日子很清靜，她說：「山上有三季的氣候都很美，春天的杜鵑花很動人，夏天特別涼爽，秋天的意味特別濃。只有冬天是又濕又冷。冬天時，如有人請客，我都一律辭謝，因為我害怕單獨一個人回家。」

　　每天清晨五點鐘她就起床了。她常說她是比太陽還起得早的人。她常沿著山上的小徑散步，這也是她最有靈感的時候。回到家吃了早點後，她

再散步到學校去上課。她教法國文學史、法國文化史、法文翻譯和法文論文習作，每個星期有二十多堂課。

平時她不善言辭。聽過她的課的人卻都會被她的精彩講解吸引住。平時她總是憂憂戚戚的，在課堂上卻是相當嚴厲。她從不把自己的憂慮帶到課堂上去。她說：「空虛和幻滅只是適用在我個人的身上。」

「有許多年輕人寫信給我，向我訴說了一大堆痛苦和不快樂，卻說不出一個具體事實來，我一點也不懂他們的痛苦是從何而來？因為他們根本還沒有生活過。只有真正生活過的人，對生活徹底失望了的人，才會有真正的痛苦。」

胡品清的詩和文章的文筆美、感情豐富，又含有深奧的哲理。最難得的是她到現在仍然保有一份少女的情懷，這和她的年齡簡直不能成正比。在她的周圍很少有和她同年紀的朋友，都是一些比她年輕很多的人，他們崇拜她，嚮往她筆底下的那種淒清的境界。

喜歡文藝的歌星趙曉君就是她的忠實讀者。她曾寫過一篇文章給趙曉君。趙曉君以前也常到山上找她聊天，知道她怕冷還買了一個日本的烤火爐送給她。

先天善感的性格，後來不如意的婚姻以及羸弱的身體，使胡品清總是那麼悶悶不樂。曾有許多人勸她信宗教。有人送佛經給她，那都於事無補，因為她說那不能解決她的痛苦。她在那篇血淚編成的〈告別讀者〉文章裡說：「我是一個無可救藥的人，不值得你們關懷，不值得你們浪費時間為我構想美麗的詞句，幻畫我的城堡。是的，我居住的確然是城堡，門禁森嚴。寂寞是不透明的牆，孤獨使我和外界絕緣，我就是那塔裏的女人，沒有企盼，無所希冀。」這篇文章是她身心最憔弱的時候寫出來的，也寫了她的心聲。

胡品清雖然寫過了許多散文，但她特別偏愛寫詩。她是第一個把中國詩有系統的翻譯成法文的人。她曾經出版過《中國新詩選》，在這本書裡，挑選了一些從五四時代到現代的中國新詩，翻譯成法文。另外一本《中國

古詩選》是譯的中國古詩。她還用法文寫過一本詩集《彩虹》。她也出版過一本中文的詩集，就是《人造花》。散文集有《晚開的歐薄荷》、《夢的船》、《芒花球》、《最後一曲圓舞》等。

在中國詩人中胡品清最喜歡李清照和李後主，她曾用英文寫過一本《李清照評傳》。她也欣賞陶淵明的道家境界，白居易的平易近人。她最喜歡現代的美國短篇小說，英格蘭的凱塞琳‧曼殊菲爾（Katherine Manthfield）是她最欣賞的作家的作品。她也很欣賞法國象徵派的詩和小說。

在日常生活中，胡品清喜歡種花。在她的屋前那一片小院子裡就有好幾株花木。她總是種些香的花，像茉莉、桂花和白蘭等。每當下雨時，雨打在花葉上，傳來細細碎碎的音符，她就靜坐在面對落地窗的沙發上傾聽，時間和空間就這樣像夢一般的消失掉了。這是只有獨身生活的人才能享受的樂趣。但她有時也感到全然的孤獨，不僅一個人吃飯、一個人上街，也是一個人完成生活中的細節。

她是比較注重住得舒服的人，住的環境對她來說很重要。在這個世界上有兩樣東西是她最沒有興趣的，那就是珠寶和食物。她走過珠寶店時，從來不會停下來看一下。法國的菜和中國的菜都是世界聞名的，她卻都沒有興趣。巴黎有一家很有名的餐館叫「銀塔」，去巴黎的人都想去那裡吃一次，她在巴黎住過七年，從來沒有進去過。

胡品清是一個完全活在她自己的夢裡的人，她對於人情世故很生疏，處理現實生活時總是那麼手足無措。她常常會陷於一種全然的癱瘓中，失去了做任何事情的意願，也失去了食慾，會在一個星期中只靠桑葚汁和紅紅綠綠的維他命丸過日子。她說遇到這種時候，陽光不再令她欣喜，彩虹不再令她沉迷，她的心靈已經是厭倦了一切，山也徒然，水也徒然，生存也是徒然。

也許就是因為這樣，常常有人誤解她，認為她是一個神祕又費解的女人。其實，她是一個心地善良，最容易瞭解的女人。她形容自己是一個

「心在手上的人」，不會隱藏自己。她不在乎別人的看法，也不在乎人為的習俗。她說，她是德國文學家歌德的信徒，因為歌德曾經說過：「人啊，當你們說及某事的時候，為什麼立刻宣稱這是愚蠢的，這是聰明的，這是惡的，這是善的？這一切話有什麼意義？你們有沒有發覺一個行為的內在情形？你們能正確地斷定那行為為什麼被作成？為什麼必然地被作成嗎？」

——選自夏祖麗《她們的世界》

臺北：純文學出版社，1973 年 1 月

真誠面對自我
小記胡品清老師其人其文

◎李瑞騰[*]

　　我在 1972 年上陽明山時，胡品清老師已經在華岡住了十年了，先住學校明倫樓，後遷華岡路上雙溪新村。像我這樣一個愛寫新詩的文藝青年，知道學校裡有這樣一位名作家是很正常的事。胡老師在法文系，我原應無緣受教，但因史紫忱老師的關係，常有機會當面請益，通常是在史老師寓所。

　　不過，初次的拜會卻與史老師無關，那是一個春日的星期天午後，在大典館門口，一個顯然是外邊來的年輕女孩問我關於詩人胡品清的所在，原來也是文藝青年，從高雄來陽明山玩，盼能見到心儀的作家；我打聽後，徵得胡老師同意，引她去拜訪。

　　她們談些什麼，我今已不復記憶，但胡老師親切接待她的年輕讀者的情景，讓我印象深刻，後來在她的作品中讀到她和讀者的會面之記錄，我都會想起那三十年前的往事，想起那充滿靈氣的寫詩的女孩，以及那曾經萌生卻又很快消逝的愛的情愫。

　　胡老師還記得那女孩嗎？

　　胡老師還會記得其後常在史老師寓所進出的那傻乎乎的男孩嗎？

　　胡老師總是一身素雅裝扮，推門進來，和史媽媽講幾句，或者拿個東西，常常還來不及和她打個招呼，又很快推門出去了。有時史媽媽宴客，

[*]發表文章時為中央大學中國文學系教授兼中央大學圖書館館長，現為中央大學中國文學系教授兼中央大學文學院院長。

請她來，這就比較能多聽到她說些話，我記憶最深的是她談出版校對粗糙之事，「在法國，做校對的全是文法專家，甚至可以替天才作家糾正文法上的小疵。」這是出現在〈「天堂鳥」的午後〉的一段話，口頭上就聽她對史老師這麼說過；也常聽她說到在法文系教學之事。她是標準的嚴師，我在她書中讀到她把自我分成大我與小我：大我全然獻給社會，屬於群體；小我屬於一個無瑕的形象，一個全然的女人（〈也寫一張「作家明信片」〉、〈「象牙塔裏的女人」？？？〉）從這裡大概比較容易了解胡品清，她把自己切成兩半，為人師表與做為一個法國文學研究者的部分，她非常嚴謹；而身為一個作家、一個女人，她唯美、唯情、溫柔、細膩。

胡老師的寓所面廊的窗戶一打開，紗帽山便呈現在眼前。屋內當然百分百的女性，玩具（玩具狗、美國娃娃書）、樂器（吉他）、朋友送的紀念品（項鍊、領針、盆花等），當然還有化妝品及音樂；而外頭呢？暮山凝紫，花樹在濕冷中兀自展姿，無可避免地要對照起記憶中的諸多場景：當年祖母的鄉村別墅、遷來遷去的母校浙江大學所在地、當著貴婦人時候的湄南河畔以及香水城巴黎。

她利用教研之餘寫作，大部分的時間寫散文，有時寫詩，寫短篇，寫評介，或是做點中英法互譯，或是譜曲。對她來說，散文最重要了，專門研究臺灣當代女性散文的張瑞芬說：「胡品清的抒情散文，慣常以詩入文，以書簡、手記、組曲形式，在華岡的夕照晨曦下，摘星聽雨，並且喃喃呼喚著一個沒有回聲的名字。」並且將她的散文定性成為一種「單音獨白」（〈文學兩「鍾」書〉，見李瑞騰主編《霜後的燦爛》），胡老師自己說，寫文章，她是絕對的感性，「主題不廣」，但她真誠的面對自我，特別是愛情經驗轉化而成的散文。

寫作就是寫經驗、寫記憶、寫感覺，「太冷峻了」的童年反而逼使她「感性至上」，於是祖母鄉居那一枝「顏色像金子，芳香比銀桂更濃，花簇也更茂密」的丹桂，就真令她難忘了。戰爭歲月的流離中一個同學擁有的一把鋸琴，卻要她費了十五年的光陰而遍尋不著。其他的像在巴黎學開車

考執照的經驗，與好友連袂赴檳榔嶼度假的往事，甚至一隻野貓入侵小樓的慌亂與感觸等，胡老師都把它們寫下來了。回到文學創作的本質上思考，胡老師真實地寫她的聞見思感，天經地義；她如果去寫礦坑災變、女工悲歌、原住民部落的黃昏，那才不可思議呢。

　　對於一個寫了八十幾本書的作者來說，出版一本選集，而且只是其中一種文類，實在很難看清她文學的整體面貌，盼有心人能進一步去蒐羅她的舊作，追蹤她的人生與文學歷程。

　　九歌的蔡文甫先生知道我和胡老師曾結緣於華岡，希望我為她的這本散文選集寫一篇推薦文字。我思前想後，謹記下一些前塵往事及閱讀體會，以為讀者讀本集之參考。

——後刊載於《文訊》第 253 期，2006 年 11 月

——選自胡品清《砍不倒的月桂》

臺北：九歌出版社，2006 年 10 月

空谷裏的幽蘭
胡品清女士訪問記

◎陳玲珍[*]

在華岡道上，她踽踽獨行。肩上披著圍巾，鼻上架一副淺灰色眼鏡，就那麼一逕走著，很感性的，也很智性。

一路上，她欣賞著沿途的美，也構思一切的美好，不論事實結果如何，她總是以宿命論者的心情去接受。

她是一個感性很濃的女人，一個心靈很細緻的女人，一個情思很綿密的女人，一個生活很藝術的女人。

她是那麼謙虛、膽怯，連小動物、小花草都不忍傷害；她不說假話，只把最真實的感情表露出來。沒有一絲造作，也不在意讀者的批評，只將她的心聲輕輕地吐訴，自寧靜的靈海裡。

她，胡品清，似一朵空谷中的幽蘭，兀自飄散著清香。

胡品清的童年是在祖母的山莊裡度過的，因為母親伴隨著在黃埔做軍官的父親。祖母那棟鄉村別墅，紅欄白壁、青山環拱。祖母稱它為「小桃源」，像是人間煙火之外的。那兒有四個花園。牡丹、梨花、李樹、橄欖、芍藥、月季、綠梅和秋天的桂花，把園子點綴得燦艷芬芳。還有荷池、竹林、菜畦、松林，那真是個令人神往的世界。

年幼的她，就喜歡一個人坐在松樹下的石凳上看月亮，或是把眼睛睜得大大地望著遠處的青山，幻想著山的奧祕。

[*]發表文章時為中國文化大學中國文學系文藝創作組學生、中國文化大學中國文學系文藝創作組助教、中國文化大學出版部編輯，現已退休。

　　祖母不僅有高深的學問，而且多才多藝，但總是感嘆生不逢辰，希望把她不能實現的理想灌注在秀外慧中的孫女身上，因此對胡品清的管教相當嚴格。祖母不要她念小學，認為白話不是文學，親自教授經史子集，一面請一位老先生替她補習英文數學；此外，胡品清也曾在祖母的佛堂裡讀心經、大悲咒、金剛經。

　　而當時的胡品清，還不懂什麼文學批評，只把古文分成兩類：好讀的和難讀的。像那些冷冷的論說：〈原道〉、〈原毀〉、〈進學解〉是難讀的；富於韻味的〈桃花源記〉、〈滕王閣序〉、〈秋聲賦〉和〈阿房宮賦〉就是好讀的。

　　祖母嚴格的家規，和炯炯有神的眼光，把胡品清塑造成一個怯場、容易受驚的女孩，她原是多麼需要溫柔的關愛啊！不過，祖母的那種教育也在不知不覺中替她奠定了很好的中國文學基礎，也培養了日後她對多種語言的興趣。

　　當北伐的號角響起，長沙戰場上，病魔奪去了年輕英勇的陸軍少將胡君一東的生命。胡品清隨同母親和兩個妹妹到了江西，卜居南昌城。在贛江之濱，胡品清跳掉了小學教育，直接進入一座美國教會學堂——葆靈女中。

　　在母親慈愛的懷抱中，胡品清認識了溫暖與自由。在學校裡，由於成績良好，她成為天之驕子，被老師寵愛，被同學羨慕。同時。她也是唱詩班的一員。每個星期天早晨，她用聖歌述說上帝的榮耀。日後，舒伯特用德文寫的《聖母頌》，古諾用法文寫的《聖母頌》，用三種文字寫的〈平安夜〉都曾被她唱得滾瓜爛熟，儘管她如今還是「未知論者」。

　　抗日戰爭正是如火如荼之時，胡品清考取了浙江大學英文系。熾烈的烽火使學校遷往了廣西宜山，大一生活就徜徉在一片山水中。大二時，學校又搬到貴州遵義。大學剛開始，她的名字即隨著公布在公費錄取生的名單上傳開了，在那偏遠的校園裡，她再度享盡了中學時的榮耀：毋需苦讀

即有優異的成績，又積極地活躍在各社團中。她唱歌，演話劇，主持學生自治會，又是暑期鄉村服務團的中心分子。

大學生活的充實與蓬勃，曾讓她羸弱的身軀散發著光和熱。然而，冥冥之中，就像她將人分為幸者與不幸者，她是屬於不幸的那一類，我們彷彿看到一點不幸的命運又繼續環繞著她。在偏僻的遵義，瘴菌叢生，使她經常臥病在床，導致她日後健康道上的多歧。

在教會學校時，胡品清早已開始對英國文學之涉獵。在浙江大學，她念的又是外文系，自此，就和語文結下了不解之緣。畢業後，她到了重慶，在南開中學教英文，兩年後轉到中央通訊社擔任英文部編輯，一面任職於對她往後生活產生重大改變的地方——法國大使館新聞處。因為在那裡，她結識了年輕有為、風度翩翩的威理。當時，她以為找到了心目中的理想。於是，帶著親友們的祝福，走向了香水城，也走進了巴黎大學。

一向，胡品清都追求美，尤其是一份完美。在其他事情上如此，對感情更是虔敬得無法溶入一點瑕疵。當威理在她的感情生活中造成了不完美、不和諧時，那位堅決的妻子只好毅然求去。

胡品清總把自己剖析成兩部份，小我和大我。她把大我獻給崗位，把小我獻給藝術創造。在翻譯方面她也充分發揮了她的才能。在巴黎，她曾用法文編譯了《中國古詩選》和《中國新詩選》，並經常在詩人俱樂部或法國電視公司介紹中國詩歌，對中西文學交流做了很大的貢獻。那時，人們稱她為詩人，也邀請她出席比國的國際詩人二年會。

民國 51 年，詩人捲起她單薄的行囊，告別了塞納河，回到臺灣。迎著深秋的殘陽，她獨自走上風聲蕭蕭的華岡，走向從此深居的小樓。

回國後，她一直在中國文化大學，任教於法文系和法國文學研究所。其間，也曾駐足於復興崗上，在政戰學校教授英文和法文。

二十年來，與她最常接觸的，就是學校裡的學生，而一般學生總覺得她很遙遠。有位女高音曾對她說：

「妳像一片雲，我們知道妳在一定的時刻裏會飄到教室裏來，一片很認真的雲。但是，當鈴聲響起，妳又飄向專屬於自己的世界，人間外的。」

胡品清雖是一片獨來獨往的雲，卻仍有許多學生停駐在這片雲旁，和她談文學，和她談人生，和她談感情，也向她傾訴心聲。自然，時常有小讀者給她寫信，他們是那麼信任地稱呼她「胡老師」、「胡姐姐」、「胡阿姨」，甚至直呼其名。不錯，她原是一個沒有年齡的女人。

在臺灣，她出版了二十餘冊中譯的英法小說之外，還英譯了李清照的漱玉詞，每首詞都加上評析，在紐約出版。中譯時，她先是直譯，然後一再潤飾，使之不太過於西化。

翻譯文學作品時，她總是選擇她偏愛的作家，而每個作家的作品也互有差異，她只選她所喜愛的作品。在翻譯方面，她有一個原則：不破壞原書中的獨特風格和意象。偶爾，也有人請她翻譯論文。不論喜歡或否，她總以大我的莊敬去完成。

胡品清的詩，是一串串情韻縣邈的愛的絮語，像一杯醇酒，不是濃烈的，但很醉人。

讀她的詩，就如見其人，清雅的，溫淑的，雋永的，朦朦朧朧的，而且很超現實。

她的詩是真實的生活寫照，是真實的自我畫像。是飄逸的、空靈的、細緻的、純情的；她的感情是細膩的、綿密的，靈魂是善良的；她的情思有時帶著濃濃的憂鬱，有時帶著淡淡的哀愁，也有時充滿了寧靜，恬淡和欣愉。

總之，她的詩作，感性多於智性，韻味多於哲理，有東籬採菊的悠然，有落花人獨立的情調，而沒有現代人的動亂，忙碌的氣氛。

早期的胡品清是較專注於寫詩。之後，她發覺詩的體積過於短小，有

太多的話要說的時侯就受限制，不能盡訴情懷，於是她開始寫散文和短篇。

她的散文依然是記載真實的生活，她的小我抒情就是夢樣的世界。她說：「我非常非常同意不該無病呻吟，但是一個真正失落了健康的人除了呻吟以外還能說什麼呢？而我是一個只能享有夢的人，除了寫夢還能寫什麼呢？」是的，我們怎能再向她苛求更多呢，既然她的夢，她的呻吟也是一種純然的美和情智分明？

名評論家史紫忱教授說：「胡品清的散文，有淡泊的悒鬱美，有哲學的玄理美，有具啟發力的誘引美，有外柔型的內剛美，還有詩神在字裡行間起舞的韻影，她的文字用東方精神作骨幹，以西方色彩作枝葉，風格清新，意象獨特，籠罩萬古長空的『無』和一朝風月的『有』，像一杯葡萄酒，既醉人又醒人。」

雖然至今已有五十本著作及譯述出版，胡品清仍謙虛地說她不是作家，她認為能寫長篇小說的才是作家。寫長篇需要塑造許多不同性格的人物，而她不會虛構。在單純的生活中，她就只好寫寫散文和自傳性的短篇。

她認為創作者不一定要顧到理論，理論有時會絆住一個創作者。「寫作不是死板的，機械的，不像攝影和開車有一成不變的技術和步驟。除了自己夜以繼日地去試驗、去體會，把自己的生活、情愫、思想、感受溶入作品裏使之真實、自然、新穎、獨特之外，還有什麼訣竅呢？」有的人較敏感，對事物觀察入微，甚或鑽牛角尖，窮究事物之本質，這樣的人才能塑造出自己的風格。

她強調，寫文章該有自己的語言，即所使用的語言要與眾不同。寫好之後，該把它朗誦一下。如修辭欠妥，必須修改；如節奏不和諧，也該推敲，從而發揮文字的音樂性。至於詩，語言更為精鍊，更是需要朗誦。

教書、寫作、翻譯之餘，讀書也是她日常重要的工作。她把她的床頭

書分為四類：

（一）傳記——偏愛音樂家傳記，像《柴可夫斯基書簡集》，像蕭邦和喬治桑的故事。

（二）小說——喜歡心理分析細膩，對人生觀察入微的女作家的作品，像紐西蘭的凱瑟琳‧曼斯菲爾德的短篇、葛蕾德夫人的長篇，以及法國「新」小說家瑪格麗德‧莒哈絲的中篇。她偏愛她們，因為她們細膩，敏感又獨立，而且勇於面對人生——另一種巾幗英雄。此外，也喜歡卡繆，因為他關心全人類的尊嚴。

（三）文學理論——比較傾向前衛。因為她專長於法國文學，又要在研究所授課，故須隨時注意法國文壇上思潮的演變。像從 1950 年以來，法國產生的「新」小說、「新」戲劇、「新」短篇、「新」詩。

（四）哲學——喜愛將生活與哲學打成一片的作品，像泰戈爾的哲學小說，像艾蜜麗‧狄金森的富於哲理的小詩，像敢說真話的羅素的散文。

「要不是嚴厲的老祖母說什麼『萬般皆下品，唯有讀書高』，我原會是科班音樂家了。」

是的，在唱歌方面，胡品清是有天賦的，祖母的約束，也未曾削減她的興趣。中學時，她是教會學校唱詩班的女高音。在浙江大學，純樸的校風中，唱歌更是她僅有的娛樂。

就憑著這點音樂的資賦和興趣、靈感，以及自修的鋼琴和樂理，近兩年來，胡品清也從事詞曲的創作。除了偶爾寫點富於哲思的或慷慨激昂的詞，她真是一位天生的抒情歌手。她的詞曲之特點就是不俗。

至於她的「興趣詞曲」，風格也相當繁複，儘管以抒情為主。有輕快的，像〈春之晨〉；有恐怖的，像〈時光〉；有淺近的藝術歌曲，像〈你的音〉；有神話的，像〈太陽鳥〉；有抒情的，像〈不碎的雕像〉；有悲愴的，像〈秋歌〉；有象徵的，像〈心境〉；有智性的，像〈人生〉。

她寫歌詞時，一種是先有詩，再拿來用做歌詞譜曲；另一種則純粹是

歌詞。還有是別人作曲，請她填詞，主題就因旋律之需要而比較繁複了。

　　她還創造了另一種形式：不是單純的詩，不是單純的文，不是單純的旋律，而是上述一切的組合，那是每月在《女性》雜誌上出現的「弦歌小語」；她也偶爾投稿，在《大華晚報》「我唱我歌」專欄。

　　如今，她已發表了三十五首詞曲。一如她的詩文，每首詞曲都有它特定的對象。胡品清將它們收集在兩本精美的剪貼簿中，配上適合詞曲的插圖。翻開它們一一展讀，再聆聽她傾向低沉的清唱，就彷彿進入了一個抒情世界。

　　一走進她精巧的屋子，就被那充滿藝術氣氛的布置所吸引。屋子裡的東西很多，經過細心安排之後，每一樣都處在它們最適合的位置。沿著牆上、架上，有高低起伏的字和畫，中西合璧。她的書，不是整整齊齊地安置在一個大書架上，而是東一堆、西一堆，配上精緻的小擺飾，那些小東西雖無生命，由於這麼一擺，就好像在書堆裡穿梭，互相眺望。

　　曾經，她常出現在海邊，輕聆海風的呼喚，凝望海潮的漲落，然後，拾回許多玲瓏的貝殼、海螺，點綴在她的樣品酒、法國迷你香精和一堆像木刻的松果之間。

　　偶爾，她也走向音樂咖啡屋，將自己埋在柔柔的音樂和一個她偏愛的音色裡。對一個不群不黨的人來說，咖啡屋更具有可人的溫馨。「在那種地方，你被許多陌生人包圍著，於是你不會有窒人的孤寂感。加之，在陌生人之間，你能享有最多的安寧，因為他們不對你加以揣測，加以曲解。」

——選自《文學時代雙月叢刊》第 6 期，1982 年 3 月

發現潛力‧實現自我

◎胡品清
◎方梓*

　　假如說，我在語言和文藝創作方面略有成就的話，我卻不配被人提出來作為模範，因為我的小小成果並非由於時時苦讀、刻刻勤練。而是我彷彿天生就有「音感」和「風格感」。

　　幼小時，我既嚴厲又經綸滿腹的祖母天天要我背經史子集。我記憶力甚佳，過目不忘。在教會女中裡，英文老師每天把生字寫在黑板上，帶我們唸一遍，我也一聽不忘。在大學裡，我唸的是英文系，法文是必修的第二外國語。因為英文基礎在中學裡已經打得不錯，對法文也就大有幫助。在巴黎的時候，為了去西班牙觀光。我自修了三星期的西班牙文，就能閱讀報紙、觀光指南以及在旅邸中、店舖裡用西語和當地人士溝通。回國以後，有一天，我猝然想自修德文，買了一本英德對照的文法書，請一位德籍同事教我唸一遍字母。三天之後，我就能在發音方面字正腔圓，在基本文法方面也一清二楚。一年之後，我翻譯了一篇德文中篇小說、一些德文短篇和現代詩。當我把譯文給那位年輕的德籍漢學家過目時，他說：「妳有風格觀。帽子！（意思是脫帽致敬以示欽佩。）」

　　說實話，我不是一個雞鳴而起孜孜於學的女人，只是有點小聰明，在語言和文學方面。但是，我肯定，學外文的人必須熟讀中國詩詞，必須打好中文基礎。何以故？因為平仄教給我們節奏感。而節奏是一種必需，不論你是寫詩或是寫文。次之，我認為，假如一個人無法用母系語言表達自

---
*作家，現為臺北教育大學語文與創作學系兼任講師。

己的話，他一定無法把外文寫得清楚流暢，除非他是在外國生長的華僑。

古語說：「天生我材必有用」。換言之，每人都或多或少地有某種天分，只是性向不同。在文大的法文系裡，十分之九的學生在語文方面既無天賦，對文學也無興趣。他們只是為了一張文憑，就把所有的志願都填滿，自然就「功」半「事」倍了。我知道，他們的初衷是先唸了一年再說，然後試圖轉系。等到轉系不成時，又吃回頭草，把法文系當作旅館，因為走投無路才在法文系寄宿四年。在這種情況之下，我提出下面幾點建議：

①在發音方面，每天該朗誦一首詩或一篇文，直到發音正確，語調順暢。

②在文法方面，必須背誦動詞變化，習慣片語；應用「科學方法」整理出一套學習系統以免永遠不得其門而入。

③在作文方面，首先必須建立時態觀念，因為中文的動詞太容易了，永遠是「原形詞」，而外文則否。

④中文是一種很特殊的語言，沒有關係代名詞，沒有從屬連結詞。外文系的學生必須注意這一點，否則永遠只會造單一句。一旦需要做複合句時，不是多了動詞就是缺乏動詞。

⑤在作文方面，應該學習組織，應該培養邏輯觀念，否則寫出來的東西一定雜亂無章而又不是「意識流」。

⑥培養文學興趣也是「騎虎難下」的外文系學生的一種必需，否則必定會「熬」得很痛苦；何況，在所有的娛樂中，閱讀的壽命最長，而且無需搭擋，不像跳舞或是打球。

最後，我也不忘記說，假如你自知在語文方面上天真的對你十分吝嗇，那麼還是不要亂填入學志願。我再說一次：「天生我材必有用」，也許你的潛在天賦在其他方面。果爾，何必一定要浪費四年的青春年華在北極種植香蕉。

（本文由方梓訪談整理，胡品清潤稿）

——選自方梓《人生金言》（上）

臺北：自立晚報社，1983 年 9 月

唯美主義的空谷幽蘭
訪女詩人胡品清

◎林峻楓[*]

　　傳真唯美，絕對美學，文如其人的胡品清教授，是一位赫赫有名的女詩人及散文家，幾乎每個中學生都拜讀過她真切的靈思巧品。晤談的當兒，或許聽不到她鉅細靡遺的自白，卻可感受到她真情不虛，而她的真情，事實上都反映在她的作品裡。反映生活的真實，卻又喜歡致力發明如小說又超現實的生活，她曾在書中言「超現實比現實更真實，因為你不必為別人而活，不必活得像個伶人」，因此在她的詩集《冷香》、《另一種夏娃》及《畫雲的女人》、《慕情》散文集裡均能捕擷到她纖膩雋永的慧點。

　　如果你有幸走入胡教授素雅的小舍，巧甃灰磚裡長青藤蔓的盎然與時高時低的槭檟中夾襯錯落有致的玲瓏藝品，你必定會覺得那一方天地裡每小隅都充塞著各有通幽的佈局，而每個佈局都隱藏著一個奧祕的故事，你絕對不能捧著她的作品像地圖般依循對照，那就失去了慧心交流的氛氳。感受它，是的，毋庸多語，只要用心感受她生活上盈盈刻痕的變幻，而那就是她所謂的「發明」，處處發明生活上的喜悅與滿足。《隱形的港灣》、《慕情》發明了不落幕的戀曲距離之美，寫作更是她一生中周旋到底的發明大事，乃至於近幾年來致力發明六種雙語參考工具書，提供學生們造句、互譯、書寫、文學評論等便捷的方法，成了她不遺餘力的教學工作。誠如她在〈自傳〉一詩中形繪自己：「大發明者／發明情智之樹／……／大混合者／混合生活與傳奇／……／大語言家／簡化文法／……／特定的第

*釋妙功（俗名林峻楓），詩人、兒童文學家，現為佛光山佛陀紀念館編輯組主任。

三人稱陽性單數人稱代名詞／唯一的現在進行式」，步過許許多多星月運轉不滅的真理，遠離一切浮華表相，她仍如不枯竭的海洋，繼續供養初生之犢。胡教授言，如果學生夠聰慧的話，讀這些參考書將受益無窮。

「酒醉琴為枕，詩狂石作箋」，這是某位書法家贈與胡教授的對聯，充分呈現出詩和琴是她心靈建築的空谷跫音。她本該學音樂的，但因為是將門之女，萬般皆下品，唯有讀書高，自小就在能詩善畫滿腹經綸卻森嚴的祖母身邊背誦古文，必須捨棄歌聲舞影及琴韻的少女夢，雖然苦澀難忍卻火煉出傑出的語言造詣，從《彩色音符》集子裡我們可以讀到她年少絢麗永不褪色的記憶。而法文是她語言生命中最大的轉捩點，在法國留學時便翻譯了兩部詩選，一部是《中國古詩選》（從詩經到清朝的歷代名詩），一部是《中國新詩選》（從五四以後的現代詩）。那時候，她常常參加詩的俱樂部及詩人年會，和詩人來往頻繁，有時也應邀演講，評論法國文學，因此朗朗上口的法文成了她優雅的代名詞。

不論是詩、散文、小說、文學評論，胡教授的語彙絕對是全然的情中有智，柔中有力，一個全然絕對的眷戀紅塵，不屑做狡兔三窟的唯美主義女子。無怪乎她的作品在鍾靈毓秀的年輕男孩女孩身上，可以一唱三歎，迴繞不已，這在現今處處溢滿激情的危機裡，不啻為一渠潺潺的清澗。

她以美學衡量愛情，尤其只問付與不求回饋報償的高貴情操，值得某些年輕人因愛情而自戕或戕人者做一個借鏡。即使她是個唯情唯美者，在《彩色音符》集內的〈泰山與鴻毛〉這篇文章，她早就說，人除了戀愛之外還有「天生我材必有用」之地，今日的看法一如往昔，當對方已沒有愛，何必窮賴不放，人生畢竟有很多智慧性的事情可做。

《慕情》散文集裡除了自述戀情的魅力感覺，也寫了很多短短的愛情至理名言，諸如「『絕對愛』，是一個不靠婚姻生活之維繫但能令人魂牽夢繞的名字」（這並不否定婚姻，而是肯定奉獻）；「心契是精神協奏曲，形體只是小駐其中的槲寄生」、「試著發明一種崇高的戀情，一般的戀情也許像花，像火，謝得快，滅得快。崇高的戀情才能悠久，像長青樹」等等，可

以說都是在為天下所有的戀人素描一幅相知相契的心靈美圖，珍惜曾經擁有的可貴，而不求佔有的殘酷。

胡教授自謙不是一個辛勤種詩的園丁，但她早已有定見，在情況變得美麗而特殊時，總是轉向詩神。

評論家史紫忱說她的詩有淡泊的悒鬱美，有哲學的玄理美，有具啟發力的誘引美，有外柔型的內剛美，還有詩神在字裡行間起舞的韻影，她的文字用東方精神作骨幹，以西方色彩作枝葉，風格清新，意象獨特，籠罩萬古長空的「無」和一朝風月的「有」，像一杯葡萄酒，既醉人又醒人，簡直和書法家相贈的對聯呼應其趣，且欣賞這首〈冷香〉：「冷香／似古典又現代的語彙／富於半抽象美的字羣／喚起／空谷中自開自萎的幽蘭／……／不上排行榜的篇章音符／以及／因你／而簽署的／我的／名字」，短短的詩篇道盡了愛樂的微妙，且狂熱作曲作詞過，如今酒雖不醉人卻仍溫香潤喉。

在她心深處，在她詩文中，永遠有一個美麗無瑕的城堡世界支持著她繼續維持寫作的狂熱。

——選自《中華日報》，1999 年 7 月 29 日，16 版

抒情的清音：王渝、翔翎、胡品清、古月（節錄）

◎鍾玲[*]

　　胡品清（1920～）在 1950 年代就已出版作品，從事多方面的寫作，包括散文、詩歌、小說、翻譯、評論等。出版有詩集《人造花》（1965 年），詩歌散文小說集《夢的船》（1967 年）、詩歌散文集《夢幻組曲》（1967 年），詩歌散文集《最後一曲圓舞》（1968 年），詩歌散文集《晚開的歐薄荷》（1968 年），詩歌散文集《芒花球》（1969 年），詩歌散文小說集《夢之花》（1975 年）等，1950 年代後期及 1960 年代，因她通法文，曾譯介法國現代詩人作品，刊於《藍星》等雜誌，對西化詩體之形成，有一定的催生作用。

　　胡品清的新詩有兩個特色，一為對永恆旳愛與美之嚮往；另一特色是富幽默與機智的筆調。她的抒情詩如〈如虹的相思色〉[1]便歌頌愛情為至高的情操，呼應她散文作品的主要主題：

假如那個黃昏

你不曾在一傘微雨中

用最柔最柔的音符把我的名字洒落在園徑上

假如那夜

你不曾問我是否依然害怕

[*]詩人、散文家、小說家、評論家。發表文章時為香港大學中文系（今中文學院）英制講師，現為澳門大學鄭裕彤書院院長。
[1]胡品清，〈如虹的相思色〉，胡品清著，《芒花球》（臺北：水牛出版社，1969 年），頁 199～203。

假如在人間

不曾有你的存在

我將是一朵不再連根的殘花

……

呼喚是一種美

凝望也是

懷念也是

夢也是

書信也是

詩篇也是

寂寞也是

七種美

構成如虹的相思色

照明你我心靈的天空

……

　　她在〈瓷像〉[2]中描繪的景德鎮出品之瓷佛像，即象徵為人瞻仰、供奉的完美，高高在上，不可觸及。但胡品清又非是個徹底的浪漫理想主義，她詩中常出現的幽默與機智證明她有相當的智性與心理距離。例如在〈自畫像〉[3]中就不時幽自己一默：

只是一個永恆的夏娃

從無壯志

---

[2]胡品清，〈瓷像〉，向明編，《七十三年詩選》（臺北：爾雅出版社，1985 年）。

[3]胡品清，〈自畫像〉，張默編，《剪成碧玉葉層層──現代女詩人選集》（臺北：爾雅出版社，1981 年），頁 51～52。

知道一些經史子集

被祖母的嚴屬逼出來的

……

　　她常以鮮明的意象呈現機智的思緒，如在〈自畫像〉中把自己比為「颱風夜的待月草」。又如在〈白色的夜〉[4]中，她以鮮明的明喻，機智地描寫半夜失眠，構思創作的情形：

於是有字彙

如蟻群

在白色的夜裏

擺陣而來

結隊而來

成列成行

排成永不結束的篇章

　　但胡品清的詩語則時有僵硬之弊，因為她採用不少古文語法的緣故，如〈白色的夜〉中：「遂常有白色的夜／邇者」，或在〈冰雕〉[5]中的「一刀復一刀／朝朝暮暮／暮暮朝朝／……／雕像終於昇起／亭立／玉潔冰清」。由於她詩中語法的僵化，限制了語調之展示及情感之流露。

——選自鍾玲《現代中國繆司——臺灣女詩人作品析論》

臺北：聯經出版公司，1989 年 6 月

---

[4]胡品清，〈白色的夜〉，《藍星詩刊》第 3 號（1985 年 4 月），頁 11。

[5]胡品清，〈冰雕〉，張默編，《剪成碧玉葉層層——現代女詩人選集》（臺北：爾雅出版社，1981 年），頁 55～57。

形上抒情的女詩人胡品清

◎涂靜怡*

　　去年暑假，一個清朗的早晨，我懷著輕鬆的心情，上陽明山文化大學，拜訪了這位同時以中、英、法三種文字寫作的名詩人作家胡品清教授。並在她居住的華岡「雙溪新村」──一棟布置得十分雅緻，極富法國浪漫情調的小樓，與她並坐閒話家常。中午，我們還一塊兒在一家四面都鑲嵌著透明玻璃的中國飯店共進午餐。享受了一次前所未有的，近二小時，面對整座紗帽山，邊用餐邊聊天，有「青山為伴」的時刻。那種恬靜的氣氛，美好的感覺，雖時隔一年，仍然深刻地留在我的腦海裡，令我深深難忘！

　　我想，凡是喜歡文學的人，對「胡品清」這三個字，應該都很熟悉了，也一定都讀過她的許多作品。無論是詩、散文、小說、文學評論或譯作。她是寫作上的「全才」，樣樣能寫，也樣樣傑出。她在文學上這「一把抓」的成就，其實不用我多說，早已是大家有目共睹的。

　　博學多才的胡品清教授，畢業於浙江大學英文系，同時也在法國巴黎大學研究「現代文學」。英文之外，對法國文學有很深的造詣，譯著很多。據我所知「英譯中」（英文翻譯成中文）就有：《中西文化之比較》、《世界短篇名著選譯》、《秋之奏鳴曲》（中篇小說）、《往事如煙》（短篇小說）及《阿弗瑞德大帝》等。

　　在「法譯中」更有：《法蘭西詩選》、《安妮的戀情》、《情人》（法國新小說）、《愛的變奏曲》（法國歷代情詩精選）等十餘部之多。而在「中譯

*詩人、散文家、「秋水詩屋」創始人、《秋水詩刊》主編。

法」方面，她的貢獻也更是可觀。計有：《政戰概論》、《孔學今義》、《戰國學術》和《上古史》等。都是需要費「大工程」的皇皇巨著。在文學評論方面，她也有三部：《現代文學散論》、《西洋文學研究》和《法國文壇之新貌》等出版。而她寫的最多的則是散文和短篇小說了。尤其是散文。她的散文簡潔雋永，富於情感，無論抒懷或詠物，都充滿了深情和詩的意境。擁有廣大的讀者群，我便是其中之一。不論創作或譯著，她的作品，都是出版商爭取追逐的對象。算算，從早期民國 54 年，文星出版社為她出版第一本《人造花》（新詩）開始至今，她一共出版了《夢幻組曲》（詩與散文）、《芭琪的雕像》（散文與短篇小說），《水晶球》、《彩色音符》、《不碎的雕像》、《畫雲的女人》、《不投郵的書簡》、《慕情》、《玫瑰雨》等散文與小說約三十部，可謂相當「驚人」。

　　然而，如此「輝煌」的數量，並不包括她的法文著作在內。事實上，她在民國 51 年返國之前，已在法國巴黎出版了《中國古詩選》、《彩虹》（自由詩）了。返國後，才又陸陸續續地完成了《法國文學簡史》、《簡明法文文法》、《惡之華》評析等著作，並以英文撰寫《李清照評傳》（民國 55 年在紐約出版）。出版率之高，恐怕是國內女作家所僅見。平均一年出版二、三本書是常事，實在是教人又羨慕又敬佩。

　　只是，我有一種感覺，覺得在胡教授眾多的出版品中，詩集的出版率，似乎是少了些。除了民國 54 年的《人造花》之外，就是民國 67 年的《玻璃人》，以及民國 73 年的《另一種夏娃》，和最近（民國 76 年）漢藝色研出版的《冷香》了（這本書印的相當美）。雖然，我們也知道，很多時候，胡教授也常在她的散文集裡收錄了詩，不過就她所有的創作「體系」來說，詩集的出版比率，還是比其他著作少了些。

　　其實，在胡教授的寫作生涯中，散文雖然數量最多，但不可諱言的，詩，似乎是她最為鍾愛的對象，也是生命中最最不可缺少的支柱，她是一位百分之百的詩人。而在我的「詩人的畫像」裡，我想探討的，也只是限於她的詩作部分。至其散文、小說和譯著，則有待高明的評論家來撰述

了。

　　胡教授自民國 51 年在法國結束了一段令她感到「委屈」的婚姻而返國定居後，一直是一個人獨居在她任教的陽明山中國文化大學的宿舍裡，那是一棟二層的小樓，面對蒼翠的紗帽山，環境十分清幽。她曾把她的小樓命名為「藏音樓」，除了寫作、翻譯、教書之外，她同時也是一位熱愛音樂的人。常常以愛樂者的身份譜寫藝術歌曲和音樂專欄。她寫的歌詞很受唱片公司的歡迎，就像她的散文和詩，一直很受讀者的喜愛。

　　名評論家史紫忱教授曾說：「胡品清的詩有淡泊的悒鬱美，有哲學的玄理美，有具啟發力的誘引美，有外柔型的內剛美，還有詩神在字裡行間起舞的韻影，她的文字用東方精神作骨幹，以西方色彩作枝葉，風格清新，意象獨特，籠罩萬古長空的『無』和一朝風月的『有』，像一杯葡萄酒，既醉人又醒人」。

　　確然如此，在我的印象裡，胡品清教授給我的感覺就是這樣，外柔而內剛。她自信，也自負，她總是理性的處理她周遭的事事物物，勇敢地面對任何外來的挑戰。她有豐富的感情，有一棵永遠年輕的「心樹」。她為人正直，不虛偽、不矯揉造作，更重要的是，她平易近人，不擺架子，雖貴為中國文化大學法國文學研究所所長兼法文系系主任。

　　還有，她忠於承諾，說話算話，每一次我向她邀稿，只要她答應了，就沒有不「兌現」的，動作之快，也是我所認識的女詩人中所僅見的。另外，我也十分欣賞她那敢愛敢恨，絕不「拖泥帶水」的個性。永遠追求完美是她的哲學，凡不夠完美的，她會不屑一顧，一如那段隨時會帶給她「精神虐待」的婚姻，她毅然決然地「主動退掉指環」而毫不眷戀。

　　多少年來，她的心中有一個「無瑕」的名字，她的詩中，也一直在追求愛情與完美。從早期的《人造花》、《玻璃人》，和晚近的《另一種夏娃》、《冷香》莫不如此。她的抒情詩寫的好極了，每一首都能扣人心弦；蘊藏著深情。茲以她最新出版的《冷香》詩集內的〈瓷像〉為例：

攀梯而上
將你安置於不可觸及的地方

只仰瞻
以溫柔之眸
只眷戀
以虔誠之心
只供奉
以花果及香火氤氳
但不觸及

不觸及
因恐偶一不慎
使你隕落於地上
碎成片片
即使
回到古代的御窯
回到景德鎮
亦屬徒然
因你是唯一的傑作
唯一的

遂攀梯而上
將你安置於不可觸及的地方

　　瓷像是一種象徵，是愛的塑像，也是愛的極致，所以她要攀梯而上，
將它安置在「不可及觸的地方」，唯恐偶一不慎，使瓷像隕落於地，碎成片
片，若是那樣，即使把它送到景德鎮的御窯，亦屬徒然，只因那是她心目

中唯一的「傑作」，不可代替。

　　用如此細膩和含蓄的筆觸來象徵執著的愛情，多美！多麼令人「遐思」啊！讀這樣充滿了「深情」的詩，有誰能不心動呢？

　　而像這樣空靈的作品，在胡教授的詩集裡，隨處可見，〈畫音〉便是一首，我認為十分抒情的好詩：

　　　畫你的音

　　　它是無限

　　　是一列水系

　　　清澈如溪流

　　　浩蕩似海波

　　　是日日紅

　　　亮在枝頭

　　　是一片莽林

　　　其中有羣鳥齊鳴

　　　是幽谷

　　　被神秘居住

　　　是夜

　　　綴似星光月華

　　　是幾何學上的線條

　　　有曲有折

　　　有圓有弧

　　　是浩浩無垠的風景

　　　有走不完的萬水千山

　　　是礦

　　　有無盡的寶藏

是絲絨

柔柔亮亮

你的音是肥沃平原

我才是秋天最後一株花樹

你的音是無限

不容描畫

我試圖描畫

為了將它握住

像攬住陽光一把

這首詩很明朗，似乎用不著多加解釋，那「弦外之音」就躍然紙上了。是誰的音？是歌者的音？是戀者的音？我不知道。但詩人以許多極其柔美的意象，從清澈的溪流，浩蕩似海波，一路為我們「畫」下來到幾何學上的有曲有折，群鳥齊鳴，神秘的幽谷，盡是「萬山千水」的風景，而「我」在這多層面的「風景」裡，只是「秋天最後一株花樹」，雖然，那「音」是無限，是「不容描畫」的，但我還是「試圖描畫」，不為什麼，只想「將它握住」，像「攬住陽光一把」一樣。

多麼瀟灑又多麼「固執」得可愛的情詩啊！這是胡教授最拿手，也是她獨樹一格的寫法（先「鋪陳」後點出題意），於是，一首至情至美的抒情詩就在我們不知不覺中，隨著她跳躍的詩情「不著痕跡」地呈現在我們的面前。

其實，胡教授不只是抒情詩寫的好，其他題材的詩，她也都能處理得恰到好處。只是，我個人一直偏愛抒情詩，欣賞那種「轟轟烈烈」又「不可觸及」的深情。也因此，特別喜歡胡品清教授這種以「形而上的」手法寫的抒情詩，每一次讀了，總是愛不釋手。限於篇幅，就不再引述了，留待詩友們自己去發現，欣賞了。

寫於民國 78 年 6 月 22 日

——選自《秋水》詩刊第 62 期，1989 年 7 月

無聲息的歌唱
胡品清的文學世界

◎姚儀敏[*]

知道一些經史子集

被祖母的嚴厲逼出來的

通曉一些英文

自平克勞斯貝的歌詞中悟出來的

掌握一些巴黎語

由於七年的觀望

在「利希利爾講壇」內

在色納河畔的垂柳之間

但有一些不渝的嚮往

室內：無瑕的情思

人間：無私的天秤

以及各種美麗

　　有形或無形

　　有聲或否……

　　這是胡品清為自己所做的一幀〈自畫像〉，畫中人感性而真實，如同她的為人行事一般風格，坦率真純——

[*]發表文章時為《中央月刊》主編，現為國防大學通識教育中心講師。

　　胡品清是位爭議性頗高的作家（雖然她謙稱自己為「作者」，而非「作家」）。

　　幾十年來，文壇上議論紛紛她個人的行事為人，遠勝於她的文章。揆其原因，大概有二，其一是她對人對事態度認真，她獨樹一幟的人生品味，尤其使一般人覺得神秘莫測，不容易看得透。其二，在她的文字裡，關之於情太多，彷彿歷經過無數的婆娑沈浮，衛道之士往往另眼相看，甚至大不以為然。

　　然而，胡品清究竟是什麼樣的一個人呢？

沒有年齡的女人

　　採訪那天，我捏著一張胡品清的簡歷，輕敲她位於華岡路上教授宿舍的玻璃窗，紙片寫道：

　　胡品清，本名。

　　民國 9 年 11 月 14 日生。

　　浙江大學外文系畢業，法國巴黎大學現代文學研究；現任中國文化大學法文系主任，兼任法文研究所所長。

　　透過玻璃窗，一位身罩牙白色披肩的女士放下手中書卷，前來應門；只見她灑然一笑，冬陽隨之輕淺的迎來。她就是胡品清。

　　我想起在《不投郵的書簡》中，她有一段話教人深以為然：「我同平輩的女友去吃小館子，侍者永遠叫我小姐，而對那位女友的稱呼卻始終是太太。至於小娃娃們，也都很自然地叫我阿姨。只有他們的爸媽才說：『怎麼可以叫阿姨！叫太老師！』」太老師，像是自石器時代走出的名稱，實在跟她很不相配。

　　她雖不是故意在年齡上保密，但乍看之下的確不曾給人年齡感。有位已作古的立法委員說：「女人看起來像幾歲就是幾歲，男人覺得自己是幾歲就是幾歲。」若是這樣，胡品清真是得天獨厚了。已步入「從心所欲不逾矩」階段的她，在薄施脂粉淡掃蛾眉，打扮濟楚之後，仍顯得神采飛揚，

容光煥發。難怪有人唐突的問她：「妳怎麼總也不老？是不是新陳代謝有問題？」

「不老的容顏，秘訣在於有一顆不老的心。」胡品清透露，她不認為平淡的一思一想、一舉一動能帶給人真正的滿足，反而只有「艱難的愛和不可能的夢才是永恆的蓓蕾」，才能讓人無止盡的追求，點燃人類不可抑，不可止，不容禁錮的熾烈希冀……這正是青春之源。

速寫平生

「我是在雙代溝中長大的。我少小的時候，嚴肅而又博學的祖母一心一意要把我當作男孩子撫養成人，將她沒有實現的理想寄託在我身上，因此不許我留長髮，打蝴蝶結；至於每天的活動，除了背老掉牙的書以外，還是背老掉牙的書，我的國學基礎就這麼打下來的。」

胡品清的父親為黃埔將領，遠在迢遙的廣州教戰術。自小，雙親就把她留在老家祖母的身邊承歡膝下。她祖母是位舊時代的新女性，經綸滿腹，十分英雄氣概，也許是移情作用，祖母一心望她成材，要她讀遍經史子集，日日夜夜，用一種與生俱來的威嚴約束她待在古典書齋中。不料，卻讓她走上了另一端。

「一定是物極必反吧？長大以後，我一心一意要做一個很女性的女人，感性至上。潛意識地，我排斥冷冷的東西，從體系哲學到文藝理論。因此，在各方面我都十分執著，或是頗為偏狹──」譬如說唱歌的時候，她的歌路不廣；選電影看的時候，片風固定；寫文章的時候，主題相近；譜旋律的時候，節奏少變。

「一言以蔽之，我趨向感性，絕對地。」她這樣告白。

中學時期，她自祖母的書齋裡走出來，進了一座教會女中，那是一所貴族學堂，成為她一生求學最豪華的階段。她是一位專心用功的好學生，加上頗具音感，在浙江大學外文系就讀時便奠立了良好的語文基礎。「我一向是追求完美的人，認為外文系的畢業生就必須有高度的閱讀能力，能把

外文寫得清清楚楚，能把音發得字正腔圓。」當時正值對日抗戰，國難當頭，隨校遷至貴州遵義的她，經常一面飽受著瘧蚊的侵擾，還一面站著聽課抄筆記。

所謂的「利西利爾講壇」

自大學畢業，胡品清曾換過不少工作，主要是在中央通訊社英文部擔任編輯，及法國大使館新聞處擔任通譯之職。在此時，她與法使館的駐華官員結婚，走向外交官夫人生涯。由於能夠掌握多種語言，她把這個艱難度極高的角色扮演得十分稱職，在各項送往迎來的宴會中，她的言談與致詞甚至讓純正的法國人都讚譽不絕，「像珍珠般的法語」是她引以為傲的最大成就。

這段時期，她在巴黎大學通過了法國教育部博士候選人的論文計畫書，享受著在名教授課堂裡搶位子、在塞納河河畔逛舊書攤、在國立圖書館找卡片的日子，這些「沒有瑕疵的回憶」，令她非常的珍惜。

「那時的巴黎大學只有一處，不像今天有巴黎第三大學、第七大學、第九大學等等。他們把教室稱為講壇，然後冠以偉人的名字，像利西利爾講壇就是其中之一。」

不久，她不慎患了眼疾，看一刻鐘的書需要休息半小時。那種超慢速，再加上婚變的原因，讓她學習過半的學業功虧一簣。按照美國的說法，她的學位是 ABD（All But Dissertation）。

曾在法國出過三本法文詩集，也被邀請做詩人俱樂部的會員，更因詩名大躁受邀法國電視臺接受採訪亮相……這些往事令胡品清感慨萬千。幸而，她是個「情智分明」的人——很感性，仍保有清明的一面。她把這些記憶納入心靈保險箱中，然後保持適當的距離，讓文學或音樂把那份美變成永恆。

大我與小我

她說她的執著是把自己剖成兩半：大我和小我，把大我獻給莊敬的事物，把小我獻給對美之追求。

一位熟識她的學生說：「教室裏的她，莊嚴肅穆，一點也不像文章裏的她，如夢似幻。」可見一般人口中或筆下的胡品清都只是斷章取義，唯有學生才能看見她的多面。

如果要用四個字描述她的情性，大概「亦秀亦豪」差可比擬。「在崗位上，我有莊敬的一面：傳授西洋文學，撰寫文學理論，用三種文字創作或譯述，從事文化交流。自冷肅的崗位走出，我有纖麗的一面，寫詩文，作興趣詞曲。」在大我方面，她堅持自己要活得有用，活得有尊嚴；在小我方面，她則堅持自己活得藝術，活得美麗……

以教書來說，積二十多年教學經驗，她在技巧上面幾乎已達到藝術化的境界。不但為學生講解文字疑難時鉅細靡遺；為了避免平板和單調，提高學生學習語文的興趣，她甚至返老還童地把自己變成多種角色，有時扮小丑，有時是歌者，有時是幽默大師。

例如在教法國戲劇課堂上，有一個場景，一位虛榮心很重的母親，叮囑女兒在準翁姑來到時，坐在鋼琴前面，把頭向後仰，一面彈奏，一面 Faire des Roulades。中文很難表達這個法文的音樂術語，這位誨人不倦的教授她該怎麼辦？

「於是我就把自己做成一名女高音，一面用平劇中的象徵手法大彈其隱形鋼琴，一面大唱索爾格維之歌結尾時那段沒完沒了的『啊……』。」真是太傳神了，如果有人打從教室門外走過，八成還以為她教起歌劇來啦！

「我感故我在」

在教學方面，她遵循古訓，信守「教不嚴，師之惰」的自我要求。在處事方面，她卻是相當近人情的。譬如「有的學生真的家境清貧，我就借

給他們飯錢，也不考慮他們日後是否償還；有時候，我連自己的工作都讓給學生，因為他比我更需要。假如說這就是仁至義盡，『雖不中，亦不遠矣』。」這是她厚道的一個寫照。

她是個直言不諱，嫉惡如仇的人，不喜歡偽善虛假，更不懂得嚴密的保護自己。許多人在背後戕害她，但是當面卻又奉承，那種雙面之姿讓她不得不一直戴著很樂觀、很尊嚴的面具。因此，愛戀與創作對她來說，乃是必需。「是的，我從來都不富有，而抒情之享受，心靈之享受是不必費錢的。假使說，我的作品能有一部分傳之久遠，那麼我就有意外收穫；假使沒有一篇能傳留下來，我也曾自其中獲得樂趣，沒有誰能剝奪的。」

當別人不瞭解她的時候，她找到了藝術這條出路，這樣的創作原動力確屬罕見吧。

至於她那些引人爭議的柏拉圖式戀情，則是多年以前生命中的點綴，她不諱言：「生活真的太單調了，每隔一段日子，為了消除心頭的積鬱，忘卻責任的重量，我需要作成一次小小的越軌。」她所謂的「越軌」，自然不像火車越軌般造成重大的災情，而是把生活「情趣化」的同義語。

藝術化的越軌

她自嘲她把「那種」行為說成越軌，因為按照一般人的觀念，以她的「身分證年齡」，她不該再使用香水和化妝品，不該迷時裝，不該泡咖啡廳，甚至連寫文或譜曲都不該數十年不改感性的主題。但與眾不同的她，並不想受制於別人的想法，只要她的越軌不作成任何傷害。事實上相反的，她總是受傷害者，像真正的藝術家。

她最心儀的法國女作家葛蕾德夫人有一句話：「我會感到羞恥，假如身邊沒有一個男孩。」含蓄的她，用東方人的尺度把這句話改成這樣：「我會被寂寞啃食，我會變得無用，我會老得很快，假如沒有一個男孩的，無瑕的名字在我心中。」

其實，現實上她往往活在她為自己發明的生活裡，在那個世界，超時超

空，瀟灑出塵。她與「他們」之間的情況就像法國作家葛利耶的小說——人物不該有姓名，所發生的一切也不是傳統的故事，因為沒有發展，沒有結局，而只是周而復始的存在，持續的存在，沒有變化的延伸。

很多讀者對於她多年不變的把真實的自我和感情，勇敢而純真的吐露，都覺得不可思議，也有人為她捏一把冷汗。好心的讀者甚至建議她：做人要踏實一點，寫文章要老氣橫秋一點。殊不知，她獨創的人生觀就是對唯美的堅持，抽離了這些，胡品清能何能成為胡品清？

用血寫文章的勇者

文學一般是在對現實人生作反省。而反省的活動需要與現實人生保持一點距離，才能深入客觀，可是胡品清的散文卻有縱身投入的熱情，缺少冷嚴旁觀的析賞。這一點她並不否認，但是她請讀者注意，她的任何一種「貼身的」主題都已經經過了藝術的處理，而非不負責任的赤裸裸呈現。她的作品即使有褒貶，也只該是毀譽參半，不該一面倒的不及格。

「文藝的園地應該像這個多彩多姿的世界般繁複，該讓群芳競豔。我們不能一味地貶損玫瑰，推崇鐵樹，假如一座花園中只有鐵樹，那個園子是多麼貧乏，多麼黯淡。」她正是文壇上的一朵玫瑰，擁有抒情主義自然風格，她的小品既感性也智性，既藝術也不乏深度，不會人云亦云，有專屬於自己的思想和字彙，至少，絕不是一隻學話的「鸚鵡」。

「我有個原則：文學是獨立的，不做附庸。凡是能用血寫文章的都是勇者，灰色的反面。」

不過她不忘記加一句：「我從來不以作家自居，因為我對作家所具備的條件十分苛求，一位真正的，能負偉大使命的作家如果不能像雨果那麼十項全能，至少也該會寫有份量的長篇小說。」因此，她也只是五十本書的作者和譯者，「如此而已」。

文學有用論

不喜歡文學的人，認為文學是沒有用的東西，就實用的觀點來看確是如此。

文學若要「有用」，胡品清以為必須有兩個前提，第一是人如其文，文章美，做人也美，才能相得益彰，真實可貴。第二文學要能提昇心靈，而不是一味的迎合大眾，取悅於人；要能透過作家的感性與沉思，讓讀者重拾遺落的心情。

就這兩項條件，胡品清的文學論是頗「載道」的；同時，她自己所創作的文字也可以抽離內涵，表現純粹的美感，實踐義大利美學家克羅齊的「無所為而為」的文藝觀。她絕對有足夠的概念成為一位大作家（她的才華自不在話下），只是她被興趣的發展所限制住了，她了然於心的說：「追求絕對美絕對愛的人便只能失落現實，因為現實是理想的反義字。」

人生不就是這樣：苟有所得，必有所失——這一點她倒是看得相當的清楚。

「在新女性心目中，我一定不是一個有出息的女人。」是的，她只唯美、唯情、溫柔、細膩的寫一點純純的詩，和一篇篇如詩的散文，把自己扮成天使不斷的散花，徜徉於永恆的伊甸園之中。

為自己寫生

假如她是畫家，而且為自己畫像，那必然是畢卡索的「後期」人像。

「不是一個和諧的、對稱的整體，而是一張被中分的，不協和的面孔。一半優雅精緻，另一半冷肅莊嚴。」是人都有兩面，至少她如此認為。做人實在太難，她說她常不知如何達成「古典的規則與協合」，只能矛盾的組合。

矛盾而不完美的世界，讓我們產生了對一切美好事物的不渝嚮往，只是，並非每個人都會像胡品清那樣持續的追求，因此她在這條路上感到寂

寞無比，彷彿無聲息的歌唱著，卻找不到一個知音人──

──選自《中央月刊》第 24 卷第 12 期，1991 年 12 月

胡品清（1921－）*

◎莫渝**

一、生平簡介

　　胡品清，女，1920 年 11 月 14 日出生，浙江紹興人。父親胡一東為黃埔軍校教官，北伐時以陸軍少將率部出征，在長沙戰役中病逝疆場。母親攜另兩個女兒返回江西南昌，胡品清以優異成績，在此先後完成中學教育。1938 年，高中畢業，考取遷往貴州遵義的浙江大學外文系。大學畢業後，到重慶，在南開中學教英文，在中央通訊社英文部擔任編輯，在法國大使館新聞處擔任譯員。接著，結婚，隨法籍外交官夫婿到曼谷，轉巴黎。

　　在法國六年，她進巴黎大學研究現代文學，完成了三個心願：出版法文詩集《彩虹》、法譯《中國古詩選》和法譯《中國新詩選》各一冊。

　　1962 年 10 月，胡品清回到臺灣，擔任中國文化學院（今中國文化大學）法文系教授、系主任與法國文學研究所所長，一度到政治作戰學校外文系授課。教學之餘，她用四種文字閱讀，三種文字寫作。此外，她有許多唯美的嗜好：唱歌、聽音樂、收集名牌香水，和大自然對話。

　　她用中文寫詩、散文、評論、小說、翻譯，用英文寫《李清照評傳》、用法文編《法國文學簡史》、著《惡之華評析》等，已出版七十餘種作品。她的散文深受年輕人喜愛；她的詩，評論家史紫忱說：「有淡泊的悒鬱美，

---

*編按：有關胡品清出生年月日，本書係採中國文化大學法國語文學系所提供之資料，統一以
　「1920 年 11 月 14 日」記，然此處篇名仍以原稿篇名記之。
**本名林良雅，詩人，《笠》詩刊社務委員。現為聯合大學臺灣語文與傳播學系兼任講師。

有哲學的玄理美，有具啟發力的誘引美，有外柔型的內剛美，還有詩神在字裡行間起舞的韻影。」

二、譯詩

1. 法譯《中國古詩選》——巴黎瑟格斯出版社，1960 年 10 月。

2. 法譯《中國新詩選》——巴黎瑟格斯出版社，1962 年 10 月。

3.《胡品清譯詩及新詩選》——中國文化研究所，1962 年 12 月。收法國十九、二十世紀詩人 20 家 137 首譯詩。

4.《巴黎的憂鬱》——志文出版社，1973 年 4 月。法國詩人波特萊爾散文詩集，附錄三篇譯文與年譜。

5.《歐菲麗亞的日記》——水芙蓉出版社，1975 年 3 月。內含「法蘭西古詩一束」，收詩人 11 家譯詩 12 首。

6.《法蘭西詩選》——桂冠圖書公司。1976 年 11 月，前引《胡品清譯詩及新詩選》一書譯詩部分的重新編排。

7.《愛的變奏曲：法國歷代情詩精選》——漢藝色研文化公司，1987 年 9 月。按法國文學史分八期（八輯），收詩作 48 首。

8.《法國歷代小詩精選》——中央圖書出版社，1987 年 6 月，選輯 66 首法文詩，編者沒有翻譯，但部分中譯出現於編者的其它集子內，如前引各書。

三、譯詩理論

胡品清從事新詩，散文和若干短篇小說的創作，中外文學的評論與翻譯，在她數量龐大的著譯中，有關翻譯或譯詩的觀點不多，僅見一篇短文〈我對於翻譯的看法〉，收進《最後一曲圓舞》（水牛出版社，水牛文庫 30，1968 年 3 月），茲從該文摘引成三條目；另外，她接受《翻譯天地》主編胡子丹訪談翻譯，提到一些觀點，列入第 4、5 條目：

1.當我做翻譯工作的時候，我總是認真的，通常我總是做三次。第一

次是直譯，甚至句子的結構和秩序都是西洋式的，以求其信，然後，我把太歐化的句子重新修改一次，讓不懂外文的中國人可以看懂，以求其達；最後我才斟酌辭句，使通順的變為美麗，平淡的變為奇特，以求其雅。

2.法國有一句俗語說：翻譯像女人，假如她是美麗的就不忠實，假如她是忠實的就不美麗，足見信雅是很難兩全的。不過，假如我們能做到直譯一次，修改兩次那一步，已經不能算對不起原作者了。

3.我讀過一些譯成中文的法文詩，錯誤百出。我覺得不是精通兩國文字的人最好不要光憑想像從事翻譯工作，因為我們沒有權利那樣對待原作者，不論他是在地下或在地上。

4.當我讀到一首外國詩，覺得很美，就想翻譯成中文；反之亦然。但是翻譯詩不是一件容易的事情，有些詩可譯，有些詩則不可譯，原文好的詩，譯出來不一定好，也不太像。

5.詩人才能翻詩，這是因為詩人才能有詩人的語彙。

四、評價

1950 年代的臺灣文學界，主導中譯法國詩園地的是盛成和覃子豪二位，前者介紹多於翻譯，後者雖有詩史眼光，惜英年早逝，僅留下法國詩人 29 家 120 首的譯品，數量略嫌少些。1960 年代以後，由於胡品清從法國回到臺灣（1962 年 10 月），隨即出版一冊法國詩選（《胡品清譯詩及新詩選》），同時負責推廣法語教學，另一方面，仍繼續業餘譯介，因此，儘管在臺灣，法國文學頗為冷門，在胡品清的辛勤耕耘與譯筆，依然有可觀的成果。筆者曾撰〈精緻的演出──胡品清譯《法蘭西詩選》讀後〉（收進拙著：《走在文學邊緣》）一文，感謝她提供法國詩的多樣性，讓讀者「傾聽一次法國名詩人的心聲」。

法國詩人波特萊爾（Charles Baudelaire, 1821-1867）的散文詩集《巴黎的憂鬱》一書，出版於 1869 年。新文學的翻譯家，如周作人、石民、邢鵬舉等雖曾參與譯介，或者數篇或者不夠完整，多少令中文讀者遺憾，無法

目睹這位散文詩開拓者的全部文風。直到 1973 年出現胡品清的譯本，才有第一個完整的中文版；彼岸中國遲至 1982 年有亞丁的譯本（灕江出版社出版），1991 年有錢春綺的譯本（人民文學出版社出版）。胡譯《巴黎的憂鬱》出版後，筆者即撰短文讚許與期望（見《後浪詩頁》第 6 期，）；二十年後，小說家王文興說：「卅年來，我讀過的臺灣出版書籍中，印象最深的一本書，應該是胡品清翻譯的波德萊爾散文詩《巴黎的憂鬱》。……透過胡品清女士的中譯，我拜識了波德萊爾，在閱讀的經驗中，也受到前所未有的震撼……。」（王文興：〈波德萊爾禮讚〉，《中國時報・人間副刊》，1996 年 8 月 12 日，19 版）。王文興的這席話不僅禮讚波特萊爾，也禮讚了譯者的表現。

　　除法國詩外，胡品清也譯介過英語的艾略特和德語的尼采、里爾克、貝恩、徐勒等人的少量作品。以上這幾位都是 1960、1970 年代臺灣文學界較熟悉的外國詩人。

五、譯詩抽樣

　　在此，挑選胡品清的三首譯詩，均為法國詩人。第一首波特萊爾（1821-1867）的〈貓〉，第二首梵樂希（1871-1945）的〈海倫〉，第三首伊凡・戈爾（1891-1950）的情詩〈致克萊爾・五〉。

　　貓　　（法）波特萊爾
　　來吧，我美麗的貓，來到我愛戀的心上。
　　隱藏你的指爪吧，
　　讓我浸沉於你美麗的雙目，
　　他們是金屬和瑪瑙的混合物。

　　當我的手指隨意地愛撫著
　　你的頭，你有彈性的背，

當我的手陶醉於

撫摸你荷電的身體的悅樂，

我便想起我的女人。她的目光，

一如你的，可愛的動物，

深沉而冷峻，割截如投槍。

頭顱直到腳趾，

一縷危險的幽香，

游走於她棕色的身軀。

海倫　　　（法）梵樂希

蒼天，是我……我來自死亡之窟，

聆聽波濤粉碎於喧嘩之岩岸。

於黎明時，我瞻觀巨船

隨著金槳之韻律自陰影中復活。

我以孤獨的雙手呼喚昔日的君王們，

他們帶鹹汁的鬍鬚曾使我純白的手指悅樂。

我曾哭泣，他們曾歌唱幽微的勝利，

和埋藏於他們船尾間的港灣。

我聽見深沉的海螺

和為飛槳敲打拍子的軍號；

划船者的朗歌鎖住喧噪。

而屹立於英雄的船首的眾神，

自他們激昂的，古老的且被浮漚侮弄的笑中，

向我伸出他們縱容的，雕刻的手臂。

伊凡致克萊爾‧五　　　（法）戈爾

但願我是妳鍾愛的

那株白樺

有百條茁壯的臂以庇護妳

有十萬隻柔絲的手

以愛撫妳

有世界上最美的鳥

喚醒妳於黎明

安慰妳於夕暮

夏之日

我以太陽的花瓣向妳傾瀉

夜間我以我的影子

裹被妳畏怯的夢

但願我是那株白樺

人們將在它的腳下掘妳的塋墓

而它的根仍將把妳擁抱

——選自莫渝《彩筆傳華彩——臺灣譯詩 20 家》

臺北：河童出版社，1997 年 6 月

另一種夏娃
胡品清詩中的自我形象

◎洪淑苓[*]

夏娃──永遠的女人

只盜竊音符

從而無邪無辜

若必須寫懺悔錄

羽毛是筆

露珠是墨水

花瓣是紙張

而非用刀

刻在冰上

──胡品清，〈另一種夏娃〉

　　胡品清（1920～2006），浙江紹興人，國立浙江大學英文系畢業，曾留學法國巴黎大學。1962 年自法國到臺灣定居後，作品多發表在《文星》雜誌、《葡萄園》詩刊；1965 年文星書店出版她的第一本詩集《人造花》，之後創作不懈，累積有詩、散文、小說的創作以及各類翻譯著作四十多種。胡品清為 1960 年代臺灣知名的女詩人之一，她的詩文風格唯美夢幻，引起兩極化不同的反應；她精通法文的專業背景也相當引人注意。她在詩文中

[*]發表文章時為臺灣大學臺灣文學研究所及中國文學系合聘教授，兼任臺灣文學研究所所長，現為臺灣大學中國文學系教授。

毫不掩飾地表露她對愛情的渴求，對「大男孩」的傾慕，在當時社會更曾引起議論。這樣一位以「另一種夏娃」自我命名的資深女詩人，[1]以當今女性研究的角度，有沒有可能重新給她評價？除了夏娃，她作品中的自我形象有哪些？具有什麼意涵？以下，將先爬梳胡品清自我觀與女性觀，再藉由她的詩歌與相關作品展開討論。

一、胡品清自我觀與女性觀

　　文學是心靈的產物，透過語言文字的藝術，作家表達了自我的心聲。有關「自我」的概念，據佛洛依德（Sigmund Freud）的說法，可分為本我（id）、自我（ego）、超我（super-ego）三個面向，此三者形成了人格的結構，又可用快樂本我、現實自我與理想超我來對應。人格中的本我、自我與超我或隱或顯，經過社會化的過程，個人壓抑本我，克服自我的掙扎，使其逐漸趨向理想超我。[2]作家筆下的「自我」，有可能是這三種人格面向的投射或兩兩之間的矛盾掙扎。作家一再傳達他對此的焦慮與探索，並極力在作品中建構起其理想中的「自我」形象，正代表他對生命的詮釋以及對「自我」定位的追求。如同心理學家馬斯洛（Abraham Maslow）所指出，「自我實現」是人類基本需求中最高的層次，它是個人對於「內在自然」的完整實踐，由此而體現了人生的存在價值。[3]是故，探討作家作品中

---

[1] 參見胡品清，《另一種夏娃》（臺北：中國文化大學出版部，1984 年）。胡品清以〈另一種夏娃〉這首詩為書名，可見其旨趣。又，在其散文〈日日紅〉亦云：「而我——另一種夏娃——我說：『我會被寂寞啃食，我會變得無用，我會老得很快，假如沒有一個男孩的，無瑕的名字在我心中。』」胡品清，〈日日紅〉，胡品清著，《隱形的港灣》（臺北：華欣文化中心，1983 年），頁 33，也可見她以「另一種夏娃」自我命名的意圖。

[2] 佛洛依德認為人格結構中有本我、自我與超我三個面向。本我代表人類與生俱來的潛意識的結構部分，它主要是從性的衝動構成，不受邏輯、理性、社會習俗等一切外在因素的約束，僅受自然規律即生理規律的支配，依循快樂原則行事；自我是意識結構的部分，處在本我與超我之間，它總是清醒地正視現實，遵循現實原則，根據外部世界的需要來對本我進行控制和壓抑，使它免於滅亡。超我是性衝動被壓抑之後，經過一番轉化或變形，通過自我檢查，以道德、宗教或審美等理想形態的昇華，可視為道德化了的自我：它包括兩個方面，一是通常講的良心，二是理想自我。是故，本我、自我與超我也可以說對應了快樂本我、現實自我、與理想超我。參見陸揚著，《精神分析文論》（濟南：山東教育出版社，1998 年），頁 28～31。

[3] 參見莊耀嘉編譯，《人本心理學之父：馬斯洛》（臺北：允晨文化公司，1982 年），頁 55～71。

的「自我」形象，一則可了解其自我期許與外在環境的衝突或和諧，一則也可窺見其所追求的終極價值何在。

以胡品清而言，她是個樂於在作品中自剖的作家，透過這些作品，我們發現童年經驗對胡品清的自我與人生觀有著深刻的影響，被外在環境塑造的「我」，一直與她心目中的自我形象齟齬不合，甚至背道而馳；而後一段異國婚姻的挫折，也帶給她痛苦與昇華。現實世界的種種不如意，使得她在夢幻與文字的世界中，構起她的「自我」。她雖然沒有指明本我、自我、超我的面向，但卻曾以「大我」、「小我」的分類，鞏固自己的公眾形象與私人空間。這些現象，都有助於我們了解胡品清作品中的自我觀。

胡品清的童年回憶，在其散文〈四個凌亂的夢〉第一則、〈褪了色的花瓣〉、〈「象牙塔裏的女人」？？？〉「感性」一節及〈我愛乳白〉等，都有所描繪；《胡品清自選集》中有一篇胡品清的〈小傳〉，也簡單勾勒了她的家世背景與人生經歷。我們從其中可看到一個自幼與父母分離，由祖母嚴格管教、近乎男裝打扮的女孩；但成年後的胡品清對當年祖母對她的管教方式、服裝打扮以及人生理想的規劃都很難苟同。[4]以佛洛依德的學說看，嚴格管教的祖母恰如理想的超我，她期盼胡品清成為出類拔萃的社會菁英，甚至是帶點陽剛的，但這卻一直壓抑胡品清的現實自我，使她表面上就範，內心深處卻屢因掙扎而痛苦。胡品清渴望溫柔與關愛，則是快樂本我的呈現。胡品清因為不願順從那理想超我，所以一直以溫柔、感性為避風港，她成年後喜愛香水、華服、音樂等優美昂貴的事物，可說是童年所欠缺的快樂本我的補償。胡品清所認定的「自我」，顯然比較接近快樂本我的追求。

胡品清的這一番體認是相當獨特的。因為以稍早或同輩女性作家來

---

[4]各篇出處如下：胡品清，〈四個凌亂的夢〉，胡品清著，《夢的船》（臺北：皇冠出版社，1966年），頁 146～148；〈褪了色的花瓣〉，胡品清著，《夢幻組曲》（臺北：水牛出版社，1977年），頁 5～6；〈「象牙塔裏的女人」？？？〉，《隱形的港灣》，頁 89～94；〈我愛乳白〉，胡品清著，《玫瑰雨》（臺北：文經出版社，1986年），頁 106～108；〈小傳〉，胡品清著，《胡品清自選集》（臺北：黎明文化公司，1975年），頁 1～3。

看，有的女作家童年時就被當成男孩來教養，甚至有些人自己就喜歡做男裝打扮，日後回憶起來，反而成為記憶中最深刻感動的部分。[5]但是胡品清反而對這樣的過往不以為然，在她可以獨立自主時，她便徹底追求一切屬於「女性」的東西。因此她的女性觀十分強調：「在我的心目中，女人該是女性的，也就是說她該是純潔、美麗、乖巧、溫柔的象徵。」[6]她也承認：「也許是由於祖母的管教過於嚴厲，我自少年時代起就討厭女學究的典型。一定是由於物極必反，我憎恨一切嚴厲的東西，而偏愛一切美麗的東西。」[7]「至於小我，我讓她成為一個全然的女人。在新女性心目中，我一定不是一個有出息的女人。……在我的心目中，女人該是美與愛的化身。她該唯美，她該唯情，她該溫柔，她該細膩。假如她是作家，她該寫純純的詩，如詩的散文，或細膩的心理分析小說。……一定是物極必反吧？長大以後，我一心一意要做一個很女性的女人，感性至上。」[8]

由此可知，胡品清心中的「女性」非常符合傳統觀念中對女性的塑造與要求，凡是溫柔、美麗、纖細、感性的，都是女性特質。連「女學究」式的女性，都要被她批評。在胡品清心目中，翰林之女的祖母是具有英雄氣概的「新女性」，陽剛、有強烈的求知欲與企圖心，但她卻不願效法，寧可以純粹的「小女人」自居。

胡品清的童年經驗使她對「性別」觀念十分敏感，也非常有自我的主張。但是我們仍應該注意，在回憶的角度下，性別認同在當時可能是模糊的，很可能是經過現在的「我」的眼光和反思，一次又一次加強了她想當個「女詩人」的願望。她對柔美、纖細、感性事物之喜好，以及對「女性

---

[5]陳玉玲：「讓女兒扮演男孩，是延遲性別分化的方式。冰心、楊步偉、應懿凝自幼著男裝，成為天驕女。而戴厚英是被父母挑出來當作兒子養的閨女，在父母生了五個女兒之後，決定把她當作男孩子來教育、栽培，當作接班人，享有家庭的優越權，鼓勵她向學及培養智力、口才等等。童年的環境和生活終於使她『成為一個敏感、自信、倔強、又充滿野性的女性』。」參見陳玉玲，《尋找歷史中缺席的女人——女性自傳的主體性研究》（嘉義：南華大學管理學院，1998 年），頁 67～68。

[6]胡品清，〈香精組曲〉，胡品清著，《歐菲麗亞的日記》（臺北：水芙蓉出版社，1975 年），頁 74。

[7]胡品清，〈永不褪色的記憶〉，胡品清著，《彩色音符》（臺北：九歌出版社，1979 年），頁 183。

[8]胡品清，〈「象牙塔裏的女人」？？？〉，《隱形的港灣》，頁 91～92。

的界定，都應是成長後對這種女性身分的認同，而逐漸鞏固了這樣的性別意識。如其所言，這可能和「新」女性的潮流不合，但這已然是她的自我抉擇，不容隨意批評。

　　胡品清對過去那段異國婚姻的體會與心路歷程，可由〈仲夏夜之宴〉、[9]〈晚餐〉，[10]以及〈芭琪的雕像〉[11]等小說略知一二。在這些作品中胡品清透露了「女詩人」、「自我」的觀念與「妻子」的角色是衝突的，她所要求的「靈性和個性」這種特有的氣質人格，恰恰就是「妻子」必須放棄的。走上離婚之路，或可說是胡品清的自我意識之覺醒，使她決心擺脫婚姻對女性的束縛。[12]但我們也可窺見離婚同時也在她心中造成傷害，使她一直渴求完美的愛情，不願從王子公主的童話美夢中醒來。

　　離婚回國後，胡品清的心境是寂寞、蒼涼的。她描寫書齋生活的許多詩文，大都是冷清寂寥，孤獨無依。但她自己卻十分堅持自己的生活安排。我們可以看到，她用「大我」與「小我」來區分公生活與私生活，例如她曾說：「我也有自己的人生哲學，那就是說在小我與大我之間劃一條分明的界線：在小我方面，只憑一點感受去生活，全然奉獻，無所希冀。在大我方面，永遠屹立在崗位上，使自己對社會國家有點用處。」[13]

　　在感情上，她曾在文章中表白她對年輕男孩歌手的戀慕，甚至以葛蕾德夫人（Sidonie-Gabrielle Colette）的名言，表明自己需要依賴愛情，心靈才不會枯竭死亡；而她自認為她的愛戀都是有距離的，她沒有破壞什麼，她只是信仰愛與美。如同散文〈日日紅〉：「大我方面我要活得有用，活得有尊嚴。……在小我方面，我要活得藝術，活得美麗。活得像日日紅。」「我發現了一個完美的名字，在音樂咖啡屋。……說它是戀情也好，思慕

---

[9] 胡品清，〈仲夏夜之宴〉，《夢的船》，頁 185～189。
[10] 胡品清，〈晚餐〉，《夢的船》，頁 155～160。
[11] 胡品清，〈芭琪的雕像〉，《胡品清自選集》，頁 105～113。
[12] 例如女作家瓊瑤、蘇青都因為寫作事業與婚姻衝突，受到丈夫冷嘲熱諷，最後以離婚收場。參見陳玉玲，《尋找歷史中缺席的女人——女性自傳的主體性研究》，頁 126～127、85～87。
[13] 胡品清，〈香精組曲·這就是人生〉，《歐菲麗亞的日記》，頁 74。

也好，心靈支柱也好，永恒也好。……有了那個名字，我才能忘卻形形色色的拂逆，從而完成一些莊敬，創造一些美和真。有了美和真，善在其中矣。」「我最心儀的法國女作家葛蕾德夫人說：『我會感到羞恥，假如身邊沒有一個男孩。』而我——另一種夏娃——我說：『我會被寂寞啃食，我會變得無用，我會老得很快，假如沒有一個男孩的，無瑕的名字在我心中。』」[14]

　　由此而論，這裡的「大我」，是社會生命的展現，也接近理想超我的規範，它為胡品清找到合適的社會地位與身分，她的嚴肅、敬業，可用來收服旁人疑慮的眼光，證明她不是個無所事事的人；她所堅持的「小我」，是個人的生命，以溫婉纖細、依賴愛情、感性寫作為生命的重心，這是經過藝術昇華的快樂本我，也是經過審慎思考，堅持不懈的自我實現；它的自覺情形、程度如何，還有賴我們透過她所投射的自我形象來分析。

二、胡品清詩中的自我形象

　　胡品清在詩中經常藉各種意象與情境，塑造她的自我形象，以下區分四類來陳述探討。

（一）鏡中水仙

　　胡品清的散文〈斷片〉之三；「我很不像莎岡，你的眼睛才是我的鏡子，唯有在你的眼睛裏我才看出了純粹的自我。」[15]眼睛和鏡子確實有相似之處，二者都可以反映出人的影像，但這影像並非等同於真實的自我，它很可能是經過想像與美化，照鏡子的人因此對它產生認同與依戀。[16]胡品清有幾首以鏡子為題的詩，經常以神話人物水仙納爾西斯（Narcissus）作為

---

[14]胡品清，〈日日紅〉，《隱形的港灣》，頁 32～33。

[15]胡品清，〈斷片〉，《夢的船》，頁 48。

[16]參考西方學者拉岡（Jacques Marie Émile Lacan）的「鏡像理論」：人在嬰兒期（約六個月大時）開始從鏡中的影像辨認出自我與他人的分別，但此時期仍是處於想像的世界，尚未進入語言秩序的象徵世界。因為鏡中形象與鏡外嬰兒看似同一人，其實仍有所分別，因此形成自我的自戀與異化等現象。參見陸揚著，《精神分析文論》，頁 151～154。

自我形象的投射，可見她對此神話人物的認同。

　　納爾西斯本是一美少年，因為眷戀水中自己的倒影，溺水而死，死後化為水仙花，納爾西斯與水仙花因此成為自戀的象徵。試看胡品清〈菱花鏡〉：「三面菱花鏡／眸子的孿生姊妹／透明的淵／一面來自你／一面來自萬國博覽會／一面來自家具店／面對它們／我俯身／一如納爾西斯俯身清泉／臨流顧影」、「第一面／為了觀照自剖後的二分之一／第二面／為了觀照剩下的一半／第三面／為了觀照夢在何處終止／醒在何處初始／也為了將之搗碎／碎成片片／一如被搗毀的存在」，[17]其中即以俯身清泉、臨流顧影的納爾西斯自比。這裡的三面鏡子，分別鑑別了胡品清的「大我」、「小我」與「夢幻」；而重點在於夢幻的醒覺與碎裂，都經由鏡子的折射產生撲朔迷離的效果，更增添其痛苦憂傷。值得注意的是，「眸子的孿生姊妹」一句，說明鏡子和眼眸的相似性——都可以鑑照「我」的形象，同時鏡中人彷彿也在凝視著「我」一樣。這互相的凝視，是虛幻的、想像的，卻帶給「我」莫大的喜悅與愛戀之感；但這種凝視終究會被現實喚醒，因此詩的最後才呈現出「碎成片片」的意象。這提示我們，胡品清在這類作品中所表露的自戀情調，其實是相當有自覺的。她一方面耽溺於攬鏡自照、端詳與想像如納爾西斯的秀美，另一方面也很清楚，鏡中影像的虛幻與短暫易變，因此又墜入感傷的情緒中，這自戀與感傷交揉而成的美感，正是「鏡中的水仙」的一大特徵。

　　胡品清以納爾西斯為為鏡中影像，乃是取他美麗、潔淨、清新脫俗的特質，這是她用以自戀的依據。她所珍愛者，也正是那青春美貌。她有兩首同題的〈粧鏡〉都曾寫出「短暫的容顏」、「顯示誰的影像」這樣的焦慮。[18]對青春的眷戀與老去的恐懼，對一個女性來說，無疑是惶惶的威脅。另一首〈粧鏡之歌〉有云：「入秋以後／我的標誌竟是一朵殘花　形容枯槁

---

[17]胡品清，〈菱花鏡〉，胡品清著，《玻璃人》（臺中：學人文化公司，1978 年），頁 86～88。
[18]參見胡品清，〈粧鏡〉，《玻璃人》，頁 86；〈粧鏡〉，胡品清著，《冷香》（臺北：漢藝色研文化公司，1987 年），頁 54。

／……／花落時／我但面對一鏡之沉默」，[19]這裡的「一朵殘花」之比，也充滿對年華老去的感慨。而此時對鏡的心理感受，也是自憐感傷，「一鏡之沉默」暗示此中人心神低迷，無法倒溯青春，一如無法挽留落花。

悲嘆青春的消逝，當然不是女性的專利，如同李白〈將進酒〉詩云：「君不見高堂明鏡悲白髮，朝如青絲暮成雪。」可以把一己的老朽悲哀推向全人類的時間悲劇，也可以只是對自身紅顏易老的憂思愁結。但是因為胡品清詩中的粧鏡是放置在「深閨如恆」的地方，它的代表性就有所局限，這是女性的粧鏡，這面粧鏡所反射的，是父權文化對女性造成制約的「美人遲暮」、「色衰愛弛」的憂懼。胡品清從鏡中看到的自我形象，反映青春自戀的水仙，也隱喻對年華老去的恐懼；它符合父權文化塑造的女性形象──哀嘆青春易逝的典型。

（二）童話公主

童話經常描寫公主與王子的愛情故事，但童話所塑造出來的女性形象，則頗為僵化固定，大都美麗而善良，願為王子或她的國家犧牲自己。童話的結局公式「從此王子和公主就過著幸福快樂的日子」，雖然自現今觀之不免過於樣板膚淺，然而閱讀童話，特別是一個女性讀者，她可能在不知不覺間就順從了敘事者的觀點，而把其中的女性處境內化為她自己的生存之道。換言之，大多女孩讀了童話，可能就以公主自居，並且暗暗期待王子的到來。[20]

胡品清的作品便大多是以陶醉在童話的氛圍為重心，而且往往以公主

---

[19] 胡品清，〈粧鏡之歌〉，《夢幻組曲》，頁 163～164。

[20] 例如西蒙・波娃（Simone de Beauvoir）曾指出：「兒童書籍、神話、故事、小說，都反映出源於男人驕傲與欲望的各種傳說神話；如此，通由男人的眼睛，小女孩發現了世界，並在其中讀到了自己的命運。」又說：「她（小女孩）得知必須被愛，才能快樂；而要被愛，她必須等候愛之光臨。女人是睡美人，辛德瑞拉，白雪公主，是個能接受服從的人……她等候著。我的王子終將到來。」參見西蒙・波娃著，歐陽子譯，《第二性──第一卷》（臺北：志文出版社，1992 年），頁31、35。但近來也有女性主義者將童話加以解構改寫，譬如芭芭拉・沃克（Barbara G. Walker）著；薛興國譯，《醜女與野獸──女性主義顛覆書寫》（臺北：智庫出版公司，1996 年），即是一個例證。

——灰姑娘、白雪公主、城堡裡的女人、睡美人——來自比，[21]而以所愛戀的年輕男子為「小王子」。在她的詩中，童話世界代表一個純真美麗的愛情國度，她之所以迷戀童話，就像她迷戀愛情一樣。例如〈補償〉：「我是命定要活在童話裏的人／你為我編排的主題永遠不能成為被遺忘的故事」；[22]又如〈你是……〉：「你是天工／為我築城於童話之國度／……／半世紀／將我禁錮／於是我說著童話　活著童話／當人間已莫我屬的日子」、「你是命運的主人／為我編排再生之樂章」；[23]以及〈我是豪華的〉：「真能把自己幻想為公主／被金璣玉帛所包圍／偶一仰首　繽紛的雲就幻成彩玉的雕琢」、「而且你是小小的王子／每一句話語每一個動作都構成童話的主題」。[24]在這些詩句中，童話代表一個新生的樂園，是她遠離現實世界的桃花源；而「你是命運的主人」更能說明童話中，公主期盼王子改變她，帶領她進入幸福快樂的日子的心理。

　　這三首詩的「你」都彷彿真有其人，是她愛戀的對象。如同散文〈斷片〉第十七節所說，她恆常在等待一個王子，這次卻真的等來了一個小王子。[25]但姑不論其真相如何，胡品清在這些作品中，重現了童話世界的純真與美麗，她的公主形象，也就把自己刻劃為一個被禁錮在城堡中的女人，這個女人或是沉睡，或是身處貧困，或是被人毒害。總之，是個楚楚可憐，等待被喚醒、被救贖的弱女子。而這些童話中的「你」也就成為「為我命名的人」，帶給我幸福沉醉。如同〈呼喚〉：「為我命名／和諧而溫婉／你的呼喚是迷人的音符／我的耳朵是深邃的貝殼／珍藏一縷不絕的回聲」，

[21]例如〈最後一曲圓舞〉中，以灰姑娘辛德瑞拉自比，參見胡品清著，《最後一曲圓舞》（臺北：水牛出版社，1977 年），頁 111～112。〈童話〉以「被蘋果窒息的大女孩」白雪公主自比，參見胡品清著，《芒花球》（臺北：水牛出版社，1979 年），頁 205。〈禁錮〉以「她就是城堡裏的女人」自比，參見胡品清，《芒花球》，頁 217。〈如雪的傳奇〉以睡美人自比，參見胡品清，《另一種夏娃》，頁 7～9。
[22]胡品清，〈補償〉，胡品清著，《晚開的歐薄荷》（臺北：水牛出版社，1968 年），頁 79。
[23]胡品清，〈你是……〉，《晚開的歐薄荷》，頁 91～92。
[24]胡品清，〈我是豪華的〉，《最後一曲圓舞》，頁 120～121。
[25]胡品清，〈斷片〉，《夢的船》，頁 59。

[26]這裡的童話公主，雖然是白雪公主、睡美人之類的，但她其實欠缺真正的姓名，是個等待被命名的女性。而被命名者，她是沒有自我的，她一生最重要的事便是等待與被愛，她的自我仍然只是父權文化下的倒影。

　　胡品清對童話的態度是順從的，並用以附會自身的情緒。只有少數作品透露了她對童話的反思。例如〈最後一曲圓舞〉：

涉過一夕豪華，

以馨德瑞拉的錦衣和玻璃鞋。

眾人實已驚迋，

當我踏著圓圓的舞步，

旋轉於你臂彎圍成的虹橋。

然後，

致命的金鐘敲響了子夜，

以不可通融的鏗鏘。

而我不曾忘卻魔杖的時限，

只從容離去，

不曾遺落一只仙履在倉促中。

如今我又是廚下的馨德瑞拉，荊釵敝屣，

一夕蝴蝶夢，

無邊悵惘。[27]

這首詩的最後六行，表露了胡品清對灰姑娘童話的自覺。「不可通融」、「不曾忘卻」、「不曾遺落」這三個否定式的句子，其實正透露她對宿命的妥協，她這個「馨德瑞拉」非常了解仙履奇緣只是「一夕蝴蝶夢」那般短暫

---

[26]胡品清，〈呼喚〉，《晚開的歐薄荷》，頁 81。

[27]胡品清，〈最後一曲圓舞〉，《最後一曲圓舞》，頁 111～112。「馨德瑞拉」（Cinderella），一般譯作「辛德瑞拉」。

虛幻。這首童話詩揭示了胡品清也有理性思悟的一面，那「無邊悵惘」之
情，正是她無法忘懷童話夢幻的情結。

　　1980 年代出版的《另一種夏娃》中的〈巧合〉一詩，對灰姑娘的題材
有更新的詮釋角度：「惜別仍唱在午夜／並非害怕華服幻成襤褸／你我之間
毋需現實／亦無仙履奇緣」，[28]這首詩寫自己迷戀一個年輕男歌手的心情，
但兩人之間保持著距離，欣賞而不陷入糾纏，待午夜曲終人散時，你我二
人也各自歸回本位，「我」不會奢望一段仙履奇緣。此詩中的我顯得自在自
信，不像前引作品中的我那樣悵惘。這首詩可代表胡品清作品的一個轉
折，其中的童話公主，也已改變了心態，不再留戀於童話的夢幻，更有自
覺地把握了現實與夢幻之間的距離。

（三）向光柔韌的芳草

　　香草美人之寄託，是中國古典文學的一個傳統。以植物意象來自比或
襯托自身的品格，可說是文學上蠻普遍的現象。特別在現代詩，女詩人以
花草為題材，以此自喻，吐露心聲者，可說不乏其例。以胡品清的詩來
看，她曾使用的植物意象類型包括：（1）嗜光的植物、向日葵；（2）仙人
掌、萬年青；（3）苦楝子、落葉、雨中花；（4）人造花、忍冬花、曇花、
百合等。這些植物各有其自身的生物特性，而胡品清也利用這些特性來隱
喻她自己的內在性格。

　　向光的植物，如向日葵的意象，大約顯現了胡品清以愛情為中心的人
生觀。例如在胡品清的詩中，往往把愛戀的「你」比喻為生命中的太陽，
而自己便是嚮往陽光，追隨陽光的向日葵。即如〈憧憬〉：「我是一株熱帶
的嗜光植物」[29]詩中自創「嗜光的植物」一詞，可說非常巧慧，把植物的向
光性說成「嗜」光，嗜好，便有成癮的可能，也可能成痴。總之，把
「我」對「你」的依附關係表現得淋漓盡致。「你」完全主宰「我」的世
界，是「我」生命中的太陽，失去「你」，世界便成了跨越不盡的長夜。另

---

[28]胡品清，〈巧合〉，《另一種夏娃》，頁 72。
[29]胡品清，〈憧憬〉，胡品清著，《人造花》（臺北：文星書店，1965 年），頁 133。

一首〈我是……〉也有這樣的句子：「我是一株貧血的向日葵／你是太陽／以萬噸的光熱吸引我／我貪婪的目光永遠轉向你」[30]嗜光的植物、向日葵的意象，正可以說明胡品清對愛情的熱烈追求守候，但是這樣的人格仍是附屬於愛情，依賴一個對象，不容易有獨立的生命。詩中的「我」直到百花凋殘始終執著不悔，這和上述童話中「等待被命名的女人」具有相似情懷，指的都是擁抱愛情的女性。

仙人掌、萬年青這類意象以常青常綠、永不凋謝為特徵，代表胡品清對愛情的永恆付出，情意永遠不衰竭。例如：〈仙人掌〉：「我來自貧瘠的昨日／來自貧瘠的生之沙漠／如今我是一株長綠的仙人掌／為你構成一個永恆的春天」[31]這裡表現了十分謙卑的態度，把自己比作從貧瘠沙漠而來的仙人掌，願意為「你」構成永恆春天。由此可見胡品清如何心甘情願地守住這份愛情。〈寫給萬年青〉也說因為日日思念，所以「凝望時／總會想起一個名字／那名字／把我做成你的樣子」，[32]此處「那名字」即指「我」所愛慕的人，因為朝思暮想，此愛恆久，所以「我」才會被做成「萬年青」的樣子。

苦楝子、落葉、雨中花這類植物意象，代表胡品清曾經受傷害的形象——受到感情的風雨摧折，如同落葉般被遺棄。例如〈深居〉：「我是一株被吹折了的苦楝子／不再開花／恆常有一種悲哀攫住我／有一種愴惶支配我」，[33]這種悲哀與愴惶實是看重愛情的女性的命運悲劇。然而，胡品清對這個意象與象徵的處理方式，有時又予以昇華，塑造了「美麗又哀愁」的美感。

又如〈夢季〉：「面對一園姣好的凋零／猝然驚悟／我的夢季原也有著敗[34]葉殘花之意境／很豪華又很悽愴／像風中葉　雨中花／預知了自己是命

---

[30]胡品清，〈我是……〉，《晚開的歐薄荷》，頁87～88。
[31]胡品清，〈仙人掌〉，《人造花》，頁120。
[32]胡品清，〈寫給萬年青〉，《另一種夏娃》，頁15。
[33]胡品清，〈深居〉，《最後一曲圓舞》，頁128～129。
[34]編按：原詩作「敢」，按語意應為訛字，應作「敗」。

定了委塵泥的/然後無可奈何地等待辭別枝頭/在確知不容再留戀的時候」,[35]這裡「預知」、「無可奈何」兩句,尤能顯現「我」對自身命運的自覺,這經由自我意志之抉擇的命運,已和晴風朗日、狂風暴雨共處、奮鬥過,也就實現了自我,完成了自我。〈秋葉〉詩也有類似的情境,詩中以被愛情遺棄的落葉自比,但這片「執迷而自豪」的葉子是因為它曾擁有黃金般的歲月,所以它無怨無悔,甚至以此自豪。這裡自憐的成分減少,反而因為已經領受愛情的滋味,自認於願已足,可以說是完成了她的自我,愛情面的自我。落葉外遭遺棄而內感充實的矛盾,正是此詩營造出來的美感。[36]

　　人造花、忍冬花、曇花這些植物意象是胡品清用以襯托自身高潔不俗的品格。大略來說,具有潔白、幽香、永恆的特質。

　　「人造花」其實不能算自然植物,從〈人造花〉詩中看來,那是「你」所贈送的一束四色的人造花,胡品清十分喜愛,認為它有童話般的美以及未有憂愁的清新:「未形成的憂愁/似一株人造花樹/不凋不萎/投影於我望中/植根於我心中　於我體中」,[37]這種已經進入「我」凝望中,甚至已植根於「我」體中的人造花,正是胡品清的自我寄託,如同她在《人造花》一書的〈自序〉所說,人造花代表永恆的真、善、美、愛,她和她所寫的詩正具有這樣的特質。[38]

　　在〈忍冬花〉詩中,胡品清形容自己:「久久不食人間烟火之後/猛然驚覺自己是一朵餐風飲露的忍冬花/清癯　純白　芬芳/……/有純情的潔白/有耐霜的堅忍/縱令在冷風中瑟縮/依然馥郁/……/那是一朵寂寞而忍讓的冬花」,[39]這裡可說極力美化自我的形象,不但具有優美清香的外在優點,還有堅忍純情的內在美德。由此也可看出胡品清對自我形象的

---

[35]胡品清,〈夢季〉,《夢幻組曲》,頁168。
[36]胡品清,〈秋葉〉,《芒花球》,頁222。
[37]胡品清,〈人造花〉,《人造花》,頁126。
[38]胡品清,〈自序〉,《人造花》,頁1~2。
[39]胡品清,〈忍冬花〉,《芒花球》,頁215~216。

刻畫有著自信自傲。

〈寫給曇花〉詩原以曇花自比，取其潔白、清純、幽香的特質，但「曇花一現」就隱藏了年華易逝的憂慮，故詩的第二段文意一轉，寫自己有「另一種盛放／而且較長」，為了給「那男孩」一個永遠純潔盛放的印象，「我必須及時隱退／蓄意讓他錯過不美麗的彌留／用距離」，[40]這個領悟，閃現了胡品清的機智與幽默。「不美麗的彌留」意謂老朽死亡，「用距離」則有多義可解，可以指刻意疏遠，或不告而別，也可以是用文字，用詩來創造美感的距離，把這份情緣寫入詩中。這首詩收於 1980 年代的《另一種夏娃》，再次說明這是胡品清自我形象的轉折點。

胡品清喜以花草自比，蓋因花草美麗芬芳、柔韌依賴的特色，但另一首〈樹〉則擺脫了依賴的形象，呈現獨立開闊的氣象：「我乃高樹／餐風飲露／千手承載鳥歌／眾葉提供避蔭／當最後的時辰鳴響／依然屹立／如一尊雕像／氣宇軒昂」。[41]「我乃高樹」借樹自況，又以「如一尊雕像」為喻，點出樹的昂揚挺拔，這首詩中的自我形象，已經不是柔弱可憐的花草，而是「氣宇軒昂」的大樹，這或許可以拿來印證胡品清自許的「大我」的形象。

（四）特殊的女性人物典型

喜用女性人物入詩，是胡品清詩作的一大特色。在她的詩歌中，幾乎不曾以男性人物為對象，除了她所愛慕的人之外。若說作家吟詠古聖先賢，有著「典型在夙昔」、「有為者，亦若是」的用心，那麼胡品清之歌詠女性人物，也就代表了她對這些女性人物的形象、命運的思辨與認同。從她所著力刻劃的女性典型，尤其可以發掘其自我的寫照。她曾經描寫過海底女妖、瘋狂女性、詩歌女神、狂野女郎等，以及一再以夏娃自喻，這些都很值得我們深入解析。

---

[40]胡品清，〈寫給曇花〉，《另一種夏娃》，頁 148。
[41]胡品清，〈樹〉，《薔薇田》（臺北：華欣文化中心，1991 年），頁 108～109。

1. 女妖、瘋女、女神、波西米亞女郎等女性人物典型

胡品清的第一本詩集《人造花》已有多首詩運用女性人物為主角，顯示她很早就有透過女性認同以追尋自我的想法。排在開卷第一首的〈鮫人之歌〉，以海底女妖為歌詠對象，字裡行間隱藏的正是對自己命運的浩嘆。擁有寫作才華的胡品清，宛如善於歌唱的海底女妖，但無法得到王子的青睞，只能幽怨以終。[42]

本詩分兩節，共一百一十一行，是一首長詩。鮫人即傳說中的美人魚，胡品清此處是以西洋神話中的海底女妖 Siren 為底本，抒發自我的感喟。傳說 Siren 經常在海中礁石上歌唱，歌聲淒美，經常迷惑過往的水手，使他們昏眩，失去方向，最後捲入漩渦暗流而翻船溺斃。本詩一開始描述她的居所以及處境的艱難，她所愛慕的王子也與她擦身而過，因此使她感到痛苦迷惘。詩的第二節起，開始大量描寫鮫人的外形、氣質、才華，以及她自由永恆的生命：「一個姣好的容顏／不死在季節裡的容顏／一個綽約的形體／不在歲月中老邁的形體」、「她沒有國籍，沒有家譜／不屬於任何人／而她的生命無涯／不能讓淚珠與歲月同時流盡」、「她遂能輕捷地完成一首美好的詩／恒無字／她遂能譜就一曲清新的歌／恒無聲／而她試圖／自靈魂深處／迸出不朽的音響……用以激起悠揚的回音／創作的艱辛！」。但是，鮫人之歌注定是寂寞的，因為「王子自縛於船桅漠然駛去」，面對這樣的命運與結局，詩最後寫著：「依舊是空茫的海面／白鷗嗚咽／宣揚著不祥的預言：／鮫人，虛無將是你的終身伴侶」。

這首詩所宣示的「沒有國籍，沒有家譜，不屬於任何人」、「姣好的面容，綽約的形體」、「不死、不老」的特徵，以及徒有才華卻寂寞空虛的生命情調，在胡品清後來的作品中都一再演示，換言之，這個鮫人的形象確實是胡品清的自我刻劃，而且奠定了她的生命原型。

胡品清又曾用「歐菲麗亞」（Ophelia）這個瘋狂女性自比。歐菲麗亞出

---

[42] 胡品清，〈鮫人之歌〉，《人造花》，頁 3～11。

自莎士比亞（William Shakespeare）的戲劇《哈姆雷特》（Hamlet），她是宰相的女兒，與哈姆雷特相愛，但卻遭到父親極力反對，最後發瘋投水而死。她可視為瘋狂女性之象徵。胡品清的詩與散文都曾出現「歐菲麗亞」的形象，但她將之改造，借用其受挫折、瘋狂的形象，表示自己愈挫愈勇，活出自己的風格。例如〈碧潭〉詩以「黑眼的歐爾菲莉亞」自比，「不戴花冠／不唱瘋女之歌／不投身於碧水之潭」，表示她雖經過磨難，但並沒有如戲劇人物瘋狂而投水，她正在探索人生的新桃源：「碧潭／夢幻與奧祕之鏡面／告訴她，你的妹妹／黑眼的歐爾菲莉亞／是否已在彼岸／覓得仙源」。[43]胡品清對於自己能夠克服災禍是很自豪的，她以瘋女自比，就顯現她不畏忌世俗眼光，有自己的執著，如同其〈玫瑰雨〉：「有些人／把災禍化為玫瑰雨／她就是如此／那瘋女」，[44]此瘋女她以彩筆畫出繽紛的玫瑰花，象徵化災難為美麗，但世人不解，反而叫她「瘋女」，但她也無所謂，照樣飄撒芳香的玫瑰雨。

此外，〈女神之再誕〉則以古希臘的詩歌女神波蘭妮為歌詠對象，全文53 行，以提問方式開頭，相當有節奏感。波蘭妮，疑為 Polyhymnia，或作Polymnia，繆思女神之一，主掌聖歌。此詩的開頭描述波蘭妮被囚禁於斗室，卻向天神宙斯舉起反抗的烽火，顯現她叛逆的本性與追求自由的精神：「苦於危坐／苦於囹圄／苦於謙遜之姿／古希臘的詩之女神傲然起立／毅然撇下豪華的囚室／以赤裸之雙腳／走向曠野／且行且歌」，當女神出走之後，即走向遼闊的海洋，海洋以十色的花朵歡迎她，白鷗起舞，共同歡慶女神之再誕。[45]這首詩看似客觀歌詠波蘭妮女神，但在〈登指南宮〉詩

---

[43]胡品清，〈碧潭〉，《人造花》，頁 27～28。"Ophelia" 在此詩中譯作「歐爾菲莉亞」，但有時她用「歐菲麗亞」的譯名，例如《歐菲麗亞的日記》一書即收錄〈歐菲麗亞的日記〉（五則），文中以「你」來描述自身的生活、心情，可見這個神話人物的象徵意義，其借用瘋女的形象，正是要表現自己充沛的心靈能量，這個歐菲麗亞受挫折後沒有去投水自盡，反而在人間細心經營她的美好生活（《歐菲麗亞的日記》，頁 1～10）。另參見〈歐菲麗亞的日記之三〉：「而我確然是瘋了，而且瘋得有理。」（《芒果球》，頁 86）。

[44]胡品清，〈玫瑰雨〉，《冷香》，頁 28。

[45]胡品清，〈女神之再誕〉，《人造花》，頁 53～57。

中，胡品清有「我乃波蘭妮之女兒」[46]的宣示，可見她對波蘭妮是十分認同的。波蘭妮主掌詩歌創作，又有愛好自由的天性，而且敢向天神挑戰，具有叛逆性格與勇氣，這些特質，相信都是胡品清自許自傲的，因此她歌頌讚揚這種特質，同時又構設一個勝利、再生的結局，以顯示她對波蘭妮高度的認同與肯定。

這種自由與叛逆的精神，也見於她寫的〈波西米亞女郎〉。全詩 53 行，主題歌誦波西米亞（Bohemia）女郎的自在自如。女郎到處流浪，即使身處貧困，但仍憑著自身的才情與信念，掌握自己的人生與未來；她那睥睨一切的自信，尤其令人激賞：「她是孤兒，沒有家園／不識鄉愁濃鬱／她非維娜絲的幸運女兒／不負神箭之創傷／她沒有名門淑女的恭順之姿／有遠祖匈奴遺下的倔強」、「她以果敢，以熱情／迎接諸多未成的事物／一如迎迓節日之歡騰／未來於她有無上之魅力／變易即是超越自身」、「如一山之傲然歸立／她不倚於人，不仰諸神／因她已宣告神之死亡，人之無定」，[47]可見詩中的波西米亞女郎仍重現了上文海底女妖、詩歌女神的種種特質：沒有國籍、自由遷徙、叛逆、超越世俗等，不同的是她更果敢熱情，而且獨立堅強，既無畏於死神，也不求助於人。

胡品清也曾以其他女性人物自比，如：愛瑪‧波華荔（Emma Bovary，即包法利夫人）、瑪麗蓮‧夢露（Marilyn Monroe）、喬治‧桑（George Sand）等，並說出自己對她們的羨慕與效法之意，[48]綜合起來，她所認同的這些女性，都具有鮮明的個性，有才華、自由開放，勇敢追求屬於女性的情愛，她們對世俗的叛逆，是胡品清欣賞她們的原因，也成為胡品清心中理想的自我。

---

[46]胡品清，〈登指南宮〉，《人造花》，頁 103。

[47]胡品清，〈波西米亞女郎〉，《人造花》，頁 56～63。

[48]例如〈未能締結的盟約〉中，以「新愛瑪波華荔」為自己的新姓名（《夢的船》，頁 44）。〈歐菲麗亞的日記之三〉：「你知道我心目中的女英雄是誰嗎？瑪麗蓮夢露。她那麼自由地活著又自由地死去。」（《芒花球》，頁 86）。〈省省信紙〉為反駁他人對她的攻訐而寫，認為「我命定了是喬治桑的攣生妹妹／也樂於那份親屬關係」（《另一種夏娃》，頁 138～139）。

2.另一種夏娃

　　胡品清對女性人物的描摹，後來比較突出的是「夏娃」。夏娃是西方《聖經》故事中的神話人物，可視為父權文化下的女性原型：依賴男人，是誘惑與罪惡的象徵。但胡品清筆下的夏娃，卻不完全依從這樣的詮釋，而自己擬出「另一種夏娃」的形象。例如早期《玻璃人》的〈洪水之後〉說：「縱令被碾碎／我──夏娃的妹妹／驕矜如恒」、「仍是火　是光／面對洪荒一片／面對覆滅／我仍照亮不朽的死亡」。[49]這裡對夏娃雖然描寫不多，但卻提點了一個重要的精神，那就是無懼於世界被洪水搗毀，無畏於死亡；可謂她透過夏娃，寄寓女性再生的勇氣。

　　1980 年代以後，她詩中所謂的「夏娃」、「另一種夏娃」，都充滿了自我形象的投射，能詩能文，熟諳音樂，喜愛一切美麗感性溫柔的東西，這個夏娃就是她「小我」的化身。試看〈另一種夏娃〉：

> 你的音
> 仁慈的陷穽
> 生活必需品
>
> 夏娃──永遠的女人
> 只盜竊音符
> 從而無邪無辜
>
> 若必須寫懺悔錄
> 羽毛是筆
> 露珠是墨水
> 花瓣是紙張
> 而非用刀

---

[49]胡品清，〈洪水之後〉，《玻璃人》，頁 97～98。

刻在冰上[50]

　　這裡把夏娃定義為「永遠的女人」，意謂她具有所有女人的特質，而且永恆不渝。第一句的「你」，指夏娃所欣賞的歌手，歌手的歌聲對她來說，如同「仁慈的陷阱」，卻也是她「生活的必需品」。胡品清辯稱，夏娃無罪，她只是竊取這迷人的音符，即使要她寫懺悔錄，她是用羽毛、露珠、花等唯美的東西來寫，而不是尖銳和冰冷的刀與冰。若對照她其他散文作品，我們很容易附會其中的感情線索，[51]但這不應是道德的批判，我們看到胡品清以夏娃自居，並且以「永遠的女人」來定義，以「盜竊音符」這鮮明的行動來加強印象，這個夏娃，隱然含有叛道世俗的性格和勇氣，敢以竊盜這犯法的行為，達成自己的欲求。而「永遠」、「永恆」這樣的字眼亦見於〈自畫像〉：「並非孔雀石的雕像／且透明如水晶／只是一個永恆的夏娃／從無壯志」。[52]這裡的「壯志」指的是現實社會的功名利祿，她不追求世俗的榮利，「永恆的夏娃」才是她的自我觀照。

　　1990 年代出版的《薔薇田》，其中〈天工〉一詩則把夏娃再增強為「雙面夏娃」：「你／非刻意地／把我塑成薔薇的樣子／用綢和絲」、「你／不經意地／把我鑄成鐵樹的樣子／用堅實的金屬」、「我遂自稱為雙面夏娃／亦柔亦剛／亦蠻亦秀／端視／在岡位上／或／藏音屋裡」。[53]這裡已經把夏娃的雙面說得很清楚；亦柔亦剛、亦蠻亦秀，或在社會職責的崗位上，或在自己私密的「藏音屋」。這個「雙面夏娃」形象，和她屢屢自剖的「大我」與「小我」相符，「雙面夏娃」一詞代表她企圖對自我的描繪，增加社

---

[50] 胡品清，〈另一種夏娃〉，《另一種夏娃》，頁 105～106。
[51] 例如〈蠟像〉、〈歲暮詩箋〉二文，曾寫到她在「明日」餐廳聽歌，非常欣賞歌手 Joe。參見胡品清，《夢之花》（臺北：水芙蓉出版社，1975 年），頁 17～23、109～114。又如〈巧合〉、〈愛的低語〉、〈感情的路〉三文寫她到「天堂鳥」聽歌，喜愛一位年輕的歌手，她曾為他寫作歌詞，而他都能唱出其中韻味，《玫瑰雨》，頁 37～40、41～43、50～53。〈安格兒的小提琴〉也寫著「你在樂臺之上，我被你危險的音色深深迷住。為了歌頌你的名，我寫了許多讚美詩。為了描繪你的音，我譜了許多小夜曲。」，《隱形的港灣》，頁 199。
[52] 胡品清，〈自畫像〉，《另一種夏娃》，頁 121～122。
[53] 胡品清，〈天工〉，《薔薇田》，頁 150～151。

會性的一面。

三、胡品清自我形象的演進與評議

以上對胡品清詩中的自我形象做了類型與意義的分析，本節想進一步彙整，試探其中有無前後期的演進、在審美上的效果如何，以及應給予何種評價。

（一）1980 年代的轉折

就胡品清的寫作歷程來看，1980 年代應是她的一個轉折點。在這之前，她的詩與散文大多維持一種模糊、曖昧、朦朧、夢幻式的筆調，刻意在作品中營造唯美淒楚的氣氛。偶爾，她會對自己的處境做一些辯解，但仍不強調她「大我」的一面。1967 年出版的《夢的船》〈深山書簡〉中，她曾說：「我歡喜以輕柔纖麗，婉約纏綿的聲音歌頌生命某些美麗的經驗，讓時空的長廊裏留下一些絢爛的畫面。」[54]此處僅是為自己的詩辯解。1975 年的《歐菲麗亞的日記》〈香精組曲〉「這就是人生」一節說：「事實上，我也有自己的人生哲學，那就是說在小我與大我之間劃一條分明的界線：在小我方面，只憑一點感受去生活，全然奉獻，無所希冀。在大我方面，永遠屹立在崗位上，使自己對社會國家有點用處。」[55]1983 年的《隱形的港灣》〈「象牙塔裏的女人」？？？〉分別以「自剖」、「大我」、「小我」三節自我分析，[56]這三段文字比前引「這就是人生」詳細，但「小我」仍比「大我」的篇幅多，可見胡品清對自我形象的自剖，還是以「小我」為重。

在詩歌方面，為了加強「大我」的面向，1980 年代出版的作品，對自我的描述，就多出了教師、翻譯者等不同的身分，例如 1984 年的《另一種夏娃》〈生活的天平〉，詩中共寫出了五個我的身分與形象：法文教師、推介中國文化的學者、翻譯家、詩人作家及第五個我──「永恆的夏娃」，在

---

[54]胡品清，〈深山書簡〉，《夢的船》，頁 81。

[55]胡品清，〈香精組曲〉，《歐菲麗亞的日記》，頁 74。

[56]胡品清，〈「象牙塔裏的女人」？？？〉，《隱形的港灣》，頁 90～92。

夜裡撥電話給「你」的戀愛中的女人。[57]而 1991 年的《薔薇田》〈信言不美〉，則以自己身為教師的經驗，發出疑問：養不教「父」之過，教不嚴「師」之惰，學不勤「誰」之錯？[58]這些社會角色的加入，才使胡品清詩中的自我形象，更貼近她的現實生活。[59]如同《冷香》的另一首詩〈她的畫像〉，詩中把自己分解成「兩半」，一半是法文翻譯家，一半是說百合花般話語的女詩人；一半是陌巷顏回，一半是維娜絲的嬌女。[60]這均分的兩半，也相當符合胡品清的「大我」與「小我」之說。

（二）女性認同

　　然而，最使我們注意的，仍然是她對「小我」的詮釋。「小我」才是她最在意的自我，也是她最渴望完成的自我。

　　胡品清對於自我形象的塑造，有些特徵是始終不變的。她自認為才華洋溢，感性纖弱，擁抱愛情，容易受傷，具有水晶玻璃般的晶瑩細緻，如同〈玻璃人〉：「透明／亮麗／澄澈／細緻／但易碎　不容觸及／苟有瑕／亦如白珪之玷／人皆見之」，[61]這玻璃人的潔淨易碎，彷若水仙花神納爾西斯的俊美纖弱，充滿自戀自艾的情緒。胡品清的詩歌中，以花草意象為自我象徵的，也多具有這樣的品格。

　　胡品清的自我追尋、女性認同，也始終貫串在其前後作品中。《人造花》之後的第二本詩集《玻璃人》收有另一首詩作〈她的畫像〉，這首詩所塑造的女性形象與《人造花》中的女妖、女神等女性人物典型非常近似。詩分六段，每段四行，富於韻律，胡品清分別用「另一個世界」、「不是來自家屋」、「一個不被覺察的國度」、「另一個星球」、「另一種歲月」來形容她的特殊，[62]這些都類似於她所塑造的女妖、女神、瘋女、波西米亞女郎等

---

[57]胡品清，〈生活的天平〉，《另一種夏娃》，頁 75～77。

[58]胡品清，〈信言不美〉，《薔薇田》頁 90～91。

[59]散文〈教「得」嚴・師之「禍」〉也曾感嘆教學的甘苦，收入胡品清，《彩色音符》，頁 206～208。此書於 1979 年出版，可以視為胡品清即將進入 1980 年代轉變期之先聲。

[60]胡品清，〈她的畫像〉，《冷香》，頁 90～91。

[61]胡品清，〈玻璃人〉，《玻璃人》，頁 65～66。

[62]胡品清，〈她的畫像〉，《玻璃人》，頁 3～5。

女性人物典型的特徵：沒有國籍、超越世俗、神祕、不被了解。她可以說是超越現實時空的女性，沉寂、夢幻的世界是她最終的依歸。

前文提到，1984 年出版的《另一種夏娃》，可視為胡品清 1980 年代轉折點的標竿之作。就女性人物典型的取譬而言，胡品清更集中以夏娃為主角，而她也很少再寫童話公主，轉而以「沒有年齡的女人」自喻。[63]這顯示她已經擺脫「等待命名」的心理，而能夠以「夏娃」自我命名，更有自信地活著；而為了躲避年紀日漸老大的事實，她以「沒有年齡的女人」自比，以加強「夏娃」的永恆性。

（三）女詩人與書寫的堅持

女詩人身分的認同與堅持，應是胡品清自我形象中最根本的需求。這從她不斷誇說自己的詩文才華即可得知，何況她早就說明自己是詩歌女神波蘭妮的女兒！[64]在〈當仲夏再來〉詩中，她也說：「當仲夏再來，／那喧嘩的季節，／我會寧靜地渡過，／以詩人之姿。」，[65]「以詩人之姿」一語代表她的身分選擇。

此外，《另一種夏娃》中，胡品清經常假借旁人的眼光，刻劃自己的詩人身分。尤其是將她所欣賞的男歌手設定為「我」，對「你」（也就是胡品清自己）訴說溫柔的情意與嘉許之意。例如〈歌者的讀書報告〉與〈女詩人〉二詩，都是易位而寫，以一個男子的崇拜口吻，寫出他對自己這個女詩人的讚揚。這兩首詩特別的地方是，把詩歌女神繆思扭轉為「另一種繆思」——男性的繆思，是他提供女詩人寫作的靈感。例如〈歌者的讀書報告〉：「我／另一種繆思／妳／另一種寫書的人／妳——我／在絨線及鋼弦編成的聲帶之兩極／在文字構成的心橋之兩端／各自佇立／站出一種不尋

[63]例如〈心靈的婚禮〉：「那偏愛藍色的／無年齡的／女人／譜出了最後一串戀的音符」（《另一種夏娃》，頁 16）。〈約會〉：「桌前／兩張面孔／一張屬於年輕的男孩／一張屬於沒有年齡的女人」（《另一種夏娃》，頁78～79）。又，〈零時〉：「有那麼一個女人／不屬於少小／不屬於日正當中／不屬於蒼老／面孔上沒有精確的刻度／心版上亦否／現象界中沒有她的地位／而她絕對存在／一個異數」（《冷香》，頁 16）。
[64]胡品清，〈登指南宮〉，《人造花》，頁 102。
[65]胡品清，〈當仲夏再來〉，《玻璃人》，頁 63～64。

常的永恆」，[66]此處的「我」，指的是男性歌手，是他啟發胡品清的靈感，為之作詞，因此他是胡品清的「繆思；又如〈女詩人〉：「傳奇中的繆思／是個男子／與我酷似／她不寫出我的名字／由於禁忌／而我能認出自己／在詞曲中／在風格裏」，[67]此處的「我」，也是指男性歌手，是他給予女詩人靈感，他是女詩人的「繆思」；「她不寫出我的名字／由於禁忌」意謂因為世俗的歧視眼光，「她」，即女詩人胡品清，無法明白寫出歌手的姓名，但「我」深知此情，故能在她所作的詞曲中，找到我的影子。

　　這和一般的想像不同，而且宣示了女詩人書寫的主權與主體性，是她在書寫，書寫一個男性的危險音色——以往的文學作品，大多是男性作家在書寫，他們創作文學，也擁有詮釋的權力；現在，胡品清這位女詩人要掌握書寫的主權，由她來詮釋這段感情，如同〈女詩人〉的末尾：「她歌頌一種危險的音色／我的音色／留住一個名字／我的名字／描繪一種獨特的純白的情愫／我們的情愫／但自稱是盜竊靈感的女子」，在這裡，謳歌、刻畫、記錄這段情愫的，都是這「自稱是盜竊靈感的女子」所主控，亦即由女詩人來書寫、創造這段歷史。

　　〈假想的最後〉一詩更傳達了以詩人身分終了的願望：「超薄玻璃人／生理上的／厭倦於／一碰就碎」、「幻畫最後一張面孔／寫最後一首詩」、「在人間／若能留下少許美感經驗／灰塵將是／好事者茶餘酒後無限的話題／或半行現代文學史」，[68]「超薄玻璃人」即是胡品清的自比，「好事者」句與「半行現代文學史」都有些許自我嘲弄的意味，但不難了解胡品清以詩為依歸的自我期許。

（四）評議

　　胡品清被人議論的是她「永遠十七歲」的心態和語調，甚至她作品中的愛戀對象「大男孩」、年輕歌手等，在當時社會風氣保守的情況下，曾經

---

[66]胡品清，〈歌者的讀書報告〉，《另一種夏娃》，頁 51。
[67]胡品清，〈女詩人〉，《另一種夏娃》，頁 101。
[68]胡品清，〈假想的最後〉，《薔薇田》，頁 76～77。

受到公開的點名批評。例如〈感情的路〉一文中胡品清曾記載,有人在南部一家小報上寫了一篇〈醒醒吧,做不完的十七歲的夢〉攻訐她,但她說:「我不要醒,因為我的夢不是十七歲。……我的夢是累積了多量的生活經驗帶給我的成果,經驗告訴我:一個人除了現實之外該有一個不碎的夢,生活才會變得既莊敬又不冷峻,既踏實又美麗。」[69]類似這些事件,若當作一個社會現象來解讀,可說相當富有性別意義。

胡品清 1962 年到臺灣時,已是一個年過四十的離婚婦人。但是她在詩文中所塑造的形象一直都是纖弱美麗,在夢幻中追尋愛情,復又失落的小女人,這個形象令人同情,也可以接受,因為當她把自己塑造成楚楚可憐,哀傷幽怨時,離婚的事實就很能被當時的社會諒解,並且被認為她是無辜、無罪的。然而,當她不諱言「小王子」的出現,這新的戀情便衝擊了社會對她的印象。她反覆寫著失戀、再戀,不斷歌詠愛情與戀人,在 1960、1970 年代的臺灣社會,一個離婚的中年女性,如此公開表達對情愛的渴求,的確容易遭人議論——畢竟「情聖」之名,還是屬於男性的專利。而進入 1980 年代,臺灣社會解嚴,雖然女性主義思潮興盛,但胡品清也已是六十歲的老年女性了,仍然沒有更大的空間訴說自己對愛情的嚮往。

這或可說明,在父權文化下,通常把女性塑造成一個無性無欲的性別的事實,對於情愛,女性必須是被動的、無知的、無所求的。所以古典詩中棄婦、怨婦、思婦的形象可以被接受,但主動求取情愛的,或表達這種態度的,就可能被視為淫蕩,被人否定、斥責。在保守的年代,離婚甚且被視為是女性恥辱,成了她的印記。胡品清大量、持續寫作情詩,甚至表明將作品獻給所愛慕的「你」,在在都挑戰了世俗,刺激了父權文化的女性

---

[69] 胡品清,〈感情旳路〉,《玫瑰雨》,頁 52。胡品清在〈給一位陌生女孩的回信〉一文也提到有人誹謗她,她在《中國時報》發表聲明,而兩個剛考上高中的女生表示支持她:「妳就是妳,永遠的妳。」(《玫瑰雨》,頁 179)由此可知當時讀者對胡品清的看法確實呈現兩極化,贊同者欣賞其浪漫唯美,反對者則譏其無病呻吟,最嚴酷的就說她自戀、只想著找男人談戀愛;在胡品清的散文中或書序中,都可看到她對此知之甚詳,但她始終堅持自己「人生必須擁有夢幻」的論調。

情欲觀。

　　對於這樣的狀況，胡品清一直是很有自覺的。她為自己辯解，一方面強調她筆下的人事情感都是真實的，一方面又強調這都是經過藝術處理，有著距離上的美感。她所持的最大理由是「人生必須擁有夢幻」，所以寫情詩沒有年齡限制，隨時都能保有戀愛的心情。[70]

　　而對冰冷的現實，胡品清採取的對策便是書寫夢幻，以一個女詩人的身分和社會眼光對抗──無論她把自己塑造成女神還是夏娃，而女性的書寫，借法國女性主義學者西蘇（Hélène Cixous）的觀念，正是女性所擁有的最大能源。[71]胡品清的現實生活是孤獨寂寞的，所以她需要夢幻來填充心靈，也需要寫作作為生命的終極依歸。當她堅持用書寫來證明自己的存在，就是把一己的情感寫入詩歌歷史，留待後人評斷。這便是一種在現實的夾縫中求生存的方式。

　　我們對胡品清這種態度，應給予了解和接納；更重要的是，應該從作品去評鑑她的優缺點。從出版形式看，胡品清的著作有三點可供商榷：一是早期著作經常是綜合各種文類結集出版為一本書，她自認為這是「綜合性雜誌」的編輯法，可以讓讀者同時窺見她的多種面貌；[72]其次，後期出版的書往往混入前期作品；[73]第三，經常發現題材重覆的作品，[74]這些現象都可能構成缺點，因為「綜合性雜誌」的合集，不容易凸顯個別文類的成就；也因此，胡品清雖然多才多藝，卻使人不容易定位其身分。尤其有的

---

[70]譬如在《夢幻組曲》的序文中，她說明了自己寫作的真實，以及人生需要夢幻的理由；又，〈寫情詩的心境〉一文，詳述自己以寫情詩為志，是個永遠在戀愛中的女人，「如今，我寫情詩就是為自己創造幸福，……換言之，寫那種情詩的時候，我自覺實現了屬於自己的永恆，由於一個不可代替的名字。」（《玫瑰雨》，頁 54～57）所謂不可代替的名字，即是指她所愛戀，給她靈感的對象。

[71]「婦人女須參加寫作，必須寫自己，必須寫婦女。……婦女必須把自己寫進文本──就像通過自己的奮鬥嵌入世界和歷史一樣。」參見埃萊娜・西蘇著，黃曉紅譯，〈美杜莎的笑聲〉，張京媛主編，《當代女性主義文學批評》（北京：北京大學出版社，1995 年），頁 188。

[72]參見胡品清，〈自序〉，《歐菲麗亞的日記》，頁 1～2。

[73]例如詩〈粧鏡之歌〉、散文〈童話〉都有這種情形。

[74]例如記敘她童年生活的〈四個凌亂的夢〉、〈褪了色的花瓣〉、〈我愛乳白〉等文，所取用的事件、細節大多類似，沒有更新的角度與敘事藝術。

書還包含翻譯作品、文學理論，和創作作品相去較遠，並不適合放在一起。而作品前後混同，則易使人混淆，無法掌握其寫作脈絡，不容易突出代表作。題材的重複，尤其是一個明顯的缺點，如果詮釋角度不變，也沒有增添細節，就會使讀者感到厭煩了。

就詩的成績來看，胡品清早期的作品用語含蓄蘊藉，意象鋪陳足夠，也善用長篇結構，因此能夠營造優美迷離的氣氛，主題意義也較深刻；像〈鮫人之歌〉（收入《人造花》者）、〈她的畫像〉（收入《玻璃人》者）、〈粧鏡之歌〉等，都可稱為佳作。近期作品，以《另一種夏娃》、《冷香》、《薔薇田》三本詩集，用語多淺白，少見長篇且結構佳者，較多的直述句法，以及理性抽象的用詞，都減損了詩的意境。譬如〈天工〉詩中，「亦柔亦剛／亦蠻亦秀」的句子，就顯得太淺白；《冷香》所收的〈她的畫像〉，和早期《玻璃人》中的同題之作比較，就顯得淺白俚俗，譬如詩的最後：「她是誰／……／一半有自己的風格人格／另一半沒有自己的屋頂／沒有自己的屋頂／因為在學校裏只做實力派的教授／也不屑於計畫寫暢銷書罵女作家們」，[75]末兩句的口語白話，失之庸俗。是故，近期詩作雖然增添「大我」的面向，也出現「升向崇高的化外」與「崇高的絕對戀」這樣企圖表現「崇高」情調的詩，[76]但仍然是直說者多，藝術的經營不夠，佳作較少。

四、結語

總結而論，胡品清在詩中所塑造的自我形象，以她對特殊女性人物典型的歌詠，最能顯現其成就。她的「另一種夏娃」最具有自我獨特的色彩，她對女妖、女神、瘋女與波西米亞女郎的描繪，可代表她對自由、叛逆、超越世俗的嚮往；她所描繪的這些女性圖像，很接近一個理想的女性世界：沒有國籍、超越世俗、自由移動，夢幻和詩歌是她們最後的依歸。

---

[75]胡品清，〈她的畫像〉，《冷香》，頁91。
[76]此二句分別出自〈平衡〉與〈藍色幽默〉。胡品清，《冷香》，頁66、151。

　　她以鏡中水仙、柔韌向光的植物自比，則表現較為平常，並無太多突出之處。而童話公主部分，她可說是早期女詩人中，將童話典故運用最多最嫻熟的一位，這部分的作品，她擅長使用富麗堂皇、金色耀眼、歡樂熱鬧的意象來架構一個童話世界；而另一方面，則以濃烈的情緒，期盼與守候的心境貫注其中，使作品既華美又感傷。

　　詩人不一定要為眾人寫作，為一己而寫，又能寫出普遍之情感者，就是個優秀的詩人。胡品清為自己的夢幻而寫作，努力鑿刻自我形象，的確有著強烈的個人風格。但是她的一己情思，往往局限在「我」與「你」的戀慕纏綿之中，即使是寫情詩，也只寫出了一個類型，廣度和深度都還不夠周延。在自我創作歷程上，譬如特殊女性人物典型以及童話公主這兩個主題，在後來的作品中也少見拓展，稍嫌可惜。她是個有自我風格的詩人，在主題與題材方面或許尚未到達理想境界；但她用書寫來證明自己的存在，則值得肯定。

──本文原題〈另一種夏娃──論胡品清詩中的自我形象〉，載於《國文學
　　報》第 32 期（臺北：臺灣師範大學國文系，2002 年 12 月）。

──選自洪淑苓《思想的群角──臺灣現代女詩人的自我銘刻與時空書寫》
臺北：國立臺灣大學出版中心，2014 年 5 月

詩與夢的水湄
論胡品清散文

◎張瑞芬*

> 我是命定要活在童話裏的人／你為我編排的主題永遠不能成為被遺忘
> 的故事
>
> ──〈補償〉

　　胡品清，一個獨居在陽明山上謎樣的女詩人。年輕時的林文義稱她為
「美麗的異鄉人」，張菱舲則說她是「一半舊式才女一半西洋的混合」[1]。
她的詩和散文清麗絕俗，充滿女性細膩委婉的特質，自稱是個「情智分
明」、同時可以兼顧「小我」和「大我」的人。著作詩、散文、譯作、論
述，至今已近七十種。包括最近以 82 高齡編譯、導讀的美國女詩人 Sara
Teasdale 情詩集《戀曲及其他──美國女詩人 Sara Teasdale 的小詩》。

　　這樣一位著作眾多的女性學者兼作家，在文學史上得到的地位竟是不
明確的。主要是她加入文壇的時間稍晚，書簡、日記、手記式的女性文體
又似乎與當時的文學主流扞格難入。用「一首永恆的青春戀歌」來形容她
與她的散文風格，或許並不是太過誇張的事。胡品清出自翰林世家，將門
之後[2]，幼年在江西南昌，由博學而嚴厲的祖母打下根柢深厚的舊學基礎。

---

*發表文章時為逢甲大學中國文學系副教授，現為逢甲大學中國文學系教授。
[1]林文義，〈美麗的異鄉人──閱胡品清詩集《玻璃人》〉，《臺灣新生報》，1978 年 12 月 25 日，12
　版；張菱舲，〈山居者〉，胡品清著，《芒花球》（臺北：水牛出版社，1978 年），頁 285。
[2]胡品清祖母為翰林之女，父畢業自保定軍校，為陸軍少將，黃埔軍校的戰術教官，北伐時於長沙
　一役中染疫身亡，享年僅 38 歲。詳胡品清，〈健兒之歌〉，胡品清著，《彩色音符》（臺北：九歌出
　版社，1979 年），頁 218。

及長，入教會學校葆靈女中與浙江大學英文系（時逢抗戰，遷校貴州遵義）。大學畢業後，曾短暫任職南開中學教師、中央通訊社編輯，在法國大使館新聞處任翻譯時，與駐華武官結婚，旋定居曼谷、巴黎。曼谷四年，她寫了一本李清照式的舊詩集《湄窗集》；巴黎六年，在巴黎大學攻讀現代文學，幾乎取得博士學位。她與法國文學界頗有往來，曾以法文出版詩集《彩虹》，並以法文翻譯了中國古詩和現代詩。

認識了覃子豪，並於 1961 年以第一首詩〈花房五題〉發表於《藍星》詩刊，爾後才陸續在《藍星》、《葡萄園》上譯詩寫詩。1962 年，胡品清離婚返國，任教華岡（文化大學法文系所）。她的第一本著作是《現代文學散論》，集回國之初發表的西洋文學思潮散篇而成。如果以第一本詩文集《夢的船》作為正式進入文壇的起點，那是 1967 年，胡品清當時已 46 歲。比起 17 歲就出版《在大龍河畔》的張秀亞（或是二十餘歲即寫作《青春篇》諸文的艾雯），她的起步無疑是晚的。

在年齡上，胡品清與琦君、羅蘭、張秀亞、鍾梅音相彷彿，同屬來臺第一代女作家，但她和羅蘭都遲至 1960 年代中期才進入文壇，真正發揮較大的影響力則是 1970 年代了。就詩而言，胡品清通常與張秀亞、蓉子、敻虹、林泠和翔翎被同歸為 1960、1970 年代婉約一派，相較於蓉子、林泠的女性自覺和反省觀照，胡品清詩中的古文句法和菟絲附女蘿式的自矜自憐，被評者稱以「時有僵硬之弊」、「陰影意識」[3]。而散文創作，在面對張曉風、趙雲等受到現代主義語言實驗影響的作品，和 1970 年代寫實報導文學風潮時，胡品清一半古典一半現代，執著於內在真誠的語言，遂被指為不食人間煙火的「夢谷呢喃派」[4]、「詩的瓊瑤」。一株晚開的歐薄荷，儘管蓊蓊其葉，灼灼其華，似乎注定了寂寞的命運。

---

[3] 詳見鍾玲著，《現代中國繆思——臺灣女詩人作品析論》（臺北：聯經出版公司，1989 年）；李癸雲著，《朦朧、清明與流動——論臺灣現代女性詩作中的女性主體》（臺北：萬卷樓圖書公司，2002年）。

[4] 胡品清，〈夢谷呢喃（七則）〉，為給摯友 JOE 的一組情歌。《夢之花》一書中的詩作〈如許的夢〉、〈你所在的南方〉、〈給 JOE〉亦然。

　　胡品清的詩和散文，一開始即是並行寫作的，詩、文（甚至是譯作加小說）合著也成了她獨特的風格（《夢的船》、《夢幻組曲》、《水仙的獨白》、《芭琪的雕像》等都是典型的例子）。1980 年代以後，文字中的古詩詞習氣漸漸擺脫，並多以散文專集出書。胡品清的散文，時代分期並不明顯，她的抒情完全是個人主義、唯情至上的，如一個向內聚光的水晶球，和懷鄉、憶舊，甚至宗教觀、人生情感等時代議題，都沒有太大關聯（1970 年代數篇軍校側記，僅為罕見的變奏）[5]。反而是形式上偏重書簡、手記、組曲，內容上同一主題不斷衍生複誦，這在一般散文書寫上，顯得十分特別。以女性文學的特質來看，這種充滿流動、瑣碎和獨白、細節的演繹，其實是有著「鏡像反射」[6]的意涵的。表面上是針對某個特定對象而發的情語，事實上是向內做自我心靈的單音獨白。「真正的戀情該像虔誠的信徒對上帝的愛，它無需神之顯現作為神之存在的證物」[7]胡品清此語，說明了她的作品中缺席／在場的辯證與耐人尋味。

　　在華岡的夕照晨昏下，摘星聽雨，並且喃喃呼喚著一個沒有回聲的名字。胡品清散文中的篇題多見重複，如一首循環往復的迴旋曲，如〈鱗爪〉、〈斷片〉、〈深山書簡〉、〈病中書〉、〈歐菲麗亞的日記〉、〈不投郵的書簡〉。一事多寫，又如〈天上人間〉、〈夕陽中的紅帆〉、〈一葉紅〉寫的同是年少時兩小無猜的 TY；〈紅豆指環〉、〈香檳泉的呢喃〉是印度旅居的筆友 KC；〈深山書簡〉是山居摯友 CC；〈夢谷呢喃〉、〈歲暮詩箋〉、〈斷片〉心心念念去了南方的 JOE。〈不碎的雕像〉、〈不投郵的書簡〉、〈慕情〉是最為經典的戀人天堂鳥餐廳歌者。「芭琪」和「歐菲麗亞」在文章中，通常是胡品清的化身[8]，正和張秀亞散文中的「雯娜」、「林達」；或蓉子詩中的「維

---

[5] 胡品清，〈我自軍中歸來〉、〈健兒之歌〉、〈娃娃軍校〉諸篇，俱收入《彩色音符》（臺北：九歌出版社，1979 年）。

[6] 胡錦媛，〈鉛筆與橡皮的愛情——書信的形式與內容〉對中西文學中女性的單音獨語形式，有深入的探討，《聯合文學》第 161 期（1998 年 3 月），頁 60～66。

[7] 引自胡品清，〈香檳泉的呢喃（七則）〉，胡品清著，《歐菲麗亞的日記》（臺北：水芙蓉出版社，1975 年），頁 31。

[8] 「芭琪」是胡品清的英文名字 Patricia，歐菲麗亞則用莎劇《哈姆雷特》（Hamlet）中女主角之名。

納麗沙」一樣。

　　胡品清散文的另一個特色，不僅中西會通，甚且是詩文不別，小說多以日記書信體為之，亦與散文無異。例如《夢之花》第一輯小說篇中，〈幻術的禮物〉、〈蠟像〉、〈芭琪的「夢非夢」〉諸文，皆為自敘體獨白，一組喃喃向 JOE 傾訴的情語，與她的散文內容題材幾乎完全相同。而她的散文，亦有許多是「詩的變形」。「透明的夜緊緊摟著我們，一片藍色的憂鬱自我心中湧起」（〈慕歌〉收入詩集），「燈下，這山岡的寂靜有金屬之硬度」（〈日記一束〉）、「時間是一條永不休止的河，流盡夜」（〈深山書簡十八則〉）則是散文。本質上，三者的修辭方式並無差別。在《不碎的雕像》〈自序〉中，胡品清就引波特萊爾（Charles Baudelaire）的話自況：「請永遠做個詩人，即使是寫散文的時候。」並且明言「我所有的散文，不論是莊敬的或美麗的，不論是主情的或主智的，都是按照那位法國名詩人的那句話寫成的」。

　　一般人看胡品清，多半只看到她的詩與夢，不曉得「真誠」才是她散文最根本的特質。于還素評她的《夢之花》說，《夢之花》使人想起波特萊爾的惡夢，並在內心產生恐怖的震動。胡品清之文如同一筆行草，是年輕心靈的坎坷寫照，她「以外在的黑暗的加深，封存住自己的永恆不褪色的豔麗的寂苦」[9]，于還素之說，誠為知人之言。

　　把謬斯視為織夢的同謀，「字彙中充滿了夢中風景，綽約朦朧」的胡品清，在她翻譯的波特萊爾《巴黎的憂鬱》（Le Spleen de Paris）中，她盛讚「波特萊爾的詩篇中最珍貴的東西是真誠」，並且形容他的文學是「悲哀的種子在精神的土地上開了最美麗的、最奇異也最稀有的花──《惡之花》。這句話，移用在胡品清自己身上，不也十分貼切嗎？一種巨大悲哀下的沉默，穿透她所有寫作。「夢是有著內在的悲劇性的」，她「潛意識拒絕走入大人的冷肅世界」，並說「我只有過許多居所，沒有真正的家」。一個唯一

---

[9]于還素，〈《夢之花》評介〉，胡品清著《夢之花》（臺北：水芙蓉出版社，1975 年），頁 212。

沒有詳細寫作年表（僅有出版目錄）的作家，〈六個凌亂的夢〉透露了些許失去的童年，貧乏的親情和不堪回首的人生碎片。她不曾寫過父親、母親、手足或師友（這在同時代作家中簡直為不可能），海外生涯與巴黎留學亦僅《不投郵的書簡》中〈塞納河畔的垂楊〉稍有勾勒。抽離了現實的枝葉，故意離棄世俗人間，胡品清的人與文，都像紫丁香內捲的心，萌芽自一個悲哀的種子。然而她自我安慰著，即使是「人造花」，亦無妨其真、善、美與愛的本質；而「玻璃人」，不正是百分之百真誠的示現嗎？

　　史紫忱教授多年前形容胡品清的文字：「有淡泊的悒鬱美，有哲學的玄理美，有具啟發力的誘引美，有外柔型的內剛美」，允稱諸家中最美。有誰知道，不僅林文義，未成名前的三毛，也曾是仰慕她的「七個小女孩」之一？胡品清的書簡體散文，上承冰心《遺書》、盧隱〈或人的悲哀〉，與蘇雪林〈鴿兒的通信〉、艾雯《漁港書簡》、心岱《致伊書簡》互為前後，下啟李黎《浮世書簡》、李昂《一封未寄的情書》、戴文采〈相思書簡〉。在胡品清的藏音屋與香水樓，在詩與夢的水湄，河水清且漣漪，「在閃光的山坡水湄／那是發生在夢境中抑是屬於另一輪迴？」[10]一封不投郵的書簡，只能遙寄給自己，和遠逝的流光與雲影。

——選自張瑞芬《五十年來臺灣女性散文‧評論篇》

臺北：麥田出版，2006 年 2 月

---

[10]胡品清，〈遙寄〉，胡品清著，《玻璃人》（臺北：學人文化公司，1978 年），頁 109。

論《胡品清譯詩及新詩選》

◎彭邦楨[*]

　　自由中國詩壇自胡品清女士從巴黎回國之後，就已為我們頻添了一股朝氣蓬勃的景象；並已受聘為《藍星詩刊》的編輯委員。最近她又把她全部精粹的譯詩及其個人的新詩輯成一集，交「中國文化研究所」出版，這可說又是我們文壇的一大盛事。無論就哪個方向和角度來看，胡品清女士的這種努力，是該讓我們為她喝彩的。

　　法國文學對世界的影響極大，凡是每個熱愛文學的人，無一不對法國的文學感覺興趣，我國固然如此，就是其他的國家也是一樣。好像一個從事文學創作的人。如果不去研究法國文學，就不能成為一個成熟的作家。這點就足見法國文學有其不可忽視的價值。法國文學可說是殊多性的，無論是就其類別或特質來說，也都有其過人之處。就是以我個人來說，我也覺得在所有世界名作中，法國也要比其他的國家為多。這當然只是我個人的一種概念，假如不對，那麼這就只是我個人的一種錯覺。

譯詩範圍很廣

　　胡品清女士這部譯詩及新詩選計共 336 面；譯詩部份佔全集之四分之三，計 254 面；新詩部份只佔四分之一，計只 82 面。譯詩部份計有 130 首詩，包括自 19 世紀初葉以還法國 19 位享譽國際的大詩人，這 19 位詩人，也可說是我國國人耳熟能詳的，其中的這些譯詩，也可說是這些詩人具有

---

*彭邦楨（1919～2003），湖北黃陂人，詩人、評論家，「十月出版社」、「詩宗社」、《詩象》詩刊創辦人之一。發表文章時為軍中廣播電臺臺北總臺研究發展室主任兼任節目科長。

代表性的佳作。過去我國雖不乏介紹法國的作品，但能像胡品清女士譯得這麼準確，且能如是傳達原作的神韻，但是少見。因為胡品清女士諳悉法國的生活和語言，既能以法文譯述，亦能以法文創作的緣故。張其昀先生在其譯詩及新詩選序中說：「民國二十八年，作者在貴州遵義，始識胡品清女士。她那時是國立浙江大學西洋文學系的高材生。以英文為主，兼治法文。」又說：「當時浙大文學院的方針，中國文學系學生，必須通曉一種外國文學；西洋文學，也必須兼修中國文學。目的在於融貫新舊，溝通中西，以期培養譯學人才，進而為中國之文藝復興，播佈種子。如今品清已脫穎而出，著述斐然，馳響於西歐文壇了。」可說張先生對胡品清女士是一個最確切的介紹。胡品清女士除在其歸國後出版《胡品清譯詩及新詩選》外，並曾在巴黎出版其法文詩集《彩虹》並譯《中國古詩選》及《中國新詩選》出版。這幾部譯作，曾無一不受法國人士的推崇和重視。這可見胡品清女士對中法文學的造詣及其對國人所作的貢獻。這幾部譯作，其中還尤以法譯之《中國古詩選》及《中國新詩選》受到法國讀者的歡迎，據聞《古詩選》已在法國銷行三版，《新詩選》雖纔於去冬發行，但目前亦在暢銷之中，這真是一個令人興奮的消息。目前胡品清女士現在國內已受聘為中國文化研究所法文系教授，又為國人作育英才，尤宜令人尊敬。下面就試評她這部譯詩及新詩選，首從其譯詩部份出發。

　　這部譯詩含蓋的範圍極廣，有浪漫主義詩人密勒瓦（Mellevoye, 1728-1816）；有巴拿斯派詩人葛紀葉（Théophile Gautier, 1811-1872），波德萊爾（Charles Baudelaire, 1821-1867）；象徵主義詩人魏爾崙（Paul Verlaine, 1844-1896），梵樂希（Paul Valéry, 1871-1945）；立體派詩人阿波里奈爾（Guillaume Apollinaire, 1880-1918）；超現實主義詩人羅勃·德斯諾斯（Robert Desnos, 1900-1945）；以迄法國現代詩人聖約翰·波斯（Saint-John Perse, 1887- ）等這 19 位。茲為了簡潔與明晰起見，論者無法將這 19 位詩人一一以舉例介紹。現在就試評其中幾位詩人的作品，首從葛紀葉談起：

葛紀葉

一、葛紀葉可說是令我們喜悅的詩人之一。他原是浪漫主義的大師，而後始成為巴拿斯派的詩人的。法國浪漫主義係自法國大革命後於十九世紀初葉形成，雖說法國的革命與浪漫主義都是根源於盧騷（Jean-Jacques Rousseau, 1712-1978）浪漫運動的影響，但法國卻較英國和德國的浪漫主義發韌為遲。拿破崙說：「法國若沒有盧騷，便沒有革命。」就這句話來說，盧騷的浪漫運動，起先還只是在革命上發生作用，而後才影響到法國的文學。法國浪漫主義之所以遲在英德兩國之後顯見與法國革命有關。法國浪漫主義的全盛時期，係在 1820 年至 1850 年之間。這個時期最重要的詩人為雨果（Victor Hugo, 1802-1885）。雨果可說是法國浪漫主義的導師。因為雨果於 1840 年受政治的影響開始沉默，並屢遭放逐，可說這是導致法國浪漫主義衰落最主要的因素。雖說雨果在沉默之後還有更堅實的作品問世，但已無法挽回浪漫主義衰落的命運。這時期之浪漫派詩人如拉馬爾丁（Lamartine, 1790-1869）、維尼（Alfred de Vigny, 1797-1863）、繆塞（Alfred de Musset, 1810-1857）已無作品發表，此間一輩較年輕的詩人和作家遂各自尋找自己的出路，他們不再寫那些謳歌的主觀抒情詩，轉向客觀冷靜的方面，倡「為藝術而藝術」的主張，遂造成浪漫主義到新古典之寫實主義，而為巴拿斯派勃興的過程。

巴拿斯派為首之詩人，當推葛紀葉。他原先習畫，而後寫詩。他的作品就像彫金砌玉一般，輪廓異常純樸，形象異常完美，藝術在他來說，就是自然的塑造。他一生總是少年氣概，並熱愛旅行，也可說他涉獵的範圍極廣。因而他除了作詩之外，並寫遊記、小說、劇本及文藝批評，還另對考古發生興趣，並寫考古的文章。故胡品清女士在其簡介中說：「他對東方文物尤其景仰。他雖然不曾到過中國而他有若干詩作都帶著中國的芬芳。」現在就試舉其中〈中華拾錦〉一首為例：

我所鍾愛的，不是妳，夫人，

也不是妳，茱莉葉特，

也不是妳，歐菲莉亞，貝婀特莉絲，

甚至不是你，有金髮的，有大而柔的雙眸的羅合。

如今我那愛戀的人是在中國，

她和年邁的母親，

寓居於一個瓷塔，精細的，

有黃河及鷺鷥為飾。

她的眼角向上傾斜

妳的手掌能容納她的纖足，

她的肌膚有銅燈之色澤，

她的指甲修長而鮮紅。

她引領，自窗格中，

那被飛燕愛撫的。

每個夕暮，一如詩人，

她歌唱楊柳和桃花。

　　葛紀葉這首詩，確實芬香四溢，不僅使我們能嗅到其中我國人文的情味，還使我們看到像是一幅我國風物的構圖，此外還像一幀我國仕女的畫像。我想這就是葛紀葉倡「為藝術而藝術」而把繪畫與雕刻融入詩內的表現，而這首詩也就是一個印證。我認為這首詩有如下的兩點特色：

　　一、不在外形的纖麗，而在具象的完整；二、不在內涵的深邃，而在表現的準確與純樸。讀這首詩，就不會像浪漫主義色彩濃厚的密勒瓦一樣，他以病者的心情唱出那種纏綿悱惻的悲歌，既使人感到心酸，也使人感到心情沮喪。假如密勒瓦的詩是令人感動的作品，那麼葛紀葉之作就是

讓人欣賞的藝術。蓋因感動只是激情，而欣賞才是一種審美的享受。故葛紀葉認為藝術只是自然的造像，我想就是這個道理。下面就試評波德萊爾的作品：

波德萊爾

　　二、波德萊爾與葛紀葉同是巴拿斯派詩人之一，也是後期浪漫主義的詩人。波德萊爾與葛紀葉是很要好的朋友，故甚受葛紀葉的影響，亦服膺葛紀葉「為藝術而藝術」的主張，不讓政治社會和宗教道德的觀念，滲雜在藝術的作品之內，雖說如此，但波德萊爾與葛紀葉的表現畢竟不同。雖說巴拿斯派所展開的是科學與哲理的運動，以真理的追求為他們努力的目標，對事事物物的觀察要客觀和冷靜，而波德萊爾的作品則仍是一種從客觀認識到主觀抒情的意識，只是有別於浪漫派人的無病呻吟而已。胡品清女士在其簡介中說：「19 世紀的法國詩壇出現一顆彗星——波德萊爾。那被詛咒的，那發現『新顫慄』的，那有阿芙蓉癖的，那愛戀妓女的，那培養罪孽的，那鍛鍊痛苦的波德萊爾。」又說：「波德萊爾自幼便是一個極富於情感的孩子。父親的早亡，母親的再嫁，使他的童年失去了光彩，使他日後變為一個孤獨、憂鬱、頹廢和憤世嫉俗的人。他心靈上的痛苦使他對自己的行為不負責任，可是他在心靈的土地上撒下痛苦的種子卻綻開了最奇異、最絢爛、最稀有的花——『惡之花』。」由這一個介紹，我們就不難瞭解波德萊爾的心理狀態，他的作品就是從這些現象中擠出的一聲呼喚。而波德萊爾也就是這麼個痛苦與奇異的人，頹廢和憂鬱的象徵。當《惡之花》於 1857 年出版，就像他把人生的罪孽都注入詩的血管之內，讓人感到一種未有的悸動和顫慄。因而被法國執政當局稱這是不道德的思想，且有傷風化，竟被科以三百法朗的罰金，並刪節其中荒謬的六首，才准予發行。故其最完備的版本，直到 1911 年才正式重現。其實法國當時的社會又何嘗是道德的，自法國革命於 1789 年以來，到 1848 年的再革命還未出現一個實質的民主共和國。到 1952 年，拿破崙又把第三共和國變成第二帝國，與他的叔父拿破崙第一如出一轍的行動，這怎麼又算得是道德的現

象？此外還有於 18 世紀中葉由英國發軔的產業革命到一八五〇年在法國所
形成的工業社會，貧者赤貧，富者鉅富，可說是一個不道德的因素。波德
萊爾之有阿芙蓉癖與愛戀妓女，也可說他就是這些現象中的產物。盧騷
說：「人之不善，乃由於制度使之不善。」這未嘗不是一個對波德萊爾的公
正的裁判。波德萊爾的作品雖如上說，但卻是最美與最真之詩，下面就試
論他的一首〈飛翔〉：

> 於池沼之上，幽谷之上，
> 山之上，林之上，雲之上，海洋之上，
> 於太陽之外，青空之外，
> 眾星的邊緣之外，
>
> 我的靈思，你敏捷地移遊。
> 如在水波中暈眩的泅泳者，
> 你愉悅地在深邃的太空留下你的足痕，
> 以不容描述的男性狂樂。
>
> 飛吧，遠避病態的穢氣，
> 將你自身在高空淨化，
> 酌飲那充溢著晴空的火吧，
> 如酌飲純潔的瓊漿。
>
> 自煩惱與無邊的憂鬱之後，
> 那使混沌之生沉重的，
> 能以健壯的翅翼
> 飛向澄明恬靜之太空的人，
> 那思維如百靈島一般地，
> 自由飛向晨空的人，

　　那翱翔於生之上

　　且易於諳悉花朵和無聲之物的語言的人是幸福的。

　　讀波德萊爾這首詩，我不知道識者們是頹廢？還是躍起？是墜落？還
是昇華？我想我們讀了這首詩，波德萊爾竟能把我們帶到「青空之外，眾
星的邊緣之外，」彷彿就像看到美國最近放射太空人庫波繞地球飛行二十
二匝一樣，令人有種「以不容描述的男性樂。」波德萊爾的作品，雖說我
們不能不承認它是病態的，但這首詩如以之在 19 世紀中葉來論，可能把它
目之以為狂想，而在今天卻又是大謬不然的。波德萊爾說：「詩只是人類對
一種崇高的美的追求。」而這首詩，也可說是美的極致。如「飛吧，遠離
病態的穢氣，」這兩句話，真可說是代表我們今天現代人一種肺腑之言。
他說：「一個詩人該有權利說：我曾以如許崇高的職責加於自身，我的功能
乃是超人類的。」波德萊爾這一句說法，就如美國哲人愛默森在其〈論詩
人〉一文中說：「詩人是說話者，命名者，代表著美。他是完整的、獨立
的，站在中央。因為世界從創造之始便是美麗的，不是後來才彩飾的；上
帝並沒有創造什麼美的東西，美是宇宙的創造者。因此，詩人不是被授予
權力的國王，而是自據權力的皇帝。」是同一意義。詩人不僅應該說話，
而且應該命名，即使受難，詩人也應該說話，應該命名。否則像我國的詩
人屈原就不會自沉汨羅江，杜甫就不會受難而死，詩人的功能就是超人類
的，而波德萊爾這首詩，就可作為此中的代表。總之這首詩，就是一首向
上飛翔的昇華意志之作。假如誰要是肯定他是頹廢的象徵，那就是那些不
了解其詩中之詩的語言罷了。就如波德萊爾在其最後兩行詩中說：「那翱翔
於生之上，且易於諳悉花朵和無聲之物的語言的人是幸福的。」這就是一
個明證，而這行詩，也值得令人玩味，恐怕也只有波德萊爾這樣痛苦的
人，才瞭解這種無聲之物的奧祕。關於波德萊爾其他的詩作，胡品清女士
已在其中譯介了七首，可說無一不是令人震動心弦的絕作。

　　自浪漫主義到巴拿斯派，波德萊爾是最突出的一人，從巴拿斯派到象

徵主義，波德萊爾可說是他們所崇奉的一個偶象。胡品清女士說：「自《詩經》而下，象徵一直在中國詩裏佔著重要的地位。而波德萊爾在〈貓〉一詩中便是用比興方法藉描來象徵女人的微妙和神秘。」從 1850 年到 1880 年象徵主義之勃興，波德萊爾可說就是他們的淵源。下面就介紹象徵派人的作品，首先介紹魏爾崙：

魏爾崙

　　三、魏爾崙是象徵派的大師之一，與藍波（Arthur Rimbaud，1854-1891）、馬拉美（Stéphane Mallarmé，1842-1898）並稱為法國詩壇當時大革命的三傑。胡品清女士說：「19 世紀末葉法國詩壇主張精確地科學化地描畫，冷靜地客觀地抒情的巴拿斯派逐漸衰微，起而代之的是象徵主義。象徵派詩人認為巴拿斯的冷靜是違反人性的，他們主張恢復內心活動和主觀精神，他們不僅需要描寫有形的物質界，更需要描寫隱形的心靈界。可是他們的表現方法不是浪漫主義者的將自我熱情平鋪直敘，他們強調以音樂、以暗示、以聯想來表示一種非普通語言所能表示的玄妙而神聖的境界。」魏爾崙主張詩應與音樂打成一片，而在其中織成一種神秘的交響。現在試舉其在《詩藝》中所說的幾段以見一般，他說：

　　　　在一切之前，先是音樂，
　　　　而為了他最好是不整齊的，
　　　　在空氣中模糊地溶化，
　　　　沒有東西壓它沒有東西掛在它上面。

　　　　我們所需要的是間色，
　　　　而不是顏色，惟有間色，
　　　　喔！惟有間色才能連結，
　　　　夢與夢，笛與號。

　　　　你的詩歌就像春風，

分別吹動薄荷與麝香草，

使它四散於空中……

而其餘是「徒勞的文學」。

　　魏爾崙這一主張，可說這就是他們的藝術，也是他們象徵派的宣言。藍波則主張要以新的語言、新的感覺、新的觀察來創造一個新的境界，並強調一切必須澈底的現代化。馬拉美則主張靜思冥想事物，以便在心裡喚起一種幻象的飛翔，反對巴拿斯派把一切的事物敘述說完，而失掉神祕。否則讀者就得不到與作者在創作時那種相同的快感。讀詩的興趣應該是漸次的獲得，這才是暗示。魏爾崙在初期亦曾是巴拿斯派的信徒，在詩的內涵與形式方面，曾深受波德萊爾的《惡之花》的影響。1871 年他與藍波結織，並開始寫他的《詩藝》，由是遂與巴拿斯派劃分一個不同的界線。下面就試舉其〈秋之歌〉一首欣賞：

秋日的

小提琴的

長長的嗚咽，

傷我心，

以單調的

弱音。

一切窒息

而蒼白，

當時鐘鳴響，

我回憶

往日，

我啜泣。

　　我乃行走，

　　於疾風裏，

　　我被風吹去，

　　忽南忽北，

　　儼然

　　一片死葉。

　　這首詩，看來並不算神奇，但讀來卻有一股神韻的回味，彷彿就有一種玄妙的音樂旋律自在其中。象徵派人主張以音樂、暗示與聯想來表達一個神祕境界，這首詩就可作一個代表。蓋音樂是一種抽象作用，暗示是一種隱形意識，由抽象作用與隱形意識來表現一個不能表現的感覺，而產生一種朦朧美與象徵的情調，可說這就是象徵派詩人們的思想和特色。雖說這首詩的眉目清晰，詞意一一可解，但仍若霧裡看花辨不清。魏爾崙在這首詩裡是究竟為何回憶？為何傷感？為何啜泣？為何像「一片死葉」被疾風吹得「忽南忽北」？胡品清對其已譯介了 17 首，讀者如要對自後詩人的作品作深入的了解，那麼象徵派就是一個必經的過程。下面試論梵樂希：

梵樂希

　　四、梵樂希可說是法國無上的光輝，一個頂點，和一個後期象徵派的詩人。不過他的詩藝卻是集古典主義、巴拿斯派和象徵主義的大成的。因為梵樂希能遵循古典的法則，推陳出新，就像文藝復興的達・文西（Léonard de Vinci）一樣，能創造一個前人未有的世界。法國文學批評家拉魯（René Lalou）說：「梵樂希的身上，我們可以找出一個散文家、一個哲學家、一個詩人、一個詞客和一個象徵主義者，同時也找著一個古典主義者。」由這一說法，我們就可證實這位詩人是怎樣富於多樣性和廣泛性，淵博而又深沉。可說我們就不能單純的把他歸之於哪一派，否則我們就不能對他作確切的了解與精密的認識，他應是一個純粹的存在與一個獨立自主的詩人。他不受任何依榜與任何拘束。梵樂希是於 1890 年開始活躍

法國詩壇，但到 1894 年後即歸於沉寂，可說這是一個很令人費解的現象。要是我們是不會像他這樣做的，好不容易在詩壇爭得一點名望，怎麼又甘於忍耐放棄？除非有其他特殊的因素。但梵樂希竟做得如此神奇，這是很令人叫絕的。要非一個「大智若愚」的人，豈肯出此。梵樂希自 1890 年開始活躍詩壇，除前後發表了《達‧文西方法序說》及一些散文與詩之外，並曾與紀德（André Gide）、克洛德爾（Paul Claudel，1868-1955）、萊尼埃（Henri de Régnier，1864-1936）等人參加羅馬街之馬拉美的「火曜會」，每逢星期二，可說這是當時法國詩壇展開象徵派運動的中心。在這些人中，也可說梵樂希是真正的承襲了馬拉美的衣鉢的人。但在 1894 年之後直至 1917 年，梵樂希卻再沒有發表過一首詩。在這長達二十年的期間，可說梵樂希一直是在沉默、在錘鍊、在鍛鐵為金、在從其他哲學和科學的各方面尋找最確切的表現方法和抽象的認識。這種面壁二十年的工夫，這是需要無上的堅忍和無上的意志的。直到他發表了〈年青的帕爾格〉和〈海濱墓園〉等詩，遂才回到詩壇、震驚詩壇。而梵樂希遂前後判若兩人了。1925 年，因法朗士（Anatole France）之死，梵樂希並在這些眾多的詩人中坐上了這把法國學士院所空下的椅子。可說這是給一個努力於思想的人的無上的殊榮，而梵樂希也非浪得虛名。1945 年七月，梵樂希死於胃潰瘍，享年 74 歲。紀德說：「保羅‧梵樂希之死不僅使法蘭西居喪，且使全世界湧起了梵樂希之聲音所及的人們發出的悲嘆之聲。凡是一個人的作品能夠以不朽而自負的話，那就是不朽的，而且那光輝超越了空間和時間而將繼續地擴展的作品，能流傳後世的人才是真實的，能夠豐富和教化了最久遠的精神，最多樣的精神的這種崇高的作品，它是如此的完美、豐富和嚴密，使人不禁為之讚嘆。」（引自葉泥譯《保羅‧梵樂希的光輝》）下面就試論他一首詩──〈石榴〉。

　　堅實的，因過多的種子

　　而半啓的石榴啊

你彷彿是一個崇高的頭額
因眾多的發明而爆裂。

啊，半啓的石榴，
假如你忍受的陽光
曾令你驕傲地
使紅寶石的牆壁破裂，

假使你皮殼的乾燥的黃金
因一種力量
而露出有紅色液汁的寶石，

那煥然的缺口
令我夢想著一個人，
我曾擁有那人的隱秘之建築。

　　這首詩的感受是典麗而莊嚴，細緻而嚴密，以一只石榴構成如許的想
像，要非一個具有深沉感受的詩人是做不到的。這首詩的力量，可說每一
節都沒有一句廢詞，每一行裡也沒有一個廢字。也許讀者們很難欣賞這首
詩，也許會感到艱深和晦澀，假如我們要確切的對這首詩予以認識，那不
僅會給這首詩予以最高的價值，且會讓你擊節嘆賞。本來詩只是止於欣
賞，而勿須予以詮釋的。論者茲不揣冒昧，現就以我個人的認識對它做個
欣賞的過程。石榴之為一種果實這是人所共知的，如僅以一只石榴寫一首
詩，如沒有一種抽象的假設和象徵的意味，就不能織得其中的真趣。可說
這首詩的每一行都是能令我們玩味的。他說：「堅實的，因過多的種子而半
啓的石榴啊，」這頭兩行詩，就全部給這只石榴予以具象和抽象了。具象
是石榴的外貌，這只石榴看來是那麼堅實，但終因其內在過多的種子已屆
成熟而脹破出來，遂使堅實的石榴的外殼爆裂而呈半啟的狀態，這就意味

著另一抽象的意識，這只石榴看來不僅是一只石榴，彷彿就像看到一個哲人或一個科學家的「崇高的頭額」，因其有過多的智慧而創造了「眾多的發明」。梵樂希由「過多的種子」聯想到「眾多的發明」，可說的是神妙。這不僅是給這只石榴予以完美化，而且也是給予一個具有發明的人以觀念化的。例如牛頓坐在一株蘋果樹下，因一只成熟的蘋果自枝頭脫落撞著他的頭額，因而聯想到「地心吸力」這一發現，可說就是一個例證。以後二、三、四節詩均各有其嚴密、深沉和準確的意味，均可讓我們予以假設和詮釋，且其表現的意象確是無窮的。他說：「啊，半啓的石榴，假如你忍受的陽光曾令你驕傲地使紅寶石的牆壁破裂，」這一節詩，除了已說明了物質界的自然現象外，假如就以這個現象而聯想到梵樂希本人，也是很確切的。例如梵樂希忍受了二十年的沉默，而後始驕傲的出現，震驚詩壇，可說他的詩已經衝破了那層堅實的沉默的牆壁而閃耀著如「紅寶石」的光輝一樣。總之，這首詩是令人欣賞的、愉快的，如識得其中的奧祕，我們就不僅不覺得其艱深和晦澀，反覺其是如是的明晰和開濶，給我們以一種自覺的啟示和力量。其後三、四兩節論者就不再在這裡妄自嘵舌，盼識者們或以其他的角度來欣賞和體會，也許會較我個人所知者更多。胡品清女士說：「中國古語說：『詩窮而後工』，法國浪漫派名詩人繆塞說：『在絕望中寫出的詩歌是最美的，我知道有些不朽之作只是純粹的嗚咽。』如此說來，彷彿中外一致公認詩是流離顛沛或傷感頹廢的產物，但是這種論調並不適合於梵樂希的作品，這完全是由於他的生活是內向的，他恆常凝思默想，如哲人。他的詩是思維和智性的產物，他是純粹詩的發明者。他有的詩甚至可以沒有明顯的主題只憑音樂的和諧，思維的凝聚而獨立的存在。」可說這一節話是胡品清女士對梵樂希最有識見的批評。

　　自象徵主義之後，法國詩壇遂呈更多繽紛的現象與諸般不同的色澤。繼之而起的是達達主義、超現實主義、立體主義諸多流派。達達主義產生於第一次世界大戰期間，但隨即夭折，蛻變為戰後之超現實主義。超現實主義一度曾為法國詩壇的主流，現在亦趨於沉寂。總之，法國在 20 世紀的

流派，較之 19 世紀所產生的更多更繁，我想這是自浪漫主義以來一種自我
不安定的現象。羅素說：「由 18 世紀後半期以迄現在，藝術、文學、哲學
乃至政治，無論消極地或積極地，都受一種情感影響，這種感情，在廣義
來說，可說是浪漫運動（The Romantic Movement）之特徵。即厭惡這種情
感方式的人們，也不能不注意到它，而且在許多地方，所受到的影響，比
明白知道的人還要大。」我想這個看法是較為正確的。胡品清女士對超現
實主義者德斯諾斯及立體主義者阿波里奈爾的作品均有譯介，恕我在這裡
就不一一予以評論，總之，這部譯詩是令人敬服的，無論是在量與質方面
來說，均可說是名作名譯，令人不禁心嚮往之。下面就試評胡品清女士新
詩選部份：

追求繆斯的女詩人

　　五、胡品清女士的詩，可說是情感範疇的。其中 41 首詩，雖說各有各
個不同的角度，但其中的對象就只有一個。可說這就是一種專一、一種完
美、一種令人驚異的情操。也可說這種情操只有像胡品清女士這位追求繆
斯的女詩人才有。就以胡品清女士所選譯的法國詩人的作品來看，也可知
她的傾向。這種情感是異常珍貴的，就像一個綺夢裡住一個人生。不過這
種人生可能有歡笑的一面，也可能有辛辣的，但我想這種夢還是應該作作
的。例如她說：「傾注我一頃薔薇吧，自你的筆底，讓我享受一個雪地裏的
春天。」讀這兩行詩，我想每位讀者在心裡都會誕生一個綺夢來。又說：
「回憶是一只被扼殺的蝴蝶，是一具顏彩繽紛的遺骸。」而這兩行詩，就
是無窮的感傷氣氛。像這類令人擊節嘆賞的句子，例如：「而你不來，遂心
扉長鎖，屋脊上飄落的不是幸福的白羽，是朵朵雪花。」這「白羽」「雪
花」形象得這麼鮮活，即使不勝哀惋，我想我們的女詩人也應該在此中得
到慰藉。這上述的三節詩句，是從〈祈求〉、〈不題〉、〈奉獻〉這三首詩中
擷節下來的。胡品清女士的情操可說就是一種愛。例如她在〈鄉愁〉中所
表現的就是一種對國土的癡戀，胡品清女士放棄巴黎的生活，要非有一種

「生於斯」的國土戀情，我想她是不會回國的，可說這也就是一種祖國的愛。

　　讀完胡品清女士這部《胡品清譯詩及新詩選》，我本該有許多更佳的評語，只是筆拙，未能盡意。總之，它曾令我沉緬多日，陶醉多日，這是一部我很喜歡的書。

　　　　　　　　　　　　　　　　——選自《中國一周》第 686 期，1963 年 6 月

評《人造花》

◎柳文哲[*]

　　當我們自由中國的詩壇，經過播種時期，而到繁榮時期；從自由詩而轉向現代詩的時候，因為強調現代詩的結果，遂產生了現代詩的逆流；由於抒情與主知的優位底論爭，由於實存意識與超現實精神的追求，雖然產生了真正具有現代精神與技巧的現代詩，同時也產生了偽現代詩的氾濫。尤其是原為格律至上主義者們也打起了現代的旗幟，於是乎，所謂現代，不知多少人假其名，卻反其道而行。

　　當詩壇在這樣一片混亂的時期，遠從海外，自那藝術的花都巴黎，胡品清女士開始把她的詩作和法蘭西現代詩的翻譯，陸續地寄回國內發表。原來她旅居法國期間，她早已完成了法文譯本的《中國古詩選》(*La Poésie Chinoise Ancienne*) 與《中國新詩選》(*La Poésie Chinoise Contemporaine*)，以及法文詩集《彩虹》(*ARC-EN-CIEL*)。說實話，我們的詩壇所最感需要的人才；便是即有精湛的外文修養，又有相當的創作經驗，這種人才是傳播詩的使者。恰巧，她兩者兼而有之，她經常給國內的詩壇介紹法蘭西的現代詩，同時也介紹法蘭西、比利時、英吉利和德意志的詩壇情況，有時也討論到實存主義與超現實主義的思潮。

　　她說：「今天的社會是多面的，立體的，遼闊的。文學作品既然是時代的產物，今天的詩之本質應該是有別於古詩之本質的。既然一首詩是質重於形，那麼形隨質而變是無可異議的了。所以新詩不能套在古詩的架子

[*]本名趙天儀，詩人、散文家、兒童文學家、笠詩社發起人之一、《笠》詩刊社務委員。靜宜大學臺灣文學系退休教授。

上。不但中國如此，今天全世界都有同一趨勢，那便是把詩從格律中解放出來」。[1]她的話，一方面可以給國內保守人士知所警惕，另一方面也可以給國內詩壇打氣，從而提高創作的信念；中國的新詩發展到現代詩，不也是跟世界的詩潮一樣，正在探險搜索的過程中麼？

　　自胡品清女士返國，任教於中國文化學院，她的寫作更勤更賣力；已出版有《胡品清譯詩及新詩選》（詩集），《現代文學散論》（文學評論），《做「人」的慾望》（翻譯小說），以及這一部詩集《人造花》，可說作品的產量相當可觀了。目前正撰寫英文本的「李後主傳」，其寫作的勤奮當刮目相看。

　　當我欣賞一首詩的時候，首先，我會注意到詩的題目，往往一首新穎的作品，同時就有一個相當新鮮的題目；我相信，我們的詩人早已脫離了國文老師出題，然後開始作文的習慣了；詩人在創作的過程中，常常是在一種飄忽的，稍縱即逝的況位裡，因此，當詩醞釀成熟時，作者才命題，那是一種象徵性的，畫龍點睛的構成。

　　雖然，她也非常地重視詩題的命名，可是，由於類似的題目底使用，既使說詩本身並不相同，也會減低了詩的新銳底效果。例如：〈雨天書〉，向明使用過；〈黑色的聯想〉、〈不題〉，瘂弦使用過；〈仙人掌〉，方思、白萩等使用過；我想用同一個題目，同一類題材，並非不可以，但最好能變化些，尤其是忌諱時尚的影響。

　　收集在《胡品清譯詩及新詩選》裡的作者的詩，洋溢著一種異國的旅愁。例如：在〈夸父〉中，她歌詠著「而我，永恆的不眠人」；在〈鄉愁〉中，她歌唱著「而我踟躕永恆的異鄉人」；在〈日曜日之二〉中，她也詠嘆著「我是永恆的異鄉人」。而今，我們這位旅居法蘭西的異鄉人，終於歸國了。她所謂的異鄉人，似乎是中國式的，一種鄉愁的文學，對於過往的憶念與思慕。當她沐浴在法蘭西晴空的陽光下，在塞納河畔，在巴黎街頭，

---

[1]胡品清，〈論新舊詩之分野與創作〉，胡品清著，《現代文學散論》（臺北：文星書店，1964 年），頁 139。

雖然她深深地感染了法蘭西的詩風，但她畢竟是中國的詩人，那種濃重的
中國詩詞的情調，時時流露於她的筆尖下；因此，她雖一面鑑賞著外國的
現代詩，一面卻創作著中國的新詩。在《人造花》的〈自序〉中，她很坦
白地自述著：「自然我不敢有那麼一個奢望把它稱為現代詩。我只敢謙虛地
說：我曾試圖以不陳腐的語言表現自己的感覺和永恆的情愫。」我認為詩
的創作，常會表現出一個詩人的限度，這是個性與觀念衝激的結果，也許
觀念上已經佔在前衛的精神，而個性卻是傾向保守的一邊，那麼，我們不
能勉強這種詩人立刻就成為尖銳的現代主義者，那反而會變為畫虎不成反
類犬的四不像的畸形兒。

　　從《人造花》這一部集子看來，作者一旦歸國，似乎也難免呼吸到國
內詩壇的空氣，而受到感染，作者在無意中也流露了被影響的痕跡。

　　也許作者也有過選擇的接受和批判，但遭遇到消化不良的結果，也有
兩種困惑還待克服。且讓我分析問題的癥結所在罷！

　　一、意象的影響無法完全擺脫：這個困境不只是作者一個人的障礙，
這是任何人都會遇到的困惑，但我們要努力去擺脫。

　　我們試比較下例兩首詩；我們先看一看季紅的一首詩〈鷺鷥〉[2]：

在日沒後
仍未歸去的一隻
鷺鷥。
在不清楚了的空中
　　在深處的一個
　　　　招喚。
猶之一個意志
在不寧的，未之分明的

---

[2] 參閱「季紅的詩」，瘂弦、張默編，《六十年代詩選》（高雄：大業書店，1961 年），頁 55。

　　　　回憶中

那麼，我們再看一看作者的一首〈白楊與倒影〉：

　　在長夏的烈日裡
　　溪岸上
　　一株高邁的
　　綠蔭煥然的白楊
　　及其投射於清淺之水底的
　　修長的陰影
　　宛若
　　一首光彩奪目的詩
　　及其用以形成的
　　潛藏於心靈深處的
　　未分明的意念

　　這兩首詩，在表現的手法上，在意象的處理上，後者都無法擺脫前者的圈子，我常這樣想，越是希望吸收別人的長處，越是需要吸納過程中的消化劑。

　　二、句法的影響無法完全變化：意象的影響是全面性的，句法的影響是片斷性的，套用已有的句法，容易失去詩本身的力量。例如作者在〈皈依〉中，這樣地吟詠著：

　　「有塵囂以紛紜來
　　有思潮以洶湧來
　　我的神
　　請與我偕行」

夐虹在〈不題〉中，也這樣地歌詠過：

「有顏彩以繽紛來，有江海以澎湃來
　我的神，請上階石」[3]

　　所以，不論是意象也好，不論是句法也好，我們要求創新，這是表現詩人創造力所在，我相信作者「試圖以不陳腐的語言表現自己的感覺和永恆的情愫」；這種觀念是正確的，我非常希望跟作者共勉，朝向這方面來努力。批評不僅是在指出缺點，批評的責任乃是在一種創造的啟示和鑑賞的品味，換句話說，是在分析那神聖的一刻！

　　作者對人性、對自然、對愛情；處處流露著一種熱忱、一種執著、一種誠摯。〈深山書簡〉表示著她寧靜淡泊的胸懷；〈月夜幻想曲〉表現著她與自然默契的情操，有新鮮的意象，有濃郁的象徵；〈愛戀〉洋溢著羅曼的氣息，陷入愛的泥沼裡，一種無可奈何的無法自拔的告白；〈華美的夜〉有著中年人的若即若離的戀情，情意深遠。

　　我們從下例的詩句中，不難體會到作者是抒情的自由詩底選手，看似平凡，在平凡中有她那親切而平易近人的律動。例如：

自淡淡欲溶的晨霧中駛出
自羞怯的霽光中駛出
旋轉旋轉
我們的車輪選擇了海的方向

　　　　　　　　　　　　　　　──〈野柳行〉

啊神！
請引我回歸，自戀之窄門，渡一切苦厄

---

[3] 參閱「夐虹的詩」，瘂弦、張默編，《六十年代詩選》（高雄：大業書店，1961 年），頁 187。

我欲尋索迷失了的智慧

此其時

——〈登指南宮〉

那時

我唯一的歡娛

將是反覆背誦你曾如何呼喚我的名字

——〈憧憬〉

我是那不愛面具的，

我是那必戴面具的，

終身的假面舞會，

我之生存。

——〈面具〉

　　簡言之；作者對自己敢承認「假如有人強調現代詩人的聲音必需是冷酷的、悽厲的、枯寂的、晦澀的；假如有人肯定地說現代詩不是抒情的，只是主智的；或是現代詩所表現的只是現代人被物質文明分割後所感受的痛苦；那麼這本集子顯然沒有資格被稱為現代詩」誠然，這種態度，比起冒牌的現代詩人，所發表的贗品，自然要可愛些，而且並不因為不夠現代，或不夠前衛，就有落伍的自卑，現代詩人實在用不著打腫臉充胖子，這樣不欺瞞自己，而寫出自己真實的心聲，豈不是更令人激賞，更令人尊敬麼？

——選自《笠》第 10 期，1965 年 12 月

酒箱

橡木或香杉質材的紅木酒箱，長年以來成為我珍愛的癖好，堆疊成一座可容藏書的角落，猶若森林深處的芬多精、自然的心靈安頓。

很多年前，歐洲紅酒成為一種時尚……波爾多、隆河、安達盧西亞等等……我遍嚐各式酒釀，只感深深疑惑：同樣是大地所種、滋生的葡萄果實，何以類分等級？資本主義、商業機制操作下的，不可不然的品牌迷思嗎？

18 歲時之我，中山北路三段雅緻的法式餐廳，首次初飲法國白酒，竟以為是葡萄果汁……猶若文學母親般的文化學院法文系教授胡品清以最道地的巴黎口音，我所不諳的漂亮如歌吟的嗓音，對著身著黑色西裝，白襯衫領間別著蝴蝶結的帥氣男侍者交代著。

這裡的「鞋底魚」做得好，搭配法國隆河白酒最迷人。品清阿姨闔起酒單，微笑地說。面對不知所措之我，略為慌亂地只能回以羞怯的不安與尷尬的神色，環顧四周，這家名之「諾曼地」的餐廳，盡是衣冠楚楚的西洋人，黑色鋼琴上端的玻璃器皿上一叢似雪的球狀白花，我想著「諾曼地」彷彿依稀的記憶──二次大戰盟軍 6 月 6 日登陸英、法海峽的決戰時刻；其實更想到的卻是品清阿姨方剛送給我的詩集：文星版《人造花》。白酒兩杯送上來，虔心品味，蘋果西打的直覺，少甜多澀……。

問我：知道法國詩人波特萊爾嗎？我搖頭。她說：你要讀他的《惡之華》詩集，聽過黎烈文教授嗎？他的法譯中非常好，坊間可尋得他在中國

大陸翻譯的畢爾‧羅逖的《冰島漁夫》。我怯生生的反問她：阿姨，那，您
譯過誰的作品？她笑了起來，朗聲答說：我倒是把李清照的古詩，中文翻
譯成法文⋯⋯。

　　諾曼地法式餐廳的隆河白酒、鞋底魚之夜，18 歲的我，文學母親胡品
清教授帶我進入了我從未知諳的法國文學領域。

　　很多年以後，她寄來了瑪格麗特‧莒哈絲的小說《情人》，她是中文首
譯者，扉頁夾著短箋：送給我沒有血緣的侄兒，書中的越南華人男主角，
多麼酷似你。

　　多麼酷似你⋯⋯我時而想起這句話。莒哈絲事實上就是胡品清的倒
影，很多年後，我在郵寄給她的信上如此直言，她回了信，讀之淒楚，她
說：阿姨只有夢，再也難以奢望，愛。我時而念及陽明山上華岡文化學院
宿舍中的：迷你香水瓶、貝殼、吉他以及中年怕光、戴在鼻梁上的墨
鏡⋯⋯1980 年代我奔忙於土地與人民的散文書寫，自許：不再唯美。阿姨
見之副刊我言，忍不住回應：不再唯美，難道要唯醜？一時之間，我竟不
知如何是好？彷彿背離了文學啟蒙，只能噤聲。

　　人生的確難以預期。是十八歲青春、苦澀的年華，胡品清替代我長年
被疏忽的母親角色（真實的母親為現實生計勞苦奔波）逐漸少了與她的密
集聯繫⋯⋯主因在於自我的生命歷經折損與反逆，天真和幼稚，恆常懷抱
著與人為善的愚痴，始知人間世道是那般的艱難、險峻⋯⋯如何能再以初
時的純真面見啟蒙予我的文學母親？塵埃和傷痕，庸俗以及沉淪⋯⋯。

　　多麼酷似莒哈絲名著《情人》中的男主角？逃避現實，面對真愛不敢
去愛？掙扎而後終究向世俗所命定的現實妥協⋯⋯那麼，我所引以生命救
贖的文學是實質忠於自我嗎？直覺的傲慢或自以為是的隱瞞呢？我，不敢
寫信，不再電話請安⋯⋯品清阿姨，逐年老去。

　　《巴黎的憂鬱》她所翻譯的波特萊爾散文詩（1973 年初版，2007 年再
版，志文出版社新潮文庫 85 號書）一直一直放置在我枕畔的酒箱木質書櫃
裡；夜暗入晚前、午前睡醒時，恆在闔眼和睜眼之間，彷彿一種紀念的儀

式，印證在永恆的思念裡，不曾將她忘記。

六月午後大雨傾盆。還在昨晚一場抱持盼望卻觀之大失所望的電影微慍中，廣告明示：奧罕‧帕慕克及紐約的 MoMA 現代美術館推薦。以印度 16 世紀的細密畫為題的紀錄片——畫幅印照真人擬演……幽暗的僅四排座位的放映影院，幾乎讓我看到三分之二，不耐幾近奪門逃出……真實的造作與擬摹，是我的藝術涵養缺乏或僅是信惑於帕慕克名著《我的名字叫紅》，那詭異、迷離的出色小說情節？明明就是伊斯蘭信仰卻中譯為：「如佛淨土」。三百年前的細密畫起自古老的波斯，怎會有佛之淨土？畫師之虔誠，在於作品本質而不必要演員至於廢墟場景，擬演一次……造作的令人生厭。

素以極端低調，收集頂級佳釀且於世界各地拍賣場域擅長的藏家老友來訊：淡水夕照正好，市區大雨且來品酒暢懷吧！說的也是，半小時後計程車雨行至北淡線捷運站，前往紅樹林，2007 年法國五大酒莊紅酒已在等候。

生命之水，靈魂之慰。半生已盡，酒比美色更迷人。15 樓窗前俯望，雨雲墨染流動，對岸觀音山猶在半遮面，河口遙向遠海但見夕照金黃，秋時北國的銀杏顏色，水平線一片澄明，地理知識：水平線觀之地球圓弧盡處已是 90 海浬之外，連綿雨季盡鎮島國之北，固然距離之遙夕照美麗……我持酒敬謝老友知心。

多談藝術，少提個人；其實論及此時此地猶不忘對島國之憂懷。年過六十已深諳節度淡然，不慍不躁，一切悲歡盡付好酒一杯。年少激情、歲暮沉定，已經不再是我們的年代了，偶憂杞哪個老友為病所困、家族不寧、下一代人的思索、生命情境早就難以揣測。

幸而我有好酒，你有文學。他慨言之。

現實不及你財帛豐厚，理想是我的文學。

似乎是老友間的話語較勁，卻是真話。

河口逐漸上燈，好久慢飲，愈喝愈醇。

他四十歲就功成名就、宣布退休；我四十歲正從一個生命中的挫敗裡脫離，一無所有地重新來過……不知何以，富足豐盈的美酒藏家會與文學作家可剖心縱談人生，成為知己幾達二十春秋。

好久不來淡水，一瓶好酒比夕照還要美。

九十海里外夕照
白酒金黃似銀杏之秋
遙敬更遠以南之妳
海那方，愛相隨
時間和空間
凝定在小別的思念
念及妳文字外現實
晶鑽寶玉之凝視
萬古礦脈的原初
如何以思索文字
理想最為眷愛
藉以暫且遁走的安頓

安頓於靈犀在心
猶若翡冷如翠
文字來時現實止歇
紅酒般最美的年華
夕照夜寢後的晨曦
妳當想起我的思念

攜帶一首 18 行詩以及兩只木質酒香，微醺的捷運回程；多久，我未曾

執筆散文？

　　酒後時刻，意外清醒的總是自問：文字清醒的終極究竟何以？詩的抽象、小說的編造、散文的剖白……睡前如果不服稀釋的半片助眠碇，夢會零碎的猛然侵入，乍醒時彷彿依稀卻難以記住。破缺的往昔或是未償的惦念，時間早就不容許無端的感傷及憾恨，那麼夜夢支離破碎的反覆又意味著什麼？反思只是自苦。

　　入夜的北淡線捷運人稀，卻見一個男人專注的剝除酒香上被黏貼透明膠帶的異樣動作，好像試圖除魅般的某種儀式……不知這木質酒箱是冷杉或橡樹，只是覺得化學製成的膠帶彷彿是不自由的綑綁（酒商固定運送的條碼標示），剝除的意義在於還原，作為書櫃的替代。

　　黏性膠帶剝除後反捲成球狀，像百合或水仙之球根。暗夜的捷運，人稀聲靜，意外地無人滑手機，靜坐如一方風景……男人停下剝除膠帶的動作，融入靜止的風景之中，思索著這大小兩只的木質酒箱回到家裡的書房，堆疊在藺草日式床席靠牆位置，將放入最珍愛的床頭書，像波特萊爾的《巴黎的憂鬱》、川端康成的《雪國》、董橋的《小風景》、劉克襄的《革命青年》、七等生的《為何堅持》……就缺少一本胡品清翻譯莒哈絲的《情人》。

　　那麼，何不容許今夜夢再進來，夢中期望傷逝多年，啟蒙我的文學母親胡品清入我夜夢，微笑的形容我「酷似書中的越南華人男主角」，可見我終究不是一個好情人。對於愛情，年輕時多麼的任性，愚癡如天真的孩童，唯美曾經，那是膚淺的自以為是，年少文學的濫情。

　　我正是剝除木質酒箱上黏貼膠帶的男人，只想還原最初全然木質的存在，莊重的、端然的欣悅於藏愛書於床側，恆在闔眼和睜眼之間，夜暗入眠前、午前睡醒時……彷彿一種紀念的儀式。悄靜地前行，美好的捷運，微醺帶著將成書櫃的酒箱回家，猶若宮澤賢治小說《銀河鐵道之夜》的感覺，如夢之夢的小確幸。

——選自《聯合文學》第 373 期，2015 年 11 月

——2016 年 8 月修訂

讀胡品清教授的《玻璃人》

◎文曉村[*]

在法國留學多年，對西洋現代文學深有研究，能以中英法多種文字從事寫作的名詩人胡品清女士，自民國 51 年返國，在文化學院執教以來，以一業餘作家，20 年之內，出版了 52 部作品，平均每兩年出書兩三本。她寫作的範圍很廣，新詩之外，散文、短篇、翻譯、論評等，無不涉及。

我沒有做過讀者問卷統計，但我敢大膽地說：作為詩人、散文家兼翻譯家的胡品清女士，是當今文壇上最受歡迎的作家之一。由於胡品清女士的作品廣受讀者喜愛，往往，她在報刊上所發表的作品，只要夠一本書的分量，即被出版商爭相搶去出版。這就是為什麼以往那些年來她所出版的作品，像《晚開的歐薄荷》、《夢幻組曲》、《芒花球》、《最後一曲圓舞》（以上均水牛出版）、《夢的船》（皇冠出版）、《夢之花》（水芙蓉出版）等，都是新詩、散文、小說、理論翻譯等綜合性選集的緣故。

眼睛雪亮的出版商和聰明的讀者，為什麼會如此偏愛胡品清的作品呢？對於這個問題，勢必要作全面深入的研究，才能回答，恐非筆者能力所及。我只想就個人閱讀《玻璃人》這本純粹詩作的感受，提出幾點品析性的淺見，就教於各位高明的讀者和詩友。

《玻璃人》是胡品清女士繼《人造花》（文星出版）之後的第二本純詩集，也是她的第 42 本書，由臺中新成立的學人文化事業公司，於民國 67

[*]文曉村（1928～2007），河南偃師人，筆名伊川、白沙、文夫、村夫、園丁，號立業、青雲，《葡萄園》詩刊創辦人之一，發表文章時為《葡萄園》詩刊主編。

年 9 月所出版。作者在序文〈關於「玻璃人的話」〉中說:「這本集子裏收入的詩共計 96 首,依照內容的性質被分成四輯:『沈思時刻』、『抒情小唱』、『莊敬篇』、『兒童詩』。其中最大部份是我近兩年來的作品,只有若干首是分別選自《夢幻組曲》、《芒花球》、《最後一曲圓舞》、《晚開的歐薄荷》,以及《夢之花》。」如果允許我說,我在這個集子中還發現〈面具〉和〈月夜幻想曲〉兩詩,是選自民國 54 年出版的《人造花》詩集的話,我們可以肯定地說:《玻璃人》是一本最能代表胡品清女士的詩選集,也可以說是她二十年來從事新詩創作的結晶。因此,喜歡閱讀或研究胡品清新詩的朋友,對於這本具有代表性的精選之作,是不能不給予特別關注吧!

在進入正題之前,關於《玻璃人》的篇數須加說明。作者在序文中說:「這本集子裏收入的詩共計 96 首。」這個數字有誤,實際上是:第一輯「沈思時刻」26 首,第二輯「抒情小唱」66 首,第三輯「莊敬篇」四首,第四輯「兒童詩」6 首,合計 102 首。這個數字上的小小錯誤,可能是作者寫序時未將第四輯「兒童詩」六首計入。後來不知是作者或出版社將六首兒童詩補編進去時,卻忘記將篇數加以修正?

在《玻璃人》的四輯 102 首作品中,我最感趣的是第一、二兩輯。這兩輯共有詩 92 首,占全書的十分之九。就詩而論,從第一輯第一首〈她的畫像〉,到第二輯最後一首〈自撰墓誌銘〉,不論從詩的情愫或風格上看(除〈艾菲鐵塔〉之外),應是一個帶有自傳性的,完整而不容分割的體系;只是「沈思時刻」在情思的表現上,含有較深的哲學意味而已。至於「莊敬篇」和「兒童詩」兩輯,前者是具有意識主題的作品,後者為即興之章,數量只有十首,應是本書的附錄,故不擬細論。總之,我想要品析的,乃是最能代表胡品清女士詩風的抒情詩。

談到抒情詩,我們便不能不想到,在我們的詩壇上,有不少「主知」的現代詩人,是極端反對抒情詩的。已故前輩詩人覃子豪,對這種反抒情的論調,曾經予以強烈的批評。他說:「思想產生於理性,抒情是情感的昇

華，理性來自腦中，情感來自心境，是人類的本性。詩無論進步到如何程度，抒情不會和詩絕緣，除非人類的情感根本絕滅！」（見覃著《論現代詩》中的〈新詩向何處去？〉）而且「抒情詩是為抒情而抒情」（見覃著〈抒情詩及其創作方法〉）的。

　　胡品清女士在她的《人造花》詩集〈自序〉中，對「現代詩」排斥抒情的傾向，也曾提出過辯正。她說：

假如有人強調現代詩人的聲音必需是冷酷的，悽厲的，枯寂的，晦澀的，何如有人肯定地說現代詩不能是抒情的，只能是主智的，或是說現代詩所表現的只是現代被物質文明分割後所感受的痛苦；那麼這本集子顯然沒有資格被稱為現代詩。可是我認為更重要的是我這些作品正像我那株人造花，他們代表真的永恆，善的永恆，美的永恆，愛的永恆。

又說：

我雖然活在二十世紀，我的寓居卻遠離著工廠林立，煙塵瀰漫的都市，我藏書的小樓面向群山，望中是一片清蔭，我實在不必無病呻吟地高唱心靈在被物質文明分割到深沉的痛苦。此外，我認為情感是永恆的，是屬於古今中外的現代人和古人同樣地有情感，為什麼現代人寫抒情詩反有落伍之訊呢？那是不容否認的，最適合於表現情感的是詩……。

　　從上文所引，我們可以肯定：第一、詩不能不抒情。第二、胡品清女士是一位堅持詩不能不抒情的抒情詩人。第三、讀者特別喜愛胡品清的詩，應該跟這「抒情」而能引起「共鳴」有其必然的關係吧！

　　《玻璃人》的另一序文〈史紫忱的話〉說：「胡品清的詩，用東方精神作骨幹，以西方彩色做枝葉，尤能出入於東西文化的真善美之樂園，風格清新，像一杯又醉人又醒人的葡萄酒。」這「用東方精神作骨幹，以西方

彩色做枝葉」的「葡萄酒」，來比喻胡品清女士的詩，真是最恰當不過了。
下面就讓我們來品嚐這最堪醉人的葡萄酒吧！

月已當空
我們睡意猶淺
且走向小園的花間路
享有一些月的明朗，夜的朦朧

我們步入月中，並立月中
月夜是一方閃灼雲母
雕刻我們的側面
雕刻我們交疊的影子

——〈月夜幻想曲〉第二、三節

　　如果我們的記憶不錯的話，這是一首十六年前的作品，初刊於《葡萄
園》詩刊，曾被詩人沙牧品評為最佳作品之一。這種將「月夜」比做「閃
灼雲母」，「雕刻」出一對情人的「側面」和「交疊的影子」，畫面之生動，
節奏之明快，想像豐富之魔力，不是令人十分陶醉的葡萄酒嗎？但這種抒
發悅樂的作品，在《玻璃人》中的數量很少，只有〈風景〉、〈《夢之花》
跋〉、〈笑珠〉等幾首而已。
　　實在，胡品清女士最重要的作品，應是那些抒發苦悶情愫的篇章，試
讀下面各詩的章節：

像孀婦的面紗，
我們的故事既尊貴又悲愴；
並非任何偶然或幻術或冷漠，
使它變得淒涼

——〈我們的故事〉第一節

不再有三度空間

我的宇宙

只是荒原　荒原一片

浩浩無垠

——〈洪水之後〉首四行

將不再

不再一同凝視樹梢試圖挂住夕陽

不再瞻觀雕花蠟炬

如何把夢照得輝煌

——〈如恒〉第一節

如今我只是一枚真空管，

無智也無情，

甚至不如被大海遺落的貝壳，

牠至少能保留昔日的潮聲。

我正面對深淵，

但無法瞻觀光譜彼岸的光華，

因為我不再是抒情詩人，

既然高度的感性已被剝奪。

——〈真空管〉第二、三節

我問蒼天：

「何時停止哭泣」？

蒼天報我以沉寂

我不敢問自己

何時停止哭泣

因為自己也將報我以沉寂

──〈雨天的幽默〉第四、五節

　　廚川白村說：「文學是苦悶的象徵。」胡品清女士的詩何嘗不是？而且表現得更淒苦，更深沉。詩人用了各種不同的意象：從「孀婦的面紗」、「浩浩無垠」的「荒原」、「無智也無情」的「真空管」、「不再一同凝視樹梢試圖挂住夕陽」，到「感性已被剝奪」的「抒情詩人」、「面對深淵」，甚至也「不敢問自己，何時停止哭泣」。這種淒楚悲涼的心聲，除非你是「太上無情」，任何讀者，恐怕都會心弦顫動而不禁潸然吧！

　　愛情，是一切文學取之不盡用之不竭的泉源，當愛情緊緊與人擁抱時，詩往往便躲在一邊，變成一個被冷落的客人了。一旦生活中失去了愛情，心靈空虛時，詩便會悄悄地走進人們的內心，變成一位親密的朋友，既能聽人傾訴，也能給人安慰。這種心理學上的補償作用，正是創作的淵源，也是詩人使情感昇華的一種方式。《玻璃人》中許多描寫回憶和夢幻的作品，便是很好的註腳。

　　　　不曾忘却最後一個歡騰的仲夏
　　　　在閃光的山坡水湄
　　　　那是發生在夢境中抑是屬於另一輪迴？
　　　　只有疑問號
　　　　對於自己的記憶

──〈遙寄〉最後一節

　　　　我的金色夢啊金色夢，
　　　　就讓相思花做你的榜樣！
　　　　當你碎時
　　　　請將自身化為萬頃金粉
　　　　織就綺麗地氈

伸向平地

伸向斜坡

讓那原是織夢者的雙足

傲然踏過

　　　　　　　　　　　　——〈金色地氈〉最後一節

風景已讀完

大自然的畫冊已經闔上

盲者之春啊

只是回想

而非凝望

　　　　　　　　　　　　——〈盲者之春〉最後一節

至少　　我要攬住回憶

珍惜認識過的溫馨

因為心靈沒有皺紋

只有傷痕

　　　　　　　　　　　　——〈「明日」之夜〉第三節

　　與上述充滿回憶和夢幻色彩密切相連的，是更多真摯的癡情、思念、渴望，有如「熱帶的嗜光植物」，和陣陣「秋風」恆向南方。

畫堂寂寂

日換星移

日換星移處

我曾注意

葉莖如何轉向

以一百八十之幅度

那是一株熱帶的嗜光植物

恒向陽

──〈堂中樹〉最後一節

秋風

我願追隨你的腳趾在空中劃出的軌跡

作一次遠遊

誘惑我的不是行程

也非到達

而是南方的一座山

面山的一棟樓

樓前的一條長廊

廊前佇立的一個俊俏身影

身影上深沉如淵的雙眸

不知在秋風裡蘊藉著幾許故事

在那無言又欲語的深淵中

──〈秋風〉第二節

這種真摯的癡情、思念、渴望，乃是人類最高貴的感情。詩人與眾不同的，只是表達的方式與眾不同而已。一般人對於熱戀中的對象，最常用的方式是，直接了當地說：「我愛你！」詩人表達的方式卻是間接的，她用「堂中樹」「葉莖」之「轉向」、「恒向陽」，「秋風」的南向；以及「當夕陽西落（紅色之後繼之以藍色之夜的時辰）／我乃面南／凝定一個永恒的微笑／紫色的／向那釀造最後的蜜糖的小鎮」（〈紫色的微笑〉）。

把愛的真摯之情發揮到極致的，〈寄往南方〉：

你是夢火

　是毀滅也創造的火

　是呢喃的火　呻吟的火　歌唱的火　舞蹈的火

　　沒有什麼　　除了那一簇火

　　把情人比喻為「夢火」、「毀滅也創造的火」，已經把愛的力量描寫的夠強烈了；又讓這「火」從「呢喃」、「呻吟」，燒到「歌唱」、「舞蹈」，愈燒愈烈，怎能不將被愛的人熔化呢？此外，將「呢喃的火、呻吟的火、歌唱的火、舞蹈的火」用一行高高地堆起來，給人以不可抗拒的壓迫感。如果把這四小句平列排起來，便鬆散、軟弱無力了。這是詩人的匠心，也是藝術表現的極致。

　　死亡是可怕、恐怖的，在國人的觀念上，都是唯恐不及的避諱；一般作家也是盡量避免的。但《玻璃人》中卻有許多關於死亡的描寫，有些是比較含蓄的、象徵；有些卻是相當坦率，甚至泰然自若的。這也是胡品清女士作品的一大特色。

　　暝色漸濃
　　請為我脫下芒鞋
　　白日在死亡中
　　我心亦然

　　　　　　　　　　　　　　　　　　　　——〈絕對〉最後一節

　　然後
　　泰然地
　　妳舒展十指
　　當純黑來臨

　　　　　　　　　　　　　　　　　　——〈純黑來臨前〉最後一節

　　啊！逝去，如一座猝然停歇的時鐘
　　頭腦充滿著思維之河
　　心靈洋溢著繾綣之夢

如此的死亡即是樂悅

無損於美，無損於人性的尊嚴

——〈時鐘〉第三節

人生甚淒楚

死亡也不美麗

死亡不美麗

但是不變不易

——〈病中的聯想之二〉第二節

將不再有偽裝的驕矜或真正的

　　渴望

在一種絕對的坦率及單純中

將有另一種伴侶

芋薈蘿蔔或洋山芋

將和泥土如此密切

乃從而感知早已熟識死亡

且欣然以肥沃的腐朽

令花草滋長

——〈病中的聯想之一〉第三、四節

「暝色」、「純黑」、「猝然停歇的時鐘」，都是死亡的象徵。人雖然怕死，不願想到死亡，「死亡也不美麗」，但是，死亡卻是「不變不易」的存在，尤其人在病中，常會覺察到病與死亡為近鄰，有時甚至會變成知己好友，自然不能不想到它。而且死亡也是人生的真正解脫。因此，當死亡來臨時，詩人便以哲學家的態度，「泰然地」、「舒展十指」，放下一切愛戀、夢幻、煩惱和憂傷，「不再有偽裝的驕矜或真正的渴望」；且將進入「一種絕對的坦率及單純中」。不僅如此，詩人更有高貴的情操，即使死亡之後，

還要「欣然以肥沃的不朽，令花草滋長」。這是人生的最高境界，也是詩的最高境界。人若到此境界，死又何憾！

在本文的第三段中，我曾說過：《玻璃人》全書在詩的情愫和風格上是一個帶有自傳性的，完整而不容分割的體系，只是「沈思時刻」含有較深的哲學意味而已。從以上對於作品的品介中，我想，讀者必已能領略其梗概了。

其實，在這本詩集中，有許多篇章，無不是詩人的自喻，像〈她的畫像〉、〈盲者之春〉、〈樹〉、〈仙人掌〉、〈神話詩〉、〈罌粟花〉、〈玻璃人〉、〈碎瓶〉……等都是，因篇幅關係，不再舉例。有興趣的讀者，不妨拿來對照一下。

至於其出入於東西文化的情思與自然綽約的風致，細心的讀者，必可從遣詞造句的文法與情韻中體會得出來，用不著一一明說。以下謹以〈時間〉一詩中的葡萄酒，回敬為我們釀造酩酊的詩人，並祝福所有有志創作的朋友：

時間！
你揮動魔杖的巫師
你吞食一切的巨流
不可通融的劊子手
在你幻術的魔杖的觸及之下
一切美好都殘破
一切新鮮的變成腐朽
……………
而我是萬有的反叛者
致力於你的暴虐之征服
以我的詩篇　以我的靈魂之顫慄

徒然　　你悉心的破壞

徒然　　你蓄意的摧毀

超越你的向你挑戰的愛戀我曾享有

我曾享有自己製造的無數個春天

你的履痕將不能把他們淹沒

他們將被記載　　活在永不褪色的篇幅裏

你的爪牙將不能揉碎我情感的花朵

他們將永遠繁開　　在第五季

……………

——選自胡品清《另一種夏娃》
臺北：中國文化大學出版部，1984 年 12 月

精緻的演出
胡品清譯《法蘭西詩選》讀後

◎莫渝

　　民國 46 年 8 月 20 日覃子豪先生主編《藍星詩選》獅子星座號的封底，刊登了覃先生著手翻譯《法蘭西詩選》三集計畫的廣告：

　　第一集——從古典主義到浪漫主義。⋯⋯⋯⋯⋯⋯

　　第二集——從高蹈派到象徵主義。⋯⋯⋯⋯⋯⋯

　　第三集——從後期象徵主義到近代詩派。⋯⋯⋯⋯⋯⋯

　　此計劃的第一集於民國 47 年 3 月出版了。後二者隨覃先生英年早逝（民國 52 年 10 月 10 日）而壯志未酬。一直到民國 64 年五月底《覃子豪全集Ⅲ》的出版，我們才睹到覃先生譯介法國詩較完整的面貌——《法蘭西詩選》第一集、第二集——計詩人 29 家（科貝除外），譯詩 105 首。從詩人覃子豪先生的《法蘭西詩選》到散文名家胡品清教授的《法蘭西詩選》（事實上，胡品清亦是位詩人，生意人在廣告上卻冠以散文名家），胡女士給予我們是一籃更加可口的果實，讓我們在覃先生的詩人譯筆外，更進一步傾聽法國繆思們的心跳。

　　胡品清這冊〈法蘭西詩選〉偏重於近代法國詩人的介紹，計選詩人 20 家，譯詩 137 首（包括節譯及伊凡・戈爾〈愛情二重奏〉10 首），在量方面較覃先生多，質方面也不遜於覃先生的譯介成績。在這 20 位詩人中，最為國人熟悉的有：美的歌頌者波德萊爾、崇尚知性的梵樂希、駐節中國的外交官克洛德爾、以《秋之歌》享譽詩壇的魏爾倫、法國詩頑童立體派的阿波里奈爾、及諾貝爾文學獎得主聖約翰・波斯等人，此外尚包括三位女詩人：諾阿伊伯爵夫人、瓦爾摩、克萊爾・戈爾。

底下，筆者擬挑幾首詩作抽樣性的賞析。

波德萊爾在中國所受到的禮遇遠較其他法國詩人更為優厚，不僅譯介的人士最多，甚至有他的詩集出現。胡品清在簡介上說：「波德萊爾是貞潔的或是淫佚的？是虔敬的或是褻瀆神靈的？是純正的或是犯罪的？是富於情感的或是殘酷的？我們不能以單一的形容詞來描述他，他的性情是矛盾的組合。」的確，我們不能用固有的道德倫範來牽制他，而他亦不需這些規條，我們毋寧稱他是美的使者，他禮讚「美」，歌詠「美」。試觀〈美的頌歌〉（頁 16～18）一詩：

你是來自幽邃的天空或出自深淵，

啊，美？你的目光，聖潔而邪惡，

傾注著恩惠和罪孽，

人們將你比做醇酒。

你的眸子蘊藏著落日與黎明，

你散佈芬芳，如暴風雨之夕暮，

你的吻是迷藥，你的嘴是酒壺，

他們使英雄膽怯，使孩子英勇。

你是出自幽暗的深淵或是自眾星之國度下降？

被蠱惑的命運追隨著你，如一猳兒。

你不經意地撒下歡樂與災禍，

你統治一切而不負任何責任。

....

....

全詩七節，每節四行，在此僅摘引三節。詩人擬人化的將抽象的「美」以第二人稱稱之，與之侃侃對談，卻不斷的以兩種對立使「美」更具體化些。「美」究竟來自天堂或地獄？屬於上帝或撒旦？「美」究竟是來自深邃天空或深淵？是天使或妖婦？一方面如此自問，一方面卻答以醇酒、是迷藥、是酒壺。這一問一答，更確定美的源泉──地獄。這種源自地獄的「美」的觀點，難怪會造成詩壇上的「新顫慄」，而從胡品清的簡介中，我得亦得知波德萊爾這種反價值觀的「地獄美」係受環境、天賦，尤其是被稱作「地獄嬌娃」的女孩姍妮杜娃的影響，此娃「使波德萊爾過一種像地獄中的生活，可是她大而黑的雙眸，富於性感的嘴唇和身材卻是波德萊爾的靈智之源。」

自從民國二十年間徐志摩主編的《詩刊》第三期刊登了魏爾倫五首譯詩，再經過李金髮、戴望舒、王獨清諸人的譯介、模仿，魏爾倫在中國已經不是陌生的名字了，然而，譯介他的詩並不太多，覃子豪先生介紹了 12 首，施穎洲先生譯了十首（見《世界名詩選譯》，皇冠叢書，1965 年），獨胡品清女士介紹最多，17 首。事實上，象徵主義三大詩人（馬拉梅、韓波、魏爾倫）中，魏爾倫詩集最多，然精英者也僅三、四十首。魏爾倫最著名的代表作是〈秋之歌〉：

秋日的
小提琴的
長長的嗚咽
傷我心，
以單調的
弱音。
⋯⋯⋯⋯⋯
⋯⋯⋯⋯⋯

　　然而，這首詩，情緒的傷感化太濃了，簡直成了「悲秋」的代表作了。我倒是欣賞於有情節有對白的另一首詩〈感情的對白〉，全詩如下：

在冷寂的古園中，
兩個影子剛剛走過，

他們的眸子木然，雙唇柔軟，
人們幾乎不能聽見他們的話語。

在冷寂的古園中，
兩個幽靈追憶往昔：

——你是否記取我們昔日的陶醉？
——你為何要我記取？

——你是否仍然心跳，當你聽見我的名字？
——你是否仍然在夢中看見我的靈魂？
——不再如此。

——啊，那美好的，不容描述的歡樂的日子，
　　當我們交唇之頃！——可能曾是如此。

——天空曾是如此藍，希望如此大！
——退敗了的希望已向幽暗的天空逃逸。

若此，他們在蕪亂的蕎麥叢中行走，
只有暮天聽見他們的話語。

　　一對舊情人，曾經山盟海誓，然而分手後的偶然碰面，已經不是從前那樣了，上天作證，也只聽見他們的低語，至於一切，均付諸流水了。在

《哈代詩選》中，詩選也可以欣賞到這類恩恩怨怨的情詩。

　　20 世紀法國最偉大詩人保羅‧梵樂希，尊崇智性，沉默了二十年，終於一舉成名，在簡介中，胡品清女士告訴我們：「假如一般詩人的作品是純情的，梵樂希的作品是智性的，他諳悉音樂、數學和繪畫的原理，他的作品是科學與藝術的結合。他的詩有音樂的節奏，數學的精確，繪畫的美麗，雕像的冷靜。他之所以能在詩壇上獲得獨一無二的地位，便是因為他能遵循古典的法則又能推陳出新。」繆塞（Alfred de Musset, 1810-1857）純粹是情感的宣洩，梵樂希恰好相反，他要求水晶宮般的冷靜澄澈。〈棕櫚〉一詩就是心靈與創造完成後感到的歡愉，不是有人如此譬喻：「創作前苦悶，創作中的掙扎，創作後的喜悅」嗎？試觀〈棕櫚〉一詩倒數第二行：

> 「忍耐吧，忍耐吧，
> 忍耐於蒼天！
> 每個緘默的原子
> 是一個果實成熟的機會，
> 樂悅的意外終會來臨。」
> 一只鴿子，一陣和風，
> 一個最輕微的震撼，
> 一個偎依的少婦，
> 會使甘霖下降，
> 那令人跪拜的。

　　梵樂希的詩作就在這種冷靜的「等待」、「忍耐」下完成的。《海濱墓園》更是這種知性沉思下的產物。

　　1960 年諾貝爾文學獎得主法國詩人聖約翰・波斯，與梵樂希同樣隸屬於法國文壇中馬拉梅的傳統，與梵樂希同樣沉默了一段長時間（十八年），發表一首史詩性質的〈放逐〉（或稱「流亡」）而飲譽文學界。當他獲獎後，我們文壇上撰文介紹譯詩者有葉維廉、李英豪、余光中、劉啟分、鍾期榮及胡品清等人。《文星》雜誌第 38 期還以封面人物介紹，也堪稱得寵於中國詩的法國繆思之一。胡女士在簡介中言：「他的詩不是虛構和囈語，而是基於生活經驗寫成的。他以獨特的形象，豐富聯想，廣博的學識，寫就詩歌用以證實世界之存在。」的確，聖約翰・波斯的作品係以形象（意象）之獨特引人注目的，試觀他的詩句：

　　在邊疆，流亡之鼓驚醒了在沙漠中欠伸的永恆。

　　或者是

　　一個奇異的母音拜訪了我的心靈

他在〈頌歌〉裡如此的歌讚生命：

　　天氣是那麼清和，那麼溫煦，
　　連續地，
　　生存於斯是何等神奇，雙手混和著日子的舒泰。

而在〈流亡〉長詩的開場白，詩人更以磅礡的氣象擁抱世界，其詩如下：

　　不獻給任何岩岸，不付諸任何書頁，這首誘惑的清歌。
　　他人在廟宇中攫取玳瑁神龕，

我的榮耀乃在沙塵之上，我的榮耀乃在塵沙之上，啊，遠遊者，貪婪地
揀取最赤裸的空間，在流亡之海灣中使一首詩誕生於烏有，以虛幻構成
一首偉大的詩並不是徬徨啊。呼嘯吧，陸上的投石，歌唱吧，水上的貝
殼！我曾建築，於深淵上，於薄霧迷濛的天上，於塵烟上。
我將偃臥於井底，於空船中，於一切虛浮而乏味的地方──榮耀愛好者的
寓居。………
而突然，凡有虛無之烟燒繚之處，一切變為永恆與在。

聖約翰‧波斯的作品就是這般「世界觀的，宇宙觀的，他不是自我幽
微天地的墾拓者，他的詩是一種音訊，向全人類發出的音訊。」他的詩不
是虛無之歌，他著名的兩行詩句更是洋溢生之躍動：

讓南方的標槍在歡悅的門上顫動。
讓光之橫笛代替虛無之鼓聲。

這部《法蘭西詩選》中，我們還可以看到法國詩的另一風格──田園
式的純樸、清新。胡女士告訴我們詹姆士「他是大自然的歌手，他是日常
生活的謳歌者……」在幾首譯詩中，胡女士為詩選透露了法國鄉村的寧穆
氣息，田野間教堂的平和，在〈衣綠葉之教堂〉一詩結尾：

為了鄉村之事物的溫甜，
為了如彩虹及青石的鴿子，
為了那以謙虛的頭邀請我們，
撫摸它的狗，為了這一切，
教堂啊，讓我在你的林蔭中為你祝福。

〈正午的鄉村〉一詩的和諧、靜止，頗似咱們陶淵明的「結廬在人

境，而無車馬喧。」在我們忙碌的生活，此詩值得吟哦再三，以洗滌心靈的污染。

同樣是田園式的風格，魏爾哈恩給我們感覺就迥異於詹姆士了，雖然「他的詩是生之禮讚，充滿著力量、樂觀」，但他所看到的是《觸角的城市》與《虛幻的鄉村》（皆是詩集名）。〈風車〉全詩如下：

> 風車旋轉於夕暮之深處，徐緩地，
> 面向抑鬱而悲愁的天空。
> 他旋轉、旋轉，它的有渣滓色澤的扇翼，
> 是無限地悵惘、沈重而怠倦。
> 自黎明而始，它的如泣如訴的臂
> 伸張、下垂，如今又再墜落，
> 於純黑的空氣裏，
> 於幽暗的自然的絕對靜默之中。
> 一個因嚴冬而楚痛的日子在村落上沉睡。
> 雲朵因幽暗的旅程而怠倦。
> 沿著撿拾雲影的樹叢，
> 車轍向死寂的地平線伸展。
> 在泥土的圍牆之內，幾幢山毛櫸木屋舍
> 貧苦地屹立，形成一圓。
> 天花板上的銅燈，
> 在窗子和牆壁上塗抹一層火光。
> 在廣漠的平原上，於沉睡的空虛中，
> 極為貧苦的矮屋，
> 以它們如襤褸的玻璃窗之眼
> 凝視那旋轉、怠倦、旋轉、死亡的風車。

　　全詩抑鬱、含愁，讀後令人不得展眉，魏爾哈恩在二十世紀初葉為我們留下「過渡社會」的證言，而此證言似乎在讓我們在臺灣微微品嚐了。試觀吳晟詩集《吾鄉印象》中〈入夜之後〉一詩的首段：

　　　　入夜之後，遠方城市的萬千燈火
　　　　便一一亮起
　　　　亮起萬千媚惑的姿態
　　　　寥落著吾鄉的少年家

　　魏爾哈恩告訴我們悲鬱的風車伴著貧苦鄉村，吳晟告訴我們都市的五光十色正誘惑著鄉村的純樸。有一天，風車被工廠取代，鄉村的悠閒成為「虛幻」；有一天，我們鄉村的年輕人奔向都市，吾鄉老人家的淚腺靠啥來溫暖呢？詩，也是當時社會的見證者。

　　在這部選集中，我們也看到了兩位法國女繆思纖秀靈美的詩風。瓦爾摩是十八世紀末十九世紀初的女詩人，她的第一詩集比拉馬丁的《沉思集》早一年問世，曾予以浪漫主義很大的影響，〈沙迪的玫瑰〉一詩是相當著名的：

　　　　今晨我原想貽你以玫瑰，
　　　　可是啊，我曾在腰間藏置如許，
　　　　緊結的腰帶因而爆裂。

　　　　帶結爆裂，玫瑰隨風而去，
　　　　飄向海洋，
　　　　它們已隨流水逝去，不復回歸。

　　　　海波曾為之殷紅如燄，

今宵我的裙裾依然芳香洋溢，
且呼吸馥郁的回憶吧，於我身上。

　　此詩末二行花香依存的意境，頗似李白「床中繡被卷不寢，至今三載
猶聞香」之句。諾阿依夫人是「法國詩壇上獲得最高榮譽的女桂冠詩人」，
「她的詩作纖麗雋秀，充滿著色彩與形象的鮮活，而情感之細膩綿密又能
在讀者心中引起顫悸與共鳴。」胡女士為我們鈎畫了諾阿依夫人一幅明朗
清晰的面貌。試觀〈艾娃〉一詩的前三節：

瞧，藍了山巒，靈活的陰影
已在白色的道路上撒下煙雲。
向城的屋門裏已經燃起燈火，
艾娃，別再矜持，別再拘謹，別再畏怯。

太陽曾整日地燃燒妳的窗，
你的雙臂閑著，妳的心情沉重，
是時候了，美妙的活力將再誕生，
月亮有利於愛的夢幻者。

來吧，來到多葉的林間，來到枝柯的清涼中，
啊，慍怒的，被慾望燃燒的，啜泣的女郎，
無限而深邃的自然
傾向相愛且因逸樂而楚痛的人們。

好一幅「人約黃昏後」的畫面，害羞的少女既心跳又歡躍的。
　　這部詩選最特殊最引人注目的該是伊凡・戈爾及其夫人克萊爾的戀歌
「愛情二重奏」十首。這對夫妻，素有法國布朗寧夫婦之稱。在這十首情
詩中，我們會覺得兩人情篤之深，試看伊凡〈伊凡致克萊爾〉第二首：

百歲之後，噴池將依然為妳啼哭

烏鴉將永恆地為妳服喪

晚風將噓出喟嘆

因那時妳已死去

而不將再有人覺察

是妳的靈魂使春天沉醉

無人知曉妳的苜蓿

妳是海棠

無人洞悉草莓帶著妳芳唇的氣息

無人諳悉妳不朽的愛

乃是世界的靈智之源

詩人的貞愛，永生不渝，「在天願作比翼鳥，在地願為連理枝」，生生世世，永為此情所繫。而在〈馬來亞之歌〉第八首，伊凡更如此期望：

但願我是你門前

一株柏樹

樹的一枝

枝的一葉

葉的影

影的清涼

愛撫著你

一秒鐘

反觀克萊爾致伊凡的詩，第二首

我嫉妒街衢：

一個女人的影子能偎倚你的影子

你也許私戀著一個蠟製的人首獅身女

那在理髮廳的玻璃櫥窗中窺伺著的電車

如一頭被栓的狗追逐著你

每個過路的女郎

竊取少許你眼的黃金

自你離我而去之頃

便不再有白晝

夕暮在凌晨即已降臨

蝴蝶在有毒百合的氣息中噎死

尚熾熱的琴弦

化為灰燼

自你離我而去之頃

愛情使人昇華，離開愛情，或者不能朝朝暮暮，即「不再有白晝」，蝴蝶噎死，琴弦化灰，甚至嫉妒過路女郎竊走情人眼中的黃金，以至詩人在第三首言：

我願畢生佇立於電話之旁

候你的聲音再度回歸

這類的情詩情出衷曲，感人肺腑，可惜胡女士僅給我們十首，未能將《愛情二重奏》全集譯出，只讓我們淺嘗即止，相信有更多的讀者期待此《愛情二重奏》的全部樂章。

　　的確，胡女士「讓我國的讀者傾聽一次法國名詩人的心聲」，我們萬分感激她在這個集子中所做的多樣性、精緻的演出。誠如多年前，胡女士翻譯了波特萊爾《巴黎的憂鬱》一書後，筆者在《後浪詩刊》第六期撰文的讚許與期望：「波特萊爾的這一集『小散文詩』從 1855 年開始零零碎碎發表後，距離現時，已有一百餘年了。我們除了感謝胡女士之外，不禁要發出嘆息：前人的工作做的太少了，以至更加重我們的担子。我深深盼望懂外文的詩人或學者們能『全然的』譯介某人的作品，這樣，我們的翻譯不再是一詩或選集的翻譯，我們稍嫌貧瘠的詩壇亦能有足夠的洋水肥了。」

　　由於我對胡女士的期望，因而產生了對這部精美詩選集的兩個小小瑕疵的看法：

　　一、《法蘭西詩選》一書係《胡品清譯詩及新詩選》一書翻譯部份的再版。後者出版於民國 51 年 12 月，是胡女士初抵國門，獻給國內詩壇的一項重要禮物，詩人彭邦楨曾撰寫長文：〈論《胡品清譯詩及新詩選》〉發表於《中國一周》，後收錄人人文庫《詩的鑑賞》中。這次再版時，胡女士似乎忘了註明。當然，《法蘭西詩選》較原版來得醒目些，而且也加添幾處的註解。

　　二、《法蘭西詩選》僅佔胡女士整個翻譯法國詩成績的三分之二，也就是說尚有三分之一的譯詩很遺憾的沒能收錄此集，造成此集較大的瑕疵。既然《法蘭西詩選》早在民國 51 年 12 月就結集了，十五年來，胡女士還陸陸續續的為我們詩壇做翻譯工作，有一陣子，替《葡萄園》詩刊撰「法國詩選譯介」，這些成績分別曾收入胡女士的其它集子，可惜沒能利用此次再版機會，將這些散失的兒女重聚在《法蘭西詩選》這個大家庭裡，使愛好法國文學或詩歌的人士能相當方便的睹到法國詩一脈相傳的全貌。我不知胡女士這種疏忽是無心的抑別有他意。然而，我願在此借箸代籌，編個補遺，使胡女士的這部《法蘭西詩選》更具完美。底下我依照詩人先後依次排列：

1.「法蘭西古詩一束」：收錄詩人 11 家，譯詩 12 首。

——見《歐菲麗亞的日記》（水芙蓉版）

2.露薏絲・拉貝詩選：①只要我有熱淚盈眶

②我活，我死，我燃燒，我自溺

③我一安睡

——見《詩・散文・木刻》季刊第 3 期

或《葡萄園》詩刊第 7 期

3.拉豐登詩選：①鷺鷥

②狼和小羊

——見《芒花球》（水牛版）第 255 至 259 頁

③烏鴉與狐狸

——見《最後一曲圓舞》（水牛版）第 147 頁

4.費內農詩選：①狼和小羊

——見《葡萄園》詩刊第 8 期

5.儒貝赫詩選

——見《葡萄園》詩刊第 10 期

6.拉馬丁詩選：①蝴蝶

②寫在紀念冊上

——見《葡萄園》詩刊第 12 期

7.聶瓦詩選：①盧森堡公園小徑

——見《葡萄園》詩刊第 11 期（誤為葛紀葉作品）

8.繆塞詩選：①威尼斯

——見《現代文學散論》（文星版）第 41 至 47 頁

9.葛紀葉詩選：①最後的願望

——見《葡萄園》詩刊第 11 期

10.馬拉赫梅詩選：①海風

②顯現

——《創世紀》詩刊第 24 期

11.羅特阿孟詩選：①馬爾多羅之歌

　　　　　　　　②古老的海

——見《芒花球》261 至 264 頁

12.韓波詩選：①地獄中之一季

　　　　　　②文字鍊金術

　　　　　　③母音

　　　　　　④驪歌

　　　　　　⑤守夜

　　　　　　⑥感覺

　　　　　　⑦戀之沙漠

　　　　　　⑧黎明

　　　　　　⑨生活

——見《藍星》季刊第 4 期

（《芒花球》內僅收六首）

13.克洛德爾詩選：①短歌五章（二首）

——見《芒花球》第 246 至 248 頁

14.克萊爾詩選：①淚之化石

　　　　　　　②追悼

　　　　　　　③圍巾

　　　　　　　④不再

　　　　　　　⑤五月

——見《南北笛》季刊創刊號

（克萊爾即伊凡・戈爾之妻）

15.亨利・米壽詩選：①回憶

　　　　　　　　②書簡

——見《現代文學散論》第 53 至 57 頁

16.徐貝維爾詩選：①蒙德維德歐

②讓位

③魚群

④回憶

⑤太陽和雪花微語

⑥贈給死後的我

——見《現代文學散論》第 59 至 67 頁

評論方面有：

1.法國詩壇的演變

2.略談超現實主義

——見《現代文學散論》（文星版）

3.象徵主義與魏爾倫

——見《夢幻組曲》（水牛版）

「在臺灣，法國文學是冷門」，詩，尤其是冷門，出版社能重新發行一冊十五年前的譯詩集，值得我們致敬，同時，也證明胡女士的譯筆迄今仍為人稱讚、重視。尚乞胡女士原諒我的胡言胡語，多此補遺一舉。

——選自《秋水詩刊》第 17 期，1978 年 1 月

獨自喜凭欄
訪胡品清談翻譯

◎胡子丹[*]

　　李煜說：「獨自莫凭欄，無限江山，別時容易見時難。」那是忍讓之聲，是「金劍已沉埋，壯氣蒿萊」的神情低落。胡品清則說「獨自喜凭欄」只因為：欄外有山，山外有海，海外有待收復的中原，不該讓金劍沉埋。

　　是一個炎夏黃昏，我踏碎了夕陽，愈顯得瘦長的影子踩上了華岡石級，我和胡教授是兩天之前就約好了的，所以門鈴聲尚在空中縈繞，開門聲隨即咿呀伴和。短髮、淺灰鏡、襯托著和煦笑靨，在「請進」聲中，我們落坐在一把吉他的兩旁；自然而輕鬆地開始了我們的談話。

問：胡教授，您喜歡彈吉他？！

胡品清（以下簡稱胡）：對！我不僅彈，也自己唱！但是，一切為自己，絕不在你面前班門弄斧。現在，我要轉話題了。首先，要謝謝你們《翻譯天地》，每期都寄給我，我很喜歡也很重視它。

問：胡教授，您的文章滿天下，一直深受廣大的讀者們所歡迎，而在您的創作過程中，似乎對華岡很喜歡？

胡：我喜歡寫跟我比較熟悉的東西，因為我住在華岡，我最熟悉的風景大概就是華岡了。我從不寫長篇小說，對於它，我好像沒有那份天才；因為寫長篇小說要有把自己變成任何人那種天賦。但是，你不能總是

---

[*]評論家、翻譯家、國際翻譯社社長。

以自己為主角，以此之故，你頂多只能寫一本長篇小說，寫過一本之後，你就再也不能寫了。

我只寫過一些短篇小說，我寫的多半是真實的東西。真實的東西一定就是我自己所生活過的——在我自己的環境裡體驗過的。

問：您與一般作家所不同的地方，就是好像您將感情與生命都灌注在作品裡頭？！

胡：我在開始時，寫詩較多。但是，後來發覺詩並不夠表達，因為詩貴含蓄，不能敘述；而且有些思想也不能藉詩來表達，所以詩的範圍就比較窄。一首詩可能有十個讀者，而每個讀者的看法又不盡相同，到底哪一個對呢？如果作者還活著，當然可以去問他，但如果他不在了，就無法獲得答案了。

後來，我發覺散文較適合我，不但可以任意寫出我的感情，且能表達出思想。我也不喜歡寫完全的描寫文，因為任你怎麼描寫，都不可能像大自然，寫作者惟有藉著大自然為其背景，將自己的感受溶入其中。

問：在聯副上，您曾發表過一篇〈獨自喜憑欄〉，是修正李後主所道「獨自莫憑欄」，似有將李後主那種思國的消極性變成積極性思想？

胡：（笑）是。

問：您回國很久了吧？

胡：嗯……十六年多了，這十六年來一直在華岡。

問：您對寫作與翻譯，哪方面的作品較多？二者有何區別？

胡：恐怕是寫得較多。創作是寫我自己的思想的東西，而翻譯則是把別人思想的東西用另一種語言表達出來。

問：目前有很多職業性的翻譯家，往往不能投其所好的來翻譯，而您卻好像並不如此？

胡：我只翻譯我所喜歡的風格及思想，如此翻起來較能和原著者混為一體，且能翻得較好。在臺灣做翻譯工作很難，臺灣一般讀者還是不太

歡迎翻譯作品，所以我都翻短篇小說。

我有次翻譯過一篇較長的小說，然後交給一家雜誌社的社長，他壓了一年不答覆，我寫了一封信問他，若是這份稿子他不要，就還給我。但他並未覆信，我總共寫了三封限時專送給他；最後他才說他把原稿弄丟了三十頁。我把其餘的拿了回來重譯，補了起來，再交給「幼獅文藝」出版，叫做《寂寞的心靈》（Thérèse Desqueyroux）原作者莫里亞克（François Mauriac）是法國人，曾寫過《愛的荒漠》。

從此以後，我不主動翻長篇，而只翻些短篇，長篇則要肯定能連載或有人願意出版，以免浪費時間。以後我也翻過好幾本長篇小說，都是先跟報紙商量好了，他們願意連載，又有人願意出版的，最近我重翻了《波法利夫人》（Madame Bovary）由新潮文庫出版，這是他們打電話來，說從前的大陸版中文彆彆扭扭的，因此希望我重翻。

問：最近翻譯天地出版了一本宣誠教授直接由德文版翻譯過來的《西線無戰事》（Im Westen nichts Neues），是雷馬克（Erich Maria Remarque）的作品。我們也很歡迎您有直接由法文翻譯過來的書，很樂意為您出版。

胡：好！我一定蓄意去找一本法文的好作品，翻譯成中文請您出版。我希望以後的翻譯作品都是直接由原文翻譯過來的，臺灣有些明明法文很好的人，但為何卡繆的東西都要由英文去翻？比方有些專家不可能自己低頭去向出版商要求出版，也許還就是所謂文人的「格」吧？！

問：在《家庭》雜誌上，曾有一篇報導是專門訪問您的？

胡：是的，好久了。那是由龍思良的太太所主編的雜誌。最近「水芙蓉」將為我出版一本紐西蘭名女作家 Katherine Mausfield 的短篇。翻譯最好不要經過第二手，因為第一手已經失落了一點。比如說德文翻成英文本已經失落了一點，而有些翻譯作家的英文也不怎麼高明，中英對照時就能看出錯得一塌糊塗。

有次偶然見到藝術圖書公司出了一套配了插圖的書，印刷很精美，其

中有本《但願人長久》，原想買了送人，但一看它的中英對照卻是錯誤百出，結果也不敢拿去送人了。我就打了個電話給那家圖書公司，並不告訴他我是誰，但是為了以後把工作做好，希望他能多出點稿費請名家翻譯。否則光是印刷精美，是很可惜的！臺灣的英文專家那麼多，為什麼譯英文不找英文專家？或許他們所考慮的是可能要付較高的稿酬，也許是專家礙於自尊又不肯主動出面的緣故吧？！

問：除了法文之外，您是否有第二外國語？

胡：英文呀！英文原是我的本行，我的英文短篇翻了很多。

問：您認為英翻中或法翻中的原則是否相同？

胡：英文的文法，句子結構，跟法文距離很接近，是屬於同一語系，在思想邏輯，句子結構，形象的塑造，語言的抽象這些方面都很類似。

問：您在法國多久了？

胡：七年。都是在巴黎。

問：您在華岡教授法文，您本身的法文造詣很高，能否談談您指導法文系學生應該在翻譯上注意些什麼？

胡：依他們的程度，我強調基本方面的東西。事實上，翻譯比創作難得多了；創作只要用一種語言，而翻譯要精通兩種語言；而且中文句型跟他國文字又不太一樣，我們強調的是信達雅。但「信」的意義到底是什麼？我都在懷疑。「信」是否外國的句子怎麼結構，我們中文也應該怎麼結構？這似乎不太對。

「信」應該是兩者意思相同，但表達方式卻不一樣。「信」是盡量忠於原作者的特殊風格，至於邏輯或句子結構方面可酌量增減一些文字，或者把原來的次序顛倒一下，讓不懂外文的人能看得懂。

我的興趣較分散，翻譯得很多，大型作品是沒有，但愈翻愈快，是因為翻譯的歷史很久很長了；所以，當我一讀到這些句子，我就知道是否應該重新組織。從前要想半天，現在知道次序及技巧，則快多了。比如法文中有兩種用「假如」起頭的句子。在中文中的「假如」總是

一個條件，然後是因果關係。譬如「假如我有錢，明天我就要去買一棟豪華大廈」。買大廈的行為有賴於真的有錢，沒錢便不能買；兩者是因果關係。法文則有另一種「假如」。舉個例吧！「假如他不是一個好父親，他是一個好丈夫。」兩者並無因果關係，在這種情形下，我就會加上一個「說」字──「假如說他不是一個好父親，他倒是一個好丈夫」。來表示因果關係。假如不加「說」這個字，中國人就要看不懂了，而看得仔細的人會追究。這是外國的邏輯跟我們不同。

又如法文的「條件語」跟英文差不多，但跟中文就不太一樣。比如他們說「假如明天天晴，我就去郊遊。」很可能明天就天晴。在那種情形之下，字句和輔句的動詞都和與事實相互的句子中的動詞不同。但在中文裡，可能或不可能都是用同樣的動詞。

問：我曾去過法國幾天，發覺法國人似乎有些人會講英文，但他們不講，這是為什麼？他們不喜歡講英文嗎？

胡：也不盡然。法國人的英文發音不準，所以最好不講；而且這也要看階層，如教授的英文可能講得很不錯，而一般賣東西的人根本就不懂，大型商店裡則請專門翻譯，講價錢的買賣式翻譯較方便；替他們的化粧品，首飾甚麼宣傳幾句就夠了。

問：您覺得從寫作轉成翻譯是否是個很自然的趨勢？比如，當您看到好的作品，就想將它介紹給讀者？

胡：有時當我讀到一首外國詩，覺得很美，就想翻譯成中文；反之亦然。但是，翻譯詩不是一件容易的事情，有些詩可譯，有些詩則不可譯，原文好的詩，譯出來不一定好，也不太像。小說則可以翻，詩比較抽象，有些詩的意境不能翻出來，因為若是翻了就會破壞它本身的美，這種詩最好不翻。

問：翻譯小說時，您是否遇到這種情形，就是因為兩種語言的表達方式不同。在英文裡三言兩語就能表達出來，但在中文則否，這時您會怎樣理呢？

胡：把它分成幾句。最好翻譯時句子不要太長，因為中文缺少關係代名詞，一有關係代名詞，最好把它分成幾句，在英文裡有關係代名詞，在中文裡就要把它切斷。

外文都不太喜歡重覆，所以常用代名詞。在中文裡，兩個名詞緊靠時可用代名詞，如果距離太遠，最好重覆一次，否則意義就不清楚。再說，中文有時則無需使用這些代名詞，比如「這本書很有趣，我愛讀它。」在中文裡就可去掉「它」字。我盡量忠實的部分是作者的風格美，及其所塑造的形象美。比如 This book is very interesting, I like it very much. 這 it 我就將它去掉。但是對作者描寫「日出」「日落」的那份美，我是盡量忠實的。

問：我最近看到您翻的那篇〈海人〉，那真的很困難，簡直就是您的創作了；因為您將句中的中國文字美完全表達出來了，短短的東西，您大概花了很多心力在裡頭？

胡：我是這樣想的，詩人才能翻詩，這是因為詩人才能有詩人的語彙。我有時也倒過來翻，將中文詩譯成英文及法文，偶而把它們拿給美國朋友看，他們都認為我翻得比 Waley 好，我的英文當然不可能比他好，但我的詩的確比他翻得好，他並非是不懂，而是修辭不像是詩。

前天有家出版社打電話來說有本很美的法文書，一定要我翻，是寫《小王子》的法國飛行員作家所寫的《夜間飛行》，我看他那麼熱誠，尤其是這是第一次有人指定要我翻東西，我聽了非常感動。

問：您白天授課，是否是在夜裡才寫作？

胡：哦！不！我晚上不寫也不譯，因為我睡眠不太好。最近身體也不大好，暑假裡我希望能得到休息。

問：目前法文系畢業的學生也多了，他們是否也可從事翻譯？

胡：他們還不行，因為中、法文對他們來說，兩方面都有困難。我教法文，同時也教他們中文和英文。我是認真盡責地教，但是被我「當」掉的學生，都毫無怨言，因為他們不願領教。

問：目前國內大學法語系也似乎不少，學生們都有各種的學習環境吧？

胡：現在法語系不多，只有文化、淡江、輔仁。輔仁學習外語的先天和後天條件都好，教授多，宿舍也好，都是外籍的修女，神父，學生們可以整天與他們在一起學習外國語。

問：您只在華岡一處教書？

胡：我在幹校也教過書，但後來因為教育部規定不能兩處專任，所以就放棄了在幹校的工作。

問：您在翻譯過程裡有沒有遇到過難以解決的問題？請您說一說。

胡：目前還沒有，假使是我主動翻譯的書，大多是選我所喜歡的作家。有些詩是不可翻的，小說則沒有。我曾翻過一本小說，是由水牛出版的《克麗西》，「克」是個女孩的名字，原作者用很新的筆法寫成，很像意識流，風格跟《波法利夫人》是完全兩樣；「波」書是古典式，「克」書卻很新潮。我因而也以新潮的手法來翻，而且很是傳神。

問：在我國一般的讀者群中，尤其是商店女職員們，最初喜歡看的書有所謂「磚頭小說」，再演變成郭良蕙的、瓊瑤的……。目前瓊瑤在東南亞的知名度很高，但幾乎所有的書都是充滿了情節的戀愛故事。這種現象，您認為是好抑或是不好？請您以女性、教授、作家的觀點來談談，好嗎？

胡：瓊瑤的小說較離奇，最近寫的東西似乎距離現實生活較近了。我覺得捧她的人捧得太厲害，罵她的人也罵得太過火了。比如：我們不能否認她很會講故事，雖然主題差不多，至少情節不一樣，一看總想看完，雖不是偉大作品，但娛樂價值很高。

問：徐訏的作品也流行過一些時候，您也喜歡看他的小說嗎？

胡：我看長篇小說的機會不多，主要因為我沒有太多時間看中國人寫的長篇小說，我教的是外文，看的書多半是外文。比如最近法文有新的小說或新的趨向，我就必須跟隨一些。

我有個毛病，就是無論電影或書本都一定要合我的興趣，因此範圍也

窄了一點。目前的電影,其中我愛看的是愈來愈少了,最近剛在臺北上映過的一部老法國片《紅與黑》(Le Rouge et le Noir)還不錯,黎烈文先生翻譯過這本書,他翻得很仔細。

問:您能否告訴我,您對《翻譯天地》的印象是怎樣的呢?

胡:啊!一件值得做的工作,總是要有人去做的。我很佩服你們有這份勇氣來做這麼一件專門又有意義的工作,我希望我能幫得上忙——只要你們認為我能做得到的。

互道晚安後,我在夜色中,辭別了華岡。回首仰望胡教授,她仍在欄上頻頻搖手,使我記起她曾有那篇短文中寫道:

「我愛憑欄,在晨曦中,在黃昏裡,甚至在黑夜,即使獨自也好!」

——選自胡子丹《翻譯因緣》
臺北:翻譯天地雜誌社,1979 年 6 月

輯五◎
研究評論資料目錄

作家生平、作品評論專書與學位論文

學位論文

1. 陳素靜　　胡品清散文研究　銘傳大學應用中國文學系　碩士論文　林雯卿教授指導　2009 年 12 月　299 頁

本論文以胡品清散文為研究對象，全面觀照其散文之方式，歸結出胡品清散文的特色與成就。全文共 6 章：1.緒論；2.胡品清生平與著作；3.胡品清散文之類型；4.胡品清散文之主題；5.胡品清散文之寫作技巧；6.結論。正文後有〈胡品清年表〉、〈胡品清著譯書目〉。

2. 馮祺雅　　胡品清散文研究　臺北市立教育大學中國語文學系　碩士論文　江惜美教授指導　2010 年 1 月　177 頁

本論文以胡品清散文作為研究的主題，旨在探討胡品清創作的主題類型、寫作技巧及藝術表現，以歸結胡品清散文風格特色與成就，提供更多元的視野。全文共 6 章：1.序論；2.胡品清的生平與經歷；3.胡品清散文的主題內涵；4.胡品清散文的寫作技巧；5.胡品清散文的藝術表現；6.結論。正文後有〈胡品清著作年表〉。

3. 卓芸貞　　胡品清散文研究　國立嘉義大學中國文學系　碩士論文　王玫珍教授指導　2010 年 12 月　157 頁

本論文以胡品清的散文為主要研究對象，從散文創作的理念與文學淵源來探討胡品清在散文創作上的多樣主題，及藝術風格與形式技巧，進而歸納其創作的脈絡與散文上的成就及價值。全文共 5 章：1.緒論；2.胡品清的生平與散文創作觀；3.胡品清的散文題材；4.胡品清的寫作技巧；5.胡品清散文的特色與價值。

作家生平資料篇目

自述

4. 胡品清　　自序　湄窗集　香港　中國藝文社　1956 年 9 月　頁 4—5

5. 胡品清　　虞美人代跋　湄窗集　香港　中國藝文社　1956 年 9 月　頁 52

6. Patricia Guillermaz（胡品清）　　INTRODUCTION　La Poésie Chinoise-Anthologie des origines à nos jours　Paris　Seghers　1957，10　pp.13

7. Patricia Guillermaz〔胡品清〕 Caractères de la poésie chinoise France-Asie Vol.14 No.140 1958，1 p.492

8. Patricia Guillermaz〔胡品清〕 PRÉFACE Collection Mélior La Poésie Chinoise Contemporaine [1] Paris Seghers-Marabout 1962， 10 pp.13—20

9. 胡品清 《現代文學散論》自序 文星 第 81 期 1964 年 7 月 頁 68

10. 胡品清 自序 現代文學散論 臺北 文星書店 1964 年 7 月 頁 1—2

11. 胡品清 自序 現代文學散論 臺北 傳記文學出版社 1969 年 11 月 頁 1—2

12. 胡品清 寫在前面 簡明法文文法 臺北 中國文化研究所 1964 年 10 月 頁 5

13. 胡品清 譯者序 做「人」的慾望 臺北 文星出版社 1965 年 1 月 頁 1 —2

14. 胡品清 《人造花》自序 文星 第 95 期 1965 年 9 月 頁 67

15. 胡品清 自序 人造花 臺北 文星書店 1965 年 9 月 頁 1—2

16. 胡品清 《人造花》自序 夢的船 臺北 皇冠出版社 1966 年 1 月 頁 130—131

17. 胡品清 自序 人造花 臺北 愛湄文藝出版社 1971 年 1 月 頁 1—2

18. Hu Pin-ching〔胡品清〕 Preface LI CHING-CHAO（李清照評傳） New York Twayne Publishers 1966 年 頁 7

19. 胡品清 我的筆名 夢的船 臺北 皇冠出版社 1967 年 1 月 頁 110

20. 胡品清 序 夢幻組曲 臺北 水牛出版社 1967 年 9 月 頁 1—2

21. 胡品清 序 夢幻組曲 臺北 水牛出版社 1967 年 9 月 頁 1—2

22. 胡品清 序 夢幻組曲 臺北 水牛出版社 1977 年 7 月 頁 1—2

23. 胡品清 序 夢幻組曲 臺北 水牛出版社 1987 年 12 月 頁 1—2

24. 胡品清 自序 夢幻組曲 臺北 水牛出版社 2008 年 5 月 〔3 頁〕

---

[1]本書另有題名 La Poésie Chinoise Contemporaine〔《中國新詩選》〕。

25. 胡品清　　法國詩壇之諸貌——代譯序　法蘭西詩選　臺北　桂冠圖書公司
　　　　　　　1967 年 11 月　頁 1—5

26. 胡品清　　法國詩壇之諸貌（代譯序）　法蘭西詩選　臺北　桂冠圖書公司
　　　　　　　2000 年 8 月　頁 9—13

27. 胡品清　　淡淡的墨痕中——代序　最後一曲圓舞　臺北　水牛出版社　1968
　　　　　　　年 3 月　頁 1—2

28. 胡品清　　淡淡的墨痕中——代序　最後一曲圓舞　臺北　水牛出版社　1972
　　　　　　　年 12 月　頁 1—2

29. 胡品清　　淡淡的墨痕中——代序　最後一曲圓舞　臺北　水牛出版社　1981
　　　　　　　年 12 月　頁 1—2

30. 胡品清　　淡淡的墨痕中——代序　最後一曲圓舞　臺北　水牛出版社　1988
　　　　　　　年 8 月　頁 1—2

31. 胡品清　　淡淡的墨痕中——代序　最後一曲圓舞　臺北　水牛圖書出版公司
　　　　　　　2008 年 5 月　頁 1—2

32. 胡品清　　自序　晚開的歐薄荷　臺北　水牛出版社　1968 年 5 月　頁 1

33. 胡品清　　自序　晚開的歐薄荷　臺北　水牛出版社　1977 年 7 月　頁 1

34. 胡品清　　自序　晚開的歐薄荷　臺北　水牛出版社　1981 年 7 月　頁 1

35. 胡品清　　自序　晚開的歐薄荷　臺北　水牛出版社　1988 年 10 月　頁 1

36. 胡品清　　自序　晚開的歐薄荷　臺北　水牛圖書出版公司　2008 年 5 月
　　　　　　　〔2 頁〕

37. 胡品清　　自序　世界短篇名著選譯　臺北　水牛出版社　1968 年 9 月　頁 1
　　　　　　　—2

38. 胡品清　　自序　世界短篇名著選譯　臺北　水牛出版社　1981 年 10 月　頁
　　　　　　　1—2

39. 胡品清　　自序　世界短篇名著選譯　臺北　水牛出版社　1986 年 10 月　頁
　　　　　　　1—2

40. 胡品清　　自序　芒花球　臺北　水牛出版社　1969 年 5 月　頁 1—2

41. 胡品清　自序　芒花球　臺北　水牛出版社　1979 年 6 月　頁 1—2

42. 胡品清　自序　芒花球　臺北　水牛圖書出版公司　2008 年 5 月　〔3〕頁

43. 胡品清　譯者序　寂寞的心靈　臺北　雄獅文化公司　1969 年 11 月　〔3〕頁

44. 胡品清　論新舊詩之分野與創作　現代文學散論　臺北　傳記文學出版社　1969 年 12 月　頁 137—151

45. 胡品清　譯者序　克麗西　臺北　水牛出版社　1970 年 9 月　頁 1—2

46. 胡品清　自序　仙人掌　臺北　三民書局　1970 年 11 月　頁 1—2

47. 胡品清　自序　仙人掌　臺北　三民書局　1972 年 1 月　頁 1—2

48. 胡品清　自序　仙人掌　臺北　三民書局　1978 年 4 月　頁 1—2

49. 胡品清　譯者序　中西文化之比較[2]　臺北　水牛出版社　1971 年 11 月　頁 1—2

50. 胡品清　譯者序　羅素論中西文化　臺北　水牛出版社　1988 年 2 月　頁 1—2

51. 胡品清　譯者序　秋之奏鳴曲　臺北　水牛出版社　1971 年 11 月　頁 1

52. 胡品清　譯者序　秋之奏鳴曲　臺北　水牛出版社　1972 年 11 月　頁 1

53. 胡品清　譯者序　秋之奏鳴曲　臺北　水牛出版社　1983 年 12 月　頁 1

54. 胡品清　譯者序　秋之奏鳴曲　臺北　水牛出版社　1986 年 10 月　頁 1

55. 胡品清　譯者序　秋之奏鳴曲　臺北　水牛出版社　2008 年 5 月　〔1〕頁

56. 胡品清　自序　水仙的獨白　臺北　三民書局　1972 年 9 月　頁 1—2

57. 胡品清　自序　水仙的獨白　臺北　三民書局　1977 年 12 月　頁 1—2

58. 胡品清　代跋——心靈的婚禮　水仙的獨白　臺北　三民書局　1972 年 9 月　頁 255—256

59. 胡品清　代跋——心靈的婚禮　水仙的獨白　臺北　三民書局　1977 年 12 月　頁 255—256

60. 胡品清　我對寫作的看法　最後一曲圓舞　臺北　水牛出版社　1972 年 12 月　頁 133

[2]本書後改書名為《羅素論中西文化》。

61. 胡品清　我對寫作的看法　中外名家散文集粹 7　臺北　同光出版社　1979年 6 月　頁 91

62. 胡品清　我對寫作的看法　最後一曲圓舞　臺北　水牛出版社　1981 年 12月　頁 133

63. 胡品清　波特萊爾的生涯——代譯序　巴黎的憂鬱　臺北　志文出版社　1973 年 4 月　頁 1—26

64. 胡品清　波特萊爾的生涯——代譯序　巴黎的憂鬱　臺北　志文出版社　2007 年 1 月　頁 1—26

65. 胡品清　自序　芭琪的雕像　臺北　三民書局　1974 年 3 月　頁 1—2

66. 胡品清　自序　胡品清自選集　臺北　黎明文化公司　1975 年 1 月　頁 5—6

67. 胡品清　自序　胡品清自選集　臺北　黎明文化公司　1977 年 6 月　頁 5—6

68. 胡品清　自序　歐菲麗亞的日記　臺北　水芙蓉出版社　1975 年 5 月　頁 1—2

69. 胡品清　自序　歐菲麗亞的日記　臺北　水芙蓉出版社　1978 年 12 月　頁 1—2

70. 胡品清　最後一曲夜歌——代序　夢之花　臺北　水芙蓉出版社　1975 年 10 月　頁 1—3

71. 胡品清　最後一曲夜歌——代序　夢之花　臺北　水芙蓉出版社　1980 年 11 月　頁 1—3

72. 胡品清　大學生活憶語　中華文藝　第 59 期　1976 年 1 月　頁 168—171

73. 胡品清　莎岡與本書——代譯序　心靈守護者　臺北　志文出版社　1976 年 8 月　頁 1—4

74. 胡品清　莎岡與本書——代譯序　心靈守護者　臺北　志文出版社　1983 年 12 月　頁 1—4

75. 胡品清　她的詩藝　夢幻組曲　臺北　水牛出版社　1977 年 7 月　頁 116—117

76. 胡品清　第一，不全是喜悅　愛書人　第 54 期　1977 年 10 月 21 日　2 版

77. 胡品清　第一，不全是喜悅　青澀歲月　臺北　爾雅出版社　1980 年 7 月　頁 133—135

78. 胡品清　序幕　水晶球　臺北　水芙蓉出版社　1977 年 12 月　頁 1—2

79. 胡品清　譯序　波法利夫人　臺北　志文出版社　1978 年 3 月　頁 1—6

80. 胡品清　譯序　波法利夫人　臺北　志文出版社　2000 年 7 月　頁 1—6

81. 胡品清　永不退色的記憶　臺灣新生報　1978 年 8 月 29 日　8 版

82. 胡品清　關於「玻璃人的話」　玻璃人　學人文化公司　1978 年 9 月　頁 3—5

83. 胡品清　法國「新」小說淺論——代序　安妮的戀情　臺北　翻譯天地雜誌社　1978 年 10 月　頁 1—5

84. 胡品清　後記　安妮的戀情　臺北　翻譯天地雜誌社　1978 年 10 月　頁 183—184

85. 胡品清　自序　彩色音符　臺北　九歌出版社　1979 年 7 月　頁 3—4

86. 胡品清　我的第一本書　彩色音符　臺北　九歌出版社　1979 年 7 月　頁 200—202

87. 胡品清　堅毅樸實是我們的驕傲　中華日報　1979 年 12 月 16 日　10 版

88. 胡品清　譯者的話　法國當代短篇小說選　臺北　中國文化學院出版部　1980 年 3 月　頁 1—2

89. 胡品清　書的無限　書與我（一）　臺北　中華日報社　1980 年 6 月　頁 103—107

90. 胡品清　自序　不碎的雕像　臺北　九歌出版社　1980 年 7 月　頁 3—4

91. 胡品清　關於《斜陽影裡的獨白》　斜陽影裡的獨白　臺北　水芙蓉出版社　1980 年 9 月　頁 1—2

92. 胡品清　譯者序　廣告女郎　臺北　水牛出版社　1980 年 10 月　頁 1—2

93. 胡品清　文學與時代——胡品清（詩人，散文家）：記載最真實的生活　文學時代雙月叢刊　第 1 期　1980 年 11 月　頁 7

94. 胡品清　自序　畫雲的女人　臺北　彩虹出版社　1981 年 10 月　頁 9—10

95. 胡品清　　寫給自己的信──之四　畫雲的女人　臺北　彩虹出版社　1981 年
10 月　頁 75─78

96. Patricia Pin-ching Hu〔胡品清〕　　Avant propos　惡之花評析〔Les Fleurs Du
Mal : Une Autobiographie en Vers〕　臺北　中國文化大學出版部
1981 年 12 月　頁 1─2

97. 胡品清　　我的文學世界──代序　不投郵的書簡　臺北　采風出版社　1982
年 1 月　頁 5─11

98. 胡品清　　我的文學世界──代序　不投郵的書簡　臺北　采風出版社　1984
年 3 月　頁 5─11

99. 胡品清　　我的文學世界──代序　不投郵的書簡　臺北　采風出版社　1987
年 1 月　頁 5─11

100. 胡品清　　「象牙塔裏的女人」？？？　文學時代叢刊　第 6 期　1982 年 3
月　頁 5─9

101. 胡品清　　「象牙塔裏的女人」？？？　隱形的港灣　臺北　華欣文化中心
1983 年 1 月　頁 89─94

102. 胡品清　　Préface à L'interprétation moderne du Confucianisme　孔學今義
〔L'interprétation moderne du Confucianis-me〕　臺北　中國文化
大學出版部　1982 年 6 月　頁 1─4

103. 胡品清　　詩序──感情之舟　隱形的港灣　臺北　華欣文化中心　1983 年
1 月　頁 5─6

104. 胡品清　　溯源和移植間之平衡　文藝座談實錄　臺北　行政院文建會
1983 年 2 月　頁 395─396

105. 胡品清　　中庸性的創新　文藝座談實錄　臺北　行政院文建會　1983 年 2
月　頁 718─723

106. 胡品清　　自序　金色浮雕　臺北　文化大學出版社　1983 年 5 月　頁 1─2

107. 胡品清　　Préface　戰國學術〔La vie intellectuelle à L'époque des Ro-
yaumes combattants〕　臺北　中國文化大學出版部　1983 年 10

月　頁 1—18

108. 胡品清　譯者的話　邂逅　臺北　黎明文化公司　1984 年 1 月　頁 379

109. 胡品清　作者的話　法國文壇之「新」貌　臺北　華欣出版社　1984 年 11
月　頁 1—2

110. 胡品清　自序　另一種夏娃　臺北　中國文化大學出版部　1984 年 12 月
頁 1—2

111. 胡品清　關於新詩及詩人　另一種夏娃　臺北　中國文化大學出版部
1984 年 12 月　頁 187—223

112. 胡品清　歐菲麗亞的日記　感人的日記　臺北　希代書版公司　1984 年 12
月　頁 129—142

113. 胡品清　月夜藝語——代序　慕情　臺北　文經出版社　1984 年 12 月　頁
3—7

114. 胡品清　譯者的話　丁香花——近代法國名家「新」小說選　臺北　楓葉
出版社　1985 年 2 月　頁 1—2

115. 胡品清　瑪格麗特・莒哈絲的世界（代序）　情人　臺北　文經出版社
1985 年 2 月　頁 5—17

116. 胡品清　瑪格麗特・莒哈絲的世界（代序）　情人　臺北　中法公司出版
部　1994 年 6 月　頁 1—13

117. 胡品清　我是抗戰女學生　聯合報　1985 年 7 月 2 日　8 版

118. 胡品清　最後即唯一　人生船　臺北　爾雅出版社　1985 年 7 月　頁 436
—437

119. 胡品清　自序　玫瑰雨　臺北　文經出版社公司　1986 年 7 月　頁 3

120. 胡品清　Avant-propos　遠古史〔 L'histoire de L'antiquité Chinoise 〕　臺北
中國文化大學出版部　1986 年 7 月　頁 3—6

121. 胡品清　寫在前面　冷香　臺北　漢藝色研文化公司　1987 年 2 月　頁 4
—5

122. 胡品清　Préface　法國歷代小詩精選　臺北　中央圖書出版社　1987 年 6

月　頁 3—4

123. 胡品清　譯序——在火山上跳舞的作家　帶著我最美的回憶　臺北　合森文化公司　1989 年 5 月　頁 5—8

124. 胡品清　詩觀　秋水詩選　臺北　秋水詩刊社　1989 年 7 月　頁 161

125. 胡品清　自序：不是夢想而是追尋　藏音屋手記　臺北　合森文化公司　1990 年 1 月　頁 3—5

126. 〔Patricia Pin-ching Hu〕　ABOUT THE AUTHOR　Random Talks On Classical Chinese Poetry〔《漫談中國古典詩詞》〕　臺北　長松文化公司　1990 年 10 月　〔1〕頁

127. 胡品清　可愛的綠衣使者　攀登生命的高峰　臺北　業強出版社　1990 年 12 月　頁 72—74

128. 胡品清　自序　今日情懷　臺北　合森文化公司　1991 年 1 月　頁 2—3

129. 胡品清　藝語（代序）　花牆　臺北　漢藝色研文化公司　1991 年 7 月　頁 4—6

130. 胡品清　抗戰學生唱的那首歌　我們的八十年　臺北　時報文化出版公司　1991 年 9 月　頁 57—63

131. 胡品清　譯序　星期三的紫羅蘭　臺北　漢藝色研文化公司　1991 年 12 月　頁 2—3

132. Patricia Guillermaz〔胡品清〕　INTRODUCTION　La Poésie Chinoise Ancienne（中國古詩選）　臺北　中央圖書出版社　1992 年 11 月　頁 13—41

133. 胡品清　自序　今日情懷　北京　群眾出版社　1995 年 1 月　頁 1—2

134. 胡品清　AVANT PROPOS　淺近法文——文評範本　臺北　中央圖書出版社　1995 年 3 月　頁 3

135. 胡品清　自序　細草　臺北　華欣出版社　1996 年 4 月　頁 11—12

136. Patricia Pin-ching Hu〔胡品清〕　AVANT PROPOS　文學論文初步　臺北　志一出版社　1996 年 9 月　頁 3—4

137. 胡品清　　前言　中法互譯範本及解析　臺北　漢威出版社　1997 年 10 月　頁 1—2

138. 胡品清　　前言　法文書寫雙語範本及解析　臺北　志一出版社　1998 年 2月　〔1〕頁

139. 胡品清　　前言　法國文學賞析　臺北　書林出版公司　1998 年 8 月　頁 3

140. 胡品清　　譯序　兄與弟　臺北　天肯文化出版公司　1998 年 12 月　頁 5—6

141. 胡品清　　前言　法文常用片語及習慣語　臺北　漢威出版社　1999 年 9 月　頁 3—5

142. 胡品清　　前言　分類法文會話模式　臺北　天肯文化出版公司　2000 年 3月　頁 3—4

143. 胡品清　　前言　分類法文會話模式　上海　上海交通大學出版社　2004 年6 月　頁 3—4

144. 胡品清　　前言　迷你法國文學史　臺北　桂冠圖書公司　2000 年 7 月　頁 1

145. 胡品清　　前言　這句話，法文怎麼說，中文怎麼說　臺北　志一出版社2000 年 11 月　〔1〕頁

146. 胡品清　　藝語——代序　萬花筒　臺北　未來書城公司　2002 年 8 月　頁14—18

147. 胡品清　　詩話（代序）　最後的愛神木　臺北　秀威資訊科技公司　2002年 11 月　頁 13—14

148. 胡品清　　代譯序——細緻、透明、慵倦的玫瑰詩人　戀曲及其他——美國女詩人 Sara Teasdale 的小詩　臺北　未來書城公司　2003 年 4 月　頁 2—3

149. 胡品清　　前言　四用法文　臺北　志一出版社　2003 年 7 月　〔1頁〕

150. 胡品清　　美麗的暑期作業　落花　三語唐詩　臺中　洛華國際文教中心2005 年 12 月　頁 8—10

151. 胡品清　　序　唐詩三百首〔Trois Cents Poèmes des Tang〕　北京　北京大學出版社　2006 年 8 月　頁 1—2

152. 胡品清　代序——我的散文觀　砍不倒的月桂　臺北　九歌出版社　2006
年 10 月　頁 15—16

153. 胡品清　自序　寂寞的港灣　臺北　水牛圖書出版公司　2008 年 5 月
〔3〕頁

他述

154. 王世昭　王序　湄窗集　香港　中國藝文社　1956 年 9 月　頁 1—3

155. 紀　弦　〈九月的孩子們〉——編者的話　現代詩　第 37 期　1962 年 2 月
頁 5

156. 張其昀　《胡品清詩選與譯詩選集》序　中國一周　第 634 期　1962 年 6
月　頁 3

157. 張其昀　張序　胡品清譯詩及新詩選　臺北　中國文化研究所　1962 年 12
月　頁 1—2

158. 藍　明　給胡品清　聯合報　1968 年 1 月 3 日　9 版

159. 藍　明　給胡品清　芒花球　臺北　水牛出版社　1969 年 5 月　頁 293—
295

160. 藍　明　給胡品清　芒花球　臺北　水牛出版社　1979 年 6 月　頁 293—
295

161. 藍　明　給胡品清　寂寞的港灣　臺北　水牛圖書出版公司　2008 年 5 月
頁 169—171

162. 張菱舲　山居者　芒花球　臺北　水牛出版社　1969 年 5 月　頁 275—285

163. 張菱舲　山居者　胡品清自選集　臺北　黎明文化公司　1975 年 1 月　頁
213—223

164. 張菱舲　山居者　芒花球　臺北　水牛出版社　1979 年 6 月　頁 275—285

165. 張菱舲　山居者　寂寞的港灣　臺北　水牛圖書出版公司　2008 年 5 月
頁 145—159

166. 孔　瑤　給詩人　芒花球　臺北　水牛出版社　1969 年 5 月　頁 287—288

167. 孔　瑤　給詩人　芒花球　臺北　水牛出版社　1979 年 6 月　頁 287—288

168. 孔　瑤　　給詩人　寂寞的港灣　臺北　水牛圖書出版公司　2008 年 5 月
頁 161—163

169. 華　子　　雨夜書簡——給山崗上瘦瘦的女詩人　芒花球　臺北　水牛出版
社　1969 年 5 月　頁 289—291

170. 華　子　　雨夜書簡——給山崗上瘦瘦的女詩人　芒花球　臺北　水牛出版
社　1979 年 6 月　頁 289—291

171. 華　子　　雨夜書簡——給山崗上瘦瘦的女詩人　寂寞的港灣　臺北　水牛
圖書出版公司　2008 年 5 月　頁 165—168

172. 周伯乃　　永恆的異鄉人——胡品清　自由青年　第 41 卷第 6 期　1969 年 6
月 1 日　頁 93—98

173. 周伯乃　　永恆的異鄉人　水仙的獨白　臺北　三民書局　1972 年 9 月　頁
257—267

174. 周伯乃　　永恆的異鄉人　胡品清自選集　臺北　黎明文化公司　1975 年 1
月　頁 201—211

175. 周伯乃　　永恆的異鄉人　水仙的獨白　臺北　三民書局　1977 年 12 月　頁
257—267

176. 王心靜　　胡品清——她就是她自己　純文學　第 7 卷第 5 期　1970 年 5 月
頁 60

177. 夏祖麗　　胡品清有堅強的一面　她們的世界　臺北　純文學出版社　1973
年 1 月　頁 101—106

178. 蘇登家　　詩人教授胡品清　芭琪的雕像　臺北　三民書局　1974 年 3 月
頁 167—169

179. 蘇登家　　詩人教授——胡品清　歐菲麗亞的日記　臺北　水芙蓉出版社
1975 年 3 月　頁 3—4

180. 蘇登家　　詩人教授——胡品清　歐菲麗亞的日記　臺北　水芙蓉出版社
1978 年 12 月　頁 3—4

181. 蘇登家　　詩人教授胡品清　香水樓手記　臺北　秀威資訊科技公司　2006

年 11 月　頁 13—14

182.〔編輯部〕　　小傳　胡品清自選集　臺北　黎明文化公司　1975 年 1 月
　　　　　　　　頁 1—3

183. 馮幼衡　　胡品清生活在自己的世界裡　臺灣新生報　1975 年 8 月 6 日　8 版

184.〔本社〕　　作者簡介　夢之花　臺北　水芙蓉出版社　1975 年 10 月　頁 1
　　　　　　　　—2

185.〔本社〕　　作者簡介　水晶球　臺北　水芙蓉出版社　1977 年 12 月　頁 1
　　　　　　　　—2

186.〔本社〕　　作者簡介　往事如煙　臺北　水芙蓉出版社　1979 年 7 月　頁
　　　　　　　　1—2

187.〔本社〕　　作者簡介　斜陽影裡的獨白　臺北　水芙蓉出版社　1980 年 9
　　　　　　　　月　頁 1—2

188.〔本社〕　　作者簡介　夢之花　臺北　水芙蓉出版社　1980 年 11 月　頁 1
　　　　　　　　—2

189. 涂敏恆　　握筆的人，淺淺的哲理，淡淡的哀愁，胡品清的作品‧是真‧也
　　　　　　　　是美　民生報　1978 年 3 月 7 日　5 版

190. 夙千蝶　　他是誰？[3]　愛書人　第 68 期　1978 年 3 月 11 日　4 版

191. 夙千蝶　　胡品清的夢香　他是誰？　臺北　號角出版社　1981 年 11 月　頁
　　　　　　　　91－94

192. 雪　韻　　品清教授和我——兼介《波法利夫人》新譯　愛書人　第 86 期
　　　　　　　　1978 年 9 月 11 日　3 版

193.〔張默編〕　　胡品清小傳、小評　剪成碧玉葉層層　臺北　爾雅出版社
　　　　　　　　1981 年 6 月　頁 49

194. 張　健　　六十年代的散文——民國五十年到五十九年——女作家（下）〔胡
　　　　　　　　品清部分〕　文訊　第 13 期　1984 年 8 月　頁 81

195.〔編輯部〕　　譯者簡介　丁香花——近代法國名家「新」小說選　臺北　楓

---

[3]本文後改篇名為〈胡品清的夢香〉。

葉出版社　1985 年 2 月　頁 159

196. 胡晶玲　　編後　丁香花——近代法國名家「新」小說選　臺北　楓葉出版
　　　社　1985 年 2 月　頁 165—168

197. 〔黎伶姿編〕　　作者簡介　冷香　臺北　漢藝色研文化公司　1987 年 2 月
　　　頁 6

198. 向　明　　女詩人群像——胡品清　文訊　第 38 期　1988 年 10 月　頁 10

199. 〔編輯部〕　　胡品清小傳　我的小托　臺北　漢藝色研文化公司　1989 年
　　　7 月　頁 180

200. 〔中華民國新詩學會編〕　　胡品清　中華新詩選粹　臺北　文史哲出版社
　　　1998 年 6 月　頁 127

201. 〔九歌雜誌〕　　書緣・書香〔胡品清部分〕　九歌雜誌　第 209 期　1998
　　　年 8 月　4 版

202. 〔編輯部〕　　譯者介紹　兄與弟　臺北　天肯文化出版公司　1998 年 12 月
　　　頁 3

203. 文曉村　　端一席詩歌華宴——《兩岸女性詩歌三十家》跋〔胡品清部分〕
　　　兩岸女性詩歌三十家　臺北　詩藝文出版社　1999 年 7 月　頁
　　　525

204. 李元貞　　臺灣現代女詩人的詩壇顯影〔胡品清部分〕　詩潭顯影　臺北
　　　書林出版公司　1999 年 9 月　頁 7，25

205. 李元貞　　臺灣現代女詩人的詩壇顯影〔胡品清部分〕　女性詩學　臺北
　　　女書文化公司　2000 年 11 月　頁 349，372

206. 〔九歌雜誌〕　　書緣・書香〔胡品清部分〕　九歌雜誌　第 228 期　2000
　　　年 3 月　3 版

207. 〔胡品清〕　　作者介紹　迷你法國文學史　臺北　桂冠圖書公司　2000 年
　　　7 月　頁 284

208. 〔李元貞主編〕　　胡品清　紅得發紫：臺灣現代女性詩選　臺北　女書文
　　　化公司　2000 年 12 月　頁 31

209. 〔編輯部〕　　作者介紹及其作品書目　萬花筒　臺北　未來書城公司　2002 年 8 月　頁 278—285

210. 〔胡品清〕　　作者介紹　最後的愛神木　臺北　秀威資訊科技公司　2002 年 11 月　頁 15—16

211. 陳長華　　愛的思念　聯合報　2003 年 5 月 2 日　E5 版

212. 陳宛茜　　香水樓裡的胡品清，和花一起呢喃　聯合報　2003 年 5 月 12 日　6 版

213. 文曉村　　觀像記——胡品清　聯合報　2003 年 7 月 17 日　E7 版

214. 王景山　　胡品清　臺港澳暨海外華文作家辭典　北京　人民文學出版社　2003 年 7 月　頁 194—196

215. 〔莫渝主編〕　　作者簡介　愛情小詩選讀　臺北　鷹漢文化公司　2003 年 11 月　頁 95

216. 姜　捷　　悠游於中法文學花園的親善大使——胡品清　落花＆三語唐詩　臺中　洛華國際文教中心　2005 年 12 月　頁 18—22

217. 〔編輯部〕　　譯者生平著作簡介　落花＆三語唐詩　臺中　洛華國際文教中心　2005 年 12 月　頁 132—133

218. 劉郁青　　胡品清，最美麗的書，親自秀出來　民生報　2006 年 1 月 3 日　A10 版

219. 丁文玲　　法文翻譯名家，胡品清走了　中國時報　2006 年 10 月 3 日　D2 版

220. 〔民生報〕　　胡品清病逝——親編最新散文集，逝世前夕出版　民生報　2006 年 10 月 3 日　A9 版

221. 趙靜瑜　　一生致力中法文學交流，文學家胡品清逝世　自由時報　2006 年 10 月 3 日　E5 版

222. 黃啟棟　　作家胡品清病逝　臺灣時報　2006 年 10 月 3 日　10 版

223. 陳宛茜　　美文極致，胡品清病逝　聯合報　2006 年 10 月 3 日　C6 版

224. 陳宛茜　　夢谷呢喃派？她只想做自己　聯合報　2006 年 10 月 3 日　C6 版

225. 〔自由時報〕　　編輯室報告　自由時報　2006 年 10 月 4 日　E7 版

226. 辛　鬱　　悼念詩人胡品清　中國時報　2006 年 10 月 20 日　E7 版

227. 張　默　　眾木已槁，我是唯一的青松——敬悼女詩人胡品清　聯合報
　　　　　　　2006 年 10 月 20 日　E7 版

228. 鄭貞銘　　華岡校園一孤松——胡品清教授人與文　聯合報　2006 年 10 月
　　　　　　　20 日　E7 版

229. 黃啟真　　弔胡師——追念恩師胡品清教授　求是文摘　臺北　秀威資訊科
　　　　　　　技公司　2006 年 10 月　頁 94—95

230. 李瑞騰　　序論——真誠面對自我——小記胡品清老師其人其文　砍不倒的
　　　　　　　月桂　臺北　九歌出版社　2006 年 10 月　頁 11—14

231. 李瑞騰　　真誠面對自我——小記胡品清老師及其散文　文訊　第 253 期
　　　　　　　2006 年 11 月　頁 33—34

232. 張菱舲　　舊式才女與西洋仕女各半——胡品清的愛與愁　砍不倒的月桂
　　　　　　　臺北　九歌出版社　2006 年 10 月　頁 243—249

233. 曉　風　　賣花人去路還香——懷念胡品清教授　聯合報　2006 年 11 月 12
　　　　　　　日　E7 版

234. 林文義　　離開，歐菲麗亞　文訊　第 253 期　2006 年 11 月　頁 35—37

235. 林文義　　離開，歐菲麗亞　迷走尋路　臺北　聯合文學出版社　2009 年 2
　　　　　　　月　頁 121—128

236. 文曉村　　形上抒情唯為美——敬悼詩人胡品清[4]　文訊　第 253 期　2006 年
　　　　　　　11 月　頁 38—39

237. 文曉村　　形上抒情唯為美——敬悼詩人胡品清　葡萄園　第 172 期　2006
　　　　　　　年 11 月　頁 76—77

238. 文曉村　　決心征服時間的詩人——敬悼抒情大師胡品清教授　秋水詩刊
　　　　　　　第 132 期　2007 年 1 月　頁 12—13

239. 詹宇霈　　資深知名作家胡品清病逝　文訊　第 253 期　2006 年 11 月　頁
　　　　　　　143

---

[4]本文後改篇名為〈決心征服時間的詩人——敬悼抒情大師胡品清教授〉。

240. 莫　渝　　秋光招魂曲──送唯美詩人胡品清　中國時報　2006 年 12 月 20
　　　　　　　日　E7 版

241. 辛　鬱　　及人與及物的浪漫──敬悼詩人胡品清教授　創世紀　第 149 期
　　　　　　　2006 年 12 月　頁 97

242.〔秋水詩社編輯部〕　　胡品清教授追思專輯　秋水詩刊　第 132 期　2007
　　　　　　　年 1 月　頁 8─9

243. 藍　雲　　永恆旅程的開始──為悼念胡品清教授而作　秋水詩刊　第 132
　　　　　　　期　2007 年 1 月　頁 11

244. 槑　涵　　秋天的告別　秋水詩刊　第 132 期　2007 年 1 月　頁 10

245. 莫　渝　　廣寒宮的 Aphrodite──追懷胡品清教授　秋水詩刊　第 132 期
　　　　　　　2007 年 1 月　頁 14─15

246. 麥　穗　　冰化雪融詩留人間──敬悼詩人胡品清教授　秋水詩刊　第 132
　　　　　　　期　2007 年 1 月　頁 16─17

247. 倪　雲　　追憶品清教授　秋水詩刊　第 132 期　2007 年 1 月　頁 18─19

248. 金　英　　妳的儷影與彩雲一同飛翔　秋水詩刊　第 132 期　2007 年 1 月
　　　　　　　頁 20─21

249. 龍達霈　　追憶‧感思──悼念敬愛的胡品清教授　秋水詩刊　第 132 期
　　　　　　　2007 年 1 月　頁 22

250. 涂靜怡　　詩緣深深──追憶胡品清教授　秋水詩刊　第 132 期　2007 年 1
　　　　　　　月　頁 23─25

251. 林煥彰　　感念詩人胡品清教授　乾坤詩刊　第 41 期　2007 年 1 月　頁 54

252. 辛　鬱　　另類追思──懷念胡品清詩人　乾坤詩刊　第 41 期　2007 年 1 月
　　　　　　　頁 58─60

253. 何伯平　　我的英文啟蒙老師胡品清　南開通訊　第 26 期　2007 年 3 月　頁 11

254. 張清香　　一朵白蓮──追憶胡品清教授　乾坤詩刊　第 42 期　2007 年 4 月
　　　　　　　頁 130─131

255. 江　顯　　從對〈深山書簡〉的驚豔開始　秋水詩刊　第 133 期　2007 年 4

月　頁 10—11

256. 黃　三　更上層樓——陽明山中國文化學院（胡品清部分）　落葉不歸根
　　　臺北　秀威資訊科技公司　2007 年 5 月　頁 95—98

257. 黃　三　悼胡師——追念恩師胡品清教授　落葉不歸根　臺北　秀威資訊
　　　科技公司　2007 年 5 月　頁 187—189

258. 許高渝　從錢塘江畔的女兒到臺灣著名翻譯家——記胡品清教授　臺浙天
　　　地　第 5 期　2007 年 6 月　頁 33—34

259. 趙　雲　落寞的身影，浪漫的心靈——憶胡品清教授　文訊　第 261 期
　　　2007 年 7 月　頁 45

260. 蔡鈺鑫　我所認識的胡品清老師　金門日報　2008 年 6 月 12 日　6 版

261. 〔封德屏主編〕　胡品清　2007 臺灣作家作品目錄　臺南　國立臺灣文學
　　　館　2008 年 7 月　頁 585—586

262. 張曉風　賣花人去路還香——懷念胡品清教授　送你一個字　臺北　九歌
　　　出版社　2009 年 9 月　頁 280—282

263. 徐錦成　喬治・西默農在臺灣——兼懷胡品清教授　全國新書資訊月刊
　　　第 134 期　2010 年 2 月　頁 23—26

264. 張　放　華崗香水樓裡的玫瑰——追思胡品清教授　文訊　第 304 期
　　　2011 年 2 月　頁 38—39

265. 程國強　追憶詩人胡品清　世界日報　2012 年 6 月 26 日　H9 版

266. 顧克琹　水晶球　本事青春——臺灣舊書風景展刊　臺北　舊香居　2014
　　　年 3 月　頁 128

267. 古遠清　臺灣文壇六十年來文學事件掠影——胡品清遭檢舉　新地文學
　　　第 28 期　2014 年 6 月　頁 169—170

268. 林文義　酒箱　聯合文學　第 373 期　2015 年 11 月　頁 98—101

269. 林文義　酒箱　夜梟　臺北　聯合文學出版社　2016 年 6 月　頁 189—197

270. 林世榮　華岡上的詩人——懷念胡品清老師　文訊雜誌　第 374 期　2016
　　　年 12 月　頁 70—71　．

訪談、對談

271. 閔　垠　　胡品清教授訪問記　葡萄園　第 48 期　1974 年 4 月　頁 3—5

272. 照霞天　　憶訪胡品清——純真的詩心　青年戰士報　1976 年 8 月 29 日　10
　　　　　　版

273. 涂水國，姜蕙芳　　行行出女壯元——唯美主義胡品清　文化一周　1977 年
　　　　　　2 月 6 日　4 版

274. 林小戀　　叩響夢的小屋——胡品清訪問記　愛書人　第 42 期　1977 年 6 月
　　　　　　21 日　頁 3

275. 胡子丹　　獨自喜憑欄——訪胡品清談翻譯　翻譯因緣　臺北　翻譯天地雜
　　　　　　誌社　1979 年 6 月　頁 23—33

276. 陳玲珍整理　　文學與時代——胡品清（詩人，散文家）：記載最真實的生活
　　　　　　文學時代叢刊　第 1 期　1980 年 11 月　頁 7

277. 〔編輯部〕　　一個談「愛」的下午　文學時代叢刊　第 6 期　1982 年 3 月
　　　　　　頁 17—29

278. 陳玲珍　　空谷裏的幽蘭——胡品清女士訪問記　文學時代叢刊　第 6 期
　　　　　　1982 年 3 月　頁 10—16

279. 胡品清；方梓專訪　　發現潛力，實現自我　人生金言（上）　臺北　自立
　　　　　　晚報社　1983 年 9 月　頁 134—137

280. 胡品清；方梓專訪　　發現潛力，實現自我　人生金言（上）　臺北　自立
　　　　　　晚報社　1985 年 1 月　頁 134—137

281. 羅門等[5]　　中國現代詩談話會　文訊　第 12 期　1984 年 6 月　頁 96—139

282. 曹韻怡　　作家胡品清鍾情此愛此道——斜角切出的美感　聯合報　1990 年
　　　　　　8 月 11 日　17 版

283. 安克強　　二分法·三聲道·一生執著——專訪胡品清女士　文訊　第 90 期
　　　　　　1993 年 4 月　頁 93—96

284. 林峻楓　　唯美主義的空谷幽蘭——訪女詩人胡品清[6]　中華日報　1999 年 7

---

[5]與會者：羅門、白萩、上官予、胡品清、張默、林亨泰、瘂弦、張健、張法鶴、邱燮友。

月 29 日　16 版

285. 林峻楓　唯美主義的空谷幽蘭女詩人胡品清　最後的愛神木　臺北　秀威
　　　資訊科技公司　2002 年 11 月　頁 7—11

286. 林峻楓　唯美主義的空谷幽蘭女詩人胡品清　最後的愛神木　臺北　秀威
　　　資訊科技公司　2003 年 2 月　頁 7—11

287. 蘇惠昭　胡品清，引介法國文學的老園丁　中國時報　2000 年 10 月 5 日
　　　42 版

288. 陳紅旭　讀書、寫書、譯書、教書——胡品清陶醉文字世界的發現之旅
　　　中華日報　2000 年 10 月 27 日　19 版

289. 楊佳嫻　胡品清——堅守創作與翻譯的崗位　文訊　第 209 期　2003 年 3
　　　月　頁 35

290. 陳宛茜　胡品清吟詠戀曲及其他　聯合報　2003 年 4 月 24 日　B6 版

年表

291. 〔編輯部〕　胡品清作品年表　文學時代叢刊　第 6 期　1982 年 3 月　頁
　　　63—66

292. 胡品清　胡品清作品年表　隱形的港灣　臺北　華欣文化中心　1983 年 1
　　　月　頁 237—240

293. 〔編輯部〕　胡品清作品年表　邂逅　臺北　黎明文化公司　1984 年 1 月
　　　頁 380

294. 〔編輯部〕　胡品清作品年表　法國文壇之「新」貌　臺北　華欣文化中
　　　心　1984 年 11 月　頁 289—293

295. 胡品清　胡品清作品年表　慕情　臺北　文經出版社　1984 年 12 月　頁
　　　209—212

296. 〔編輯部〕　胡品清作品年表　丁香花——近代法國名家「新」小說選　臺
　　　北　楓葉出版社　1985 年 2 月　頁 160—164

6本文後改篇名為〈唯美主義的空谷幽蘭女詩人胡品清〉。

297. 〔編輯部〕　　胡品清寫作年表　冷香　臺北　漢藝色研文化公司　1987 年
　　　　2 月　頁 186—191

298. 〔胡品清〕　　胡品清作品年表　薔薇田　臺北　華欣文化出版社　1991 年
　　　　3 月　頁 166—173

299. 〔胡品清〕　　胡品清作品年表　花牆　臺北　漢藝色研文化公司　1991 年
　　　　7 月　頁 182—187

300. 〔編輯部〕　　胡品清作品書目　香水樓手記　臺北　秀威資訊科技公司
　　　　2006 年 11 月　頁 315—320

301. 〔編輯部〕　　胡品清教授生平事紀　芒花球　臺北　水牛出版社　2008 年
　　　　5 月　頁 198—200

302. 〔編輯部〕　　胡品清教授生平事紀　夢幻組曲　臺北　水牛出版社　2008
　　　　年 5 月　頁 303—305

303. 〔編輯部〕　　胡品清教授生平事紀　秋之奏鳴曲　臺北　水牛出版社
　　　　2008 年 5 月　頁 262—264

304. 〔編輯部〕　　胡品清教授生平事紀　晚開的歐薄荷　臺北　水牛出版社
　　　　2008 年 5 月　頁 260—262

305. 〔編輯部〕　　胡品清教授生平事紀　最後一曲圓舞　臺北　水牛出版社
　　　　2008 年 5 月　頁 266—268

306. 〔編輯部〕　　胡品清教授生平事紀　寂寞的港灣　臺北　水牛圖書出版公
　　　　司　2008 年 5 月　頁 178—180

307. 陳素靜　　胡品清年表　胡品清散文研究　銘傳大學應用中國文學系　碩士
　　　　論文　林雯卿教授指導　2009 年 12 月　頁 283—290

308. 馮祺雅　　胡品清著作年表　胡品清散文研究　臺北市立教育大學中國語文
　　　　學系　碩士論文　江惜美教授指導　2010 年 1 月　頁 173—177

其他

309. 楊　華　　胡品清榮獲法國文化勳章　聯合報　1996 年 11 月 7 日　37 版

310. 曾意芳　　騷人墨客聯吟，詩意濃，李總統電賀活動圓滿成功，胡品清等獲

作品評論篇目

綜論

頁 103—108

324. 史紫忱　　史紫忱的話[7]　玻璃人　臺中　學人文化公司　1978 年 9 月　頁 1
　　　　　　　—2

325. 史紫忱　　評論家的話　薔薇田　臺北　華欣文化出版社　1991 年 3 月　頁
　　　　　　　17

326. 史紫忱　　史紫忱的話　花牆　臺北　漢藝色研文化公司　1991 年 7 月
　　　　　　　〔2〕頁

327. 史紫忱　　史紫忱的話　萬花筒　臺北　未來書城　2002 年 8 月　頁 12—13

328. 史紫忱　　史紫忱的話　最後的愛神木　臺北　秀威資訊科技公司　2002 年
　　　　　　　11 月　頁 5

329. 史紫忱　　史紫忱的話　香水樓手記　臺北　秀威資訊科技公司　2006 年 11
　　　　　　　月　頁 15

330. 沙　穗　　剪成碧玉葉層層——我讀《現代女詩人選集》〔胡品清部分〕
　　　　　　　臺灣時報　1981 年 8 月 8 日　12 版

331. 丁　平　　「深山」中的胡品清　中國現代文學作家論（卷一・上）　香港
　　　　　　　明明出版社　1986 年 9 月　頁 237—276

332. 高　準　　論中國現代詩的流變與前途方向——現代主義運動與現代派〔胡
　　　　　　　品清部分〕　文學與社會——一九七二—一九八一　臺北　文史
　　　　　　　哲出版社　1986 年 10 月　頁 74—75

333. 王志健　　胡品清　文學四論（上）　臺北　文史哲出版社　1988 年 7 月
　　　　　　　頁 300—302

334. 鍾　玲　　抒情的清音：王渝、翔翎、胡品清、古月　現代中國繆司——臺
　　　　　　　灣女詩人作品析論　臺北　聯經出版公司　1989 年 6 月　頁 275
　　　　　　　—279

335. 涂靜怡　　形上抒情的女詩人胡品清　秋水詩刊　第 62 期　1989 年 7 月　頁
　　　　　　　104—109

---

[7]本文簡評胡品清散文風格，後改篇名為〈評論家的話〉。

336. 涂靜怡　形上抒情的女詩人胡品清（代序）　薔薇田　臺北　華欣文化事業中心　1991 年 3 月　頁 4—16

337. 涂靜怡　形上抒情的女詩人——胡品清　詩人的畫像　臺北　詩藝文出版社　2003 年 7 月　頁 76—85

338. 姚儀敏　無聲息的歌唱——胡品清的文學世界　中央月刊　第 24 卷第 12 期　1991 年 12 月　頁 155—159

339. 徐　學　散文創作（上）——梁實秋、張秀亞與 50 年代的散文創作〔胡品清部分〕　臺灣文學史（下）　福州　海峽文藝出版社　1993 年 1 月　頁 452—453

340. 莫　渝　胡品清（一九二一～）　現代譯詩名家鳥瞰　臺北　幼獅文化公司　1993 年 4 月　頁 164—173

341. 王志健　飛越天河的青鳥——胡品清　中國新詩淵藪（中）　臺北　正中書局　1993 年 7 月　頁 2232—2244

342. 張超主編　胡品清　臺港澳及海外華人作家辭典　江蘇　南京大學出版社　1994 年 12 月　頁 148

343. 徐　學　當代臺灣散文的生命體驗〔胡品清部分〕　臺灣研究集刊　1995 年第 1 期　1995 年 2 月　頁 51—52

344. 莫　渝　胡品清（1921～）　彩筆傳華彩：臺灣譯詩 20 家　臺北　河童出版社　1997 年 6 月　頁 61—68

345. 舒　蘭　六〇年代詩人詩作——胡品清　中國新詩史話（四）　臺北　渤海堂文化公司　1998 年 10 月　頁 159—161

346. 王祿松　胡品清詩品　兩岸女性詩歌三十家　臺北　詩藝文出版社　1999 年 7 月　頁 52

347. 陳義芝　繆思歌唱——臺灣戰前世代女詩人選介——陳秀喜、杜潘芳格、胡品清、張香華　從半裸到全開——臺灣戰後世代女詩人的性別意識　臺北　臺灣學生書局　1999 年 9 月　頁 155—156

348. 文曉村　胡品清與《玻璃人》　文曉村自傳：從河洛到臺灣　臺北　詩藝

文出版社　2000 年 4 月　頁 382—384

349. 王　敏　臺灣散文創作的繁榮——琦君、張秀亞、胡品清　簡明臺灣文學
史　北京　時事出版社　2002 年 6 月　頁 351—355

350. 洪淑苓　另一種夏娃——論胡品清詩中的自我形象　國文學報　第 32 期
2002 年 12 月　頁 157—181

351. 向　明　情詩之必要〔胡品清部分〕　窺詩手記　臺北　禹臨圖書公司
2002 年 12 月　頁 58

352. 張瑞芬　詩與夢的水湄——論胡品清散文　五十年來臺灣女性散文・評論
篇　臺北　麥田出版公司　2006 年 2 月　頁 97—103

353. 洪淑苓　臺灣女詩人的童話論述〔胡品清部分〕　臺灣文學研究集刊　第 3
期　2007 年 5 月　頁 149—153

354. 朱嘉雯　永遠是詩人——胡品清的音樂散文[8]　學院作家學術研討會　臺北
臺北教育大學語文與創作學系主辦　2007 年 9 月 29 日　頁 79—87

355. 朱嘉雯　音樂散文——胡品清　追尋，漂泊的靈魂：女作家的離散文學
臺北　秀威資訊科技公司　2009 年 2 月　頁 145—164

356. 林德祐　東方與西方的抒情邂逅——胡品清詩中諾艾依式的抒情　「漢法
文化對話」國際研討會　桃園　中央大學法文系主辦　2010 年 10
月 8—9 日

357. 高雷娜　善於織夢的詩人——胡品清　誰領風騷一百年——女作家　臺北
天下遠見出版公司　2011 年 9 月　頁 101—105

358. 張雪媃　胡品清寫水晶球世界　當代華文女作家論　臺北　新銳文創
2013 年 5 月　頁 9—29

359. 洪淑苓　另一種夏娃——胡品清詩中的自我形象　思想的裙角——臺灣現
代女詩人的自我銘刻與時空書寫　臺北　臺大出版中心　2014 年
5 月　頁 19—47

---

[8]本文探討胡品清散文中音樂性表現。全文共 4 小節：1.生活是一連串彩色的音符；2.琴弦的內心獨
白；3.散文是自彈自唱的藝術；4.結語：散文的時代性。

分論

◆單行本作品

論述

《現代文學散論》

360. 鐘麗慧　　胡品清／《現代文學散論》　人間福報　2012 年 4 月 10 日　15 版

《LI CHING-CHAO》（李清照評傳）

361. 季淑鳳，葛文峰　　彼岸的易安居士踪跡：美國李清照詩詞英譯與研究　南
　　　　　　京航空航天大學學報　第 15 卷第 2 期　2013 年 6 月　頁 79—81

362. 季淑鳳，葛文峰　　胡品清的李清照詞英語譯介及啟示　荷澤學院學報　第
　　　　　　37 卷第 1 期　2015 年 2 月　頁 75—78

363. 張冬梅　　英語世界中李清照及其詩詞譯本及其特色——胡品清編著的《李
　　　　　　清照》　英語世界中的李清照及其詩詞翻譯研究　陝西理工學院
　　　　　　碩士學位論文　付興林教授指導　2014 年 5 月　頁 11—14

詩

《Arc-en-ciel》（彩虹）

364. 〔編輯部〕　　評胡品清法文詩集《彩虹》　中國一周　第 712 期　1963 年
　　　　　　12 月 16 日　頁 29

《人造花》

365. 柳文哲〔趙天儀〕　　《人造花》　笠　第 10 期　1965 年 12 月　頁 56—59

366. 趙天儀　　評《人造花》　裸體的國王　臺北　香草山出版社　1976 年 6 月
　　　　　　頁 159—166

367. 〔李瑞騰主編〕　　《人造花》——圖書／郭明進捐贈　神與物遊——國立
　　　　　　臺灣文學館典藏精選集（三）　臺南　國立臺灣文學館　2012 年
　　　　　　12 月　頁 6

《玻璃人》

368. 林文義　　美麗的異鄉人——閱胡品清的詩集《玻璃人》　臺灣新生報　1978

年 12 月 25 日　12 版

369. 林文義　美麗的異鄉人　另一種夏娃　臺北　中國文化大學出版部　1984
年 12 月　頁 244—248

370. 文曉村　最堪醉人葡萄酒——讀胡品清教授的《玻璃人》〔上、下〕　臺
灣新聞報　1979 年 1 月 10—11 日　12 版

371. 文曉村　讀胡品清教授的《玻璃人》　另一種夏娃　臺北　中國文化大學
出版部　1984 年 12 月　頁 224—243

372. 文曉村　讀胡品清詩集《玻璃人》　橫看成嶺側看成峰　臺北　東大圖書
公司　1988 年 5 月　頁 113—130

《冷香》

373. 碧　果　一面光潔無塵的鏡子：我讀詩人胡品清詩集《冷香》有感　青年
日報　1987 年 6 月 21 日　10 版

散文

《水晶球》

374. 雪　韻　胡品清與她的近作結集——《水晶球》　臺灣新生報　1978 年 1
月 25 日　12 版

375. 雪　韻　燦熠的《水晶球》——胡教授與她的近作結集　雪韻散文　臺北
林白出版社　1978 年 12 月　頁 213—217

《彩色音符》

376. 楊傳久　美的旋律——談胡品清的《彩色音符》　臺灣新生報　1979 年 7
月 31 日　12 版

《不碎的雕像》

377. 青　士　永恆的青春之歌——胡品清的《不碎的雕像》　中華日報　1980
年 8 月 18 日　9 版

《斜陽影裡的獨白》

378. 蘭　心　恬和的有情世界　臺灣新生報　1980 年 11 月 26 日　12 版

《不投郵的書簡》

379. 涂靜怡　　愛的音符——讀《不投郵的書簡》有感　中央日報　1982 年 8 月
　　　　　　　　25 日　10 版

380. 涂靜怡　　愛的音符——讀《不投郵的書簡》有感　涂靜怡自選集　臺北
　　　　　　　　黎明文化公司　1986 年 9 月　頁 247—250

《萬花筒》

381. 陳靜瑋　　《萬花筒》　中央日報　2002 年 12 月 27 日　16 版

《香水樓手記》

382. 傅達德　　香水樓中憶品清　香水樓手記　臺北　秀威資訊科技公司　2006
　　　　　　　　年 11 月　頁 7—12

合集

《夢的船》

383. 劉金田　　希望掌穩舵——胡品清《夢的船》讀後（1—4）　青年戰士報
　　　　　　　　1969 年 8 月 14，18—20 日　6 版

《芒花球》

384. 黃春暉　　灰色花朵的散佈者——評胡品清的《芒花球》　這一代　第 3 期
　　　　　　　　1970 年 7 月　頁 21—24

《仙人掌》

385. 蓉　子　　《仙人掌》的獨白　國語日報　1986 年 4 月 27 日　6 版

《水仙的獨白》

386. 文　文　　讀《水仙的獨白》　青年戰士報　1973 年 2 月 13 日　7 版

387. 文　文　　讀《水仙的獨白》　芭琪的雕像　臺北　三民書局　1974 年 3 月
　　　　　　　　頁 170—172

《夢之花》

388. 呼　嘯　　推介《夢之花》　中華日報　1976 年 3 月 1 日　5 版

389. 于還素　　《夢之花》評介　青年戰士報　1976 年 3 月 11 日　11 版

390. 于還素　　《夢之花》評介　夢之花　臺北　水芙蓉出版社　1980 年 11 月

頁 211—214

391. 東郭牙　　淺談《夢之花》　古今談　第 142 期　1977 年 3 月　頁 18

◆多部作品

《夜間飛行》、《玻璃人》

392. 蘭　芝　　胡品清的新書——《夜間飛行》與《玻璃人》　愛書人　第 100
　　　　　　　期　1979 年 2 月 1 日　4 版

單篇作品

393. 謝秀宗　　〈也是三月〉胡品清作品欣賞　笠　第 22 期　1967 年 12 月　頁
　　　　　　　56—57

394. 撫萱閣主　　〈春，也屬於我〉按　你喜愛的文章　臺北　史地教育出版社
　　　　　　　1969 年 11 月　頁 134

395. 趙天儀　　新詩的欣賞〔〈月夜幻想曲〉部分〕　現代詩人書簡集　臺中
　　　　　　　普天出版社　1969 年 12 月　頁 113—115

396. 趙天儀　　新詩的欣賞〔部分舉〈月夜幻想曲〉為例〕　美學與批評　臺北
　　　　　　　有志圖書出版公司　1972 年 3 月　頁 165—167

397. 碧　果　　幽蘭的家族——淺釋胡品清教授的〈仙人球〉　臺灣新聞報
　　　　　　　1978 年 9 月 27 日　12 版

398. 文曉村　　動物篇三首〔〈孔雀〉部分〕　臺灣新生報　1979 年 12 月 7 日
　　　　　　　12 版

399. 文曉村　　〈孔雀〉評析　寫給青少年的新詩評析一百首（上）　臺北　布
　　　　　　　穀出版社　1980 年 4 月　頁 58—59

400. 文曉村　　〈孔雀〉評析　新詩評析一百首（上）　臺北　黎明文化公司
　　　　　　　1981 年 3 月　頁 66—68

401. 朱星鶴　　淺析胡品清的〈夢幻組曲〉　中華文藝　第 110 期　1980 年 4 月
　　　　　　　頁 40—42

402. 采　羽　　論評——試品《現代女詩人選集》〔〈自畫像〉部分〕　中華文
　　　　　　　藝　第 128 期　1981 年 10 月　頁 168

403. 李元貞　　臺灣現代女詩人的自我觀〔〈自畫像〉部分〕　中外文學　第 17 卷第 10 期　1989 年 3 月　頁 24

404. 向　明　　〈瓷像〉編者按語　七十三年詩選　臺北　爾雅出版社　1985 年 3 月　頁 49

405. 蕭　蕭　　〈平衡〉編者按語　七十五年詩選　臺北　爾雅出版社　1987 年 3 月　頁 146

406. 周伯乃　　詩的具象與抽象〔〈夢季〉部分〕　現代詩的欣賞（二）　臺北 三民書局　1988 年 2 月　頁 200—205

407. 張漢良　　〈粧鏡〉編者按語　七十六年詩選　臺北　爾雅出版社　1988 年 3 月　頁 2—3

408. 〔莫渝主編〕　　胡品清〈粧鏡〉　愛情小詩選讀　臺北　鷹漢文化公司 2003 年 11 月　頁 95

409. 古遠清　　〈寄南方〉賞析　臺港現代詩賞析　鄭州　河南人民出版社 1991 年 3 月　頁 13—14

410. 古遠清　　〈畫雲的女人〉賞析　臺港現代詩賞析　鄭州　河南人民出版社 1991 年 3 月　頁 15—17

411. 〔鄭明娳，林燿德選註〕　　〈沒有年齡的女人〉　乾坤雙璧／女人　臺北 正中書局　1991 年 9 月　頁 90

412. 莫　渝　　〈星上樹梢頭〉解說　情願讓雨淋著　臺北　業強出版社　1991 年 9 月　頁 164

413. 徐昌洲　　〈我的藏書小樓〉賞析　臺灣散文鑑賞辭典　太原　北岳文藝出版社　1991 年 12 月　頁 302—304

414. 陳室如　　〈我的藏書小樓〉賞析　遇見現代小品文　臺北　麥田出版社 2004 年 1 月　頁 129—133

415. 徐昌洲　　〈告別讀者〉賞析　臺灣散文鑑賞辭典　太原　北岳文藝出版社 1991 年 12 月　頁 308—310

416. 魏　平　　〈寫在心谷中〉賞析　世界華人詩歌鑑賞大辭典　太原　書海出

版社　1993 年 3 月　頁 54—56

417. 劍　男　〈冷香〉賞析　世界華人詩歌鑑賞大辭典　太原　書海出版社
　　　　1993 年 3 月　頁 56—57

418. 向　明　善學者還從規矩〔〈寫詩〉部分〕　客子光陰詩卷裡　臺北　耀
　　　　文圖書公司　1993 年 5 月　頁 10—11

419. 向　明　善學者還從規矩〔〈寫詩〉部分〕　和你輕鬆談詩：向明新詩話
　　　　臺北　詩藝文出版社　2004 年 12 月　頁 21—22

420. 梅　新　胡品清〈斜雁〉　八十二年詩選　臺北　現代詩季刊社　1994 年
　　　　6 月　頁 175

421. 李瑞騰　說鏡——現代詩中一個原型意象的試探〔〈驪歌〉部分〕　新詩
　　　　學　臺北　駱駝出版社　1997 年 3 月　頁 106—107

422. 李元貞　臺灣現代女詩人作品中的語言實踐——簡明婉約的抒情語言
　　　　〔〈零時〉部分〕　兩岸女性詩歌學術研討會論文集　臺北　中
　　　　國詩歌藝術學會主辦　1999 年 7 月 4 日　頁 7—9

423. 李元貞　臺灣現代女詩人作品中的語言實踐〔〈零時〉部分〕　女性詩學
　　　　臺北　女書文化公司　2000 年 11 月　頁 287—288

424. 李元貞　論臺灣現代女詩人作品中時間與社會的正義〔〈自序詩〉部分〕
　　　　藍星詩學　第 5 期　2000 年 3 月　頁 172—173

425. 文曉村　〈風景〉點評　中國詩歌選 2001 年版　臺北　詩藝文出版社
　　　　2001 年 6 月　頁 153

426. 林文義　導讀：胡品清〈火鳥之歌〉　二十世紀臺灣文學金典：散文卷
　　　　（第一部）　臺北　聯合文學出版社　2006 年 5 月　頁 207

多篇作品

427. 王在軍　兩首可愛的小詩〔〈偶然〉、〈海螺〉〕　葡萄園　第 75 期　1981
　　　　年 8 月　頁 73—74

428. 陳義芝　繆思（Muses）歌唱——臺灣戰前世代女詩人十一家選介〔〈寂寞
　　　　不再〉、〈我們的故事〉部分〕　中日文學交流——臺灣現代文學

會議——座談會論文　臺北　行政院文建會主辦，輔仁大學外語
學院承辦　1999 年 3 月 21—27 日

作品評論目錄、索引

429.〔編輯部〕　　胡品清評論資料目錄　文訊　第 253 期　2006 年 11 月　頁
43—48

430.〔封德屏主編〕　　胡品清　臺灣現當代作家評論資料目錄（三）　臺南
國立臺灣文學館　2010 年 11 月　頁 2152—2165

其他

431. James R. Hightower　　Patricia GUILLERMAZ, La poesie chinoise. Harvard
Journal of Asiatic Studies　Vol.21　Cambridge　Harvard-Yenching
Institute.　1958，1　p.p.190—192

432. 彭邦楨　　論《胡品清譯詩及其新詩選》　中國一周　第 686 期　1963 年 6
月　頁 12—15

433. 彭邦楨　　論《胡品清譯詩及其新詩選》　詩的鑑賞　臺北　臺灣商務印書
館　1971 年 8 月　頁 39—59

434. 彭邦楨　　論《胡品清譯詩及其新詩選》　彭邦楨自選集　臺北　黎明文化
公司　1980 年 9 月　頁 171—193

435. 彭邦楨　　論《胡品清譯詩及其新詩選》　彭邦楨文集・卷三　武漢　長江
文藝出版社　1993 年 11 月　頁 67—90

436. Helen G. Hole　　Patricia Guillermaz, tr. La poesie chinoise contetnporaine
Books　of　Asia　and　Africa　　Vol.38No.1　　Norman,　Oklahoma
University of Oklahoma Press.　1964，Winter　　p.90

437. 朱秉義　　《寂寞的心靈》讀後感　芒花球　臺北　水牛出版社　1969 年 5
月　頁 297—300

438. 朱秉義　　《寂寞的心靈》讀後感　芒花球　臺北　水牛出版社　1979 年 6
月　頁 297—300

439. 朱秉義　　《寂寞的心靈》讀後感　寂寞的港灣　臺北　水牛圖書出版公司

2008 年 5 月　頁 173—177

440. 夢嬋〔莫渝〕　洋水肥　後浪詩雙月刊　第 6 期　1973 年 7 月 15 日　頁 2

441. 王文興　波德萊爾禮讚　中國時報　1996 年 8 月 12 日　19 版

442. 張　殿　王鼎鈞、陳之藩、胡品清交出美麗的晚著──王鼎鈞《葡萄熟了》、陳之藩文集、胡品清三語唐詩《落花》展示創作火力　聯合報　2006 年 1 月 8 日　E4 版

443. 謝蓉倩　胡品清新詩譯集──《落花》三語並行　中央日報　2006 年 1 月 10 日　14 版

444. 莫　渝　精緻的演出──胡品清譯《法蘭西詩選》讀後　秋水詩刊　第 17 期　1978 年 1 月　頁 20—32

445. 莫　渝　精緻的演出──胡品清譯《法蘭西詩選》讀後　走在文學邊緣（上）　臺北　臺灣商務印書館　1981 年 8 月　頁 146—168

446. 莫　渝　編後記[9]　法蘭西詩選　臺北　桂冠圖書公司　2000 年 8 月　頁 261—262

447. 莫　渝　胡品清編譯《法蘭西詩選》編後記　螢光與花束　臺北　臺北縣文化局　2004 年 12 月　頁 171—173

448. 莫　渝　記胡品清〔《法蘭西詩選》〕　莫渝詩文集 III──漫漫隨筆集　苗栗　苗栗縣文化局　2005 年 4 月　頁 338—339

449. 莫　渝　胡品清編譯──《法蘭西詩選》編後記　莫渝詩文集 IV──前言後語集　苗栗　苗栗縣文化局　2005 年 4 月　頁 184—185

---

[9]本文後改篇名為〈記胡品清〉。

國家圖書館出版品預行編目資料

臺灣現當代作家研究資料彙編. 82, 胡品清 / 洪淑苓編
選. -- 初版. -- 臺南市：臺灣文學館, 2016.12
　面；　公分
ISBN 978-986-05-0136-0(平裝)

1.胡品清 2.傳記 3.文學評論

863.4　　　　　　　　　　　　　105018728

【臺灣現當代作家研究資料彙編】82

發 行 人　廖振富
指導單位　文化部
出版單位　國立臺灣文學館
　　　　　地　　　址／70041 臺南市中西區中正路 1 號
　　　　　電　　　話／06-2217201　　　　　傳　　　真／06-2218952
　　　　　網　　　址／www.nmtl.gov.tw　　　電子信箱／pba@nmtl.gov.tw

總 策 畫　封德屏
顧　　問　林淇瀁　張恆豪　許俊雅　陳信元　陳義芝　須文蔚　應鳳凰
工作小組　白心瀞　呂欣茹　郭汶伶　陳映潔　陳鈺翔　張　瑜　莊淑婉
編　　選　洪淑苓
責任編輯　呂欣茹
校　　對　呂欣茹　郭汶伶
計畫團隊　財團法人台灣文學發展基金會
美術設計　翁國鈞・不倒翁視覺創意
印　　刷　松霖彩色印刷事業有限公司

著作財產權人　國立臺灣文學館
　　　本書保留所有權利。欲利用本書全部或部分內容者，須徵求著作財產權人
　　　同意或書面授權。請洽國立臺灣文學館研究典藏組（電話：06-2217201）

經銷展售　國家書店松江門市（02-25180207）
　　　　　國立臺灣文學館藝文商店（06-2217201*2960）
　　　　　三民書局（02-23617511）　　　　　五南文化廣場（04-22260330）
　　　　　台灣的店（02-23625799）　　　　　府城舊冊店（06-2763093）
　　　　　南天書局（02-23620190）　　　　　唐山出版社（02-23633072）
　　　　　草祭二手書店（06-2216872）

初版一刷　2016 年 12 月
定　　價　新臺幣 430 元整
　　　　　第一階段 15 冊新臺幣 5500 元整　第二階段 12 冊新臺幣 4500 元整
　　　　　第三階段 23 冊新臺幣 8500 元整　第四階段 14 冊新臺幣 5000 元整
　　　　　第五階段 16 冊新臺幣 6000 元整　第六階段 10 冊新臺幣 3800 元整
　　　　　全套 90 冊新臺幣 27000 元整

GPN　1010502243（單本）　ISBN　978-986-05-0136-0（單本）
　　　1010000407（套）　　　　　　　978-986-02-7266-6（套）

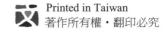